FLASHBACK

Ghost (Band 2)

THOR LOTHBROK

Auflage Januar 2019.

Autorenseite: www.thor-lothbrok.de
Coverdesign: www.drakken.de
Korrektorat: Jasmin Kraft

Thor Lothbrok
c/o Erich Schreiner
Hallerstraße 4
94032 Passau

12 MONATE

Die warme Brise strich sanft über sein Gesicht, während er den Geruch der zwölf Meter unter ihm vorbeiziehenden Wüste deutlich wahrnehmen konnte. Es roch nach Staub, nach Dreck und nach Vergänglichkeit. Trotzdem konnte er sich im Moment keinen anderen Ort vorstellen, an dem er sich lieber aufgehalten hätte. Immerhin hatte er die letzten Monate seines Zwangsdienstes für die Union hier im Norden relativ ruhig hinter sich bringen können. Seine Einheit hatte Piraten aufgebracht, Schmuggler gestellt und für Sicherheit auf den stark frequentierten Handelsrouten gesorgt, über die die Union mit den Rohstoffen aus den Extraktionsblasen des Nordens versorgt wurde. Die *Ripper* – ein gefürchteter Kaperfahrer – operierte nach neuesten Sichtungen in angemessener Entfernung zum Sektor und stellte somit keine weitere Bedrohung für die Handelsaktivitäten der Liga mehr dar. Was das Risiko, im Dienst zu sterben, erheblich reduziert hatte.

Mels neues Leben auf der *Hawk* war mittlerweile Alltag geworden. Er hatte sich daran gewöhnt und war sich nach all der Zeit nicht mehr sicher, ob er die Unionsarmee nach seiner Rehabilitation tatsächlich verlassen würde oder nicht. Denn der Gedanke, nicht mehr in diesem Umfeld existieren zu können, machte ihm zu schaffen. Weshalb er ihn für gewöhnlich ignorierte, wenn er wie ein ungebetener Gast auftauchte und ihn, meistens in den ruhigeren Minuten seines Alltags, heimsuchte. Allerdings erschwerte er ihm das Leben immer häufiger, je näher der Zeitpunkt der Rehabilitation und des damit verbundenen Entschlüsselungsprozesses rückte, mit dessen Abschluss er seine Erinnerungen zurückbekommen würde.

Nachdem Mel und seine Mitstreiter vor fast zwölf Monaten von der *Ruthless* gerettet und er kurz danach von den Anschuldigungen bezüglich des Vorfalls auf *Rancoon* freigesprochen worden war, hatte er sich ausschließlich darauf konzentriert, den aufgezwungenen Dienst zu Ende zu bringen. Er hatte sich vorwiegend um sich selbst, seine Kameraden und seine Arbeit gekümmert, wofür er vor Kurzen mit dem Kommando über die Scouts belohnt worden war. Die Crew respektierte ihn. Er genoss das Gefühl, gebraucht zu werden, wie sonst nichts in seiner kleinen Welt, die sich im Großen und Ganzen auf einen Abschnitt der Wüste im Norden, zwischen Anis Thorvas Basis und der Grenze zu Callen Sempas Territorium beschränkte. Allerdings hatte sich in *Mog Anun* während der letzten sechs Monate ein Sturm zusammengebraut, der *Crestin* erneut bis ins Mark erschüttern könnte.

Die Hawk war ein schneller Jagdgleiter der Raptor-Klasse, ähnlich der *Barracuda,* aber nicht baugleich. Ihre Form war windschnittiger, was in ein paar zusätzlichen Knoten an Geschwindigkeit resultierte, die im richtigen Moment entscheidend sein konnten. Sie hatte drei Drecks, drei Zwillingsgeschütze und eine Menge anderer Waffensysteme, um die Piraten auf Abstand zu halten.

Mel stand auf dem mittleren Deck des fünfundsiebzig Meter langen und dreizehn Meter breiten Stahlmonsters, das sich hervorragend für die Jagd eignete. Er ließ seinen Blick über die karge Landschaft gleiten, als am Horizont eine schimmernde Silhouette auftauchte. Einen Augenblick später stellte sich Stone neben ihn, der sich auf der Reling abstützte und seinem Blick folgte. Der schwarze Vollbart kontrastierte dessen kahlgeschorenen Kopf. Sein Gesicht hatte dank der starken Sonne mittlerweile einen gesunden Braunton angenommen.

»Ist er das?« Der Sergeant deutete auf den kleinen Frachter, der sich schnell näherte.

Mel nickte.

»Scheint es eilig zu haben.«

»Kyle Roaks Terminkalender ist sicher bis zum Rand gefüllt«, bemerkte Mel spöttisch und kniff seine augmentierten Augen zusammen, um den Gleiter besser fokussieren zu können. Es handelte sich um ein schnelles Modell, das vornehmlich von Schmugglern und Hehlern benutzt wurde, die ihre Waren für gewöhnlich zügig transportieren mussten. Der Frachter war vielleicht dreißig Meter lang, fünf breit und ebenfalls windschnittig konstruiert.

Stone wirkte wenig begeistert. »Mich erinnert der Kerl mehr an einen Prediger als an einen Friedenstifter. Er nimmt sich zu wichtig.«

»Er ist *berühmt,* Sergeant«, stellte Mel grinsend fest und rollte mit den Augen.

»Das ist es ja«, erwiderte Stone genervt. »Ich kann nicht verstehen, warum sie ausgerechnet diesen aufgeblasenen Möchtegern-Thrill schicken, um den Vertrag zwischen der Union und den Thrill zu verlängern. Was findet die Administration nur an dem Kerl?«

»Roak wurde mit den nötigen Vollmachten ausgestattet, Sergeant. Im Grunde ist es egal, wer den Vertrag unterschreibt. Wichtig ist, dass er weiterhin bestehen bleibt. Andernfalls könnte es hier bald sehr ungemütlich werden.« Mel sah ihn ernst an. »Den Thrill bleibt nur noch das Reservat als Rückzugsort. Wenn die Union ihnen das auch noch streitig macht, wird es wieder Krieg geben. Abgesehen davon soll der *Lord des Nordens* den Kerl persönlich angefordert haben – warum auch immer.«

»Kann Ihnen doch egal sein«, erwiderte Stone grinsend. »Sie werden schon bald rehabilitiert sein, Sarge. Dann steht Ihnen die ganze Welt offen. Was werden Sie mit Ihrer Freiheit anfangen?«

Mel hatte keine Ahnung, wie er die Frage beantworten sollte. Was größtenteils daran lag, dass er diese Entscheidung seit Monaten vor sich herschob. Er war nun mal ein *Special Ops* und wusste nicht, was er stattdessen machen sollte. Natürlich könnte er sich als Söldner verdingen. Aber dieser Schlag Menschen war beim Militär generell nicht gern angesehen, weshalb ihm diese Vorstellung nicht gefallen wollte. Einmal ein Soldat, immer ein Soldat – zumindest war ihm bis jetzt niemand unter die Augen gekommen, der das Gegenteil hätte beweisen können. Deshalb hob er nur entschuldigend die Schultern.

Stone begann zu lachen. »Sie haben ja noch sechsunddreißig Stunden Zeit, um sich das Ganze durch den Kopf gehen zu lassen. Also keine Panik.« Er schlug Mel aufmunternd gegen die Schulter und grinste ihn breit an. »Sie könnten nach der kleinen Thrill suchen und sich verfielfältigen. Sie wissen schon.« Er zwinkerte ihm grinsend zu. »Das Skalan-System braucht Männer wie Sie und …«

»Das reicht, Sergeant«, unterbrach Mel ihn kopfschüttelnd. »Haben Sie nichts Besseres zu tun?«

Er hatte nichts mehr von Lin gehört, seit sie damals mit dem Speeder in der Dunkelheit verschwunden war und sich mittlerweile damit abgefunden. Außerdem erlaubte der Dienst es ihm nur selten, seine Zeit frei einzuteilen. Weshalb er keinen Sinn darin sah, diese damit zu verschwenden, sie aufzuspüren, um sie wieder an ihre *Schuld* zu erinnern. Soweit es ihn anging, war diese schon lange erfüllt. Aber er war sich sicher, dass Lin das anders sehen würde.

»Kein Grund, patzig zu werden, Sarge«, erwiderte Stone grinsend und salutierte frech vor ihm. »Meine Jungs und ich haben vor, die Ankunft unseres Messias später in der Bar zu feiern. Sie sind natürlich herzlich eingeladen, uns Gesellschaft zu leisten.«

»Danke für das Angebot, Sergeant«, entgegnete Mel und nickte ihm zu. »Vielleicht komme ich darauf zurück.«

»Das sollten Sie«, erwiderte Stone grinsend. »Sie wissen doch: Man sollte Feste feiern, wie sie fallen. Ich muss jetzt los. Die Marines haben die ehrbare Aufgabe auferlegt bekommen, die Hawk noch einmal nach Sicherheitsproblemen abzuklopfen, um unserem Gast den Aufenthalt so angenehm wie möglich zu gestalten. Was bedeutet, dass wir durch den ganzen verdammten Kahn kriechen müssen, um dem Protokoll Genüge zu tun.« Er spuckte angewidert über die Reling. »Kann es kaum erwarten. Bis nachher.«

Als Stone sich umwandte und begann, seinen Marines Befehle zu erteilen, erschien Carl Roony mit einigen Offizieren auf dem Oberdeck. Die dunkle Offiziersuniform schmiegte sich eng an seinen austrainierten Körper, der nach dem Angriff Frosts bis auf eine lange

Narbe an seiner Seite, wieder vollkommen hergestellt worden war. Seine Cyberhand reflektierte die Strahlen der Sonne, die sich langsam am Horizont sehen ließ und sein kantiges Gesicht in einen goldenen Schimmer tauchte.

»Sergeant Rokka.«

»Captain ...«

Roony grinste noch immer, wenn ihn jemand mit seinem neuen Rang ansprach, den er schon vor Monaten bekommen hatte. Die Administration hatte seine Leistungen während Frosts Meuterei gewürdigt und ihn zum Captain befördert. Und Roony schien jede Minute davon zu genießen.

»Sobald Roak an Bord ist, sind Sie und Ihre Scouts für seine Sicherheit verantwortlich, verstanden? Sie werden im Hintergrund operieren und den Mann nicht aus den Augen lassen. Egal, wohin er auch geht.«

»Verstanden, Sir.«

»Und nehmen Sie das nicht auf die leichte Schulter. Der Kerl mag etwas abgehoben sein, aber die Administration hat ihn nicht umsonst für diese Mission ausgewählt. Er hat einen besonderen Draht zu Callen Sempa. Einen Draht, den wir dazu nutzen werden, den derzeitigen Status im Norden aufrechtzuerhalten.«

»Sir?«

»Innerhalb der Union gibt es genug Kriegstreiber, die sich aufgrund des Versiegens unserer Minen gerne die reichen Rohstoffvorkommen des Reservats einverleiben würden. Sollte dieser Fall eintreten, werden die Thrill restlos vernichtet. Denn es gibt keinen Platz mehr auf diesem Planeten, wohin man sie deportieren könnte.« Er sah Mel ernst an. »Verstehen Sie mich nicht falsch. Ich mag die Thrill nicht besonders. Aber kein Volk hat es verdient, wegen *Toradium, Trivitanium* oder *Thymid* ausradiert zu werden.«

Mel schnaubte verächtlich, als er an all die anderen Völker und Spezies denken musste, die den Thrill bereits vorangegangen und für immer aus den Chroniken des Systems verschwunden waren, nachdem die Union mit ihnen fertig war. Warum sollte es ausgerechnet den Thrill anders ergehen?

»Wie auch immer. Sorgen Sie dafür, dass Kyle Roak rund um die Uhr bewacht wird, solange er sich auf unserem Gleiter befindet. Lord Banda wird sich verspäten. Er wurde durch Unruhen im Westen aufgehalten. Sobald er mit der *Carnage* an unserer Position eingetroffen ist, wird die Union den Transport des Botschafters bis nach *Bas Tortua* übernehmen.« Er räusperte sich. »Magistrat Olyn Spectra wird uns dagegen in wenigen Stunden erreichen. Er vertritt die Liga und hat unsere Verstärkung an Bord. Sobald wir wieder vollzählig sind, werden wir aufbrechen.«

Mel erinnerte sich nur zu gut an den Vorfall, der die Mannschaft der Hawk vor wenigen Wochen empfindlich getroffen hatte. Die Routineüberprüfung eines Tankers hatte sich zu einem Inferno entwickelt und fast zwanzig Prozent der Crew vernichtet, inklusive Roonys XO und Doktor Bricks persönlicher Assistentin.

»Sobald der Botschafter Bas Tortua erreicht hat, wird Anis Thorva den Geleitschutz bis an die Grenze zum Territorium Callen Sempas übernehmen. Roak wird die Abgesandten des Thrill-Reservates vor Ort treffen, um den Vertrag zu unterzeichnen.«

Mel hob überrascht eine Augenbraue, als Roony den Namen des Piratenführers erwähnte, weil Anis Thorva sich normalerweise aus politischen Angelegenheiten heraushielt und sich ganz auf die Generierung von Krediten konzentrierte. Er kassierte Schutzgelder von allen möglichen Händlern und brachte Ligafrachter auf, deren gestohlene Ladungen er über ein Netz aus Hehlern zurück an die Union verkaufte. Sein Vermögen vergrößerte sich in Friedenszeiten exponentiell, was nach Mels Meinung der einzige Grund war, warum er die Vertragsverlängerung unterstützte.

»Warum wird der Vertrag nicht in *Mog Sol* vor den Augen der Medien unterzeichnet?«, wandte er erstaunt ein. »Wäre der drittgrößte Raumhafen dieses Planeten nicht angemessener, um ein Dokument dieser Größenordnung zu unterzeichnen?«

»Die Abgesandten der Thrill-Stämme sind liberaler eingestellt als ihr inoffizieller Herrscher«, erwiderte Roony vorsichtig. »Callen Sempa wollte sich nicht damit zufriedengeben, den Vertrag zu verlängern. Er wollte ihn neu verhandeln, um mehr für sein Volk herausschlagen zu können. Aber die Vertreter der Stämme wollen am Status quo festhalten – sie haben sich bereits an die Kredite gewöhnt, die ihnen einen hohen Lebensstandard garantieren – im Gegensatz zum Rest ihres Volkes, bei dem davon nicht viel ankommt. Es ist überall das Gleiche und daran wird sich auch nie etwas ändern, Sergeant.« Er atmete scharf aus. »Wie Sie zweifellos sehen können, liegt vielen Parteien daran, diesen Vertrag zu einem erfolgreichen Abschluss zu bringen. Unsere Aufgabe ist es, dafür zu sorgen, dass Roak sein Ziel erreicht. Das ist alles. Danach wird es weiterlaufen wie gehabt: Die Union wird sich zurückhalten, solange sie die zugesagten Rohstoffe bekommt. Und die Vertreter der Stämme werden zufrieden sein, solange die Kredite fließen.«

»Sieht Callen Sempa das ebenfalls so?«

»Der Lord des Nordens ist ein sturer Bock, Sergeant«, erwiderte Roony verächtlich. »Er entstammt einer anderen Zeit. Er denkt, dass die Thrill noch etwas zu bestimmen haben. Aber diese Zeiten sind schon lange vorbei. Die Union hat sie nicht umsonst in einem Reservat zusammengepfercht, aus dem es kein Entkommen gibt. Bas Aires wird irgendwann fallen. Genauso wie Bas Tortua. Und spätestens dann steht Callen Sempa den Streitkräften der Union und der Liga alleine gegenüber. Er wird sein Volk wegen seiner Sturheit am Ende mit in den Untergang reißen.«

»Was macht es dann für einen Unterschied, ob die Union einen Krieg anzettelt oder nicht? Das Ergebnis wäre dasselbe.«

Roony hob nur entschuldigend die Schultern. »Ich für meinen Teil will an keinem weiteren Krieg beteiligt sein, Sergeant. Das ist alles.«

»Verstehe, Sir.«

»Das sollten Sie auch.« Der Captain sah ihn eindringlich an. »Vor allem als Scrambler und dem daraus resultierenden Zwangsdienst an den Fronten der Union sollten vor allem *Sie* wissen, wovon ich rede.«

Mel nickte und verdrängte die Bilder aus den Schützengräben, die wie auf Kommando aus seinem Unterbewusstsein nach oben drängen wollten, nachdem Roony auf seine Vergangenheit angespielt hatte. »Warum gibt es keinen Geleitschutz, wenn der Kerl so wichtig ist?« Er deutete auf den Frachter, der sich schnell näherte. »Diesen Sektor ohne entsprechende Maßnahmen zu durchqueren, scheint mir ziemlich überheblich zu sein.«

»Kyle Roak hat darauf bestanden«, erwiderte Roony. »Anscheinend traut er den Mächtigen in Mog Anun nicht über den Weg und hat entschieden, sich zu uns schmuggeln zu lassen.« Er hob amüsiert eine Augenbraue. »Oder er will die Union damit verhöhnen. Immerhin weiß jeder auf diesem Planeten, was er von der Administration hält.«

Mel nickte. »Verstehe. Wird Magistrat Spectra uns mit der Ruthless ebenfalls nach Bas Tortua begleiten, Sir?«

»Das weiß ich nicht, Sergeant«, winkte Roony ab, während der dreißig Meter lange Gleiter abbremste und sich längsseits der Steuerbordseite der Hawk positionierte, bis eine der Landungsbrücken an den Frachter andockte.

»Spectra und Banda waren noch nie gut aufeinander zu sprechen. Ich kann mir nicht vorstellen, dass der Liga-Magistrat sich freiwillig länger als nötig in der Nähe des Lords aufhalten wird. Sobald Banda hier ist, wird er das Kommando übernehmen und dann sehen wir weiter.« Der Captain wollte sich abwenden, überlegte es sich im letzten Moment anders und wandte sich noch einmal an Mel. »Sehen wir uns heute Nachmittag im Ring?«

»Natürlich, Sir«, erwiderte er. »Ich werde da sein.«

Roony nickte, wandte sich um und ging mit seinen Offizieren zur Landungsbrücke, auf der ein großer, schlanker Mann erschien. Er trug traditionelle Thrill-Gewänder und wirkte unter all den Unionssoldaten mehr als deplatziert. Der Captain begrüßte ihn respektvoll, während die Sturmtruppen ihn absicherten, bis die Gruppe unter Deck verschwand. Mel wollte den anderen folgen, als etwas am Horizont aufblitzte. Er fokussierte den Punkt und war sich nicht sicher, ob er zu der Silhouette eines Gleiters gehörte oder ob er sich diese nur eingebildet hatte. Er ging zu einer der unzähligen Beobachtungsplattformen auf Deck, aktivierte die optische Einheit und presste den gummierten Rand über sein Gesicht. Anschließend suchte er den Horizont hochkonzentriert ab. Nach einiger Zeit gab er auf, warf einen letzten, skeptischen Blick zur Stelle am Rand der Ebene und machte sich auf den Weg zum Besprechungsraum.

Jed stand hinter einem Entlüftungsschacht an Deck des Gleiters und hing das Monokular zurück an die Koppel seines Anzugs, während einige Soldaten an ihm vorbeigingen, die ihn kaum beachteten. Es war bereits warm. Die Luft hatte sich entsprechend erhitzt und die aufkommende Brise den kühlen Charakter, der ihrem Namen innewohnte, schon lange verloren. Mit dem Resultat, dass die Sonne sich stetig am Firmament nach oben arbeiten würde, bis ihre Strahlen die Wüste zum Glühen brachten.

Er aktivierte die Komm-Einheit am Arm und etablierte eine sichere Verbindung, die auf den aktuellsten in Mog Anun entwickelten Algorithmen beruhte und, wenigstens im Moment, als nicht dechiffrierbar galt. Trotzdem würde er kryptisch mit seinem Auftraggeber kommunizieren, um auch die letzte Chance auf Entdeckung durch einen unglücklichen Zufall zu eliminieren. Jed war es äußerst wichtig, professionell zu agieren und aufzutreten. Denn er war der Meinung, dass seine Kunden dies auch von ihm erwarten konnten. Sein Honorar lag gewöhnlich weit über dem Durchschnitt. Aber dafür kauften seine Auftraggeber auch einen außergewöhnlichen Service, den ihnen einfache Söldner nicht bieten konnten.

Eine Sekunde später meldete sich eine elektronisch verzerrte Stimme. »Status?«

»Das Geschenk ist geliefert worden. Sobald die Gäste eingetroffen sind, kann die Feier beginnen.«

»Gut«, erwiderte die Stimme. »Melden Sie sich, sobald

Sie es an sich genommen haben.« Danach kappte der Auftraggeber die Verbindung.

Jed legte die Hände seiner teuren Cyberarme über das Geländer der Reling und konzentrierte sich auf die synthetischen Gefühle, die über die Rezeptoren in sein Gehirn geleitet wurden. Die teure Technik vermittelte ihm den Eindruck, dass seine Finger tatsächlich über das Metall des Geländers strichen und er begann zufrieden zu schmunzeln. Der technische Fortschritt erstaunte ihn immer wieder und er bereute keine Sekunde, sich seine gesunden Arme und diverse andere Körperteile für die Hightech-Augmentationen abnehmen haben zu lassen.

Roony stand neben dem Botschafter und sah ernst in die Runde der anwesenden Offiziere, die darauf warteten, dass er mit der Einsatzbesprechung beginnen würde. Mel hatte sich neben Stone gesetzt, der die spontan angesetzte Besprechung als willkommene Chance nutzte, seiner unehrenhaften lästigen Aufgabe vorübergehend zu entkommen. Der Marine stützte sich mit seinen trainierten Unterarmen auf der Tischplatte ab und starrte abwesend an Roony vorbei ins Leere. Vermutlich war er mit seinen Gedanken schon in der Bar beim ersten Bier.

Der Captain räusperte sich, trank einen Schluck von seinem Wasser und wandte sich an die Offiziere, während der Botschafter seinen stechenden Blick über die Anwesenden gleiten ließ. Die traditionelle Kleidung der Thrill wirkte geradezu lächerlich an dem großen schlaksigen Kerl, der eindeutig aus einer der Clan-Familien der Union stammte. Mel konnte seine Herkunft an dessen leicht arrogantem Blick erkennen, der ihn von oben herab musterte und versuchte, ihm das Gefühl zu geben, weniger wert zu sein als der Unionsmann, der vorgab, ein Thrill zu sein. Die Ironie im fast zwanghaften Verhalten Roaks war geradezu erdrückend. Jedenfalls soweit es Mel anging. Er hatte für den privilegierten Ableger eines einflussreichen Unionspolitikers, der keine Gelegenheit ausließ, um sich moralisch über Unionssoldaten jeglichen Ranges zu erheben, nicht allzu viel Respekt übrig. Er würde ihn ertragen, solange er musste und den Moment genießen, wenn er wieder abzog, um irgendwo anders auf Crestin den Moralapostel zu spielen. Mel war nicht damit einverstanden, wie die Union die Thrill behandelte. Aber Heuchler wie der Botschafter sahen sich selbst nur zu gerne auf den Titelseiten der bekannten Medienträger und hatten bisher absolut nichts für die native Bevölkerung dieses Planeten erreicht.

Roaks Gesicht war genauso langgezogen wie sein Körper. Die Pseudo-Thrill-Tattoos waren schlecht gemacht und verstärkten den Eindruck des lächerlichen Clowns, für den ihn alle hielten. Er trug die platinblond gefärbten Haare schulterlang und offen. Das einzige Echte an ihm schienen seine tiefgrünen Augen zu sein, die wachsam seine unmittelbare Umgebung im Blick behielten und von einem Offizier zum nächsten schweiften.

»Wie Sie alle mittlerweile wissen, sind wir von der Administration dazu beauftragt worden, den Botschafter der Union, Kyle Roak …«

»Den *freien* Botschafter«, unterbrach Roak ihn.

»Bitte?«

»Ich bin ein freier Botschafter, Captain. Ich gehöre weder der Union noch der Liga an.«

»Wie Sie meinen …«, erwiderte Roony. »Also, wie Sie alle wissen, sind wir von der Administration dazu beauftragt worden, den *freien* Botschafter, Kyle Roak, der die Interessen der Union und der Liga im Rahmen der Verlängerung des Vertrages über unsere Handelsbeziehungen bezüglich der Rohstoffe im Norden vertreten wird, sicher zum Ziel zu bringen.« Er sah ernst in die Runde. »Um dies zu erreichen, müssen wir ihn zu einem geheimen Treffpunkt nahe der Grenze des Reservats begleiten. Da wir nicht allzu viel Aufsehen erregen wollen, wird die Hawk den Boschafter nur bis Bas Tortua bringen. Danach übernimmt der Anführer der Sandwölfe den Geleitschutz und wir werden uns nur noch im Hintergrund aufhalten, um in einem etwaigen Notfall eingreifen zu können.«

Ein Raunen ging durch die Offiziere.

»Der Magistrat der Liga, Olyn Spectra, wird noch heute im Laufe des Tages an unserer Position eintreffen. Er hat unsere Verstärkung an Bord. Lord Banda schließt sich uns morgen an.« Er nahm einen weiteren Schluck Wasser. »Ich muss Sie sicher nicht darauf hinweisen, wie wichtig es für alle Beteiligten ist, diesen Vertrag unter Dach und Fach zu bekommen. Die Lage zwischen der Union und den Thrill ist angespannt wie schon lange nicht mehr und die geringsten Komplikationen könnten einen Krieg nach sich ziehen, auf den wir alle verzichten können.«

Zustimmendes Gemurmel.

»Deshalb erwarte ich von Ihnen, dass Sie bei der Erfüllung dieser Aufgabe größte Sorgfalt walten lassen. Sobald unsere Verstärkung mit Magistrat Spectra eingetroffen ist, werden Sie die Soldaten auf die bevorstehende Aufgabe vorbereiten und ihnen klarmachen, dass wir uns keine Fehler leisten können und werden. Fehltritte – und mögen sie noch so klein sein – werden umgehend geahndet. Sofern alles gut geht, wird die Sache in zwei Tagen erledigt sein.«

Die Offiziere nickten zustimmend und begannen auf die Tische zu klopfen, während Roony mit Roak tuschelte, bis der Botschafter vortrat und offensichtlich gegen den Willen des Captains das Wort ergreifen wollte. Aber Roony stellte sich vor ihn und redete so lange auf ihn ein, bis Roak ihn wütend anstarrte und sich von einem der Offiziere zu seinem Quartier bringen ließ. Roony warf einen Blick zu Mel, der beiläufig mit einem Finger auf einen Scout deutete, der dem Botschafter und seiner Begleitung unauffällig folgte.

Der Captain nickte zufrieden und rollte demonstrativ mit den Augen, bevor er die Besprechung beendete und die Offiziere den Raum verließen.

»Verdammt, das war kurz«, stellte Stone fest und stand auf. »Dann werde ich meine Zeit wohl weiter sinnlos verschwenden müssen. Wir sehen uns später, Sarge.«

Mel nickte, stand ebenfalls auf und machte sich auf den Weg ins Lazarett, wo Doktor Bricks ihn bereits erwartete. Sie trug ihre schulterlangen braunen Haare offen und wies ihn an, sich auf einen der Behandlungssessel zu setzen, dessen Auflage sich sofort seinem Körper anpasste. Ihre augmentierten Augen schimmerten grünlich, als sie sich in der dunklen Ecke vor dem Tisch mit den Displays niederließ, auf denen Zahlenreihen und andere Werte präsentiert wurden, die Mel nicht deuten konnte. Das Lazarett ähnelte dem der Barracuda bis auf wenige Unterschiede, die der schlankeren Form der Hawk geschuldet waren. Es gab nur drei Operationseinheiten, einige Scannerdrohnen, Displays und Monitore, um die Patienten überwachen zu können, eine Quarantäne-Einheit und irgendwo sicher auch einen Raum für die pathologischen Untersuchungen. Der Boden und die Wände waren mit einer antibakteriellen Schicht überzogen, die Beleuchtung heruntergedimmt.

Die Ärztin aktivierte eine Scanner-Drohne und wartete, bis diese Mel abgetastet und seine Vitalwerte erfasst hatte. Sie rieb sich über die müden Augen und starrte einen Moment auf eines der Displays, bevor sie auf ihrem Stuhl zu einem anderen rollte und sich ihm anschließend zuwandte.

»Ist der Tremor noch einmal aufgetreten?«

»Nein.« Mel streckte demonstrativ seine rechte Hand aus. »Ruhig wie immer.«

Doktor Bricks nickte und begann an ihrem Stift zu knabbern. »Soweit es mich angeht, sind Ihre Werte tadellos, Sergeant«, begann sie mit heiserer Stimme. »Die Rückstände der Drogen sind vollkommen aus Ihrem Organismus verschwunden und Ihre Nanobiten arbeiten einwandfrei. Von meiner Seite aus steht dem Entschlüsselungsprozess Ihrer Erinnerungen nichts im Weg. Wenn Sie wollen, kann ich ihn jederzeit einleiten.«

Mel zuckte innerlich zusammen. »Sie meinen sofort?«. Da er nicht damit gerechnet hatte, schon heute mit der Frage konfrontiert zu werden, lief ihm ein kalter Schauer über den Rücken. Und das, obwohl er sich im Grunde schon vor Monaten dafür entschieden hatte. Nichtsdestotrotz hatten sich vereinzelte Zweifel gehalten, die ihn regelmäßig in seinen Träumen verfolgten und die Frage aufwarfen, ob es nicht besser wäre, die Vergangenheit ruhen zu lassen. Doktor Bricks dagegen schien es gar nicht erwarten zu können, ihm seine Erinnerungen zurückzugeben.

»Das ist korrekt. Der Einleitungsprozess wird sich über sechsunddreißig Stunden hinziehen. Ich muss Ihnen mehrere Injektionslösungen injizieren, um Ihr Gehirn auf den massiven Eingriff des Spezialisten vorbereiten zu können.«

»Welcher Spezialist? Wir sind mitten in der Wüste und ich ...«

»Magistrat Olyn Spectra hat mich informiert, dass er einen Nanotechspezialisten angefordert hat, der den Prozess persönlich überwachen wird.« Sie sah ihn schmunzelnd an. »Sie haben wirklich einflussreiche Freunde, Sergeant.«

Mel hatte Olyn Spectra kennengelernt, als die Ruthless ihn und die anderen Überlebenden nach der Auseinandersetzung an Bord genommen hatte. Er hatte sich sofort mit dem Magistrat verstanden und das Gefühl, nach langer Zeit einem alten Freund über den Weg zu laufen, durchaus genossen. Innerhalb der letzten Monate hatten sie sich im Rahmen von Mels Dienst oft gesehen und ihre Beziehung etwas vertieft. Ob man diese als Freundschaft bezeichnen konnte, wagte er aufgrund seiner fehlenden Erfahrung nicht zu beurteilen. Allerdings schien der Magistrat ihm wohlgesonnen zu sein, was sich im Fall des anstehenden Entschlüsselungsprozesses erneut bewiesen hatte.

»Ich kenne ihn nur flüchtig ...«

»Lügner«, unterbrach die Ärztin ihn lächelnd. »Jeder an Bord weiß, dass Sie gut mit ihm können. Also versuchen Sie nicht schon wieder, diese Freundschaft schlecht zu machen.« Sie sah ihn müde an. »Soll ich den Prozess einleiten?«

»Ich will Sie nicht überstrapazieren, Doc«, wich Mel aus. »Sie sollten sich vielleicht lieber selbst erholen ...«

»Oh«, erwiderte sie niedergeschlagen und sah in die spiegelnde Fläche einer Vitrine, während sie mit den Fingern über ihre Augen rieb. »Seh ich so schlimm aus?«

»Das wollte ich damit nicht asagen«, ruderte er zurück und hob beschwichtigend die Hände.

»Ich weiß.« Sie grinste ihn breit an. »Hab Sie reingelegt.« Sie stand auf und aktivierte die Kaffeemaschine. »Seitdem meine Assistentin verschwunden ist, hab ich wirklich zu kämpfen, meine Pflicht erfüllen zu können.«

»Wenigstens hat Ihr Humor nicht darunter gelitten.« Er verzog den Mund zu einem Schmunzeln. »Abgesehen davon könnte man Ihre Situation auch als simple Überforderung bezeichnen. Wie lange, denken Sie, werden Sie noch durchhalten?«

»Nicht mehr lange«, entgegnete sie seufzend. »Aber das wird auch nicht nötig sein. Heute Nachmittag bekomme ich eine neue Assistentin von der Ruthless zugewiesen. Sie kommt mit den Soldaten an Bord. Ihr Lebenslauf liest sich wirklich hervorragend. Was bedeutet, dass ich endlich wieder aufatmen kann.«

»Das freut mich wirklich für Sie, Doc.« Er hob erneut beschwichtigend die Hände. »Nicht, dass Sie es nötig hätten.«

»Charmeur«, erwiderte sie lächelnd und setzte ihm anschließend den angeknabberten Stift auf die Brust. »Also? Was ist nun mit Ihren Erinnerungen? Wollen Sie sie zurück oder nicht?«

Er saß wie paralysiert auf dem Sessel und dachte an all die Momente der letzten Monate, als ihm Zweifel an seiner Entscheidung, seine Erinnerungen zurückhaben zu wollen, gekommen waren. Am Ende hatte die Überzeugung, dass es das Beste für ihn wäre, immer gesiegt. Aber jetzt, so kurz vor dem ersehnten Ereignis, war er sich nicht mehr so sicher. Was, wenn ihm seine Vergangenheit nicht gefallen würde?

Aber hatte er sich den Kopf nicht schon genug darüber zerbrochen? Die regelmäßig auftretenden Zweifel, ob er ein guter oder ein schlechter Mensch war, würden nie aufhören, solange er nicht wusste, wer er war und wo er herkam. Deshalb war es an der Zeit, der Wahrheit endlich ins Auge zu blicken und sie zu akzeptieren. Er musste diese Einsicht nur noch mit der damit einhergehenden Prozedur abschließen. Das war alles, um seinen persönlichen Frieden – oder seine Hölle – finden zu können. Er wusste nicht, was es am Ende werden würde, aber er war bereit, das Risiko einzugehen.

Als der Ärztin die Augen zufallen wollten, nickte er unmerklich und riss sie aus ihrem Fast-Sekundenschlaf zurück ins Jetzt.

»Schön«, stellte sie knapp fest. »Wenn Sie sich geweigert hätten, hätte ich Ihnen die verdammte Injektion ohne Vorwarnung in den Hintern gejagt. Wenn Sie mir bitte folgen würden?«

Mel stand schmunzelnd auf und ging mit ihr in ein Nebenzimmer, in dem eine Liege schwebte, die an der Schiene einer Wand angedockt war. Daneben hingen mehrere Geräte und Displays, die nur darauf warteten, ihn endlich überwachen zu dürfen.

»Hinlegen …«

»Ma'am.«

»Noch ein Wort und Sie werden bereuen, sich mit einer todmüden Biotechnologiespezialistin angelegt zu haben.« Sie schnaubte verächtlich. »*Ma'am* … ich fass es nicht.«

Mel grinste und legte sich auf die Pritsche, während die Ärztin mehrere Ampullen überprüfte, die verschiedenfarbige Lösungen enthielten und über dünne, transparente Schläuche mit den Injektionsnadeln des Gerätes verbunden waren.

»Machen Sie Ihren Arm frei und legen Sie ihn auf die Ablage.« Sie deutete auf eine mit einem weichen Material ausgelegte Schiene, die sich neben der Liege befand.

Nachdem er ihrer Anweisung gefolgt war, schloss sie den Deckel. »Gleich wird es …«

Mel verzog den Mund, als die Spitzen der Nadeln seine Haut durchstießen und in seine Venen eindrangen.

»… wehtun.« Sie sah ihn grinsend an. »Es wird ungefähr eine halbe Stunde dauern, bis Ihr Organismus die Lösungen vollständig aufgenommen hat. Tun Sie mir einen Gefallen und bleiben Sie solange liegen, ja?«

Er nickte.

»Und noch was, Sergeant.« Sie stützte sich an seiner Trage ab und beugte sich über ihn. »Der Prozess muss vollständig abgeschlossen werden, verstanden?«

»Was bedeutet das?«, wollte er wissen und sah sie skeptisch an.

»Sie werden innerhalb der nächsten sechsunddreißig Stunden zwei weitere Sitzungen brauchen. Es kann sein, dass die Behandlung einige Ihrer verschlüsselten Erinnerungsfragmente an die Oberfläche Ihres Bewusstseins bringt, wo sie sich mit der Realität vermischen könnten.«

»Halluzinationen?«

»Nur in Ausnahmefällen. Die Wahrscheinlichkeit, dass Sie davon betroffen sind, ist mehr als winzig und damit im Grunde nicht existent.« Sie zwinkerte ihm zu und brachte die Spitzen von Daumen und Zeigefinger zusammen, bis sie sich fast berührten. »Um dem Protokoll zu entsprechen, musste ich Sie auf die Risiken hinweisen. Auch wenn das Auftreten derselben in Ihrem Fall eher unwahrscheinlich ist. Halluzinationen kommen bei Scramblern so selten vor, dass es nicht einmal vernüftige Statistiken darüber gibt.«

»Hätten Sie das nicht machen müssen, bevor Sie mir die Nadeln reingejagt haben?«

»Dann würden wir noch immer im Behandlungszimmer sitzen und diskutieren«, entgegnete sie und rümpfte die Nase. »Und dafür bin ich eindeutig zu müde.«

Sie wollte gehen, aber er hatte eine weitere Frage. »Was ist, wenn der Prozess nicht abgeschlossen wird?«

»Oh, das wäre übel«, antwortete sie knapp. »Für diesen Fall gibt es Statistiken. Sie würden beginnen, an Wahrnehmungsstörungen zu leiden, die sich aus den nur teilweise gelösten Erinnerungsfragmenten Ihrer verschlüsselten Vergangenheit speisen würden. Ihr Gehirn würde psychisch gekocht werden, bis Sie zwischen ihren Wahnvorstellungen und der Realität nicht mehr unterscheiden könnten. Sie sollten diese Termine also mehr als ernst nehmen.« Doktor Bricks sah ihn ein letztes Mal an. »War's das?«

Er nickte und ließ sich zurück ins weiche Material der Liege sinken, während die Ärztin im Behandlungszimmer verschwand. Allerdings konnte er sich dank ihrer Ausführungen kein bisschen entspannen. Denn die Aussicht, im schlimmsten Fall seinen Verstand zu verlieren, jagte ihm einen kalten Schauer nach dem anderen über den Rücken und hielt ihn davon ab, endlich die Augen zu schließen.

Mel tänzelte leichtfüßig um Roony herum, parierte zwei Schläge und konterte mit einem Tritt gegen dessen Oberschenkel. Aber der Captain zog das angegriffene Bein zurück, attackierte damit Mels Seite und schloss mit einer rechten Geraden zum Kopf ab. Mel blockte den Tritt und duckte sich unter Roonys Faust weg, um sich kurz darauf aus der Gefahrenzone zu bewegen.

»Du bist verdammt schnell«, stellte Roony skeptisch fest.

»Das hat nichts mit meiner Nanokultur und den daraus resultierenden Vorahnungen zu tun, falls du darauf anspielst«, entgegnete er schmunzelnd. »Ich war schon immer schneller als du.«

Roony schnaubte verächtlich. »Hochmut kommt vor dem Fall …«

Mel reagierte blitzschnell und fegte das Bein des Captains weg, sodass er fluchend zu Boden ging. Er rollte sich nach hinten ab und sprang eine Sekunde später auf, um sich seinem Sparringspartner erneut zu stellen.

Mel hob derweilen nur entschuldigend die Schultern und grinste ihn breit an. »Wie war das noch mal? Hochmut?«

»Vergiss es einfach«, erwiderte er knurrend und deckte ihn mit einer neuen Serie ein. Seine Cyberfaust war trotz der Gelhandschuhe deutlich zu spüren und Mel war froh, dass Roony sich weitestgehend zurückhielt.

Einen Augenblick später ließ Mel sich von ihm durch den Ring treiben, bis er die Seile in seinem Rücken spürte und die Doppeldeckung hochnahm. Roony wollte ihn in einer Ecke festnageln, aber Mel passte einen geeigneten Moment ab, umklammerte dessen Genick und warf ihn anstatt seiner in die Seile.

Bevor er loslegen konnte, erklang ein Signalton, der das Ende der sechsten Runde einläutete. Sie trennten sich, gingen in ihre Ecken und genehmigten sich einen Schluck Wasser, bevor sie sich schwer atmend wieder aufeinander konzentrierten und darauf warteten, dass die siebte Runde vom System gestartet wurde.

Mel hatte fast fünfundvierzig Minuten im Lazarett verbracht, bis die Prozedur abgeschlossen war. Doktor Bricks hatte in ihrem Behandlungsraum auf einer der Liegen geschlafen, als er den medizinischen Bereich verlassen wollte. Er hatte sie vorsichtig mit einem Kittel zugedeckt und eine der Assistentinnen angewiesen, sie nur im Notfall zu wecken. Danach hatte er sich wieder auf seine Arbeit konzentriert, bis er am späten Nachmittag den Trainingsraum angesteuert hatte, um sich mit Carl Roony zum täglichen Sparring zu treffen. Dieses Ritual hatte sich in den letzten Monaten fest etabliert und war nun ein Bestandteil von Mels Alltag geworden, den er nicht mehr missen wollte.

Von etwaigen Nebenwirkungen der Prozedur war er bisher glücklicherweise verschont geblieben, was Doktor Bricks Ausführungen über vielleicht auftretende Halluzinationen, gekochte Gehirne und das damit einhergehende Gedankenkarussell wieder etwas relativiert hatte. Bis jetzt war ihm nichts aufgefallen, was seine Einsatzbereitschaft beeinträchtigt hätte und er hoffte, dass das auch so bleiben würde. Denn ein Special Ops, der die Realität nicht mehr von seiner Gedankenwelt trennen konnte, war theoretisch zu nichts zu brauchen.

Der Trainingsraum war gut besucht. Mehrere Marines trainierten an den reichlich vorhandenen Maschinen und stemmten schwere Trivitanium-Gewichte, als ob diese nichts wiegen würden, während Mitglieder der Trooper ihre Ausdauer strapazierten und auf den Laufbändern neue Rekorde aufstellten. Im Hintergrund lief aggressive Rockmusik, um auch den letzten Rest an Potential aus den Trainierenden zu holen und die Soldaten zu Höchstleistungen anzutreiben.

Mel liebte das Trainingscenter und vor allem dessen Ring. Denn das war der einzige Ort des Jagdgleiters, an dem alle Soldaten gleich waren, und sogar ein Fähnrich die Chance hatte, einen Offizier auf die Bretter zu schicken. Nicht, dass das bisher allzu oft vorgekommen wäre.

Aber zumindest gab es für rangniedere Mitglieder der Streitkräfte die Möglichkeit, sich für vermeintlich ungerechtfertigte Behandlungen ihrer Vorgesetzten zu revanchieren oder andere Meinungsverschiedenheiten mit ihnen relativ unbürokratisch und direkt zu klären.

»Wurde Frosts Fall schon verhandelt?«, wollte Mel wissen und biss sich sofort auf die Zunge, als er sah, wie Roonys Blick sich verdunkelte. »Vergiss es einfach, geht mich im Grunde ja nichts an …«

»Nein«, erwiderte er knurrend. »Seine Beziehungen scheinen weiter zu reichen als ich erwartet hatte. Clan-Offiziere halten in solchen Fällen zusammen. Selbst wenn es sich um einen Wahnsinnigen wie Damian handelt.« Roony hämmerte seine Cyberfaust vor Wut in den gepolsterten Eckpfosten und hätte ihn fast aus der Verankerung gerissen. »Er wurde auf einen Rehabilitationsgleiter versetzt, weil seine Anwälte die Anhörungen, die psychiatrischen Gutachten und die Beweisaufnahme entsprechend gestaltet haben.« Er sah Mel ernst an. »Vielleicht wäre es besser gewesen, du hättest ihn …«

»Nein«, entgegnete er knapp. »Jedenfalls nicht für mich, Carl. Und das weißt du auch.«

»Manchmal muss man ein Opfer bringen, um größeres Leid zu verhindern …«

»Ich denke, ich habe genug Opfer für die Union gebracht«, erwiderte er und wischte sich mit dem Handschuh übers schweißnasse Gesicht. »Deshalb liegt es nun an der Administration, sich um Frost zu kümmern. Ich habe genug getan, um ihnen zu helfen. Er ist jetzt deren Problem.«

Roony atmete scharf aus. »Vielleicht wird er irgendwann wieder zu deinem Problem … oder zu meinem.«

Mel zuckte nur mit den Achseln. »Wie läuft es mit Laura?«

»Wüsste nicht, was dich das angeht, Freundchen«, erwiderte Roony schmunzelnd und zog sich die Handschuhe wieder an. »Aber um deine unangebrachte Neugier über mein Privatleben zu stillen: Ich denke, es läuft ganz gut.«

Mel musste grinsen. Doktor Bricks hatte Roony nach Frosts Angriff das Leben gerettet und sich um ihn gekümmert bis er wieder auf den Beinen und zum Captain befördert worden war. Ihr Engagement war weit über das Verhältnis einer Ärztin zu ihrem Patienten hinausgegangen und Roony hatte entsprechend auf ihre Bemühungen reagiert. Es war offensichtlich gewesen und Mel musste noch heute schmunzeln, wenn er daran dachte, wie die beiden es anfangs vor der Mannschaft verheimlichen wollten.

»Das freut mich wirklich für dich, Carl.«

»Danke …«, erwiderte er und schlug die Handschuhe provokativ gegeneinander. »Und jetzt mach dich auf eine Tracht Prügel gefasst.«

Mel grinste breit. »Übernimm dich nicht, alter Mann.«

»Alter *was?*«

»Hast mich schon verstanden.«

Roony schnaubte verächtlich. »Dir muss man wirklich Manieren beibringen.« Er grinste ihn herausfordernd an. »Am besten noch vor heute Abend. Magistrat Spectra hat uns zum Dinner auf die Ruthless geladen …«

Mel hob überrascht eine Augenbraue, da er davon nichts wusste und sich Gerüchte normalerweise schnell auf der Hawk verbreiteten.

»… er will sich mit uns über die bevorstehende Mission unterhalten, *bevor* Lord Banda zu uns stößt.«

»Hat er gesagt, warum?«

»Nein«, entgegnete Roony. »Aber er wollte nicht per Komm-System darüber reden. Das bedeutet nichts Gutes, wenn du mich fragst.«

»Abwarten. Olyn ist ein sehr misstrauischer Mann. Er hat eine gesunde und vielleicht auch angebrachte Skepsis gegenüber externen Kommunikationsverbindungen jeglicher Art. Das bedeutet nicht, dass …«

»Die Lage ist so angespannt wie schon lange nicht mehr«, unterbrach Roony ihn. »Der Botschafter ist von einem verdammten Schmuggler zu uns gebracht worden. Das bedeutet, dass keiner der Beteiligten den anderen über den Weg traut, sonst hätte Roak auch auf der Carnage unter dem Schutz der Administration reisen können. Damit hat er der gesamten Union das Vertrauen entzogen, während Callen Sempa nur darauf wartet, einen Grund zu bekommen, endlich gegen uns vorgehen zu können. Dieser Irre hält sich nur zurück, weil Anis Thorva ihn im Moment nicht bei seinen kriegstreiberischen Absichten unterstützt. Sobald die Sandwölfe dem Lord des Nordens mit ihren Streitkräften beistehen, wird die Hölle losbrechen.«

Als Roony den Anführer der Sandwölfe erwähnte, hatte Mels Herz einen Sprung gemacht und seine Gedanken waren sofort zu Lin abgedriftet, die laut ihrer eigenen Aussage in den Diensten des Piratenlords stand. Und obwohl er sich nicht wirklich etwas davon versprach, hoffte er, sie im Laufe der nächsten Tage wiederzusehen. Allein die Aussicht jagte ihm einen wohligen Schauer über den Rücken, der ihm eindeutig bewies, dass er sie stärker vermisste als er sich eingestehen wollte.

»Warum steht Thorva nicht an Sempas Seite? Sie sind doch beide Thrill?«, wandte Mel ein.

»Er wird seine Gründe haben«, antwortete Roony, während im Hintergrund der Timer begann, von zehn gegen null zu zählen. »Soweit es mich angeht, sitzen wir auf einem Pulverfass, das jederzeit hochgehen kann. Und das solltest auch du nicht vergessen, solange wir den Botschafter an Bord haben.«

»Das werde ich nicht«, erwiderte Mel und überprüfte den Sitz seiner Handschuhe. »Und jetzt komm, *alter Mann*. Bringen wir es zu Ende.«

Roony grinste ihn herausfordernd an und ging ihm entgegen, während der Timer bei *›drei‹* angekommen war. »Wie du willst, Junge …«

Zwei.

Sie streckten ihre linken Arme aus, bis sich die Handschuhe kurz berührten. Diese Geste des Respekts ging jeder Runde im Ring voran, den man – selbst wenn man ihn verfeindet betreten hatte – als Kameraden verlassen sollte. Kurz darauf legte sich ein Schatten über Mels inneres Auge …

Eins.

… und für den Bruchteil einer Sekunde hörte er das Reißen von Haut, das Geschrei von Aasgeiern und das Wimmern einer Frau, die sich nicht weit von ihm entfernt befand. Danach war der Eindruck vorbei. Aber dessen Wirkung hallte noch in seinem Kopf nach und machte es ihm unmöglich, sich auf seine Umgebung konzentrieren zu können …

Start.

… weshalb Roonys Cyberfaust ihn wie ein Vorschlaghammer traf und die siebte Runde beendete, bevor sie richtig begonnen hatte.

»Sie sollten in Zukunft etwas vorsichtiger mit Ihren Offizieren umgehen, Captain«, stellte Olyn Spectra schmunzelnd fest, während er auf Mels leicht geschwollenes Jochbein deutete. »Gute Männer sind schwer zu finden. Vor allem in diesen Zeiten.«

»Ich werde Ihre Worte bei nächstbester Gelegenheit beherzigen, Magistrat«, erwiderte Roony und verzog den Mund zu einem breiten Grinsen, das seiner Genugtuung wegen des Sieges über seinen viele Jahre jüngeren Sparringspartner den nötigen Ausdruck verlieh. Mel hatte ihm nichts von der verstörenden Ablenkung erzählt, die ihn in Roonys Faust hatte laufen lassen. Denn er wollte ihn nicht unnötig beunruhigen. Genauso wenig, wie er sich selbst beunruhigen wollte. Außerdem konnte er sich kaum an die bruchstückhaften dunklen Eindrücke erinnern. Selbst die Geräusche, die er geglaubt hatte zu hören, lösten sich bereits in seiner Erinnerung auf und er war sich nicht mehr sicher, ob er sich diese nur eingebildet hatte oder nicht. Und vielleicht hatte er sein Unterbewusstsein wegen Doktor Bricks' Ausführungen über mögliche Wahnvorstellungen geradezu angestiftet, entsprechende Bilder heraufzubeschwören.

Mel schüttelte den mindestens ebenso verstörenden Gedanken ab und konzentrierte sich wieder auf seine Gesprächspartner, die ihn mit wohlwollenden Blicken bedachten und sich gleichzeitig köstlich über seinen Ausrutscher amüsierten.

Olyn Spectra war am späten Nachmittag auf der Ruthless eingetroffen. Der beeindruckende Kommandogleiter war in einiger Entfernung zur Hawk vor Anker gegangen, worauf die Verstärkungen mit Hilfe von Truppentransportern auf den Jagdgleiter gebracht worden waren, um die neuen Soldaten ohne Umschweife den verantwortlichen

Offizieren zuzuteilen. Sie hatten keine Zeit, die Männer und Frauen mit Samthandschuhen anzufassen. Aber da die meisten bereits auf anderen Gleitern gedient hatten, erübrigte sich eine ausufernde Eingewöhnungsphase. Ein Vorteil, den die Offiziere durchaus zu schätzen wussten.

Zwei Stunden später waren sie von der Ruthless gerufen worden und der Einladung des Magistrats gefolgt.

Olyn Spectra war ein drahtiger Mann. Er trug seine schwarzen Haare relativ kurz und besaß stahlblaue Augen, die eindringlicher nicht hätten sein können. Mel hatte ihn bis jetzt nie in einer Stresssituation erlebt. Aber er ging davon aus, dass er diese ohne Probleme meistern würde. Sein schwarzer Anzug schmiegte sich an seinen austrainierten Körper und unterstützte den Eindruck von Jugend, obwohl er sich in Roonys Alter befinden musste. Mel hatte aus Anstand verzichtet, danach zu fragen, und ging davon aus, dass er sein jugendliches Aussehen mehreren biochirurgischen Eingriffen zu verdanken hatte, die in den Kreisen der Politiker relativ angesehen waren. Ein jugendlicher Eindruck bedeutete Stärke, die wiederum zur Macht führte, nach der sich alle Menschen dieses ganz besonderen Schlags so sehr sehnten. Aber im Gegensatz zum Gesicht des Botschafters, wirkte Olyns Aussehen natürlich und nicht künstlich.

Das Dinner fand im Besprechungszimmer seines persönlichen Quartiers statt, das für den Anlass entsprechend umgestaltet worden war. Der Tisch war reich gedeckt. Es gab verschiedene Gerichte von unterschiedlichen Welten, die von der Küchencrew liebevoll präsentiert worden waren. Dazu gab es Weine und andere Getränke, von denen Mel noch nie etwas gehört hatte. Hin und wieder betrat ein Mitarbeiter des Kantinenchefs den Raum, um nach dem Rechten zu sehen. Bis auf diese seltenen Unterbrechungen waren die Anwesenden allerdings unter sich, was dem ernsten Thema, das sie zu besprechen hatten, nur angemessen war.

»Die Fähigkeiten eines Offiziers haben nichts mit seinem Alter zu tun«, wandte Roak ein. »Vielleicht ist Ihr Special Ops einfach nicht gut genug, um es mit Ihnen aufzunehmen, Captain?« Der Botschafter sah herausfordernd in die Runde und wartete auf Roonys Reaktion. Indem er Mel unterstellt hatte, ein schlechter Soldat zu sein, hatte er Roonys Sieg über ihn ebenfalls herabgewürdigt. Und der Captain würde das nicht auf sich sitzen lassen, so weit Mel ihn kannte.

»Wenigstens habe ich kein Identitätsproblem«, erwiderte Roony und deutete auf Roaks traditionelles Thrill-Gewand, das wie ein Sack an ihm hing. Danach schob der Captain eine geschlossene intensiv nach Fisch riechende Muschel an den Rand seines Tellers. Mel kratzte mit der Gabel über ein entsprechendes Exemplar vor sich und fragte sich, wie man das Ding wohl aufbekam, oder ob es sich nur um Dekoration für den Rest des vorzüglichen Essens handelte.

»Was haben Sie an meiner Stoka auszusetzen, Captain? Ist sie Ihnen nicht unionistisch genug? Stört Sie vielleicht daran, dass sie gegen den Herrschaftsanspruch der Union über all die unterdrückten Völker und Spezies steht, die das Pech hatten, ihren Ursprung auf rohstoffreichen Planeten zu haben?«

»Ist das Ihr Ernst?«, entgegnete Roony kalt. »Für mich sieht es eher aus, als ob Sie lieber ein Thrill denn ein mit unzähligen Privilegien ausgestatteter Clanoffizier sein wollen. Allerdings macht dieser lächerliche Fetzen ...«, er deutete auf das mit fein gearbeiteten Symbolen bestickte Gewand, »... genauso wenig einen aus Ihnen, wie es einen aus mir machen würde. Es ist nur ein einfacher nichtssagender Stoff, der an Ihnen so deplatziert wirkt wie eine Jungfrau in einer Bar voller anduesischer Huren.«

Die Züge des Botschafters verhärteten sich schlagartig, während sich seine Hand verkrampfte und das Messer so tief ins zarte Fleisch seines Gerichtes trieb, bis es über den Boden des Tellers kratzte. Kurz darauf rümpfte er angewidert die Nase und schob seine Muschel ebenfalls zur Seite.

»Sie werden immer ein Clanoffizier bleiben, Sir.« Roony sah den Botschafter triumphierend an, hob sein Glas Wein und prostete ihm zu. »Daran wird auch ihr *Kleid* nichts ändern.«

Bevor Roak etwas erwidern konnte, mischte sich Spectra ein. »Wir sollten uns jetzt den bevorstehenden Ereignissen zuwenden, meine Herren«, begann er diplomatisch. »Wenn wir es nicht schaffen, den Botschafter wie geplant zum Treffpunkt zu bringen, um den Friedensvertrag zu unterschreiben, werden die von Ihnen angesprochenen Klassenunterschiede nicht mehr wichtig sein.«

»Friedensvertrag?«, wandte Roony ein. »Ich dachte, es geht um ein Handelsabkommen?«

»Das ist richtig, Captain«, erwiderte Spectra. »Da bei Nichtunterzeichnung allerdings ein Krieg droht, dessen Auswirkungen nicht wirklich abzuschätzen sind, bezeichne ich ihn gerne als *Friedensvertrag*, um seine Wichtigkeit zu unterstreichen.«

Roony schnaubte verächtlich. »Waren nicht Sie es, der vor einem Jahr massiv gegen Callen Sempa und die *Deadlands* vorgehen wollte?«

»Das ist korrekt«, räumte Spectra ein. »Da die Ripper seit der Auseinandersetzung mit Ihnen die Frachter der Liga allerdings weitestgehend unbehelligt lässt, konnte ich die hinter mir stehenden Gruppen vorerst davon abbringen, Strafmaßnahmen gegen den Norden zu ergreifen.« Er sah ernst in die Runde. »Trotzdem sollten wir dafür sorgen, dass das auch so bleibt. Eine größere Auseinandersetzung könnte unabsehbare Konsequenzen für die Thrill haben.«

»Wie sollte ein Krieg schon ausgehen?«, mischte sich Roak knurrend ein. »Die Thrill würden endgültig ausgelöscht werden. Die Union hat bereits zwei Drittel von ihnen vernichtet und die Überlebenden in einem Reservat zusammengepfercht.« Er funkelte Roony wütend an. »Und das nur, weil damals die Verluste auf beiden Seiten so groß waren, dass die Administration es sich nicht leisten konnte, ihren Vernichtungskrieg auch nur einen Tag länger dauern zu lassen.«

»Was sehen Sie mich an?«, entgegnete Roony wütend. »Ich hab nur meine Pflicht getan. Genau wie jeder andere Soldat in der Unionsarmee.«

»Ihre Pflicht«, wiederholte Roak verächtlich. »Wie erbärmlich. Sie haben doch …«

»Schuldzuweisungen bringen uns nicht weiter«, unterbrach Spectra ihn mit schärferer Stimme. »Wir sind hier, um den Frieden mit den Thrill zu erhalten. Vergessen Sie das nicht.«

Roony schluckte seinen Kommentar hinunter, atmete scharf aus und wandte sich an seinen Gastgeber. »Warum wollten Sie sich ohne Lord Banda mit uns treffen? Gibt es Probleme?«

Der Gesichtsausdruck des Botschafters, der ohnehin nicht mehr als optimistisch interpretiert werden konnte, verdunkelte sich erneut, nachdem Roony den Namen des Unionslords erwähnt hatte.

»Es gibt Gerüchte …«, erwiderte Spectra vorsichtig. »Gerüchte über einen Verbund innerhalb der Union, der einen Krieg mit den Thrill begrüßen würde. Viele unserer Minen sind bereits versiegt oder stehen kurz davor. Die Administration sieht die zugesagten Fördermengen für die Kernwelten in Gefahr und sucht nach Wegen, diese auch in den kommenden Jahren garantieren zu können.«

»Wenn wir ehrlich sind, gibt es nur einen Weg«, fuhr Roak erneut dazwischen. »Sie werden sich die Schürfgebiete im Norden unter den Nagel reißen – nachdem sie die Thrill vernichtet haben.«

Spectra nickte und sah ernst in die Runde. »Diese Gruppe innerhalb der Union hat es auf die Rohstoffe im Norden abgesehen. Ihre Mitglieder würden jeden Grund nutzen, einen Krieg vom Zaun zu brechen, um zu bekommen, was sie wollen. Deshalb ist die Wahrscheinlichkeit eines Versuchs, unsere Mission zu sabotieren, nicht gerade gering.«

»Gehört Banda dazu?«, wollte Roony wissen und schenkte sich ein Glas Wein ein.

»Das kann ich weder beweisen noch ausschließen, Captain. Lord Banda gilt als absolut loyal gegenüber der Union und den Kernwelten. Da seine Macht von der Stärke der Administration abhängt, wird er alles dafür tun, deren Autorität aufrechtzuerhalten. Wir werden also vom Schlimmsten ausgehen müssen und uns entsprechend verhalten.«

Roony nickte und nahm einen Schluck Wein. »Solange wir uns innerhalb der Ebene aufhalten, werden sie keinen Angriff wagen. Wir haben freie Sicht zum Horizont und die Wettervorhersagen für diesen Sektor schließen Sandstürme für die nächste Woche definitiv aus. Sergeant Rokka?«

»Meine Scouts haben in den Riffen Stellung bezogen

und werden uns rechtzeitig warnen, falls sich fremde Gleiter unserer Position nähern sollten.«

»Gut«, übernahm Spectra wieder und schenkte sich ein Glas Wein ein. »Ich werde noch heute zu Anis Thorvas Basis aufbrechen, um mit dessen Beratern unser weiteres Vorgehen zu besprechen und eventuelle Schwierigkeiten schon im Vorfeld aus dem Weg zu räumen.«

»Schwierigkeiten?«, wandte Roony überrascht ein. »Was denn für Schwierigkeiten? Thorva ist ein Thrill oder nicht? Er hat sicher nichts gegen die Unterzeichnung des Vertrags. Wie man hört, laufen seine Geschäfte sehr gut, seitdem in seinem Sektor Ruhe eingekehrt ist.«

»Das ist wahr«, stimmte Spectra zu. »Aber nicht alle Thrill lassen sich mit ein paar Krediten abspeisen und ruhig halten. Sempa hat überall Verbündete, die nichts dagegen hätten, sich bei der Union und der Liga für die Besatzungszeit und all die Kriege zu revanchieren, die ihnen seitdem aufgezwungen worden waren. Deshalb werde ich die Lage klären, bevor Sie den Botschafter in die Nähe Bas Tortuas bringen. Sobald ich mir sicher bin, dass alles in Ordnung ist, können Sie mir folgen.«

»Dann werden wir keinen Aufenthalt in Bas Tortua haben?«, meldete sich Mel zu Wort, dessen Hoffnung, Lin wiederzusehen, gerade erheblich geschrumpft war.

»Ich fürchte nicht«, bestätigte Spectra und trank von seinem Wein. »Sobald ich mich bei Thorvas Beratern vergewissert habe, dass es kein Problem geben wird, sollten wir machen, dass wir die Grenze zum Reservat erreichen. Wenn wir es erst mal zum Treffpunkt geschafft haben, wird auch die Wahrscheinlichkeit eines Sabotageaktes deutlich abnehmen. Wenn, dann werden sie uns auf dem Weg dorthin auflauern.«

»Das denke ich auch«, schloss sich Roony an.

Der Botschafter bedachte Spectra mit einem skeptischen Blick. »Warum vergewissern Sie sich nicht direkt bei Thorva? Warum gehen Sie den Weg über dessen Berater?«

Spectra ignorierte Roaks Frage und trank erneut vom Wein, während Mel Lins Bild nicht mehr aus dem Kopf bekam. Allerdings schien die Situation ernster zu sein als angenommen, weshalb sich die Prioritäten für alle Beteiligten gerade verlagert hatten.

Spectra hob sein Glas und wartete, bis die anderen es ihm gleichgetan hatten. »Auf den Frieden …«

»Auf den Frieden!«

Sie stießen miteinander an, tranken und lehnten sich anschließend zufrieden in ihren Sesseln zurück.

Draußen war die Sonne bereits hinter dem Horizont verschwunden und hatte den beiden Monden Platz gemacht, die die karge Landschaft in einen gespenstischen Schimmer tauchten – während das Geschrei der Aasfresser lautstark über die Ebene hallte.

SABOTAGE

Laura wurde um 1900 Stunden vom Zischen des Schotts geweckt. Sie richtete sich verwirrt auf und rieb sich die Augen, bis sie sich ihrer Umgebung bewusst wurde. Sie lag auf einer der Liegen im Behandlungszimmer. Anscheinend bereits länger, als sie angenommen hatte. Gott! Sie konnte sich noch daran erinnern, Sergeant Rokka behandelt zu haben und anschließend in den Untersuchungsraum gegangen zu sein, um für eine Minute die Augen zu schließen. Aber ihre Erschöpfung schien ihr einen Strich durch die Rechnung gemacht und sie in einen tiefen Schlaf verabschiedet zu haben, der ihre sehnlichsten Wünsche zutage gefördert hatte. Sie hatte von einer Zukunft mit Carl geträumt. Einem Leben, das sie niemals würde führen können. Denn die geheime Organisation der Liga – Secoma – bestimmte seit jeher über sie. Und das würde sich bis zum Ende ihres Lebens auch nicht ändern. Sie hatte schon oft darüber nachgedacht, sich einfach abzusetzen und für immer zu verschwinden. Aber die ständig auftretende Panik hatte es nie so weit kommen lassen. Sie würde in der Welt da draußen ohne den Halt Secomas weder zurechtkommen noch überleben. Sie kannte doch nichts anderes und der Gedanke, von der Organisation getrennt zu werden, schnürte ihr regelmäßig die Luft ab. Nachdem sie ihre Verlustangst und die daraus entstehende Panik mehr als einmal in die Schranken verwiesen hatte, hatte sie dem Willen der Organisation entsprochen, sich unterworfen und getan, was man von ihr verlangt hatte. Immer und immer wieder. Wie ein Roboter, der darauf wartete, aktiviert zu werden. Aber seit sie Carl kannte, war etwas von dem lange verloren geglaubten Widerstand wieder aufgekeimt. Ein winziger Funke, der darauf wartete, entzündet zu werden. Allerdings fürchtete sie sich vor den möglichen Konsequenzen und verdrängte die rebellierenden Gedanken in der Regel so schnell, wie sie aufgetaucht waren. Denn jetzt war nicht die Zeit, um ihr inneres Gleichgewicht zu verlieren. Sie musste standhaft bleiben und funktionieren. So wie sie es all die Jahre über getan hatte.

Laura streckte sich seufzend und wollte aufstehen, als eine unbekannte Stimme erklang und sie vor Schreck herumfuhr.

»Ich wollte Sie nicht stören, Doktor Bricks. Aber ich weiß nicht, wo sich mein Quartier befindet.«

Vor ihr stand eine junge Frau in einem medizinischen Kittel. Sie war schlank und schien eine Menge Sport zu treiben, was Lauras schlechtes Gewissen wegen ihrer eigenen Faulheit nicht wirklich linderte und eine natürliche Abneigung gegen die medizinische Assistentin in ihr hervorrief. Sie hatte dunkelrote glänzende Haare, die ihr bis zum Kinn hingen. Eine ihrer Schläfen war rasiert. Laura konnte an der Stelle eine unscheinbare Buchse erkennen. Außerdem schimmerten ihre Augen in der düsteren Umgebung rötlich, was auf Augmentationen hindeutete. Ihr Gesicht war hübsch und passte zu dem fast athletischen Körper. Außerdem wirkte es irgendwie vertraut. Laura war sich sicher, sie noch nie zuvor gesehen zu haben. Und doch ließ sich das Gefühl nicht einfach abschütteln.

»Und Sie sind?«

»Oh, Entschuldigung.« Die Frau reichte ihr die Hand. »Ich bin Ivy Pulsa, Ihre neue Leitassistentin. Ich bin heute Nachmittag von der Ruthless auf die Hawk gebracht worden. Aber die Registrierung hat so lange gedauert. Deshalb hab ich es erst jetzt zu Ihnen geschafft.«

»Na dann willkommen an Bord«, begrüßte Laura sie und schüttelte kurz ihre Hand. »Sie haben das Quartier gegenüber meinem zugewiesen bekommen. Ich wollte hier ohnehin Schluss machen. Kommen Sie einfach mit. Ich werd Sie hinbringen.«

»Vielen Dank«, erwiderte Ivy erleichtert. »Ich bin hundemüde.«

Laura lächelte. »Das ist mein Dauerzustand, seitdem ich meine Assistentin verloren hab. Schön, dass Sie da sind.«

»Was ist denn mit ihr passiert?«

Laura sah sie fragend an.

»Mit Ihrer Assistentin, meine ich.«

»Oh …« Sie stand auf und strich ihre zerzausten Haare zurück. »Sie ist zusammen mit mehreren Soldaten bei einem Routineeinsatz gestorben. Der Captain geht von einem Überfall streunender Piraten aus.«

»Unsichere Gegend, nehme ich an?«

»Wo kommen Sie her?«

»Aus dem Westen, nahe Mog Anun.«

»Auf jeden Fall unsicherer als dort«, erwiderte Laura schmunzelnd und bereute bereits, ablehnende Gefühle für

Ivy verspürt zu haben. Sie schob es auf den Mangel an Schlaf und ging mit ihrer neuen Assistentin zum Schott, das sich automatisch öffnete.

Ivy zog einen schwarzen geräumigen Koffer hinter sich her, der Laura an ihren eigenen erinnerte, der seit Monaten unbenutzt in der Ecke ihres Quartiers verstaubte. Alpha hatte sich bis heute nicht gemeldet, um ihr die Koordinaten für den Treffpunkt zur Übergabe der Vergleichsprobe mitzuteilen. Und sie hasste es, untätig herumsitzen und warten zu müssen. Weshalb sie über das höhere Maß an Arbeit nach dem Verschwinden ihrer Assistentin im Grunde ganz froh gewesen war. Denn es hatte sie abgehalten, ständig darüber nachzudenken, warum Alpha nichts mehr von sich hatte hören lassen, obwohl er es nach der Auseinandersetzung versprochen hatte.

»Stimmt etwas nicht?« Ivy sah sie aufmerksam an, während sie durch die Gänge des Jagdgleiters schlenderten und im Hintergrund das monotone Summen von Generatoren und Aggregaten zu hören war, die rund um die Uhr zuverlässig ihren Dienst verrichteten. Abgesehen davon war es still.

»Alles in Ordnung. Es geht um meinen Vater«, log Laura. »Ich warte seit Monaten auf eine Nachricht von ihm und mache mir langsam Sorgen.«

»Warum kontaktieren Sie ihn nicht?«, erwiderte Ivy und starrte sie mit großen Augen an. »Ich meine, wenn die Unwissenheit Sie so belastet.«

»Ich kann nicht«, entgegnete sie vorsichtig. »Er ist viel unterwegs und wir haben abgemacht, dass er sich bei mir meldet, wenn er Zeit findet. Aber ich habe schon so lange nichts mehr von ihm gehört, wissen Sie? Und ich fürchte, dass ihm etwas zugestoßen sein könnte.«

»Dann liegt es wohl an Ihnen, mehr über seinen Verbleib herauszufinden, oder nicht?«

Tat es das? Alpha hatte sie klar instruiert, dass er sich bei ihr melden würde, sobald er Näheres über ein mögliches Treffen mit dem Agenten wusste. Seine Anweisung war eindeutig gewesen. Aber jetzt, da sie wieder eine Assistentin und dadurch mehr Zeit hatte, würden die bohrenden Gedanken bald wieder an ihr nagen und Laura hatte keine Lust, noch länger auf eine Reaktion des geheimnisvollen Verbindungsoffiziers zu warten. Auf der anderen Seite wusste sie, dass ein Verstoß gegen seine Anweisungen Konsequenzen nach sich ziehen würde. Konsequenzen, die vielleicht nicht nur sie betreffen würden.

»Ich fürchte, Sie haben recht, Leitassistentin Pulsa«, stellte sie schließlich fest. »Ich werde demnächst versuchen, ihn zu erreichen.«

Ivy lächelte und folgte ihr um die Ecke, bis Laura vor einem Schott stehenblieb. »Hier ist es. Mein Quartier befindet sich gegenüber.« Sie zeigte mit dem Finger auf den verschlossenen Eingang. »Wenn Sie noch Fragen haben, können Sie mich jederzeit besuchen, okay?«

»Vielen Dank für das Angebot, Doktor Bricks. Aber ich werd schon klarkommen. Das hier ist nicht der erste militärische Gleiter auf dem ich diene.« Als Ivy vors Schott trat, öffnete es sich automatisch. »Wir sehen uns morgen. Ich freue mich darauf, mit Ihnen zusammenzuarbeiten.«

Laura nickte und wartete, bis ihre neue Assistentin in dem Quartier verschwunden war. Anschließend wandte sie sich um und wartete, bis ihre Komm-Einheit in Kombination mit ihrem elektronischen Rangabzeichen sie beim Quartier-Subsystem als Berechtigte angemeldet hatte und das Schott zischend zur Seite glitt. Als sie den Raum betrat, wurde die indirekte Beleuchtung aktiviert. Sie ging zur Pritsche, holte den Koffer aus der Ecke und öffnete ihn mit einem Retina-Scan ihrer Pupille. Sie ignorierte die Waffen und holte die kleine Komm-Einheit aus einem Nebenfach, das sich neben dem mit Mels Blutprobe befand. Ihre Bewegungen, die sich seit Monaten Tag für Tag wiederholten, waren mittlerweile zu einem Teil ihrer täglichen Routine geworden.

Anschließend schloss sie das Gerät an eines der Subsysteme des Kommunikationssystems an und richtete eine gesicherte Verbindung ein. Danach blieb ihr nichts anderes übrig, als zu warten. Außerdem war das Zeitfenster knapp bemessen. Nach dessen Ablauf würde sie alles wieder abbauen und am folgenden Tag den nächsten Versuch starten.

Während die Einheit nach einem Empfänger für die Verbindung suchte, kreisten Lauras Gedanken wieder um Carl, der auf ihre Avancen reagiert hatte und seit Monaten versuchte, ihre Beziehung zu vertiefen. Aber Laura hielt ihn auf Abstand und fühlte sich mehr als schlecht deswegen. Im Grunde hatte sie für das Gelingen ihrer Mission nur die besten Voraussetzungen schaffen wollen, wie es ihr einst von ihren Ausbildern beigebracht worden war. Sie hatte einen ranghohen Offizier für sich gewonnen und sie hatte einem Mann mit besonderen Fähigkeiten einen Gefallen abgerungen, den sie jederzeit abrufen konnte. Ihre Tarnung war noch intakt und niemand hegte auch nur den geringsten Zweifel an ihr oder ihrer Loyalität gegenüber der Union. Das Dumme war nur, dass sie Carl wirklich mochte. Zumindest war sie einige Monate davon überzeugt gewesen, bis sich Zweifel über die Gefühle für ihn in ihr breitgemacht hatten und sie irgendwann nicht mehr gewusst hatte, ob sie ihn benutzte oder wirklich mochte. Seitdem war sie etwas auf Abstand gegangen. Denn sie wollte ihn nicht zusätzlich mit Gefühlen belasten, die vielleicht gar nicht echt waren. Dafür war er ein viel zu guter Kerl. Außerdem wollte sie ihr schlechtes Gewissen, das ohnehin schon schwer genug auf ihr lastete, nicht noch vergrößern.

»Omega?«

Die zerhackte Stimme ließ sie zusammenfahren. Sie hatte sich monatelang so sehr gewünscht, kontaktiert zu werden, dass sie jetzt wie paralysiert vor der Komm-Einheit saß und sich zwingen musste, Alphas Frage zu erwidern.

»J… ja?«

»Die Übergabe steht kurz bevor. Wir wissen, dass der Gleiter, auf dem Sie sich im Moment befinden, schon bald in den Norden aufbrechen wird. Wir haben den Agenten aktiviert. Er ist bereits auf dem Weg. Sobald ich die Koordinaten für den Treffpunkt bekomme, werde ich diese unverzüglich an Sie weiterleiten. Verhalten Sie sich ruhig und unauffällig bis es so weit ist. Haben Sie verstanden?«

»Ja, Alpha. Dürfte ich fragen, ob …«

Ihr Gesprächspartner kappte die Verbindung und überließ Laura wieder dem monotonen Signalton, der sich wie ein Bohrer in ihren Schädel trieb, bis sie ihn fluchend abstellte. Manchmal hasste sie, wie der Verbindungsoffizier mit ihr umging. Aber da sie weder wusste, wer sich hinter der zerhackten Stimme verbarg, noch wo er oder sie zu finden war, biss sie die Zähne zusammen und verstaute das Gerät wieder in ihrem Koffer. Sie schloss den Deckel und stellte ihn zurück in die Ecke, um sich hinterher in das funktional gestaltete Bad zu schleppen. Zehn Minuten später ließ sie sich erschöpft auf die Pritsche fallen und hoffte, dass sich Alpha nicht erst wieder in ein paar

Monaten melden würde – denn sie hatte verdammt noch mal genug davon, wie ein gefälliger Hund auf seinen Abruf zu warten.

Mel sah Spectra zu, wie er hochkonzentriert das Fleisch eines Krebses aus den Schalen dessen Panzers extrahierte und die einzelnen Teile wie kleine Schätze auf seinem Teller nebeneinanderlegte. Er träufelte eine der exotischen Saucen über das weiße Fleisch und wartete, bis sich dunkle Flecken gebildet hatten, die dem Ganzen erst den einzigartigen Geschmack verliehen. Als er Mels Blick bemerkte, begann er zu lächeln.

»Um Dinge wirklich genießen zu können, muss man oft ein gewisses Maß an Geduld mitbringen, das den meisten Menschen leider fehlt«, bemerkte er und streute kleinste Mengen einer geriebenen Pflanze über die geschlossene intensiv nach Fisch riechende Muschel auf seinem Teller, die neben dem Krebsfleisch lag.

»Sir?«

Olyn lächelte ihn an, während sein Blick über die benutzten Teller schweifte, vor denen noch vor kurzem der Captain und der Botschafter gesessen hatten. Bis auf die unappetitlich aussehenden Muscheln hatten sie nichts zurückgelassen. Da die gegenseitige Abneigung der beiden Männer offensichtlich gewesen war, hatten sie irgendwann die Konsequenzen gezogen und das Dinner beendet, nachdem die wichtigsten Punkte bezüglich ihrer gemeinsamen Mission besprochen waren.

Spectras Blick verdunkelte sich. »Manche Dinge können nicht verhindert werden, Sergeant. Wir können es versuchen, aber sie werden trotzdem eintreten. Ob wir dies nun wollen oder nicht. Alles, was uns bleibt, ist, eine Seite zu wählen und zu hoffen, dass sich diese am Ende durchsetzen wird.«

»Sie meinen einen eventuellen Krieg zwischen der Union und den Thrill?«

Spectra nickte. »Die involvierten Kräfte sind zu gewaltig, um sie steuern zu können. Man kann sie beeinflussen, kurzfristig vom Kurs abbringen und verzögern, aber man wird sie nicht aufhalten können.«

»Dann ist es nur eine Frage der Zeit?«

»Ich fürchte, ja …«

»Ist unsere Mission dann nicht zum Scheitern verurteilt?«, entgegnete Mel vorsichtig. »Sollten wir unsere Kräfte nicht besser dort einsetzen, wo wir etwas verändern können, anstatt sie an ein unerreichbares Ziel zu verschwenden?«

»Und die Thrill damit aufgeben?« Spectra sah ihn herausfordernd an. »Ein weiteres Volk der Zwölf Ringe, das wegen der Rohstoffe seines Heimatplaneten dazu verdammt war, für immer zu verschwinden?«

Mel hob nur entschuldigend die Schultern. Da er nicht wusste, worauf der Magistrat hinauswollte, hielt er sich vorerst mit einer Meinung zurück.

»Der Botschafter liegt nicht ganz falsch, wissen Sie? Auch wenn er einen mehr als bemitleidenswerten Geschmack hat, was seine Kleidung angeht, um seinen Protest gegen das System auszudrücken.« Spectra schmunzelte. »Allerdings wird er aus seiner kleinen Welt nicht ausbrechen können – auch wenn er noch so gerne ein Thrill wäre. Er ist nichts weiter als ein privilegierter Clanoffizier der Union, der von seinem schlechten Gewissen geplagt wird.«

»Warum wurde ausgerechnet Roak ausgewählt, um bei

Sempa vorzusprechen? Er scheint mir für viele Mitglieder der Administration nicht die erste Wahl zu sein, wenn ich ehrlich bin.«

Spectra begann erneut zu schmunzeln und nahm einen Schluck vom Wein. »Roak wurde von Sempa persönlich angefordert, obwohl er bei der Unterzeichnung nicht eimal selbst anwesend sein wird, da er sich mit den meisten der abgesandten Thrill überworfen hat. Allerdings ist sein Einfluss groß genug, um den Botschafter bestimmen zu können. Und wer weiß schon, was er für ein Spiel spielt. Vielleicht will er sich damit über den Vertrag und die Union lächerlich machen. Roak genießt in den entsprechenden Unionskreisen das Ansehen eines Clowns. Er wird weder ernst genommen noch als fähig angesehen, irgendetwas durchzusetzen.« Er nahm erneut einen Schluck vom Wein. »Aber genug davon. Lassen Sie uns lieber über *Sie* sprechen.«

»Über mich?« Mel lehnte sich überrascht zurück. »Wie komme ich zu der Ehre?«

Spectra legte konzentriert ein paar Blätter Salat neben das Krebsfleisch, bevor er antwortete. »Haben Sie den Entschlüsselungsprozess bereits einleiten lassen?«

Mel nickte.

»Gut. Ich habe einen Spezialisten angefordert, der ihn hier auf der Ruthless durchführen und überwachen wird. Der Mann ist ein hochangesehener Professor auf dem Gebiet der Nanotechnologie. Ato Sirra wird in den wissenschaftlichen Kreisen Mog Anwars als Genie gehandelt. Weshalb ich ihm zusammen mit einigen Gönnern ein wissenschaftliches Institut eingerichtet habe. Er wird rechtzeitig hier sein, um Ihren Fall zu übernehmen.«

»Darf ich fragen, warum Sie sich meinetwegen diese Mühe machen?«, wollte Mel wissen. Sein Gesicht schien einen äußerst skeptischen Ausdruck angenommen zu haben, da Spectra beschwichtigend die Handflächen hob und ein Lächeln aufsetzte, das keinen Schluss über seine wahren Absichten zuließ.

»Keine Sorge, Sergeant. Es ist ein Geschenk von mir an Sie. Sie schulden mir nichts dafür. Betrachten Sie es als Dank für Ihre großartige Leistung, den Zwangsdienst der Union bis zum Ende überstanden zu haben. Es gibt tatsächlich nicht viele Scrambler, die das von sich behaupten können.«

»Aber warum ich?«

»Ich hoffe, Sie interpretieren meine Bemühungen nicht als Bestechungsversuch: Aber haben Sie sich schon Gedanken gemacht, was Sie nach Ihrer Rehabilitation mit sich anfangen wollen?«

Mel hob interessiert eine Augenbraue.

»Wollen Sie Ihren Dienst in der Unionsarmee fortsetzen oder wären Sie auch offen für … neue Tätigkeitsfelder?«

Er verzog den Mund zu einem Schmunzeln, während er sein halbvolles Glas auf der Tischdecke hin- und herschob. »Bieten Sie mir einen Job an?«

»Warum nicht?« Spectra nahm eine Zitrone und presste diese über der Muschel auf seinem Teller aus. »Ich hatte noch nie ein Problem damit, Potential in Menschen zu erkennen. Potential, das oft an Positionen verschwendet wird, die niemandem etwas bringen. Weder den Menschen selbst noch der Allgemeinheit.« Er nahm einen weiteren Schluck Wein. »Ich kann Ihnen eine Position anbieten, an die Ihre Talente und Fähigkeiten nicht verschwendet wären. Ich hab genug Macht und Einfluss, um Dinge verändern zu können. Sie sollten mein Angebot also nicht abtun, ohne sich ernsthafte Gedanken darüber gemacht zu haben. Außerdem hatte ich in den letzten Monaten den

Eindruck, dass wir auf professioneller Ebene gut miteinander auskommen – und ich umgebe mich gerne mit Individuen, die mir sympathisch sind.«

Mel fühlte sich wirklich geehrt, dass Spectra in Erwägung zog, ihn – für was auch immer – zu engagieren. Aber die letzten Monate auf der Hawk waren gut für ihn gewesen. Er hatte Freunde gefunden, hatte Anerkennung erfahren und fühlte sich in dieser Gemeinschaft, die ihn nach anfänglichen Schwierigkeiten endlich aufgenommen hatte, mehr als wohl. Und er hatte nicht vor, dieses Gefüge für etwas aufzugeben, das er nicht im Geringsten einschätzen konnte. Olyn Spectra schien ein umgänglicher Mann zu sein, aber Mel hatte bisher nur seine oberflächliche professionelle Seite kennengelernt. Was sich unter all der Höflichkeit und der zurückhaltenden Art verbarg, konnte er im Moment nicht einmal erahnen.

»Ich weiß Ihr Angebot wirklich zu schätzen, Magistrat«, begann er deshalb vorsichtig. »Aber diese Entscheidung wird zu einem großen Teil von meinen Erinnerungen abhängen, verstehen Sie? Erst, wenn ich weiß, wer ich bin, wo ich herkomme und vor allem, was ich getan habe, um in das Seclife-Programm gezwungen worden zu sein, kann ich ernsthaft über meine Zukunft nachdenken.« Er sah ihn an und verzog den Mund. »Wer weiß, vielleicht habe ich etwas angerichtet, das Ihre Meinung über mich grundlegend ändern wird?«

»Das denke ich nicht, Sergeant«, erwiderte Spectra und schenkte sich etwas Wein nach. »Aber ich kann Ihre Vorbehalte natürlich nachvollziehen. Ich wollte Sie nur wissen lassen, dass es in meinem Umfeld einen gutbezahlten Platz für Sie gibt, der Ihnen die Verantwortung zukommen lässt, die Sie verdient haben. Denken Sie einfach über mein Angebot nach und lassen Sie mich wissen, wenn Sie bereit dazu sind, diesen Platz einzunehmen.« Er hob sein Glas und stieß mit Mel an. »Trotzdem bleibt mein Geschenk ein Geschenk. Auch wenn ich es Ihnen nicht ganz ohne Hintergedanken machen werde. Ich will, dass Sie Ihre Erinnerungen uneingeschränkt zurückbekommen, um diese Entscheidung wohlüberlegt treffen zu können.«

Mel trank vom Wein und setzte das Glas auf dem Tisch ab. »Ich weiß dieses *Geschenk* wirklich zu schätzen, Magistrat. Und ich verspreche, angemessen über Ihr Angebot nachzudenken. Egal, was meine Erinnerungen mir bringen werden.«

»Das ist nur fair«, erwiderte Spectra und setzte sein Glas ebenfalls ab. »Und Sie wissen mittlerweile ja, dass ich genug Geduld habe, um Ihre Entscheidung abwarten zu können – egal, wie lange Sie dafür brauchen werden.«

»Sir?«

Spectra tippte lächelnd mit der Spitze seines Messers auf die Muschel, die sich kurz darauf öffnete und das zarteste Fleisch preisgab, das Mel jemals gesehen hatte.

»Das hier ist eine Thrill-Spezialität, wissen Sie? Eine Carnasta«, stellte Spectra fest. »Und die wenigsten Aussenstehenden wissen, dass man sie nur mit Geduld und den entsprechenden Zutaten dazu bringt, ihr Innerstes preiszugeben.«

Mel nickte anerkennend, als sein Komm-Gerät am linken Unterarm vibrierte. Er sah sich die Nachricht an und trank sein Glas aus.

»Ich muss zurück auf die Hawk. Meine Scouts haben etwas entdeckt.«

»Natürlich, Sergeant«, stellte Spectra beiläufig fest, während er ein letztes exotisches Gewürz über sein Mahl streute. »Ich werde demnächst ablegen und Bas Tortua ansteuern, um die nötigen Vorbereitungen zu treffen. Passen Sie auf sich auf.«

Mel stand auf und salutierte vor dem Magistrat. »Sir …«

Danach wandte er sich um und verließ den Besprechungsraum, um zum Oberdeck zu gehen, auf dem ein Transporter auf ihn wartete, der ihn zurück auf die Hawk bringen würde. Bevor er diesen betrat, stellte er sich an die Reling und atmete die kühle Nachtluft tief ein. Er hatte nicht damit gerechnet, dass Spectra ihm einen Job anbieten würde. Diese Option war neu und hatte in den bisherigen Überlegungen, die seine Zukunft betrafen, keine Rolle gespielt. Der Magistrat war ein mächtiger Mann, der genug Einfluss geltend machen konnte, um tatsächlich Dinge zu verändern. Die Frage war nur, ob Mel mit diesen *Dingen* konform ging. Denn im Grunde kannte er Olyn Spectra nicht gut genug, um dessen Überzeugungen und Einstellungen angemessen beurteilen zu können – denn Machtmänner wie Spectra waren nicht ohne Blutvergießen an die Positionen gekommen, auf denen sie Dinge verändern konnten. Dagegen wäre ein Leben auf einem der Unionsgleiter ehrlicher. Auch wenn es stellenweise mindestens ebenso dreckig sein würde.

Kurz darauf blitzte am Horizont etwas auf, das ihn zurück ins Jetzt riss. Er ging zu einer der Beobachtungsplattformen und aktivierte deren optische Einheit. Die Umgebung erschien in grünes Licht getaucht vor seinen Augen, als er mit dem Teleskop und dem integrierten Nachtsichtgerät den Horizont erneut absuchte. Aber auch dieses Mal waren seine Bemühungen nicht von Erfolg gekrönt. Allerdings blieb das Gefühl bestehen, beobachtet zu werden. Irgendetwas stimmte nicht. Seine Nanobiten schienen die Bedrohung ebenfalls wahrzunehmen. Sie vibrierten unmerklich in seinem Körper und jagten ihm kurz darauf einen kribbelnden Schauer über seinen Rücken, der ihn gewarnt aufhorchen ließ. Worauf er fluchte, die Einheit deaktivierte und zielstrebig zum Transporter ging, um auf die Hawk überzusetzen und die Scouts ins Bild zu setzen. Etwas braute sich dort draußen zusammen und er musste so schnell wie möglich herausfinden, um was es sich dabei handelte, bevor es sich zu einer verdammten Katastrophe entwickeln konnte.

Die kühle Luft strich sanft über Jeds Gesicht, während er letzte Vorbereitungen traf und sich anschließend bereit machte. Seine Männer waren auf ihren Positionen und warteten auf sein Kommando, das den Übergriff einleiten würde. Er rechnete damit, dass die Aktion in weniger als zwei Minuten erledigt sein würde, falls alles glattging und sich alle Beteiligten an seine Vorgaben halten würden. Das Timing war extrem wichtig und er hatte viel Zeit verwendet, seinen Plan so zu orchestrieren, dass er schnell und effizient durchgeführt werden konnte. Bevor sich seine Gegner des Überfalls bewusst wurden, wären sie schon längst auf dem Weg zu den Riffen, wo sie auf weitere Anweisungen ihres Auftraggebers warten würden. Anschließend würde er den Botschafter übergeben, eine Menge Kredite dafür bekommen und diesen verdammten Dreckhaufen für immer verlassen. Er hatte sich in den letzten Jahren genug Feinde auf Crestin gemacht, um jederzeit eliminiert werden zu können. Im Grunde verging kein Tag, an dem er nicht mit einem Attentat rechnete. Er war vorsichtig und hatte seine Spuren immer verwischt, aber irgendwann kam für jeden Mann der Tag, an dem abgerechnet wurde. Und Jed wollte auf keinen Fall im Dreck dieses ausgebeuteten Rohstoffplaneten verfaulen. Deshalb hatte er beschlossen, dass es an der Zeit war, die Segel zu streichen – und zwar für immer. Dies würde sein letzter Coup werden. Danach wollte er Crestin verlassen und nie wieder zurückkommen.

Die Vorfreude auf den bevorstehenden Kampf machte sich langsam in ihm breit und er hatte Mühe, sich unter Kontrolle zu halten. Es würde nicht mehr lange dauern, bis er seinem auf alle nur erdenklichen Arten hochgezüchteten Körper freien Lauf lassen konnte. Aber bis es so weit war, musste er sich zusammenreißen. Um sich abzulenken, ging er seinen Plan ein weiteres Mal durch: ablenken, zuschlagen, verschwinden. Drei einfache Worte, die ein gewaltiges Chaos nach sich ziehen würden. Aber das war Jed egal. Er liebte das Leben als hochbezahlter Söldner und da es auf diesem Planeten nichts mehr für ihn zu holen gab, würde er sich eben einem anderen Territorium zuwenden. Das Skalan-System war groß genug, um überzeugten Opportunisten wie ihm ausreichend Möglichkeiten zu bieten, in jeglicher Hinsicht voranzukommen. Was in Jeds Fall eine Menge Kredite bedeutete, um seinen Körper weiterhin mit der neuesten Technik auf dem aktuellsten Stand halten zu können.

Nach einer weiteren Minute aktivierte er eine sichere Verbindung seiner Komm-Einheit und kontaktierte das zweite Team.

»Ja?«

»Macht euch auf den Weg. Wir sehen uns in zwanzig Minuten!«

»Verstanden …« Die Verbindung wurde gekappt, während Jed seinen Blick ein letztes Mal über das zweite Oberdeck schweifen ließ. Die Aufbauten des Jagdgleiters verschwammen mit dem dunklen Horizont zu schwer lesbaren Formen, die sich kaum voneinander abzeichneten. Die Crew hatte auf die Deckbeleuchtung und die Positionslichter verzichtet, die normalerweise nachts obligatorisch waren. Im Grunde hatte er damit gerechnet und die Vorsichtsmaßnahmen in seinen Plan einbezogen.

Hin und wieder waren dunkle Schemen zu sehen, die er nur wegen seiner modifizierten Augen erkennen konnte. Die Matrosen und Soldaten bewegten sich fast lautlos über die Decks, während sie ihrer Arbeit nachgingen und aufs Beste hofften. Aber das würden sie nicht bekommen.

Jed schmunzelte und überquerte vorsichtig das Deck, bis er an der Reling stand und einen Blick auf den zweiten Schatten warf, der in einiger Entfernung vor seiner Position ankerte. Der Koloss war vielleicht zweihundert Meter lang. Seine Aufbauten und Geschütze blitzten manchmal im fahlen Mondlicht auf, das sich wie ein gespenstischer Schleier darüber gelegt hatte. Kurz darauf fuhr der Kommandogleiter die Antriebsaggregate hoch und begann sich langsam zu entfernen. Jed blickte ein letztes Mal auf die Anzeige der Komm-Einheit und beobachtete anschließend zufrieden, wie die Ruthless gemächlich in der Dunkelheit verschwand. Danach wandte er sich um und ging entschlossen zur Luke der Hawk, die ihn zum Ziel bringen würde, das sich nur zwei Decks tiefer aufhielt.

Mel stand vor einer der Konsolen der Brücke und ließ eine Verbindung zu Hollister aufbauen, der die Scouts im Feld anführte, während die wachhabenden Offiziere der Nachtschicht vor ihren Terminals saßen und routiniert ihren

Dienst verrichteten. Der Technik-Graben war nur spärlich besetzt, um die Subsysteme der Hawk am Laufen zu halten und etwaige auftretende Fehler zügig beseitigen zu können. Die Beleuchtung der vierten Alarmstufe tauchte den Raum in einen roten Schein, der am verträglichsten für die strapazierten Augen der Anwesenden war und sie bis in die frühen Morgenstunden arbeiten lassen würde. Mel dachte an Stone, der zusammen mit seinen Marines bereits in der Bar saß und den Tag mit einem Bier abschloss. Mel hätte ihnen gerne Gesellschaft geleistet. Aber sein schlechtes Gefühl ließ ihm keine Ruhe, weshalb er nach seiner Ankunft auf Dreck sofort die Brücke angesteuert hatte, die sich im Moment unter dem Kommando eines XOs befand, der am Nachmittag zusammen mit den neuen Soldaten an Bord gekommen war. Der Mann saß auf dem Kommandosessel und starrte hochkonzentriert auf eines der Displays, das die Bilder der Außenkameras anzeigte.

Als die Konsole die Verbindung zu den Scouts mit einem Signalton bestätigte, öffnete Mel den Kanal. »Status?«

»Keine Auffälligkeiten bis jetzt«, antwortete der Specialist. »Wir überwachen alle Einfahrten in die Ebene. Hier kommt niemand rein, ohne eine unserer Stellungen zu passieren.«

»Überprüfen Sie alles noch mal persönlich.«

»Gibt es einen Grund für Ihre Skepsis, Sergeant?«

»Ich hab ein verdammt schlechtes Gefühl …«

»Ist das alles?«

»Ja«, erwiderte Mel trocken. »Meine Nanobiten spielen verrückt. Irgendetwas stimmt nicht. Haben Sie fremde Gleiter gesichtet? Schmuggler, Frachter, Tanker?«

»Nein, Sir. Meine Scouts haben nichts dergleichen

gemeldet und wir liegen schon seit gestern auf der Lauer. Diese Ebene befindet sich weit abseits aller Handels- und Reiserouten. Genau, wie Sie es prophezeit hatten. Wir sind vollkommen alleine hier.« Er machte eine kurze Pause, die vom Knistern der Verbindung begleitet wurde. »Sind Sie sicher, dass etwas nicht stimmt? Ich kann hier keine Hinweise finden, dass etwas nicht in Ordnung wäre, Sir.«

Mel begann auf der Unterlippe zu kauen, während er darüber nachdachte, DEFCON-5 ausrufen zu lassen. Die Mannschaft würde nicht begeistert sein, wenn er daneben lag, aber sein Bauchgefühl hatte ihn dank der Nanokultur in seinem Körper bisher nur selten im Stich gelassen.

»Tun Sie's einfach, Specialist. Ich werde DEFCON-5 ausrufen lassen. Wir können es uns nicht leisten, ein Risiko einzugehen. Auch wenn die Anzeichen für einen Anschlag minimal sind.«

»Aye, Sir. Ich werde mich sofort an die Arbeit machen. Wir …« Hollister brach mitten im Satz ab.

»Specialist?«

»Warten Sie. Etwas stimmt nicht. Wir werden …« Kurz darauf erklang Blasterfeuer im Hintergrund. »Verdammte Bastarde!« Hollister schien sich in den Dreck zu werfen und das Feuer zu erwidern.

»Was ist bei Ihnen los, Specialist?«

»Wir werden angegriffen!« Er fluchte und gab einen weiteren Schuss ab. »Von unseren eigenen Scouts, verflucht noch mal! Wir sind infiltriert worden, Sir!«

Mel fluchte. *Infiltriert?* Aber, wie zur Hölle, war das möglich? Einen Moment später fuhren die Systeme der Brücke zusammen mit der Beleuchtung herunter. Er blickte überrascht auf und konnte mit seinen augmentierten Augen in der Dunkelheit sehen, wie sich der XO vom Sessel erhob und einen Blaster zog. Danach warf er etwas in den Schützengraben und eröffnete das Feuer auf die wachhabenden Offiziere, die verwirrt vor ihren Terminals saßen und blind um sich tasteten. Mel konnte ihre unsicheren Stimmen hören, bis der erste Schuss fiel und einem jungen Ensign ein großes Loch in die Brust riss.

Mel verlor keine Zeit und näherte sich dem XO von hinten. Bevor er ihn erreichen konnte, explodierte eine Blendgranate im Technikgraben. Die Körper der Techniker wurden gegen die Decke geschleudert, um kurz darauf auf dem Boden der Brücke aufzuschlagen, wo sie geblendet und betäubt liegenblieben. Die Granate hinterließ helle Lichtflecken auf Mels Augen, wodurch er gezwungen war, schützend die Hand vors Gesicht zu halten. Danach brach Panik unter den Offizieren aus. Sie schrien und begannen durcheinanderzulaufen. Zwei prallten gegeneinander, einer stürzte in den Technikgraben und ein Private First Class verlor seinen Kopf, als der XO mitten in sein Gesicht schoss. Mel stolperte über einen Offizier, der auf allen vieren um sein Leben krabbelte. Er fluchte und milderte den Sturz mit den Händen ab. Als er wieder aufstehen wollte, erschien ein flackerndes Bild vor seinem inneren Auge: Ein Mann zertrümmerte einem anderen von hinten den Kopf mit dem Kolben eines Blasters. Mel rollte sich zur Seite weg und hörte, wie hinter ihm Plast auf Metall traf. Er sprang auf, fuhr herum und trat dem XO die Waffe aus der Hand. Der Kerl fluchte, zog ein Messer aus dem Stiefel und stach nach Mels Hals. Mel parierte den Stich und rammte ihm die Faust in die Körpermitte. Sein Handgelenk brach daraufhin mit einem lauten Knacken. Die Schmerzen trieben ihm die Tränen in die Augen und ließen ihn wütend knurren. Er zog die lädierte Hand überrascht zurück und wich einem folgenden Faustschlag aus, bis er sich etwas Raum erkämpft hatte und den Kerl aufmerksam musterte. Der Bastard hatte einen der neuesten biotechnologischen Körperpanzer implantiert bekommen, der seine inneren Organe vor Schlägen, Stichen und Splittern schützte. Diese Art von subkutanem Biopanzer war relativ teuer und nur sehr erfolgreichen Söldnern vorbehalten. Er bestand aus mehreren engmaschigen Synthetik-Geflechten, die um seinen Körper und vor allem die inneren Organe gelegt worden waren. Mel vermutete, dass der Mann nicht der einzige Aggressor war, der sich auf der Hawk befand. Sie hatten sich darauf verlassen, dass ein Angriff von außen per Gleiter stattfinden würde. Die Möglichkeit, infiltriert zu werden, war so abenteuerlich, dass sie von niemandem während der Vorbereitungen auch nur in Erwägung gezogen worden war – und jetzt war dieser abwegige Fall tatsächlich eingetreten.

Mel presste die pochende Hand gegen seinen Körper und wollte sich wieder dem Söldner zuwenden, als ihn dessen Faust an der Seite traf und über die Konsole des Captains schleuderte. Der Schlag war so wuchtig gewesen, dass die Luft aus seinen Lungen gepresst wurde und er röchelnd auf den harten Boden krachte. Der Mann verlor keine Zeit und setzte sofort nach. Er trat mit seinem Stiefel zu Mels Kopf, verfehlte ihn knapp und stach mit der Klinge nach ihm. Mel rollte zur Seite weg und attackierte das Bein des Söldners, das so massiv wie ein Baumstamm war. Worauf er sich fragte, wie viel echtes organisches Material dem Kerl nach all den Augmentationen überhaupt geblieben war. Als Antwort schlug dessen Faust neben seinem Kopf ein und grub sich ächzend in die Wand aus Trivitanium. Mel nutzte den Moment, tauchte unter dem folgenden Schlag des Mannes durch und rettete sich hinter eine Konsole, als die Notbeleuchtung wieder aktiviert wurde. Der XO fluchte und wollte eine Splittergranate zünden, aber Mel zog sein Kurzschwert und trennte ihm die Hand hinter dem Gelenk ab, bevor er die Granate aktivieren konnte. Die Klinge hatte Mühe, sich durch die verbauten Hightech-Materialien zu arbeiten, aber der Trivistahl des Kurzschwerts war so oft gefaltet worden, dass er selbst mit massivsten Konstruktionen kein Problem hatte. Der Söldner starrte entsetzt auf den Stumpf und verzog vor Wut das Gesicht, als Mel ihn enthauptete und dem Spuk ein Ende bereitete. Der Kopf schlug wie eine Eisenkugel auf dem Boden auf. Mel nahm dem Toten zwei Blendgranaten ab und wandte sich an die überlebenden Offiziere.

»Rufen Sie DEFCON-5 aus und bewaffnen Sie sich! Wir wurden infiltriert! Sichern Sie die Brücke und lassen Sie niemanden mehr herein! Sorgen Sie dafür, dass die Subsysteme wieder einwandfrei arbeiten, schicken Sie Sturmtruppen zum Quartier des Botschafters und warten Sie auf neue Befehle vom Captain!«

Er holte die Textilmaske mit dem geisterhaften Aufdruck, die Stone ihm vor einigen Monaten auf der Barracuda gegeben hatte, aus einer Tasche und zog sie über den Kopf. Dann stürmte er hinaus in die Dunkelheit, um sich den anderen anzuschließen.

Die Männer und Frauen der Besatzung kämpften verzweifelt gegen die Söldner, die anscheinend am Nachmittag mit den Neuankömmlingen an Bord gekommen waren. Mel versuchte, sich einen Überblick zu verschaffen, als sein rechtes Handgelenk zu kribbeln begann. Die Nanobiten machten sich bereits daran, die Schäden zu reparieren. Seine Nanokultur war eine große Hilfe, was Verletzungen anging. Aber sie brauchte Zeit, um ihn wiederherzustellen – Zeit, die er nicht hatte.

Er schwang das Kurzschwert in seiner linken Hand in komplizierten Mustern durch die Luft, um ein besseres Gefühl für die Waffe zu bekommen, die er sonst nur in seiner rechten führte. Anschließend rannte er zur Stahltreppe und folgte ihr nach unten aufs zweite Oberdeck.

Jeder schien gegen jeden zu kämpfen. Blasterschüsse fegten kreuz und quer übers rauchgeschwängerte Deck, während die grellen Blitze der Blendgranaten die Dunkelheit zerrissen und die Schrapnelle wie schwerer Regen gegen die Deckaufbauten prasselten. Mel ließ seinen Blick über die Kämpfenden schweifen, bis er eine kleine Gruppe entdeckte, die den Botschafter hinter sich her schleifte. Roak widersetzte sich, aber das kümmerte die Söldner nicht weiter. Stattdessen überquerten sie das Deck relativ zügig und sicher, darauf bedacht, den Weg so effizient wie möglich hinter sich zu bringen. Ein eingespieltes Team, das sich nicht zum ersten Mal in einer Situation dieser Art befand.

Mel näherte sich den Männern, so unauffällig er konnte, während unzählige Treffer in seiner näheren Umgebung einschlugen und glühende Splitter gegen ihn geschleudert wurden, die seinen Anzug zum Schwelen brachten. Er nutzte die Aufbauten als Deckung, ließ sich nicht in sinnlose Zweikämpfe verwickeln und verringerte die Distanz zu den Entführern so schnell er konnte. Als er eine weitere Abkürzung nehmen wollte, stellten sich ihm zwei Söldner in den Weg, doch anstatt stehenzubleiben, lief er direkt auf die beiden zu. Kurz vor dem ersten Gegner ließ er sich auf die Knie fallen und schlitterte unter einem mit einer Klinge geführten Streich durch. Er führte seine eigene an der Seite des Mannes entlang und musste feststellen, dass auch dieser einen Körperpanzer implantiert bekommen hatte. Mel fluchte und rollte sich zur Seite weg, als der andere Kerl auf ihn schoss. Die Ladung schlug fauchend in eine Wand hinter ihm. Er sprang auf, parierte einen Stich zu dessen Kopf und rammte die Spitze seiner Klinge mit voller Wucht an der Stelle in den Körper des Angreifers, an der er dessen Leber vermutete. Und dieses Mal trieb er das Schwert mit aller Gewalt durch den engmaschigen Körperpanzer, der sich unter der Haut befand. Das austretende dunkle Blut bestätigte seine Vermutung, während er den aufgespießten Kerl wie einen Schutzschild vor sich herschob. Der andere Mann schoss mehrfach auf Mel, traf stattdessen seinen Kameraden an Brust, Schulter und Kopf. Mel schleuderte den Toten auf den zweiten Angreifer, setzte nach und spaltete diesem den Schädel mit einem Hieb, der sein Handgelenk vibrieren ließ, als ob er blankes Metall getroffen hätte.

Die Gruppe befand sich mittlerweile an der Reling. Mel konnte eine Silhouette in der Dunkelheit dahinter erkennen, die sich zügig näherte. Es handelte sich um einen schnellen schlanken Kampfgleiter. Vielleicht vierzig Meter lang und fünfzehn breit.

Mel führte das Schwert zum Rücken, wo es automatisch in die Scheide gezogen wurde. Danach holte er eine der Blendgranaten aus der Tasche, aktivierte sie und schleuderte sie in Richtung der Söldner, um die zweite einen Augenblick später hinterherzuwerfen und hinter einem Entlüftungsschacht in Deckung zu gehen. Die Detonationen waren dumpf und folgten dicht aufeinander. Als er um den Schacht stürmte, stellte er fluchend fest, dass sich einer der Männer geopfert und auf die Granaten geworfen hatte. Sein Körper schwelte, seine Brust war offen. Aber er hatte die Explosionen tatsächlich überlebt und wollte sich aufrappeln, als Mel an ihm vorbei hetzte und ihm den Hals aufschlitzte. Mel hörte noch, wie der

Körper dumpf auf dem Boden aufschlug, während er auf die Söldner zustürmte, die Roak über die Reling zwangen.

Mel sah aus den Augenwinkeln, wie Stone und einige seiner Marines um den Geschützturm liefen und die Söldner mit den Blastern anvisierten. Einige Sekunden später eröffnete eine Minikanone des feindlichen Gleiters das Feuer und zwang die Marines in Deckung. Mel nutzte die Ablenkung und warf sich knurrend zwischen die Söldner vor ihm. Er schlitzte einem den Kehlkopf auf, täuschte einen Angriff zum Knie des nächsten an, nur um die Klinge kurz vorher nach oben zu reißen und sie ihm in die Eingeweide zu rammen. Er riss sie mit einem Schwall Blut zur Seite heraus, um sich dem nächsten Gegner zuwenden zu können und blockte einen zu seinem Hals geführten Schwertstreich, bevor ihn dieser enthaupten konnte. Die Klingen trafen funkensprühend aufeinander. Er rammte dem Mann die Stirn ins Gesicht, trat ihm vor die Brust und wollte ihm die Waffe in den Leib rammen, als ein flackerndes Bild vor seinem geistigen Auge auftauchte: Ein Mann spießte einen anderen von hinten mit einer Klinge auf – worauf Mel gewarnt zur Seite sprang. Kurz darauf bohrte sich ein Schwert in den Leib des Söldners, vor dem er noch vor einer Sekunde gestanden hatte. Mel drehte sich um die eigene Achse und wollte dem Angreifer die Hand abschlagen. Aber der Mann durchschaute seine Absicht und ließ den Griff des Schwertes im richtigen Moment los, nur um ihn eine Sekunde später erneut zu packen und die Klinge mit einem Ruck aus dem röchelnden Söldner zu ziehen. Mel bemerkte erst jetzt, dass es sich bei dem Angreifer um den Anführer handelte. Er trug einen schwarzen Kampfanzug, der mit unzähligen Plastverstärkungen ausgestattet war. Seine kurzen dunklen Haare kontrastierten mit dem bleichen Gesicht. Die geschorenen Schläfen verliehen ihm ein martialisches Aussehen. Seine Augen wirkten stumpf und schienen das Licht komplett zu absorbieren. Wie zwei schwarze Kugeln im Schädel einer wandelnden Leiche.

Der Kerl funkelte ihn wütend an und stürzte sich auf ihn. Seine Angriffe kamen schnell und ansatzlos. Mel hatte Mühe, ihnen folgen zu können, während er die Hiebe, Stiche und Schnitte parierte und blockte. Derweilen sah er aus den Augenwinkeln, wie der Jagdgleiter im Hintergrund längsseits zur Hawk ging und die Relinge der beiden Gleiter nur noch wenige Meter trennten. Mel blieb nicht mehr viel Zeit, aber er konnte einfach keine Lücke in der Deckung seines Gegners finden, der ihn gnadenlos vor sich hertrieb. Sobald er seine eigene öffnen und einen Angriff starten wollte, griff der Kerl seinerseits an und zwang ihn, die Attacke abzubrechen. Er war verdammt schnell und schien Mels Angriffe vorherzusehen, noch bevor er sie ausführen konnte – und das war mehr als ungewöhnlich.

Der fremde Gleiter stieß kurz darauf ächzend gegen die Hawk. Der Aufprall war hart und brachte die Männer auf den Decks für einen Augenblick aus dem Gleichgewicht. Mel nutzte den Moment, startete einen Gegenangriff und verfehlte den Hals des Anführers um wenige Millimeter. Der Mann machte überrascht einen Schritt zurück und strich mit seinen Fingern über die Stelle unter seinem Kehlkopf, während hinter ihm die Söldner Roak auf den fremden Gleiter schafften. Mel fluchte und ließ das Schwert sinken. Er war mit links einfach nicht sicher genug und hatte die einzige Chance, den Mann zu stoppen, verpasst. Der Anführer verzog den Mund daraufhin zu einem Schmunzeln, steckte das Schwert zurück in die Scheide am Rücken und folgte seinen Söldnern auf den

Gleiter, der einen Augenblick später beschleunigte und mit laut aufheulenden Aggregaten in der Dunkelheit verschwand.

Mel stand im heißen Sand der Wüste und starrte abwesend an Spectra vorbei ins Nichts. Nachdem der Magistrat von der Entführung Roaks erfahren hatte, war er umgekehrt, um sich ihnen anzuschließen. Die Techniker der Hawk hatten Stunden gebraucht, um den Jagdgleiter wieder instandzusetzen, da er an mehreren Stellen von den Söldnern sabotiert worden war. Zerschnittene Leitungen, eingeschleuste Sabotage-Programme und einige wirkungsvoll platzierte zeitgesteuerte Granaten hatten den Kampfgleiter komplett lahmgelegt, weshalb die Söldner mit dem Botschafter ohne größere Probleme entkommen konnten. Anscheinend hatten sie mehrere Scouts bestochen, die dem fremden Gleiter die Einfahrt in die Ebene ermöglicht und sich daraufhin den Söldnern angeschlossen hatten.

Mel hatte den Rest der Nacht damit verbracht, zusammen mit Stone und dessen Marines nach versprengten Einheiten zu suchen, die vielleicht nicht mit den anderen hatten entkommen können. Außerdem hatten sie die Neuankömmlinge stundenlang befragt, ohne auch nur den geringsten Hinweis auf irgendetwas zu bekommen. Stone war gezwungen, den Gleiter mit seinen Marines erneut zu durchsuchen, während Doktor Bricks und ihr Team mehrere Notfälle behandelten, die ein Resultat der kurzen Auseinandersetzung mit den Unbekannten waren. Die Ärztin hatte sich um Mels Bruch gekümmert und sein Handgelenk geschient, während seine Nanobiten im Hintergrund all die Schäden reparierten, die er dem Anführer der Söldner und dessen Männern zu verdanken hatte. Das Kribbeln ihrer Bemühungen artete mittlerweile in Schmerzen aus, weshalb er hoffte, dass die winzigen Bioroboter bald damit fertig waren, ihn wieder zusammenzuflicken. Der Unbekannte hatte ihn überrascht. Er war viel zu schnell für einen gewöhnlichen Söldner gewesen und seine Fähigkeit, Mels Attacken vorauszuahnen, hatte ihm einen gewaltigen Vorteil verschafft – zumindest am Anfang ihrer Auseinandersetzung. Aber das hatte dem Mann gereicht, um die Entführung erfolgreich abschließen zu können. Er war mit Kyle Roak in der Dunkelheit verschwunden und hatte Crestin damit wieder ein Stück näher an den Rand eines möglichen Krieges gerückt, den niemand außer einer Handvoll skrupelloser Unionsverschwörer haben wollte.

Lord Banda war am Morgen eingetroffen und hatte nach einem Treffen auf neutralem Boden verlangt. Da es in der Ebene nichts außer Sand gab, hatte man kurzerhand einen Treffpunkt in der Nähe der Gleiter bestimmt, der mit einem improvisierten Segel vor den Strahlen der aggressiven Sonne geschützt wurde.

Der Lord der Union war ein stark übergewichtiger Mann mittleren Alters. Er hatte eine Glatze und ein aufgequollenes Gesicht, das zum ausladenden Umfang seines Körpers passte, den er erstaunlich koordiniert durch das unsichere Gelände wuchtete. Er trug teure Kleidung sowie einen dünnen Mantel und sah aus, als ob er eine Gala besuchen wollte. Womit er in diesem Terrain ähnlich deplatziert wirkte wie Kyle Roak unter all den Unionsoffizieren einen Tag vorher. Seiner autoritären Ausstrahlung tat dies allerdings keinen Abbruch. Er hatte zwanzig Trooper in schwarzen Kampfanzügen bei sich, die ihrer aristokratischen Abstammung entsprechend auftraten: befehlsgewohnt und erhaben. Spectra hielt mit einer ähnlichen Anzahl Liga-Söldner dagegen, die sich ebenfalls herausgeputzt und vor Waffen starrend, hinter ihm postiert hatten. Mel hielt das ganze Theater für pure Zeitverschwendung, aber die Magistrate schienen die Politik ihrer Institutionen auch mitten in der Wüste fortführen zu wollen, was selbst das Risiko eines bevorstehenden Krieges nicht verhindern konnte. Dabei war Zeit im Moment die Ressource, die ihnen am wenigsten zur Verfügung stand.

»Dafür werde ich Anis Thorva bluten lassen, Spectra! Was bildet sich der verdammte Pirat überhaupt ein?«, brüllte Banda ungehalten und spuckte angewidert in den Dreck vor seinen Stiefelspitzen. »Diesem Bastard hätte die Union schon vor Jahren Manieren beibringen müssen! Diese Katastrophe ist das Resultat Ihrer überflüssigen Rücksichtnahme auf dieses unbelehrbare Pack!«

Spectras Blick verdunkelte sich und Mel konnte ihm deutlich ansehen, dass er große Mühe hatte, sich gegenüber dem aufgeblasenen Unionslord zurückzuhalten.

»Es gibt keinen einzigen Beweis, dass Anis Thorva hinter dem Überfall steckt«, wandte er besonnen ein. »Abgesehen davon gibt es keinen Grund für ihn, den Frieden zu gefährden. Seine Geschäfte sind nie besser gelaufen.«

»Seine *Geschäfte?«*, wiederholte Banda so verächtlich, wie er nur konnte. »Sie meinen die Ladungen unserer Frachter, die er uns, nachdem er sie gestohlen hat, wieder zum Kauf anbietet? Sind Sie noch zu retten?«

Spectra zuckte mit den Achseln. »Soweit es mich angeht, ist das nur ein kleiner Preis für die Vorteile, die wir aus dem gegenwärtigen Waffenstillstand ziehen, Sir. Wir betreiben unzählige Minen und Extraktionsblasen in der Nähe von Thorvas Basis, deren Fördermengen im Falle einer Auseinandersetzung mit den Sandwölfen empfindlich leiden würden. Und das würde uns bei weitem mehr kosten als ein paar abhanden gekommene Ladungen Toradium.«

Banda spuckte erneut aus. Dieses Mal vor Spectras Stiefel. »Für mich und viele andere sind das nur verkappte Schutzgeldzahlungen, *Sir!* Und die Union verfährt mit Erpressern dieses Typs normalerweise ziemlich einfach: Wir vernichten sie bis zum letzten Mann und setzen damit ein Zeichen für all die anderen Halsabschneider, die es auf unsere Rohstoffe abgesehen haben!«

»Solange es keinen begründeten Verdacht gegen Anis Thorva gibt, wird die Liga etwaige Angriffspläne der Union nicht mittragen.«

»Das sieht euch ähnlich«, begann Banda ungehalten. »Ohne unsere militärische Stärke könnte die Liga keinen einzigen Rohstoffplaneten dieses Systems ausbeuten …«

»Und ohne unsere überlegene Extraktionstechnik hätte die Union nicht genügend Rohstoffe, um weiter expandieren zu können«, unterbrach Spectra ihn gelassen. »Wir brauchen uns gegenseitig und daran wird sich auch in Zukunft nichts ändern, Sir. Was wir dagegen *nicht* brauchen, sind weitere Komplikationen, die uns das Schürfen erschweren. Eine unbegründete Strafaktion gegen Anis Thorva könnte eine Welle der Gewalt auslösen, die unsere Bemühungen zunichtemachen könnte. Deshalb werden wir uns auf gar keinen Fall daran beteiligen. Stattdessen sollten wir uns lieber darauf konzentrieren, den Botschafter zurückzubekommen. Ich habe unsere Basen bereits damit beauftragt, Blockaden zu errichten und die gängigen Routen abzuriegeln. Sie sollten Ihre Truppen ebenfalls dazu ermuntern, die feindlichen Gleiter ausfindig zu machen. Je eher wir Roak finden desto schneller können wir den Vertrag unterzeichnen und wieder unserem Tagesgeschäft nachgehen.«

Banda schnaubte verächtlich und bohrte seinen stechenden Blick in Spectra, der ihm mühelos standhielt. »Sie haben achtundvierzig Stunden, um Kyle Roak zurückzuholen, Sir«, erwiderte er lauernd. »Sollten Sie ihn bis dahin nicht gefunden haben, werde ich Verstärkung anfordern und Bas Tortua in Schutt und Asche legen, verstanden?«

Spectra starrte ihn mit funkelnden Augen an, verzichtete aber auf einen Kommentar.

»Die Union wird sich nicht von einem dahergelaufenen Piraten auf der Nase herumtanzen lassen, Sir, und *ich* werde derjenige sein, der dieses Exempel mit großer Genugtuung statuieren wird!«

»Wie Sie wollen, Magistrat«, erwiderte Spectra und atmete scharf aus. »Ich werde den Botschafter finden und ihn zum Treffpunkt bringen, sobald Sie mir dessen Koordinaten zukommen lassen. Sorgen Sie dafür, dass uns dort niemand auflauert.«

Lord Banda verzog den Mund zu einem abschätzigen Grinsen und wandte sich kopfschüttelnd um. Seine Trooper folgten ihm wortlos zum Transporter, der ihn zurück auf die Carnage bringen würde, die in einiger Entfernung vor Anker lag. Der gewaltige Kommandogleiter starrte vor Waffen und stand Spectras Ruthless in nichts nach.

Mel befand sich mit den anderen Soldaten zwischen den Trivistahlmonstern und wollte sich eine mögliche Konfrontation derselben lieber nicht ausmalen. Einige

Minuten später hob der Transporter ab und verschwand in einer gewaltigen Staubwolke.

Olyn Spectra atmete scharf aus und ließ für einen Moment den Kopf hängen. Anschließend straffte er seine Schultern und wandte sich an Roony, der ihn fragend anstarrte.

»Also gut«, begann er und rieb sich mit der Hand über die müden Augen. »Wie zur Hölle konnte das passieren?«

»Anscheinend war die Entführung von langer Hand geplant, Sir.«

»Wie meinen Sie das?«

»Vor ungefähr vier Wochen haben wir fast dreißig unserer Soldaten während eines Standardeinsatzes in den Ebenen hinter Bas Aires verloren. Jemand hatte den Ausbruch einer Infektion auf einem Tanker gemeldet, der angeblich in der Nähe eines unserer Schürfgebiete vor Anker lag. Da unsere Minenarbeiter und damit die Rohstoffförderung gefährdet war, haben wir uns entschlossen, der Sache nachzugehen. Mein XO hat den Einsatz geleitet.«

Spectra sah den Captain ausdruckslos an, bis Roony einen skeptischen Blick zu Mel warf und weiterredete.

»Das Toradium des Tankers hatte sich während des Einsatzes aus unerfindlichen Gründen entzündet und unsere Besatzungsmitglieder in den Tod gerissen. Was zuerst wie ein unglücklicher Unfall aussah, schien von den Söldnern geplant und ausgeführt worden zu sein. Die verlorenen Einheiten wurden gestern durch die Neuankömmlinge ersetzt, die sich an Bord der Ruthless aufgehalten haben. Was bedeutet, dass jemand diese Operation von langer Hand geplant hat.«

»Das würde bedeuten, dass sich einige der Söldner

schon seit längerer Zeit auf der Hawk aufgehalten haben …«, wandte Spectra nachdenklich ein.

»Diese Möglichkeit besteht durchaus.«, erwiderte Roony. »Wir überprüfen die Akten unserer Soldaten und gleichen sie mit unzähligen Stunden aufgenommenen Videomaterials des Systems ab. Vielleicht können wir Personen identifizieren, die sich nicht auf der Hawk hätten befinden dürfen. Falls wir wirklich Fakten ermitteln sollten, die diese Theorie beweisen, würde dies nur erneut bestätigen, dass wir es mit hochqualifizierten und extrem gut ausgerüsteten Söldnern zu tun haben.«

Spectras Blick wanderte zu Mel. »Sergeant?«

»Diese Männer waren mit den neuesten Cyberimplantaten ausgerüstet, Sir. Einige hatten sehr teure netzartige Körperpanzer unter die Haut implantiert bekommen. Diese Art von subkutaner Biotechnik ist nicht für jeden zugänglich. Selbst für hochrangige Militärs ist es äußerst schwer, in den Genuß dieser überlegenen Technologien zu kommen. Ich gehe nicht davon aus, dass wir es mit einfachen Piraten zu tun haben.«

Spectra nickte. »Das würde die Gerüchte über Kriegstreiber innerhalb der Union bestätigen. Diese Männer hätten die nötigen finanziellen Mittel, um entsprechend ausgerüstete Söldner auf uns ansetzen zu können.« Er rümpfte die Nase. »Wir müssen Roak unbedingt finden, haben Sie gehört?«

Roony und Mel nickten fast gleichzeitig.

»Ich will keinen neuen Krieg! Dieser Planet und seine native Population haben schon genug für die Union geblutet. Wir müssen dafür sorgen, dass der Status quo erhalten bleibt – und zwar um jeden Preis!« Er sah sie ernst an. »Unsere Militärbasen sind alarmiert und ich habe jeden einzelnen meiner Thrill-Kontakte aufgefordert, die Augen offenzuhalten. Ich nehme an, dass sich die Entführer mit Roak in den Norden absetzen werden. Sie wissen, dass wir in Callen Sempas Territorium nicht agieren können. Wir haben also nicht mehr viel Zeit, um sie abzufangen.«

»Was ist, wenn Banda mit den Kriegstreibern unter einer Decke steckt?«, stellte Roony vorsichtig fest. »Denken Sie, das wäre möglich?«

»Banda gilt als Hardliner«, stimmte Spectra nachdenklich zu. »Wir sollten also mit allem rechnen und dem Lord nur ausgesuchte Informationen über unseren Fortschritt zukommen lassen.«

»Was ist, wenn sie Roak töten?«, warf Mel in die Runde.

»Das würde die Lage noch mehr zuspitzen, fürchte ich«, gestand Spectra. »Sempa wäre nicht begeistert. Immerhin war er es, der darauf bestanden hat, Roak den Vertrag unterzeichnen zu lassen. Vielleicht würde ihm dies als Grund reichen, um gegen uns mobil zu machen.«

»Dann sollten wir dafür sorgen ...«, stellte Roony entschlossen fest, »... dass Roak dort auch erscheint.«

»Das sollten wir, Captain«, stimmte Spectra zu. »Haben Sie schon ...«

Plötzlich begann Roonys Komm-Einheit zu vibrieren. Er aktivierte den Kanal und nahm die Verbindung entgegen. »Sergeant Stone?«

»Captain!«, erklang die aufgeregt klingende Stimme des Marines über den kleinen Lautsprecher des Gerätes. »Der feindliche Gleiter wurde in der Nähe Bas Tortuas gesichtet, Sir! Er steuert direkt auf eine unserer Blockaden zu!«

BARRIKADE

Jed warf einen letzten Blick aus den Plastfenstern und verschloss sie mit den dafür vorgesehenen Trivistahlplatten. Die Beleuchtung auf der Brücke hatte einen rötlichen Schimmer angenommen. Die Stimmung war gedämpft, die Anwesenden in ihre Konsolen und Terminals vertieft. Die Crew orientierte sich an den virtuellen taktischen Karten, die auf die Innenseiten der Scheiben projiziert wurden. Der Captain der Tornado stand neben ihm und sah ihn skeptisch an.

»Ich hoffe, Sie wissen, was Sie tun, Sir«, begann er vorsichtig. »Der Funkverkehr der Union lässt darauf schließen, dass wir entdeckt worden sind. Sie kennen unseren Kurs und haben entsprechende Maßnahmen ergriffen. In einigen Kilometern müssen wir eine Enge passieren, die vermutlich von Unionsgleitern blockiert wird. Soll ich abdrehen und einen alternativen Kurs berechnen lassen?« Der dünne drahtige Mann sah Jed fragend an.

Er zuckte nur mit den Achseln. »Sie sollten mehr Vertrauen in meine Fähigkeiten haben, Captain Tremaine.

Ich habe Ihren Kampfgleiter nicht zufällig für diese Mission gewählt. Genausowenig wie die Route und alle anderen Details. Lassen Sie die Gefechtsstationen besetzen.«

Tremaine nickte und gab Jeds Befehle an die Söldner weiter, die sorgfältig von dem alten Haudegen ausgewählt worden waren – genauso wie Jed den Captain anhand seiner hervorragenden Reputation und seiner Fähigkeiten gewählt hatte. Der Mann war für seine Skepsis und seine vorausschauende Art bekannt, die Jeds Befähigung zur spontanen Improvisation gut komplementierte. Der Erfolg einer Söldneroperation wie dieser hing maßgeblich von den beteiligten Personen ab, weshalb Jed in der Regel einen großen Teil der verfügbaren Zeit in die Auswahl eben jener investierte. Bis jetzt hatte sich die Crew bewährt und keine Fehler gemacht. Die Verluste hielten sich in Grenzen, sie hatten den ersten Teil der Mission erfolgreich hinter sich gebracht und das Ziel wie geplant vom Jagdgleiter der Union extrahiert. Mit seiner persönlichen Leistung war er allerdings weniger zufrieden: Er hatte während der Auseinandersetzung einen jungen Söldner getötet, dessen vorwurfsvoller Gesichtsausdruck sich in seine Erinnerung gebrannt hatte und ihn noch lange heimsuchen würde. Jed war sich so sicher gewesen, als er die Klinge in den Unionssoldaten rammen wollte. Aber stattdessen war er nach vorne ins Leere gefallen und hatte den jungen Söldner getötet. Dank seiner verbesserten Reflexe und der neuralen Augmentationen hatte er wenigstens seine Hand retten können, bevor der Fremde sie ihm abtrennen konnte. Der anschließende Kampf hatte sich ebenfalls in sein Gedächtnis gebrannt. Er ging die Angriffsserien immer und immer wieder durch, um nach Fehlern zu suchen, konnte aber keinen einzigen finden. Was nur einen Schluss zuließ: Der

Mann war ihm fast ebenbürtig gewesen und er konnte sich nicht erinnern, wann er dies das letzte Mal einem seiner Gegner zugestanden hatte. Die meisten hatte er getötet und kurz danach vergessen, weil sie es nicht wert gewesen waren, auch nur einen einzigen weiteren Gedanken an sie zu verschwenden. Aber dieser Kerl war anders gewesen.

Als Jed bemerkte, dass seine Hand unbewusst an die Stelle am Hals gewandert war, an der die Klinge des Mannes ihn um eine buchstäbliche Haaresbreite verfehlt hatte, zog er sie verärgert zurück und fluchte. Und obwohl er nicht unterlegen war, nagte das Gefühl, nur mit Glück davongekommen zu sein, wie eine ausgehungerte Wüstenratte an seiner Psyche. Es hatte sich in seinen Stolz verbissen und riss winzige Löcher in sein ohnehin nur gering vorhandenes Selbstwertgefühl, das ausschließlich von seinen ständigen Triumphen aufrechterhalten wurde. Er war süchtig nach dem Gefühl, erfolgreich zu sein, weshalb die Aufträge im Laufe der Jahre immer risikoreicher und damit gefährlicher geworden waren. Er war besser als alle anderen in seinem Geschäft. Aber schon die winzigsten Zweifel an sich selbst konnten ihm die großartigsten Siege zunichtemachen. Zweifel wie der, den er seit der Auseinandersetzung mit dem Unionssoldaten in sich trug. Dieser Makel konnte ihm die ganze Mission verderben. Selbst dann, wenn er sie erfolgreich abschließen würde. Und es gab keine Chance, es bei der nächsten besser zu machen. Denn er würde Crestin mit einem schalen Gefühl der Niederlage verlassen müssen und niemals zurückkommen.

Tremaines Stimme riss ihn aus den Gedanken und zwang ihn, sich wieder aufs Jetzt zu konzentrieren.

»Die Gefechtsstationen sind besetzt und einsatzbereit,

Sir. Wie ich vermutet habe, wurde die Enge vor uns von Unionsgleitern blockiert. Ich habe einige Scanbees losgeschickt und die Karten der Gegend auf den neuesten Stand bringen lassen. Wir könnten über einen schmalen Korridor im Osten ausweichen und die Barrikade umfahren. Es würde uns nur einen Tag kosten und in Anbetracht des Problems vor uns würde ich vorschlagen …«

»Nein«, unterbrach Jed ihn grob. »Wir halten unseren Kurs.«

»Sir?«

Tremaine starrte ihn an, als ob er eine andere Sprache sprechen würde.

»Sie haben schon verstanden, Captain. Halten Sie den Kurs und rufen Sie DEFCON-5 aus.«

»Aber, Sir«, wandte Tremaine ein. »Wir werden große Verluste erleiden. Sind Sie sicher, dass wir uns den Umweg nicht leisten können? Die Söldner …«

»Werden äußerst großzügig entlohnt. Genau wie Sie«, unterbrach ihn Jed mit scharfer Stimme. »Sie sollten meine Fähigkeiten nicht länger anzweifeln, Captain. Denn wenn ich mich nicht auf Sie verlassen kann, bin ich gezwungen, Ihre Position mit jemand anderem zu besetzen, verstanden?«

»Sir …« Tremaine wich Jeds Blick aus und befahl seinem XO, den Kurs zu halten, bis eine gewaltige Riffformation vor ihnen auftauchte, die hoch in den Himmel ragte, sich mehrere Kilometer nach den Seiten ausdehnte und nur einen engen Durchgang besaß, der von zwei Unionsgleitern blockiert wurde. Die Bilder der Außenkameras waren bereits scharf genug, um einen Tanker und andere Frachter erkennen zu können, die vor dem versperrten Korridor darauf warteten, endlich durchgelassen zu werden. Aber die Soldaten hatten es auf Jeds Gleiter abgesehen und ignorierten die Frachter.

»Noch drei Kilometer bis zu der Blockade, Sir.«

Jed nickte und ließ seine Finger knacken. »Die Geschützmannschaften und die Torpedocrews sollen sich bereithalten, alle anderen Einheiten unter Deck bleiben. Ich will niemanden oben sehen.«

Tremaine verzichtete auf eine zusätzliche Frage und gab die Befehle weiter, während sie sich den Unionsgleitern langsam näherten.

»Sie aktivieren die Waffensysteme, Sir …«

Jed nickte, ging zum Terminal und etablierte eine gesicherte Verbindung, die er neben einigen anderen eigenhändig eingerichtet hatte, nachdem er gestern an Bord gekommen war. Eine Sekunde später meldete sich eine elektronisch verzerrte Stimme.

»Sir?«

»Wir sind fast da …«

»Aye, Sir.« Danach wurde die Verbindung gekappt.

Plötzlich setzte sich der Tanker in Bewegung und hielt auf die Unionsgleiter zu. Die Offiziere der Jagdgleiter richteten die Geschütze auf den alten Thrill-Frachter aus, der außer der Brücke keine Deckaufbauten besaß und deshalb besonders harmlos wirkte. Aber es war bereits zu spät. Der Tanker war nur noch wenige Meter von den Jagdgleitern entfernt, als er in einer gewaltigen Explosion detonierte. Die Druckwelle schleuderte die Trümmerteile gegen die feindlichen Gleiter und drückte sie von ihren Positionen weg, während das entzündete Toradium wie eine Feuerwalze über die Decks fegte und die Soldaten fauchend verschlang.

»Feuer frei für die Torpedocrews, Captain!«

»Verstanden, Sir«, erwiderte Tremaine, gab den Befehl

an die Feuerleitstände weiter und sah ihn stirnrunzelnd an. Jed ignorierte den fragenden Blick des Captains und verfolgte stattdessen den Flug von sechs Gefechtskörpern, die knapp über dem Boden ihren Zielen entgegenschossen. Die Köpfe der Torpedos leuchteten bläulich, während der Schub ihrer Antriebsaggregate den trockenen Boden aufriss und mehrere Staubwolken hinter sich herzog. Die schwer angeschlagenen Jagdgleiter setzten kleine Ablenkungskörper ab, um die Torpedos aufzuhalten. Aber dafür war es zu spät. Die Geschosse hämmerten in die Körper der Stahlmonster, rissen deren Seiten auf und schleuderten glühende Trivistahlfetzen meterhoch in den Himmel empor. Die Tornado war nur noch hundert Meter von den glimmenden Gleitern entfernt, die langsam auseinandertrieben und die Sicht auf den Durchgang freigaben.

Jeds Gleiter besaß nur zwei Geschütze. Aber er war wendiger als die größeren Jagdgleiter und damit auch schneller.

»Die Geschützmannschaften sollen das Feuer eröffnen und unsere Gegner weiter unter Druck setzen, bis wir sie hinter uns gelassen haben! Lassen Sie vier Thymid-Minen vorbereiten, Captain! Setzen Sie sie zusammen mit Rauchgranaten ab, wenn wir die Gleiter passieren, verstanden?«

Tremaine nickte und gab Jeds Anordnungen an seinen XO weiter, der sie an die entsprechenden Stationen leitete. Die dumpfen Schläge der Geschütze begannen die Jagdgleiter zu erschüttern. Der Navigator steuerte den schlanken Gleiter geschickt durch den Spalt, während sich eine Wand aus Rauch hinter der Tornado aufbaute, in der die bläulich glühenden Kerne der gleichzeitig abgesetzten Thymid-Minen kaum zu sehen waren. Kurz darauf begannen die Terminals und Konsolen auf der Brücke zu vibrieren, als die schweren Detonationen die nähere

Umgebung erzittern ließen und die feindlichen Jagdgleiter vollständig auseinanderrissen.

Olyn saß vor einer Flasche Wein im Quartier und starrte auf die Kommunikationseinheit, die sich vor ihm auf dem Tisch befand. Er hatte die Signatur des Empfängers zusammen mit den erforderlichen Sicherheitsprotokollen bereits eingegeben und musste nur noch den Verbindungsaufbau einleiten. Die hochentwickelten Verstärker der Ruthless und die Tatsache, dass er sich hinter den Silent Barriers befand, würden den Kontakt nach Bas Tortua ohne Probleme ermöglichen. Allerdings war er sich nicht sicher, ob er schon genug Wein getrunken hatte, um das bevorstehende Gespräch mit dem Anführer der Sandwölfe ohne größere Aussetzer überstehen zu können. Er hatte jeglichen Kontakt zu Anis Thorva vermeiden wollen, weil alle Versuche der Annäherung in den letzten Jahren im Streit geendet hatten. Ursache war ihre gemeinsame Vergangenheit, die schwer auf ihren Schultern lastete. Anis ließ keine Gelegenheit aus, ihn an seine vermeintliche Schuld den Thrill gegenüber zu erinnern. Und er würde so lange weitermachen, bis einer von ihnen nicht mehr existierte. Ein kürzlicher Vorfall hatte die gegenseitige Abneigung auf die Spitze getrieben, weshalb Olyn dem Anführer der Sandwölfe hatte aus dem Weg gehen wollen. Ein Aufeinandertreffen auf dessen Territorium konnte Olyns Ende bedeuten, wenn Anis Thorva sich nicht unter Kontrolle haben würde. Auf der anderen Seite war er ein sehr bedachter Thrill, wenn es um die Vermehrung seiner Reichtümer ging. Und er liebte seine Ziehtöchter, die er aus der Gosse gerettet und denen er ein gutes Leben geschenkt hatte, über alles. Dies war auch der einzige Hebel, an dem Olyn ansetzen konnte und seine Agenten hatten ihm die erforderlichen Informationen bereits zugespielt. Das Problem war nur, dass *er* derjenige war, der diesen Hebel betätigen musste. Er schämte sich dafür, ausgerechnet diesen Weg nehmen zu müssen, um seinen Willen bei Thorva durchzusetzen. Allerdings hatte er in diesem Fall keine Wahl. Hätte er mehr Zeit zur Verfügung gehabt, hätte er jemand anderen vorgeschickt. Aber das konnte er nicht. Kyle Roak musste gefunden werden, bevor die Söldner ihn vielleicht verschwinden ließen. Entführungen waren generell ein heikles Geschäft, das nicht selten mit dem Tod des Opfers endete. Da in diesem Fall im Hintergrund vermutlich ganz andere Parteien die Strippen zogen, sank die Wahrscheinlichkeit, dass Roak die Situation überleben würde, mit jeder Stunde, die er sich in der Gewalt der Entführer befand.

Olyn schenkte ein letztes Mal nach, biss die Zähne zusammen und leitete den Verbindungsaufbau ein. Nach einigen Sekunden wollte er schon erleichtert abbrechen, als sein Kontaktversuch angenommen wurde.

»Was willst du?«, erklang eine kalt klingende Stimme, die die abgrundtiefe Abneigung Anis Thorvas ihm gegenüber in nur drei lächerlichen Worten mehr als überzeugend zum Ausdruck brachte.

Wenn Olyn gekonnt hätte, hätte er die Verbindung sofort gekappt und sich angenehmeren Dingen zugewandt, aber diese Möglichkeit stand ihm momentan nicht zur Verfügung.

»Kyle Roak wurde entführt …«

»Und?«

Olyn schnaubte verächtlich und trank vom Wein, bevor er etwas auf den Kommentar erwiderte. »Die Entführer haben eine Barrikade der Union durchbrochen und befinden sich in deinem Territorium. Ich gehe davon aus, dass sie an Bas Tortua vorbei in den Norden verschwinden wollen. Wenn sie es erst über die Grenze in Callen Sempas Gebiet geschafft haben, haben wir keine Handhabe mehr. Der Vertrag wird nicht verlängert werden, womit uns ein weiterer Krieg ins Haus stehen könnte, der deine Geschäfte empfindlich stören würde. Abgesehen davon verdächtigt Lord Banda dich, in die Entführung verstrickt zu sein. In deinem eigenen Interesse würde ich dir empfehlen …«

»Du redest wie ein verfluchter Diplomat«, unterbrach Anis ihn grob. »Sag einfach, was du von mir willst und mach kein politisches Theater daraus. Hast du verstanden? Du musst mir nicht erklären, was passiert, wenn sie den Botschafter in der Wüste verscharren. Und Banda hat seine Urteile schon immer schnell gefällt.«

»Wie du willst«, knurrte Olyn und schluckte den aufsteigenden Ärger hinunter. »Da sich die Entführer in deinem Territorium aufhalten, ist es deine Pflicht, sie aufzuspüren und festzusetzen. Ich …«

»Meine Pflicht?« Anis begann spöttisch zu lachen. »War es nicht *deine Pflicht,* ihn sicher nach Bas Tortua zu bringen? Und jetzt soll ich dein Versagen geradebiegen? Schon wieder?«

»Was heißt ›Schon wieder‹? Was willst du damit andeuten?«

»Das weißt du ganz genau oder hast du all die Jahre schon vergessen? So, wie du es mit allem machst, was dir zuwider ist.«

»Darum geht es doch gar nicht!«, erwiderte Olyn verärgert und musste kurz durchatmen, um nicht noch lauter zu werden. »Wenn Roak nicht zu diesem Treffen erscheint, wird es Krieg geben. Denk an all die Thrill, die dafür bluten werden!«

»Was kümmert ausgerechnet dich das? Du hattest noch nie viel für uns übrig, nicht wahr? Stattdessen hast du jahrelang mitgeholfen, uns auszubluten und unsere Rohstoffe der Union in den Rachen zu stopfen!«

»Das stimmt nicht«, erwiderte Olyn und nahm erneut einen Schluck, um seine Nerven zu beruhigen. »Ich hab auf meine Art versucht, den Thrill zu helfen. Aber es ist nicht einfach, sich politisch gegen all die Halsabschneider durchzusetzen, die im Rat Mog Anuns sitzen.«

»Um Ausreden warst du noch nie verlegen«, entgegnete Anis verächtlich. »Die Zeit der Diplomatie ist schon lange vorbei. Das Schicksal der Thrill ist besiegelt. Meine Kontakte im Westen und Süden haben mir von den versiegenden Minen und Extraktionsblasen der Liga berichtet. Man muss kein Hellseher sein, um die Zukunft vorhersagen zu können: Die Union braucht Rohstoffe – und die letzten reichen Vorkommen Crestins befinden sich im Norden.«

»Das weiß ich auch«, entgegnete Olyn genervt. »Aber mit der Unterzeichnung des Vertrags können wir diesen letzten Akt noch etwas hinauszögern – und vielleicht eine Lösung finden, die dein Volk nicht vernichten wird.«

»Das macht doch keinen Unterschied«, knurrte Anis. »Ob sie uns in einem Monat oder in einem Jahr angreifen, wird am Ausgang dieser Auseinandersetzung nichts ändern. Du bist wie Sempa …«

Olyn horchte gewarnt auf. »Was hat der damit zu tun?«

»Gar nichts«, ruderte Anis zurück. »Der Botschafter ist und bleibt dein Problem. Ich hatte mich dazu bereiterklärt, ihn bis zur Grenze zu eskortieren. Und mehr werde ich auch nicht machen.«

»Das ist schade«, erwiderte Olyn vorsichtig. Dann fügte er beiläufig hinzu: »Ich habe gehört, dass sich Cayas Zustand verschlechtert hat?«

»Dass du es wagst, ihren Namen in den Mund zu nehmen … wie kommst du überhaupt darauf?«

»Eine seltene Infektion, richtig? Ihr Körper stößt die kybernetischen Implantate ab.«

»Komm zur Sache«, knurrte Anis.

»Ich nehme an, du hast bereits einen Spezialisten für Biotechnologie gefunden?«

»Mehrere«, erwiderte er skeptisch. »Aber keiner von diesen Koryphäen konnte ihr bis jetzt helfen. Es handelt sich angeblich um eine sehr seltene Infektion, hervorgerufen durch mutierte Bakterien, die sich allen Versuchen, sie zu vernichten, widersetzt haben.«

»Nun, wie es der Zufall will, weiß ich von einer außergewöhnlichen Biotechnologiespezialistin, die sich auf einem Jagdgleiter der Union nicht weit von meiner aktuellen Position befindet. Ich könnte die Administration um eine Sondererlaubnis bitten und sie in ein paar Stunden zu Caya bringen …«

»Wenn ich meine Piraten nach dem Botschafter suchen lasse?«, folgerte Anis verächtlich.

»Nichts ist umsonst«, stellte Olyn knapp fest. »Ich muss der Union etwas anbieten, um die Ärztin zu bekommen, daran führt kein Weg vorbei.«

Der Anführer der Sandwölfe schnaubte verächtlich, verzichtete aber auf einen Kommentar, was Olyn signalisierte, dass er über sein Angebot nachdachte.

»Gerade du solltest die Spielregeln kennen«, bohrte er weiter. »Abgesehen davon ist es kein großer Aufwand für dich, die Entführer aufzuspüren. Immerhin halten sie sich in deinem Territorium auf, nicht wahr?«

Anis zögerte weiterhin.

»Noch kann ich einen Besuch der Spezialistin arrangieren«, startete Olyn einen letzten Versuch. »Falls der Jagdgleiter in einen anderen Sektor abgerufen wird, ist diese Chance dahin. Dir bleiben nur wenige Stunden.«

»Also gut«, akzeptierte er zähneknirschend. »Aber ich hoffe, du weißt, welches Risiko du eingehst, wenn du mein Territorium betrittst. Ich habe nicht vergessen, dass du für Cayas Zustand verantwortlich bist. Und wenn du dich in meine Höhle wagst, kann ich nicht dafür garantieren, dass du sie wieder verlassen wirst, verstanden?«

»Das ist mir bewusst …« Olyn wollte noch anmerken, dass er gewisse Dinge bezüglich Caya anders als Anis sah, verzichtete aber schlussendlich darauf, um die Lage nicht schon vorher eskalieren zu lassen.

»Wann kannst du hier sein?«

»Schon bald«, antwortete Olyn. »Ich werde alles veranlassen.«

Er kappte die Verbindung und leerte sein Glas in einem Zug. Das Gespräch war tatsächlich besser gelaufen, als er erwartet hatte und die Chance, den Botschafter rechtzeitig befreien zu können, war gestiegen. Es durfte einfach keinen neuen Krieg geben. Auch wenn das bedeutete, dass er vielleicht selbst in Mitleidenschaft gezogen wurde. Denn irgendwie musste er all die Jahre wieder gutmachen, in denen er die Thrill an die Union verkauft hatte.

Die schwelenden Wracks waren mittlerweile zur Seite gezogen worden, um den anderen Frachtern und Tankern den Weg durch die Enge zu ermöglichen. Teile der zerstörten Gleiter lagen in großem Radius um die Stelle der Detonationen verstreut im Sand. Trockene Erde war verbrannt und Teile der Riffe durch die Druckwelle zerstört worden. Es roch nach verschmortem Plast und anderen synthetischen Materialien.

Ein Wrack lag im Sand einer Düne, das andere befand sich mit dem Heck noch einige Meter in der Luft, während sein zerfetzter Bug über den Boden schrammte. Kabelstränge hingen wie Eingeweide aus dem aufgerissenen Stahlbauch, an denen das giftige Kühlwasser nach unten lief und blubbernd im Boden versickerte.

Mel starrte nachdenklich auf die halb zerstörte Durchfahrt. Die Söldner hatten die Crews der Unionsgleiter mit einem ferngesteuerten Tanker überrascht, den sie mitten unter ihnen zur Detonation gebracht hatten. Die mit Toradium gefüllten Tanks hatten den Effekt der Explosion verstärkt und die Gleiter aus dem Weg gedrückt, bis sie von abgesetzten Thymid-Minen völlig zerstört worden waren.

»Schöne Schweinerei«, bemerkte Stone trocken und stellte sich neben ihn an die Reling des ersten Oberdecks am Bug der Hawk. »Meine Marines konnten bis jetzt nichts finden, das wir weiterverfolgen könnten. Von dem Tanker ist fast nichts übriggeblieben, das noch analysiert werden kann. Wir versuchen die Datenspeicher zu bergen, aber die Wahrscheinlichkeit, dass sie die Explosionen überstanden haben, ist eher gering. Und selbst wenn: Die Söldner machen einen hochprofessionellen Eindruck, was auf eine eher geringe Fehlerquote schließen lässt.«

»Vielleicht mussten sie den Tanker schnell beschaffen und hatten nicht genügend Zeit alle Spuren zu verwischen, Sergeant«, wandte Mel ein. »Aber das können wir erst mit Sicherheit sagen, wenn wir einen der Speicher gefunden haben. Und bis es so weit ist, gebe ich Ihnen recht: Das hier ist eine verdammt große Schweinerei. Gibt es Neuigkeiten von Spectra? Wo ist sein Kommandogleiter?«

»Die Ruthless ist zu groß für diese Route«, antwortete Stone, während er seinen Blick über die zerstörten Gleiter schweifen ließ. »Spectra wird einen Umweg in Kauf nehmen und uns hinter dem Korridor vor Bas Tortua treffen. Ob er Anis Thorva überzeugen konnte, uns beizustehen, wissen wir nicht.« Er hob entschuldigend die Schultern und zog gleichzeitig die Augenbrauen nach oben. »Zumindest war das der letzte Stand der Dinge, Sarge.«

Mel nickte und starrte abwesend ins Nichts.

»Alles in Ordnung?« Stone musterte ihn skeptisch.

Mel nickte und wandte sich dem Marine zu, der ihn nach wie vor anstarrte. »Natürlich, Sergeant«, log er. »Ich zerbreche mir nur den Kopf, wie wir die Bande rechtzeitig aufhalten können. Ein neuer Krieg wäre wirklich eine Katastrophe.«

»Wir werden versuchen, es nicht so weit kommen zu lassen, Sarge«, erwiderte Stone lapidar. »Wir werden unser Bestes geben. Aber wie es am Ende ausgehen wird, steht in den Sternen.« Er lachte. »Ich werde mich meinen Marines anschließen und sie etwas antreiben, wenn Sie verstehen, was ich meine. Ich melde mich bei Ihnen, sobald wir etwas gefunden haben.« Stone tippte mit dem Finger auf die Schiene an Mels Handgelenk. »Genießen Sie Ihre Auszeit.«

Mel nickte zähneknirschend und wartete, bis Stone das Deck verlassen hatte. Danach starrte er wieder angestrengt in die Trümmer der beiden Wracks. Er konzentrierte sich auf die Details der Zerstörung und hielt Ausschau nach erneuten Wahrnehmungsstörungen seines Gehirns, aber nichts geschah. Seine Sicht war klar wie immer und er hoffte, dass die Halluzination im Ring eine einmalige Angelegenheit bleiben würde. Die Situation war einfach zu wichtig, dass er jetzt schlapp machen konnte.

Er strich mit den Fingern über die Einstichstellen der Injektionsnadeln in seiner Armbeuge und erinnerte sich an die kurze Welle aus Schmerz, die seinen Körper durchströmte, nachdem Doktor Bricks vor zwei Stunden die zweite Behandlung eingeleitet und ihn erneut darauf hingewiesen hatte, dass die Prozedur unbedingt abgeschlossen werden musste. Mel hatte nur genickt und sie skeptisch angestarrt, während sie sein Handgelenk kontrollierte.

»Ich denke, ich bin wieder fit.«

»Moment …«, erwiderte die Ärztin und überprüfte die Scans.

»Was soll das heißen?«

»Na ›Moment‹«, feixte sie. »Die Knochendichte ist noch nicht zu hundert Prozent wiederhergestellt, Sergeant. Sie könnten es ohne Frage riskieren und wenn ein entsprechender Notfall herrschen würde, würde ich Sie natürlich wieder ins Feld schicken. Aber da es im Moment eher ruhig ist, würde ich vorschlagen, dass Sie Ihre Zwangspause noch etwas verlängern.«

»Ich langweile mich zu Tode«, erwiderte er unzufrieden. »Ich muss wieder aktiv werden, Doktor …«

»Andere würden mir danken, wenn ich ihnen ein paar Stunden außerhalb des Dienstes verschaffen könnte, Sergeant«, stellte sie vorwurfsvoll fest und schloss seine Datei.

»Ich bin nicht wie die anderen.«

»Daran besteht kein Zweifel.« Sie funkelte ihn herausfordernd an. »Aber in diesem Fall habe *ich* die Entscheidungsgewalt und ich entscheide, dass Sie sich noch ein paar Stunden langweilen müssen.«

Er atmete scharf aus und wich ihrem Blick aus.

»Ihnen wird schon was einfallen, um diesen *Zwangsurlaub* zu überstehen. Machen Sie Sport, meditieren Sie oder nerven Sie irgendjemand anderen mit Ihrer undankbaren Ungeduld. Aber überstrapazieren Sie auf keinen Fall Ihre Hand dabei, verstanden? Sonst wird sich dieser Urlaub auf unbestimmte Zeit verlängern.«

Er biss die Zähne zusammen und nickte.

»Schön«, stellte sie erleichtert fest und sah ihn verstohlen an.

»Was ist?«

»Ich weiß nicht, wie ich das fragen soll, ohne Sie wütend zu machen. Also bleibe ich einfach bei meiner direkten Art: Hatten Sie Halluzinationen?«

»Nein«, antwortete er und biss sich fluchend auf die Zunge, aber Doktor Bricks schien seine viel zu schnelle Antwort gar nicht aufgefallen zu sein. Stattdessen atmete sie auf und sah ihn erleichtert an.

»Gut. Bleiben Sie trotzdem wachsam, ja? Das ist eine ernste Angelegenheit. Wenn Sie auch nur einen einzigen Traum haben, der irgendetwas mit Ihrer Vergangenheit zu tun haben könnte, will ich davon wissen.«

Er sah sie nur fragend an und verzichtete auf einen Kommentar.

»Sollten Sie wirklich von Wahrnehmungsstörungen betroffen sein, muss ich entsprechende Gegenmaßnahmen einleiten. Und wenn sie noch so klein sind, verstehen Sie?«

Mel nickte und dachte an den Vorfall im Ring. Aber je mehr Zeit verstrich, desto unsicherer war er sich und desto unsinniger erschien es ihm, das Ganze als Halluzination zu bezeichnen.

»Keine Sorge, Doktor, es ist alles in Ordnung.«

»Na gut. Es handelt sich ohnehin nur noch um ein paar Stunden. Morgen bekommen Sie die letzte Injektion manuell verabreicht. Danach ist der Einleitungsprozess abgeschlossen. Sehen Sie nur zu, dass Sie pünktlich hier sind …«

Mel hatte erneut fast eine Stunde auf der Pritsche verbringen müssen und war froh, dass die letzte Dosis per Pistole injiziert werden würde. Er kam sich vor wie ein Gefangener in Cryostasis, mit dem Unterschied, dass er sich seiner Umgebung bewusst war. Alles, was er tun konnte, war, die Augen zu schließen und der Ärztin und ihrer neuen Assistentin zuzuhören, wie sie im Hauptraum des Lazaretts mehrere Fälle behandelten. Sie führten oberflächliche Gespräche mit den Patienten, rissen Witze und versuchten, die angeschlagenen Soldaten aufzuheitern. Mel hatte währenddessen dank Doktor Bricks' erneutem Hinweis auf die Risiken des Prozesses verkrampft darauf gewartet, dass ihm sein Verstand wieder etwas vorspielen würde. Aber es war ihm nicht gelungen, eine Halluzination zu provozieren. Stattdessen hatte er seinen Aufenthalt im Lazarett hinter sich gebracht und war rechtzeitig an Deck erschienen, bevor die Hawk die Position des Überfalls erreicht hatte. Als er die Rauchsäulen entdeckte, war er zur Brücke gegangen, wo Roony Befehle an alle möglichen Einheiten verteilt hatte, mit der Priorität, Spuren zu sichern, die sie irgendwie weiterbringen würden, was den Verbleib des Botschafters anging. Aber bisher, ganze zwei Stunden nach der improvisierten Einsatzbesprechung, hatte die Crew nichts Brauchbares in den Trümmern auftreiben können. Der Tanker war komplett zerstört worden. Genauso wie einer der Gleiter der Union. Blieb nur das Wrack, das halb in der Luft hing.

Mel kam sich nutzlos vor. Roony hatte ihn bei der Vergabe der Aufgaben dank Doktor Bricks' Eintrag in seiner Krankenakte übergangen. Es gab also nichts für ihn zu tun, was seine miese Stimmung nicht wirklich verbesserte. Seine Gedanken kreisten, abgesehen von der Möglichkeit, an Halluzinationen zu leiden, oft um den Kampf mit dem Anführer der Söldner. Mel hätte die verdammte Entführung beenden können – wenn er sich nicht vorher die Hand an dem Mann auf der Brücke gebrochen und deshalb die Klinge nur einen Zentimeter zu kurz geschwungen hätte. Der Botschafter wäre noch auf der Hawk, sie hätten Bas Tortua schon lange erreicht und würden die Grenze zu Sempas Territorium bereits auf den virtuellen Karten sehen können. Stattdessen befanden sie sich irgendwo in der Wüste und suchten nach Hinweisen, die sie *vielleicht* auf die Spur von Roak bringen könnten. Mel kam die verpasste Chance während der Auseinandersetzung wie eine Niederlage vor, die er wiedergutmachen musste. Aber Doktor Bricks hatte ihn praktisch auf Eis gelegt. Obwohl seine Nanobiten stundenlang an der Rekonstruktion des Knochens gearbeitet hatten und Mel wusste, dass seine Hand wieder einsatzfähig war – allerdings schien das sonst niemanden zu kümmern, obwohl ihn das verdammte Nichtstun noch wahnsinnig machen würde. Er fluchte, atmete entschlossen aus und aktivierte die Komm-Einheit am Unterarm.

»Sergeant Stone?«

»Ja?«

»Mir fällt die verdammte Decke auf den Kopf. Haben Sie verstanden?«

»Wenn Sie sonst nichts zu tun haben, können Sie mir gerne Gesellschaft leisten, Sarge«, erwiderte der Marine und Mel stellte sich vor, wie er gleichzeitig demonstrativ die Augen verdrehte. »Wir sind dabei, einen Datenspeicher aus dem zerstörten Unionsgleiter zu extrahieren. Das ist mindestens genauso unspektakulär, wie nichts zu tun. Aber wenn Sie darauf bestehen …«

»Das tue ich«, unterbrach Mel ihn ungeduldig. »Ich bin gleich bei Ihnen.«

Mel landete den Speeder mitten zwischen den Trümmern einen Steinwurf von Sergeant Stones Trupp entfernt und ging zielstrebig zu dem stämmigen Mann, der sich in ein Gurt-System zwängte und Mel ebenfalls eine der Spezialkoppeln reichte.

»Legen Sie das um. Es dürfte rutschig werden.« Er deutete aufs Wrack, dessen Heck vielleicht acht Meter über dem Boden schwebte, während die Bruchstelle kreischend durch die trockene Erde schrammte. »Wir haben versucht, das Ding zu stabilisieren. Aber es ist nur ein Provisorium und ohne Seile werden wir es nicht bis zur Brücke schaffen.« Er sah ihn ernst an. »Und halten Sie sich vom Kühlwasser fern.« Er deutete auf eine Stelle am Boden, die verätzt aussah. »Die Flüssigkeit ist hochtoxisch und …«

»Ich weiß«, winkte Mel ab. »Lassen Sie uns endlich reingehen.«

Stone verzog den Mund zu einem Grinsen. »Wie Sie wollen. Jetzt legen Sie schon die verdammte Koppel an!«

Mel nickte schmunzelnd und salutierte übertrieben vor dem Marine, der ihm kopfschüttelnd eine Art umfunktionierten Blaster gab, an dessen Seite ein Seilsystem und mehrere Bolzen befestigt waren. Anschließend folgte er Stone zu den zerfetzten Trivistahlplatten des Gleiters, die sich langsam aber stetig durch den Sand wühlten. Sie warteten einen günstigen Moment ab, sprangen auf die Platten und zogen sich an zerrissenen Kabelsträngen ins Innere des Wracks. Das Kratzen des Metalls über den

Untergrund wurde durch die Korridore und Gänge verstärkt. Es hallte wie der röchelnde Atem eines sterbenden Giganten durch den Stahlkörper und ließ Mel erschauern. Außerdem war es dunkel. Hin und wieder flackerten Lichtquellen unvermittelt auf, die weiße Flecken auf seinen augmentierten Augen hinterließen und ihm die Orientierung zusätzlich erschwerten. Dazu kamen aus der Decke hängende Kabel, die sich unmerklich bewegten, während sie sich langsam nach oben arbeiteten.

Je weiter sie vordrangen, desto nervöser wurde Mel und die Wahrscheinlichkeit, mit einer Wahnvorstellung konfrontiert zu werden, schien mit jedem zurückgelegten Meter zu steigen. Er schlich hochkonzentriert durch die zerstörten Gänge, während Stone ihm erklärte, dass ihr Ziel sich im Serverraum unter der Brücke befand. Ein Datenspeicher hatte den Überfall überlebt und auf die Scanner der Hawk reagiert. Da die Crew den Tanker relativ nahe an den Gleiter herangelassen hatte, ging Roony davon aus, dass sie eine Signatur übermittelt bekommen hatten, die in Ordnung gewesen war. Und vielleicht handelte es sich dabei sogar um die echte, anhand derer sie den Kurs des Tankers zurückverfolgen und so eventuell Hinweise auf die Entführer ermitteln konnten. Zumindest war es einen Versuch wert und Mel hatte ohnehin nichts Besseres zu tun.

Nach einigen Minuten erreichten sie einen Korridor, dessen Decke eingestürzt war. Ein Geflecht aus Trivistahlplatten, Kabeln und Leitungen machte es ihnen unmöglich, ihren Weg fortzusetzen.

»Wir teilen uns auf«, sagte Stone fluchend, während er die virtuelle Karte des Gleiters auf dem Display seiner Komm-Einheit begutachtete. »Ich gehe zurück und nehme den Weg über die Kantine. Sie versuchen über einen

Wartungsschacht weiterzukommen. So verlieren wir wenigstens keine Zeit, falls es weitere Hindernisse geben sollte.« Er klopfte Mel aufmunternd gegen die Schulter und verschwand anschließend in der Dunkelheit.

Die Stille machte die düstere Atmosphäre im Wrack nicht besser und begann wie ein tosender Wasserfall in Mels Ohren zu rauschen, während er vorsichtig zum Wartungsschacht schlich. Der Verbindungstunnel war eng und niedrig, weshalb er in die Hocke gehen und sich Meter für Meter durch die Röhre arbeiten musste. Die Dunkelheit wurde hin und wieder von aufblitzenden Relais zerrissen, die erneut helle Flecken auf seine Augen zauberten. Nur um ihn sofort wieder in tiefster Schwärze versinken zu lassen, bis sich die in seine Pupillen integrierten Restlichtverstärker an die neue Lichtsituation angepasst hatten und seine nähere Umgebung wieder erhellten. Mel hasste diese Momente, da sie ihn in absolute Dunkelheit tauchten. Abgesehen davon beschlich ihn das Gefühl, dass er nicht alleine im Schacht war. Und obwohl dieses Gefühl mehr als lächerlich und eher seiner Einbildung geschuldet war, jagte es ihm einen kalten Schauer nach dem anderen über den Rücken.

Er hatte Mühe, sich auf die Aufgabe zu konzentrieren. Seine Gedanken schweiften in die dunkelsten Ecken seines Bewusstseins ab und drehten sich um Verbrechen, Schuld und Sühne, bis Bilder aus seiner jüngeren Vergangenheit auftauchten. Erinnerungen an Schützengräben, blutige Auseinandersetzungen und viele Ungerechtigkeiten, die er im Namen der Union während seines Zwangsdienstes hatte ausführen müssen. Diese Bilder schienen ihn buchstäblich zu verfolgen und machten ihm den Aufenthalt im Schacht fast unmöglich. Sein Puls begann zu rasen, seine Atmung wurde flacher und ein Gefühl der Enge machte sich in ihm breit, das ihm die Luft zum Atmen raubte. Er musste hier raus – und zwar sofort!

Mel zog sich panisch an losen Kabelsträngen und den Haltegriffen fürs Wartungspersonal nach oben. Er stieß mit dem Kopf mehrmals gegen herabhängende Deckenplatten und riss sich den Einsatzanzug an einem scharfkantigen Gegenstand auf, der aus einer der Wände ragte. Er fluchte und kämpfte sich immer weiter nach oben, bis er die Luke fast erreicht hatte, als erneut ein heller Blitz vor ihm aufzuckte, der ihn kurz darauf in tiefste Dunkelheit stürzte. Er blieb stehen, schloss die Augen und rührte sich nicht mehr. Einen Moment später spürte er warmen Atem am Hals. Er fühlte die Finger einer starken Hand im Genick, hörte die gedämpften Schmerzensschreie einer Frau und roch den Gestank von verbranntem Fleisch. Als er scharf ausatmete und die Augen aufriss, blieb ihm fast das Herz stehen: Die Luke stand offen und ein verschwommenes Gesicht erschien wie aus dem Nichts vor ihm. Danach schoss eine Hand in den Schacht, packte ihn am Ärmel und zog ihn heraus.

»Sie waren fast so schnell wie ich, Sarge«, erklang Stones vergnügt klingende Stimme. »Man merkt, dass Ihnen wirklich langweilig sein muss.« Er lachte und half Mel aus dem engen Wartungstunnel. »War heiß da drin, oder?« Er deutete ins schwarze Loch, danach auf Mels Stirn. »Sie schwitzen wie ein … naja, Sie wissen schon.«

»J… ja«, erwiderte er abwesend. »Das war es.«

Stone lachte und hangelte sich an der Wand des Korridors entlang, bis er einen abzweigenden Gang erreichte, der steil nach oben führte.

»Dort ist der Eingang.« Er zog das einer Harpune nachempfundene Gerät aus dem Holster und jagte einen Pfeil in die Wand. Die Rollen des Seilsystems begannen laut zu zischen, bis sich das Projektil in den Trivistahl gefressen hatte. Danach befestigte er das Ende des Seils mit einem Bolzen hinter sich, führte das Synthetikgewebe in eine mit einem Elektromotor versehene Führung und machte sich auf den Weg nach oben.

Mel wartete, bis Stone die Plattform erreicht hatte. Er nutzte die kleine Pause, um sich zu beruhigen, und schrieb die unerklärlichen Eindrücke im Schacht seinem gereizten Unterbewusstsein zu, das ihm wegen Doktor Bricks' ständiger Warnungen, seinen Verstand verlieren zu können, wohl einen Streich gespielt hatte – genau wie vor kurzem im Ring.

Nachdem Stone ihm signalisierte, dass alles in Ordnung war, klinkte er das Seil in die Führung der Koppel ein und folgte dem Marine nach oben.

Die Neigung der Brücke war so stark, dass sie über die Konsolen und Terminals klettern mussten. Die Plastfenster waren herausgebrochen. Mel spürte die warme Brise im Gesicht, während sein Blick den Wüstenboden suchte, der sich unter einer Wolke aus aufgewirbeltem Dreck und Staub verbarg.

Einige Augenblicke später arbeiteten sie sich in den hinteren Bereich des Raumes vor, bis sie eine unscheinbare, in die Wand eingearbeitete Türe erreichten. Stone musste sie aufschieben. Anscheinend war die Notenergieversorgung auf ein Minimum heruntergefahren worden.

Als sie den engen Schacht dahinter betreten wollten, fuhr eine unmerkliche Erschütterung durch den Gleiter.

»Sergeant Stone!«, erklang plötzlich Sykes' aufgeregt klingende Stimme aus den Lautsprechern seiner Komm-Einheit. »Der Magnetabsorber wird es nicht mehr lange machen. Sie müssen sich beeilen!«

Stone grunzte zustimmend, ließ sich auf ein Knie fallen

und öffnete den Deckel am Boden mit einem Code, den er in den mechanischen Tastenblock eingab. Da die Restenergie des Gleiters sich auf den Magnetabsorber konzentrierte, blieb ihm nichts anderes übrig. Die Luke im Boden klappte zischend auf und gab den Weg in den Serverraum frei. Mel folgte Stone über ein paar Sprossen nach unten. Es war dunkel, aber seine modifizierten Augen konnten genug Restlicht finden, um die Umgebung für ihn sichtbar zu machen. Stone benutzte einen kleinen Strahler, der auf seiner Pfeilpistole angebracht war.

Der Raum war klein. An den Wänden befanden sich unzählige Relais und Platinen. In der Mitte war eine Säule errichtet worden, in der die Datenspeicher steckten. Stone suchte nach dem noch funktionierenden Speicher und wollte ihn aus der Verankerung ziehen, als ein lauter Schlag erklang und der Gleiter um einen Meter absackte. Stone fiel gegen die Wand neben Mel, der sich noch rechtzeitig an der Säule festklammern konnte. Der Stahlkoloss ächzte währenddessen wie eine gigantische, sterbende Kreatur und begann, seine Position zu verändern.

»Kühlwasser!«, brüllte der Marine und zeigte auf den glänzenden Boden. Er wollte aufstehen, aber es war zu rutschig. »Ich schaff es nicht bis zur Säule. Sichern Sie den Datenspeicher und dann nichts wie raus hier, Sarge!«

Mel suchte die Wände ab und entdeckte einige Stellen, an denen die ätzende Flüssigkeit in den Raum gedrückt wurde. Vermutlich waren mehrere Leitungen geplatzt, weshalb der Inhalt der Tanks sich in den Eingeweiden des Gleiters verbreiten konnte. Es begann nach Chemikalien zu stinken und einige der betroffenen Relais fingen an zu schwelen. Mel bereute, keinen Einsatzanzug angelegt zu haben. Die Filter im Helm hätten ihn vor den giftigen Dämpfen geschützt.

Stone verlor keine Zeit, kroch in den Schacht und verschwand über die Sprossen nach oben. Mel zog den Datenspeicher aus der Verankerung und zuckte kurz darauf zusammen, als ein stechender Schmerz durch sein Handgelenk fuhr. Er fluchte, befestigte den Speicherblock an der Koppel und sprang in den Schacht. Anschließend kletterte er an den Sprossen nach oben und sah einen Schatten, der sich zu ihm umwandte und ihm die Hand reichte. Als er danach greifen wollte, starrte er in Damian Frosts verzerrtes Gesicht, das ihn hasserfüllt anstarrte. Die Erscheinung fauchte mit unmenschlicher Stimme, worauf Mel den Halt verlor und nach unten stürzte. Der Aufprall war hart. Weiße Blitze zuckten vor seinem inneren Auge, die Luft wurde aus seinen Lungen gepresst und die Umgebung begann zu verschwimmen. Mel wollte fluchen, aber er brachte keinen Ton heraus. Es roch wieder nach verbranntem Fleisch. Die Frau wimmerte vor Schmerzen und das Geräusch reißender Haut hallte in seinem Kopf wider. Er konnte trockene Erde im Rücken spüren, ebenso eine unerträgliche Hitze, die sich langsam seinem Gesicht näherte. Kurz bevor sie ihn verbrennen konnte, packten ihn zwei starke Hände und rissen ihn mit einem Ruck auf die Beine.

»Sie können sich später ausruhen, Sarge!« Stone schob ihn zu den Sprossen und jagte ihn den Schacht hinauf, bis er sich schwer atmend über den Rand zog und in den engen Raum darüber rollte. Er rappelte sich auf und stolperte auf die Brücke, als ein weiterer gewaltiger Ruck durch den Gleiter fuhr. Mel wurde gegen eine Konsole geschleudert, Stone flog über das Terminal des Captains und verschwand ächzend im Technikgraben.

»Der Gleiter wird jeden Moment abstürzen, Sir!«,

meldete sich Sykes erneut. »Die Notenergie ist fast verbraucht!«

Mel schlitterte über den Boden zum Graben, in dem Stone schwer atmend in den Überresten einiger Displays lag, deren Splitter sich in seinen Rücken gebohrt hatten. Er reichte ihm aus einem Reflex heraus die rechte Hand und biss knurrend die Zähne zusammen, als Stone sie ergriff und sich von ihm aus dem Technikgraben ziehen ließ. Anschließend lehnten sie sich gegen die Rahmen der Fenster und sahen aufs Deck hinab, dessen Ende nach wie vor in einer Wolke aus Staub versteckt über den Boden schrammte. Da der Jagdgleiter in der Mitte auseinandergebrochen war, schätzte Mel die Distanz bis zum Wüstenboden auf fast vierzig Meter.

»Ich fürchte, wir müssen eine Abkürzung nehmen«, stellte er fest und deutete nach unten. »Wir schaffen es nicht mehr durch den Gleiter.«

Stone nickte, schoss einen Pfeil in die gegenüberliegende Wand und kletterte aus dem Rahmen, in dem noch Plastsplitter der Scheibe steckten. Mel tat es ihm gleich und folgte ihm. Sie seilten sich auf das zweite Oberdeck ab und arbeiteten sich langsam in die Staubwolke vor, als ein weiterer Ruck durch den Gleiter ging. Danach rissen die Seile.

Mel schlitterte zum Rand des Oberdecks und stürzte ungefähr drei Meter nach unten aufs mittlere Deck. Eine Sekunde später schlug Stones Körper neben ihm auf. Sie rutschten unkontrolliert über den Boden, als sich ein flackerndes Bild vor seinem inneren Auge manifestierte: Zwei Männer stürzten über das mittlere Deck und landeten in einem künstlichen See aus Kühlwasser, der sich unterhalb im Dreck gesammelt hatte.

Er fluchte, legte einen neuen Pfeil in die Harpune und

jagte ihn in die Reste eines Geschützturms. Anschließend griff er nach Stones Arm und ließ die Bremse des Seilsystems einrasten. Der Ruck brachte sein Handgelenk erneut zum Knacken. Sie wurden zur Seite gerissen, bis Mel die Harpune loslassen musste und sie über den Rand des zerrissenen Gleiters stürzten, worauf ihre Körper dumpf auf den sandigen Boden schlugen.

Mel rollte sich nach Atem ringend zur Seite und zog Stone vom Rand des Chemikaliensees weg. Einen Augenblickspäter versagte der letzte Magnetabsorber und das Heck des Gleiters krachte in einem Regen aus Trümmern, Splittern und Dreck in den weichen Untergrund. Die Fontäne aus Staub fuhr hoch in den Himmel auf, während der Stahlkoloss seine letzten Atemzüge tat und ächzend starb.

Stone wollte erleichtert lachen, aber er brachte keinen Ton heraus. Stattdessen japste er nach Luft und tastete stöhnend über seine Rippen.

»Sergeant? Hier ist Specialist Sykes.«

»W… wa…« Er fluchte, atmete tief ein und nahm einen zweiten Anlauf. »Ja?«

»Sie sollen sich auf der Brücke melden! Wir bekommen Besuch!«

Laura saß nachdenklich vor der Ablage im Quartier und starrte auf die Komm-Einheit, über die ihr Alpha vor einigen Minuten die Koordinaten und einen Zeitpunkt für das Treffen mit dem Agenten mitgeteilt hatte. Sie schaltete das Gerät aus, verstaute es im Koffer und setzte sich für einen Moment auf die Pritsche. Danach lehnte sie sich mit dem Rücken gegen die Wand, zog die Knie an und legte ihren Kopf darauf ab, um das kurze Gespräch noch einmal Revue passieren zu lassen.

Alpha hatte ihr die Position für das Treffen mit dem Agenten mitgeteilt. Der Mann war seit drei Tagen unterwegs. Er hatte die Probe bei sich, die Laura schon bald mit Mels Blut abgleichen würde. Alpha war lediglich an dem Ergebnis des Tests interessiert: negativ oder positiv. Laura dagegen konnte nur erahnen, was der Abgleich vielleicht für Mel bedeuten würde Und da sie ihn mochte, wurden ihre Vorstellungen diese Szenarien betreffend immer absurder. Ein anderes Problem war, dass sich der Treffpunkt fast dreihundert Kilometer von ihrer aktuellen Position entfernt in Callen Sempas Territorium befand und sie wegen der angespannten Situation die Hawk nicht verlassen konnte, ohne dass jemand ihre Abwesenheit bemerken würde. Immerhin war sie die Stabsärztin dieses Militärgleiters. Die Crew verließ sich auf sie, genau wie Carl. Was würde er von ihr denken, wenn sie einfach verschwinden würde? Allerdings war sie in erster Linie Secoma verpflichtet. Einer Schattenorganisation, die sie seit Jahren für alle möglichen Missionen einsetzte. Ein neuer Auftrag bedeutete ein neues Leben für sie. Inklusive Lebenslauf, Gesicht und Job. Dazu kamen gestohlene Erinnerungen, die ihr per Nährlösung direkt ins Gehirn injiziert wurde, um die Täuschung perfekt zu machen. So blieben ihre Fähigkeiten als Agentin in einer Art Basisversion ihrer selbst erhalten, welche je nach Belieben der Organisation erweitert oder verändert werden konnte. Der Vorgang der Neuausrichtung zog sich über mehrere Tage, wobei ihr Gedächtnis jedes Mal vollständig gelöscht wurde. Laura hatte im Gegensatz zu Mel schon lange damit abgeschlossen, wissen zu wollen, wo sie herkam oder wer sie ursprünglich war. Allerdings hatte sie sich mittlerweile an ihr aktuelles Leben gewöhnt und der Gedanke, dieses hinter sich lassen zu müssen, weckte Widerstand in ihr. Sie liebte es, Ärztin zu sein. Schmerzen zu lindern und Leben zu retten fühlte sich so viel besser an als zu verstümmeln und zu töten. Sie war sich sicher, dass die Organisation sie meistens für eine Art Arbeit einsetzte, auf die man nicht gerade stolz sein konnte. Hin und wieder tauchten Szenen aus ihren früheren Leben in ihren Albträumen auf, die sie seit Jahren quälten. Fragmente ihres Unterbewusstseins, die den unzähligen Gedächtnislöschungen anscheinend entkommen waren und sie hin und wieder an ihre im Namen der Organisation begangenen Verbrechen erinnerten. Sie wusste nicht, ob diese Szenen sich wirklich so abgespielt hatten Aber wenn nur ein Bruchteil davon real war, würde sie nach ihrem Tod für immer in der Hölle schmoren.

Ihr Leben auf der Hawk unterschied sich so sehr von dem, das sie durch die verschwommenen Erinnerungsfragmente nur erahnen konnte. Sie kannte mittlerweile viele Mitglieder der Mannschaft persönlich, hatte – wenn auch meist nur oberflächliche – Beziehungen aufgebaut und sich einen sozialen Stand innerhalb der Gemeinschaft erarbeitet, auf den sie nicht mehr verzichten wollte. Sie gehörte zum Team, das sich zu einer Art Ersatzfamilie entwickelt hatte. Außerdem mochte sie Carl.

Allerdings hatte sie Angst, was er wohl von ihr halten würde, wenn die Wahrheit über sie herauskäme. Dass diese Sorgen im Grunde unbegründet waren, war ihr klar. Denn sie würde sich schon bald nicht mehr an ihn, Mel oder all die anderen Erlebnisse auf der Hawk erinnern können. Sie würde dieses Leben gegen ein weiteres tauschen, das ihr Secoma wie eine ungewollte Buße aufzwingen würde, welche ihre Sünden, zusammen mit ihren Erinnerungen, von ihr waschen und sie einige Tage später als neuen Menschen auferstehen lassen würde. Und trotzdem hatte sie Angst davor, was Carl über sie denken könnte, wenn er die Wahrheit herausfinden würde.

Manchmal wollte sie einfach nur verschwinden. Weg von allem, was sie belastete und ihr Leben so kompliziert machte – weg von Secoma. Bei dem Gedanken zog sich ihr Magen zusammen und sie spürte, wie die Panik langsam nach oben kriechen wollte. Laura verdrängte das unwillkommene Gefühl und erhob sich, als ein Signalton erklang. Jemand stand vor dem Schott ihres Quartiers. Sie tippte auf Ivy, die sich als sehr gute Besetzung für die Position der leitenden medizinischen Assistentin herausgestellt hatte. Sie war clever, arbeitete selbständig und entlastete Laura, wann und wo sie konnte, ohne sich dabei in den Vordergrund zu drängen. Diese Eigenschaften machten sie zu einer herausragenden Assistentin, die jedem Stabsarzt der Union alle Ehre machen würde.

Laura ging zum Terminal, um sie hereinzulassen. Eine Sekunde später glitt das Schott zischend zur Seite und gab den Blick auf Carl frei, der unsicher dahinter stand und darauf wartete, dass sie ihn hereinbitten würde. Stattdessen stand sie auf und ging zu ihm. Die Schwelle zum Quartier trennte sie wie eine unsichtbare Barriere voneinander, während sie sich verlegen ansahen.

»Hey …«, begann er vorsichtig. »Alles in Ordnung?«

»Was meinst du?«

»Du siehst angespannt aus.«

»Ist nicht weiter schlimm …« Sie setzte ein Lächeln auf. »Ist nur mein Job. Die letzten Wochen ohne Assistentin waren anstrengend.«

»Verstehe.« Er wich ihrem Blick aus und schien zu

überlegen, wie er das Gespräch fortführen sollte. »Bist du mit der Neuen zufrieden?«

Sie sah ihn fragend an.

»Die neue Assistentin«, fuhr er fort. »Ivy Pulsa?«

»Sie ist großartig«, erwiderte Laura. »Und sie ist wie geschaffen für den Job.«

»Das freut mich.« Er sah sie unsicher an. »Dann hast du wieder mehr Zeit zur Verfügung?«

Laura wusste, worauf das Gespräch hinauslaufen würde und begann reflexartig nach Ausreden zu suchen, um Carls Annäherungsversuche schon im Keim zu ersticken. Sie mochte ihn wirklich. Aber es war nun mal, wie es war: Sie konnte mit niemandem eine Beziehung führen.

»Ich wollte dich nur zum Dinner oder einem Ausflug einladen«, er hob beschwichtigend die Handflächen. »Aber nur, wenn du Zeit hast, natürlich. Ich will dir nicht im Weg stehen.«

»Du stehst mir nicht im Weg«, beruhigte sie ihn, obwohl sie das gar nicht vorgehabt hatte. »Es ist nur … ich hab viel zu tun. Und ich …« Seine Augen begannen zu glänzen. »Vielleicht kann ich es in ein paar Tagen einrichten, wenn Sergeant Rokkas Rehabilitation abgeschlossen ist und ich die Fälle nachgearbeitet habe, die während der letzten Wochen liegengeblieben sind. Ist das okay für dich?«

Sein Gesichtsausdruck hellte sich schlagartig auf. »Natürlich. Ich würde mich wirklich freuen.«

»Ich mich auch«, kam es wie von selbst über ihre Lippen, obwohl sie es nicht hatte sagen wollen. Danach bemerkte sie ein Kribbeln im Bauch, das sie an verdammte Schmetterlinge erinnerte. »Gut … dann … meine Pause ist zu Ende. Ich muss wieder ins Lazarett und …«

»Musst du nicht.«

»Bitte?« Laura glaubte, sich verhört zu haben. »Wie meinst du das?«

»Du wurdest auf die Ruthless abkommandiert. Magistrat Spectra hat dich persönlich angefordert und seine Anfrage wurde von der Administration genehmigt.«

»Aber ... aber ich muss Sergeant Rokkas Einleitungsprozess abschließen«, entgegnete sie aufgebracht. »Wie lange werd ich weg sein?«

»Das wird Miss Pulsa übernehmen müssen, fürchte ich.« Carl sah sie mitfühlend an und hob entschuldigend die Schultern. »Ich hab keine Informationen über den Ort und die Dauer des Einsatzes. Tut mir leid, Laura. Ich konnte nichts dagegen tun.«

Aber sie musste in wenigen Stunden im Norden sein! Wie zur Hölle sollte sie das anstellen, wenn sie nicht mal wusste, wo sie sich zu dieser Zeit aufhalten würde? Falls es nicht anders ging, würde sie ihre Tarnung aufgeben müssen – dann wäre alles vorbei. Sie würde nach der Erledigung ihres Auftrags irgendwo in der Wüste von einem Agenten Secomas aufgelesen und zurück nach Mog Anwar gebracht werden, wo man ihr Gedächtnis und alle Erinnerungen an Carl und die anderen löschen würde. Der Gedanke wollte ihr nicht gefallen. Sie versuchte, sich nichts anmerken zu lassen. Aber nach Carls Blick zu urteilen, war sie damit kläglich gescheitert.

»Ich hätte es verhindert, wenn ich es gekonnt hätte, Laura«, begann er vorsichtig. »Das musst du mir glauben. Ich bin sicher, dass Miss Pulsa Sergeant Rokkas Prozess verantwortungsvoll abschließen wird. Du musst dir keine Sorgen machen.«

»Aber ... ach ich weiß nicht.«

Carl machte Anstalten, die Schwelle zu übertreten, überlegte es sich im letzten Moment anders und hob erneut beschwichtigend die Hände. »Ich kann Spectra mitteilen lassen, dass du unpässlich bist. Aber er hat dich persönlich angefordert.«

»Nein«, sie winkte entschlossen ab. »Du wirst dich nicht für mich in Schwierigkeiten bringen. Das ist allein mein Problem.«

»Was für ein Problem denn?« Carl sah sie verständnislos an. »Miss Pulsa ist ausreichend qualifiziert, um dich vertreten zu können. Sie wird auch dafür sorgen, dass Sergeant Rokkas Behandlung in deinem Sinne abgeschlossen wird. Du lässt niemanden im Stich und du könntest, nebenbei bemerkt, jederzeit vom Oberkommando auf einen anderen Gleiter versetzt werden.« Er senkte betreten den Blick und ruderte schnell zurück. »Was ich sehr bedauern würde.«

Laura ignorierte die Anspielung, während sich ihre Gedanken überschlugen, um einen Ausweg zu finden. Aber es gab keine Möglichkeit, außer ihre Tarnung aufzugeben – und wenn sie Pech hatte, würde sie dies ohnehin bald machen müssen.

»Wann soll ich aufbrechen?«

»Du wirst in einer Stunde abgeholt.«

Sie nickte, straffte die Schultern und reckte ihr Kinn vor. »Dann sollte ich keine Zeit verlieren. Ich werde die finale Injektion für Sergeant Rokka vorbereiten, Ivy instruieren und …«

»Captain Roony sofort auf die Brücke!«, erklang die aufgeregt klingende Stimme des wachhabenden Offiziers aus den Lautsprechern und schnitt Laura das Wort ab. »Ich wiederhole: Captain Roony sofort auf die Brücke! Wir haben drei schnell näher kommende Piratengleiter auf dem Schirm!«

ALTE BEKANNTE

Der Wind pfiff Mel um die Ohren, als der Transporter ihn zu einem der Piratengleiter brachte. Er trug einen vollausgestatteten Kampfanzug, der für seine Nanokultur optimiert war, einen Helm an der Koppel und einen Blaster im Holster. Immerhin wollte er einen guten ersten Eindruck auf den Commander machen.

Nachdem Anis Thorvas Gleiter eingetroffen waren, war er mit Stone zurück zur Hawk geflogen, hatte den Datenspeicher bei den Technikern abgeliefert und sich ins Lazarett begeben, wo er von Doktor Bricks' neuer Assistentin behandelt wurde. Die junge Frau war hübsch, schlank und in Topform. Ihre dunkelrot schimmernden Haare passten zu den augmentierten Augen und verliehen ihr etwas Wildes, Ungezähmtes, das so gar nicht zu einer medizinischen Assistentin passen wollte.

»Wo ist Doktor Bricks?«

»Sie hat zu tun.« Ivy Pulsa sah ihn empört an. »Bin ich Ihnen etwa nicht gut genug?« Als sie sein verdutztes Gesicht sah, begann sie zu grinsen und entfernte die Schiene von seinem Handgelenk.

Mel atmete erleichtert auf. Anscheinend hatten sie und die Ärztin wenigstens die gleiche Art von Humor. »Wie sieht es aus?«

»Den Scans nach zu urteilen, haben Sie sich eine Menge Prellungen eingefangen.« Sie wandte sich um und studierte konzentriert die angezeigten Daten des Displays, um sich noch einmal ein Bild von den Ergebnissen zu machen. »Aber Ihre Nanobiten sind schon dabei, die Schäden zu reparieren. Ihr Handgelenk hat allerdings einiges abbekommen.«

»Das bedeutet?«

»Dass Sie die Schiene noch ein paar Stunden tragen müssen.«

Mel fluchte.

»Was ist?« Sie sah ihn grinsend an. »Haben Sie etwas Besseres vor? Laut Ihrer Akte hat Doktor Bricks Ihnen ausreichend Urlaub zukommen lassen, um das Handgelenk anständig auszukurieren. Aber Sie haben haben sich anscheinend nicht an ihre Anweisung gehalten. Wollen Sie ihn jetzt nehmen?«

»Hab keine Zeit«, erwiderte Mel. »Und auch keine Lust, wenn Sie es ganz genau wissen wollen. Bitte löschen Sie den Vermerk aus meiner Akte.«

Ivy Pulsa verdrehte demonstrativ die Augen. »Hab schon gehört, dass Sie ein harter Brocken sind, Sergeant. Trotzdem sollten Sie Ihre Hand die nächsten Tage schonen, verstanden?« Sie sah ihn ernst an, holte eine massiv aussehende Schiene aus einer Schublade und hielt sie ihm demonstrativ vors Gesicht. »Sonst wird das ein Anblick, an den Sie sich werden gewöhnen müssen.«

»Keine Sorge, hab verstanden«, erwiderte er und sah sie schmunzelnd an. »Wissen Sie zufällig, wann ich die letzte Injektion für den Abschluss meines Einleitungsprozesses bekommen soll?«

Die Assistentin warf einen weiteren Blick auf seine Akte und legte ihm kopfschüttelnd die Schiene an. »Nein, Sergeant. Doktor Bricks hat mich bisher nicht darüber informiert und in Ihrer Akte steht dazu nichts. Vermutlich hat sie es einfach nur vergessen. Die letzten Wochen waren anstrengend für sie.«

»Vermutlich«, stimmte Mel zu. »Dann sind wir hier fertig?«

»Das sind wir«, erwiderte Ivy Pulsa lächelnd. »Schicken Sie bitte den Nächsten rein, wenn Sie gehen.«

Mel nickte, verließ das Lazarett und ging zielstrebig zur Brücke. Die medizinische Assistentin schien gut zu Doktor Bricks zu passen und Mel war froh, dass sie endlich durch Ivy Pulsa entlastet wurde. Noch ein paar Tage mit der Doppelbelastung am Hals und die Ärztin wäre sicher zusammengeklappt. Trotzdem würde er sie demnächst wieder belästigen müssen. Denn die Wahrnehmungsstörung im Wrack war kaum zu leugnen, weshalb er sich eingestehen musste, dass er anscheinend zu dem verschwindend geringen Prozentsatz von Scramblern gehörte, die anfällig für Halluzinationen waren. Die Tatsache, dass er von seinem massiv vernebelten Verstand ausgerechnet Damian Frosts Gesicht präsentiert bekommen hatte, unterstrich diesen Fakt umso mehr. So ein Dreck! Er hoffte, dass sich sein Zustand bis zur letzten Injektion nicht verschlimmern würde, schüttelte den unwillkommenen Gedanken ab und machte sich auf den Weg zur Brücke.

Roony belagerte zusammen mit mehreren Offizieren einen Techniker, der den Datenspeicher des Jagdgleiters analysierte, den Mel und Stone aus dem Wrack geborgen hatten. Als er die Brücke betrat, nahm Roony ihn beiseite und brachte ihn auf den aktuellen Stand.

»Unsere Techniker konnten tatsächlich eine Signatur aus dem Datenspeicher des Wracks extrahieren«, begann er euphorisch. »Dieser elektronische Fingerabdruck passt zu einem Thrill-Tanker, der vor wenigen Tagen vor Bas Aires ankerte und anscheinend von den Söldnern mit Hilfe eines Trojaners übernommen wurde, den sie in dessen System geschleust hatten. Wir konnten den Bot isolieren und sichern. Anis Thorva hat es uns außerdem ermöglicht, auf die Bilder der Sicherheitskameras der Hafenanlage zuzugreifen. Wir haben die Gesichter aller Anwesenden in einem bestimmten Zeitraum erfasst, die auf dem Deck des Tankers zu sehen waren und diese in einer Datenbank abgespeichert, die wir im Moment mit den Sicherheitsaufnahmen unserer eigenen abgleichen.«

»Gibt es Ergebnisse?«

»Noch nicht«, verneinte Roony. »Aber wir konnten ein Unternehmen identifizieren, das im Zusammenhang mit dem Tanker und einem bekannten Schmuggler in Anis Thorvas Territorium steht.«

»Warum sind wir dann noch nicht auf dem Weg dorthin?«

Roony lachte kurz auf. »Weil *Sie* noch nicht auf dem Thrill-Gleiter sind, der diesen Teil unserer Mission anführen wird, Sergeant.«

Mel wollte die Vorstellung, möglicherweise auf einem Piratengleiter einer Halluzination zu erliegen, nicht gefallen. Aber Roony sah ziemlich entschlossen aus, weshalb er auf offenen Widerstand verzichtete.

»Und Sie sind sich sicher, dass ausgerechnet ich der

Richtige dafür bin? Können Sie nicht jemand anderen schicken, Captain?«

»Kann ich nicht«, entgegnete Roony. »Sie wurden explizit als Verbindungsoffizier angefordert, Sir. Deshalb werden die Sie auch bekommen.«

Mel verkniff sich einen weiteren Kommentar zum Thema und akzeptierte die Entscheidung des Captains. Solange Doktor Bricks in der Nähe war, würde er den Einleitungsprozess trotzdem abschließen können. Er hoffte nur, dass dies geschah, bevor er größere Schwierigkeiten wegen der hin und wieder auftretenden Wahrnehmungsstörungen bekommen würde.

»Wann soll ich aufbrechen?«

»Am besten sofort«, erwiderte Roony. »Werfen Sie sich in Schale und machen Sie, dass Sie auf den Gleiter kommen. Wir müssen uns beeilen. Wenn wir noch mehr Zeit verlieren, setzen sich die Söldner vielleicht mit dem Botschafter in Sempas Territorium ab. Dann hätten wir ein großes Problem, verstehen Sie?«

»Der Lord des Nordens wäre sicher nicht begeistert, wenn Unionsgleiter in sein Hoheitsgebiet eindringen würden«, stellte Mel trocken fest. »Der Treffpunkt für die Unterzeichnung wurde nicht ohne Grund an die Grenze verlegt.«

»Davon können Sie ausgehen«, stimmte Roony zu. »Der Graben zwischen Callen Sempa und der Union ist mittlerweile einfach zu groß und wir sollten darauf bedacht sein, ihn nicht noch weiter zu vergrößern.« Er sah Mel auffordernd an. »Und jetzt machen Sie, dass Sie von hier verschwinden, Sergeant!«

»Aye, Sir …«

Mel war nach dem Gespräch direkt ins Quartier gegangen, hatte sich frischgemacht und umgezogen. Gleichzeitig hatte er Hollister kontaktiert und sich einen Statusbericht geben lassen. Seitdem die Söldner durch die Barrikade gebrochen waren, befanden sich die Scouts in der Wüste auf der Suche nach ihnen. Bisher leider ohne Erfolg. Mel brachte den Specialist auf den neuesten Stand und offenbarte ihm, wie sie weiter vorgehen würden: Hollister sollte mit den Männern in der Nähe bleiben und ihnen im Fall der Fälle den Rücken freihalten. Anschließend war Mel vom Transporter, der ihn auf die *Sudden Death* bringen sollte, auf dem Deck erwartet worden.

Bevor er die kleine Maschine betreten hatte, war eine andere zur Ruthless gestartet. Mel hatte den Passagier nicht erkennen können. Abgesehen davon war er zu sehr damit beschäftigt gewesen, sich Gedanken über seine Rehabilitation und die verdammten Wahnvorstellungen zu machen.

Zwei Minuten später landete der Transporter auf dem Oberdeck des kleinen Jägers, der vom Design den Gleitern der Söldner ähnelte und ebenfalls der Predator-Klasse angehörte. Er war ungefähr vierzig Meter lang, sechs breit, besaß zwei Decks, zwei Geschütze und war schlank geschnitten. Nachdem der Pilot die Antriebsaggregate des Transporters abgestellt hatte, verließ Mel das Gefährt und betrat das Deck, wo er von fünf Thrill empfangen wurde, die ihn skeptisch musterten. Ein großer breiter Pirat trat vor und postierte sich dicht vor ihm. Seine Tätowierungen schimmerten in den Strahlen der Sonne, genau wie seine platinblonden Haare, die er wie die anderen geflochten trug.

»Ich bin Malus«, stellte er sich vor. »Du hast auf diesem Gleiter keinerlei Befugnisse oder Rechte. Du bist ein Beobachter, sonst nichts. Hast du verstanden?«

Mel hielt dem herausfordernden Blick des Thrill stand und wägte ab, ob er lieber gleich für klare Verhältnisse sorgen sollte, entschied sich aber in Anbetracht der ernsten Lage dagegen.

»Wie du meinst. Wo ist der Commander?«

Der Thrill wandte sich wortlos um und ging Richtung Brücke davon. Mel wurde von den anderen Piraten in die Zange genommen und zu einer Stahltreppe geführt, die sie aufs Deck unter dem Kommandoleitstand brachte. Einige Meter über ihm konnte er Schatten hinter den Plastscheiben erahnen, die ihn zu beobachten schienen. Er ignorierte die Silhouetten und folgte dem Thrill eine weitere Stahltreppe hinauf, bis er vor der Luke zur Brücke abbog und in einen dunklen Korridor ging.

»Ich dachte, du bringst mich zum Commander?«, wandte Mel ein und wollte stehenbleiben, aber einer der Piraten hinter ihm schob ihn grob weiter. Malus verzichtete auf eine Antwort und führte die Gruppe tiefer in den Korridor, bis er vor einem Schott stehenblieb. Er warf einen letzten skeptischen Blick zu Mel, aktivierte ein Komm-Gerät, das sich neben einem Code-Block am Schott befand und begann zu flüstern. Kurz darauf glitt die Trivistahlkonstruktion zischend zur Seite, worauf der Thrill Mel zu sich winkte und ihn anschließend unsanft ins Quartier stieß.

Im Inneren war es düster. Nur ein schwacher indirekter Schimmer, der seinen Ursprung am unteren Rand der Wände in Form eines dünnen Streifens hatte, erhellte den Raum etwas. Mels Augen brauchten nur einen Augenblick, um das Restlicht ausreichend zu verstärken, während sich das Schott schloss.

Es gab eine Art Schreibtisch, einen Sessel, einige

Ablagen und eine kleine Sitzgelegenheit an der Wand, von der ein weiterer Durchgang abzweigte.

Hinter dem Tisch saß eine schlanke Gestalt, die ihn unverhohlen anstarrte.

»Ich wusste, dass sich unsere Wege wieder kreuzen würden …«

Mel erkannte die melodiöse Stimme sofort. »Lin?«

Sie erhob sich und ging langsam auf ihn zu, bis sie kurz vor ihm stehenblieb und die Handfläche auf seine Brust presste. Kurz darauf breitete sich eine wohlige Wärme in seinem Körper aus und sie begann zufrieden zu lächeln.

»Deine Nanobiten bekämpfen dich nicht mehr.«

»Dank deiner Hilfe«, unterbrach er sie und legte seine Hand auf ihre. »Ich hatte gehofft, dich wiederzusehen.«

»Es war klar, das wir uns wiedersehen werden«, erwiderte sie lächelnd. »Meine Schuld dir gegenüber ist noch nicht beglichen. Unsere Schicksale sind miteinander verflochten …«

»Das hat nichts mit Schicksal zu tun.« Er verdrehte demonstrativ die Augen. »Dank eurer Spione hast du gewusst, das ich auf der Hawk diene, und du hast mich angefordert, das ist alles.«

Sie hob entschuldigend die Schultern und grinste ihn breit an. »Wie auch immer. Ich freue mich jedenfalls, dass du hier bist.«

»Ich mich auch.«

Sie ging zurück zum Tisch und schenkte zwei Gläser mit einer grünlichen Flüssigkeit ein, während die Sudden Death Fahrt aufnahm.

»Musst du nicht auf der Brücke sein?«

Sie verzog den Mund zu einem Lächeln und entblößte

ihre Fänge, die im schwachen Schein des Lichts kurz aufblitzten.

»Malus ist ein zuverlässiger Stellvertreter. Aufmüpfig, aber verlässlich. Er wird uns sicher zu Leeland Mars' Basis bringen.«

»Dem Schmuggler, dessen Name in Verbindung mit dem Tanker aufgetaucht ist?«

Lin nickte und reichte ihm ein Glas.

»Ja.« Sie hob ihres und stieß mit ihm an. *»Savarie.«*

»Savarie ...«, wiederholte er den Trinkspruch.

»Auf eine gute Zeit.«

Er nickte und nahm einen Schluck. Das Getränk brannte wie flüssiges Feuer und verstärkte das Kribbeln in seiner Brust, bis es ihm heiß aufstieg.

»Harter Stoff ...«, bemerkte er mit heiserer Stimme.

»Eher ein Appetitanreger.« Sie schmunzelte und zeigte auf die Sitzgelegenheit an der Wand. »Setz dich, bitte.«

Er ließ sich ins weiche Material sinken und lehnte sich entspannt zurück, während Lin neben ihm Platz nahm. Danach spürte er ihre Hand an seiner Wange.

»Ich spüre, dass du im Reinen mit deiner Nanokultur bist, aber irgendetwas an dir ist im Ungleichgewicht. Willst du mir davon erzählen?«

»Ich bekomme meine Erinnerungen zurück.«

»Aber?«

»Es gibt anscheinend Komplikationen.«

»Welcher Art?«

Er war sich zuerst nicht sicher, ob er ihr von seiner Schwäche erzählen sollte, bereute diesen Gedanken aber bereits eine Sekunde später. Ohne Lin wäre er vermutlich nicht mehr am Leben und er fürchtete ernsthaft, dass sie ihm aus seiner aktuellen Schwäche einen Strick drehen würde? Lächerlich!

»Ich gehöre anscheinend zum geringen Prozentsatz an Scramblern, die während der Einleitung des Entschlüsselungsprozesses massive Wahrnehmungsstörungen entwickeln können.« Er senkte betreten den Blick.

»Aber dafür musst du dich doch nicht schämen.« Sie hob sein Kinn an, sodass er in ihre rötlich schimmernden Augen sehen musste. »Wann wird der Einleitungsprozess abgeschlossen?«

»Ich soll morgen die letzte Injektion bekommen. Doktor Bricks hat alles vorbereitet. Sie wartet auf der Hawk auf mich. Danach wird ein Spezialist den Prozess durchführen.«

»Gut. Bis es so weit ist, werde ich auf dich aufpassen, in Ordnung?«

»Das musst du nicht«, erwiderte er schmunzelnd. »Ich bin schon ein großer Junge.«

»Ich will es aber«, entgegnete sie entschlossen. »Und du wirst mich nicht davon abbringen können.«

»Weil du es mir schuldest?«

»Nein.« Sie stieß erneut mit ihm an. »Weil ich es will.«

Anis Thorva saß nachdenklich im Sessel neben dem Schreibtisch und starrte abwesend aus dem riesigen, kreisförmigen Fenster, das sich dahinter befand. Der Himmel war strahlend blau. Die Sonne tauchte die Basis und die umgebende Wüste in einen goldenen Schein, der ihm sonst das Herz erwärmte. Aber nicht heute. Er hatte schon lange nichts mehr von Olyn gehört und ausgerechnet jetzt hatte er sich gemeldet. Zu einer Zeit, da Anis sich nicht im Gleichgewicht befand und dadurch manipulierbar war. Und das, obwohl er nichts mit der Union zu schaffen hatte, außer den Ladungen der aufgebrachten Frachter, die er ihnen gegen einen kleinen Obolus wieder verkaufte. Allerdings sah er diese Geschäfte nicht als kriminelle Vorgänge, sondern als längst fällige Reparationszahlungen für die vielen Jahre der Unterdrückung seines Volkes, das unter der eisernen Faust der Union erheblich gelitten hatte. Dies war zwar nur ein kleiner Trost, aber immerhin etwas. Im Grunde scherte es ihn einen Dreck, ob der Botschafter den Vertrag unterzeichnete oder nicht. Wenn Roak es nicht machen würde oder konnte, würde sich jemand anderes dafür finden. Viele Parteien verdienten sehr eine Menge Kredite an den Rohstoffen im Norden und er war sich sicher, dass Roaks Ableben nicht den Effekt haben würde, den die Politiker in Mog Anun sich vielleicht erhofften. Olyn war anderer Meinung, aber Anis hatte noch nie dazu geneigt, solchen Szenarien mehr Aufmerksamkeit zukommen zu lassen, als sie verdient hatten. Denn er ließ sich lieber von Fakten wie dem folgenden überzeugen: Da eine seiner Ziehtöchter im Sterben lag und keiner der Spezialisten, die er aufgetrieben hatte, ihr helfen konnte, war er gezwungen gewesen, Olyns Angebot anzunehmen.

Er holte eine Flasche aus Riffstein aus dem Fach des aufwändig gearbeiteten Tisches und füllte einen Krug bis zum Rand mit der darin enthaltenen Flüssigkeit, während er seinen Blick erneut aus dem Fenster über die Basis gleiten ließ. Die Dächer der unzähligen Gebäude reflektierten das Licht der Sonne, was in vielen Glanzlichtern resultierte, die seine Augen blendeten. Von hier oben konnte er die Hafenanlage und mehrere Gleiter sehen, die davor ankerten. Es herrschte reges Treiben. Frachter wurden entladen, Geschäfte abgeschlossen und Mannschaften für neue Raubzüge rekrutiert. Bas Tortua hatte sich zu einem prosperierenden Handelsstützpunkt entwickelt, dessen Einfluss allein auf der Stärke der Sandwölfe beruhte, die Anis schon vor Jahren unter sich einen konnte. Eine Armee von Piraten, die weit über die Grenzen Bas Aires' hinaus gefürchtet war – was auch der einzige Grund war, warum der Vertrag zwischen der Union und den Thrill bereits vor einem Jahrzehnt unterzeichnet worden war. Die Union wollte sich Zeit verschaffen, um die Verluste der Kriege auszugleichen. Aber diese Notlösung hatte sich über die Jahre zu einem gewaltigen Markt entwickelt, an dem mittlerweile viele Gruppen beteiligt waren. Ein Krieg würde dieses künstliche Gleichgewicht zerstören und Anis bezweifelte, dass die Union das Risiko wirklich eingehen würde.

Aber das alles war im Moment nicht wichtig. Caya lag im Sterben. Nur das zählte. Er konnte sich noch daran erinnern, wie er sie in der Gosse von Bas Aires gefunden hatte. Sie hatte um ein Stück vergammeltes Brot mit älteren Kindern gestritten, die ihr körperlich und zahlenmäßig überlegen waren. Sie hatte um ihr Leben gekämpft und verloren, aber das machte nichts. Anis mochte Thrill, die sich nicht unterkriegen ließen und bereit waren, für sich und ihre Ziele aufzustehen und gegen jeden anzutreten, der sich ihnen in den Weg stellte. Und die Kleine hatte nicht aufgegeben. Deshalb hatte er ihr eine zweite Chance gegeben und sie bei sich aufgenommen, wie viele andere verwahrloste Kinder. Er hatte ihnen eine Ausbildung zukommen lassen und sie unter seine Fittiche genommen, bis sie so weit waren, seinen Nachnamen mit Stolz zu tragen und ihm den Rücken freizuhalten. Die Beziehung zwischen ihm und seinen Kindern war tief. Auch wenn sie nicht auf einer biologischen Verwandtschaft beruhte. Nichtsdestotrotz zerriss es ihm das Herz, wenn eines von ihnen gehen musste. Aber so war das Leben. Caya hatte nur noch eine geringe Chance, die Olyn benutzt hatte, etwas von ihm zu bekommen.

Der Gedanke, sich ausgerechnet *ihm* gebeugt zu haben, machte ihn wütend und er musste einen weiteren Schluck vom bitteren Getränk nehmen, um sich zu beruhigen. Der Drecksack war dafür verantwortlich, dass sich seine Lieblingstochter überhaupt erst in diesem erbärmlichen Zustand befand – wofür Anis sich definitiv bei ihm revanchieren wollte. Olyn war ihm seit jenem Vorfall aus dem Weg gegangen. Da er es nun wagte, sich in die Höhle des Löwen zu begeben, musste ihm klar sein, welches Risiko er einging. Und da Olyn Spectra nicht dumm war, ging Anis davon aus, dass ihm der Botschafter und dessen Überleben wirklich wichtig war.

Das Komm-Gerät auf dem Schreibtisch riss ihn grob aus seinen Gedanken, in denen er Olyn gerade in einem Schweinetrog ertränkte.

»Was ist?«, knurrte er ins integrierte Mikrofon. »Ich bin beschäftigt.«

»Callen Sempa will mit Ihnen reden, Sir«, erklang die Stimme seines Assistenten.

Anis fluchte. Er war dem Lord des Nordens in letzter Zeit immer häufiger ausgewichen, da dessen Drängen ihm mindestens ebenso missfiel wie Olyns Anliegen. Er wollte einfach nicht von anderen für das Erreichen ihrer Ziele benutzt werden. Aber manche von den Kerlen waren einfach zu mächtig, dass er sie für immer ignorieren konnte.

»Stellen Sie ihn durch …«

Kurz darauf klickte die Verbindung und eine raue befehlsgewohnte Stimme erklang. »Wo zur Hölle hast du dich verkrochen, Anis?«

»Nirgends. Ich war beschäftigt und …«

»*Beschäftigt?* Hast du nicht schon genug Reichtum angehäuft? Was willst du denn mit all den Krediten? Auch du wirst irgendwann sterben und wirst keinen einzigen davon mitnehmen können, mein Freund.«

»Sind wir denn *Freunde,* Callen?«, entgegnete Anis spöttisch, während sein Gesprächspartner zu lachen begann.

»Nun, zumindest sind wir beide Thrill, nicht wahr? Und alleine dieser Umstand macht uns im Angesicht unserer Feinde fast zu Verwandten, soweit es mich angeht.« Er lachte erneut. »Blut ist dicker als Wasser, *mein Freund.* Und da uns die Union ausrotten will, sehe ich jedes Mitglied meines Volkes als meine Familie an. Selbst so raffgierige Exemplare wie dich.«

»Ich mache das nicht nur für mich …«

»Natürlich«, verhöhnte Sempa ihn. »Ich vergaß deine vielen Söhne und Töchter, mit denen du deine Raffgier gerne rechtfertigst. Oder dein Volk, das dir nur wichtig ist, solange es deinem Vorteil dient. Aber wir haben alle unsere Gründe, um auch unsere dunkelsten Handlungen rechtfertigen zu können. Deshalb nehme ich dir das nicht übel.«

Anis verzichtete auf einen Kommentar und trank stattdessen vom *Cherum.*

»Was verschafft mir das Vergnügen?«

»Ich wollte mich nur nach Caya erkundigen. Wie geht es ihr?«

»Sie wird sterben …«

»Das tut mir leid. Ich hab sie von all den kleinen Dingern immer am liebsten gemocht.«

»Du würdest sie nicht mal erkennen, wenn sie dir über den Weg laufen würde.«

»Das ist wahr«, gab Sempa zu. »Aber ich hab sie das letzte Mal vor zehn Jahren gesehen. Du solltest mir das also nachsehen. Allerdings kann ich mich noch gut an sie erinnern. Sie hat eine wunderschöne Stimme, nicht wahr?«

Anis biss die Zähne zusammen und wischte sich mit der Hand über die glänzenden Augen.

»Wenn du willst, kann ich meine Beziehungen spielen lassen, Anis. Ich kenne viele mächtige Persönlichkeiten, die wiederum viele Möglichkeiten haben, deiner Kleinen zu helfen. Ein Gefallen für einen Gefallen. Du erinnerst dich?«

Natürlich erinnerte Anis sich an Sempas Angebot, denn er ließ keine Gelegenheit aus, es ihm zu unterbreiten. Aber Anis wollte Sempa keinen Gefallen schulden – nicht einmal für Cayas Leben, an dem er so sehr hing. Wenn er mit dem Teufel persönlich einen Handel einging, würde er am Ende vielleicht alle Söhne und Töchter verlieren, die er im Lauf der Jahre bei sich aufgenommen hatte. Und das wollte er auf keinen Fall riskieren. Für nichts und niemanden in dieser ausgebeuteten und gebrochenen Welt.

»Was versprichst du dir davon?«

»Das weißt du doch«, erwiderte Sempa tadelnd. »Wenn die Zeit gekommen ist, will ich dich an meiner Seite wissen, das ist alles.«

»Aber wozu?«, wandte Anis ein. »Es wird keinen Krieg geben und selbst wenn: Wir wären heillos unterlegen. Die Union und die Liga beherrschen das Skalan-System seit Jahrhunderten. Sie würden uns wie lästige Fliegen von der Oberfläche Crestins wischen.«

»Du unterschätzt mich und du unterschätzt die Stärke unseres Volkes«, entgegnete Sempa mit schneidender Stimme. »Und wenn ich dich nicht schon dein ganzes

Leben lang kennen würde, würde ich dich für dein fehlendes Vertrauen wie einen dieser Unionsbastarde kreuzigen lassen. Du bist vom rechten Weg abgekommen. Aber du bist stark genug, um ihn wiederzufinden. Dieser Pfad wird uns am Ende alle erlösen und uns die lang ersehnte Freiheit zurückbringen.«

Anis verstand kein Wort. »Was willst du von mir?«

»Ich erwarte, dass du dich für eine Seite entscheidest, Anis«, knurrte Sempa. »Und zwar bald. Der Krieg wird kommen und wenn die Unionstruppen an unserer Grenze stehen, will ich dich an meiner Seite haben. Andernfalls werde ich keine Rücksicht auf dich, deine Kinder oder die Sandwölfe nehmen, hast du das verstanden?«

Anis stockte der Atem. Wie konnte Sempa es wagen, ihm offen zu drohen? Er hatte zwar viele Thrill um sich gesammelt und herrschte als Lord über das Reservat im Norden. Aber auch er konnte sich nicht gegen die Union stellen. Das wäre Selbstmord – und das würde Anis auf keinen Fall unterstützen.

»Mein Angebot bleibt bestehen. Schwöre mir deine Treue und ich werde tun, was in meiner Macht steht, um Caya zu retten.« Er wartete einen Moment, bis er fortfuhr. »Aber sei dir gewiss, dass du, auch wenn du mein Angebot ausschlägst, früher oder später eine Seite wirst wählen müssen. Das wird dir nicht erspart bleiben.«

»Ich werde daran denken.«

»Gut. Und nun zu dem anderen Problem …«

»Was meinst du?«

»Ich weiß von Kyle Roaks Entführung«, kam Sempa direkt zur Sache. »Ich weiß auch, dass die Söldner von Unionsgleitern verfolgt werden.« Er atmete scharf aus. »Ich meine es verdammt ernst und ich werde es dir nur einmal sagen: Ich will keine von diesen Schaben in meinem Territorium sehen, hörst du? Sobald meine Thrill auch nur einen einzigen dieser Gleiter auf der falschen Seite der Grenze antreffen, werden sie ihn bis auf den letzten Mann vernichten. Vergiss das nicht. Außerdem wirst du dich nicht einmischen und den Dingen ihren Lauf lassen.«

»Ist das dein Ernst? Ich habe der Liga meine Hilfe bereits zugesagt. Wenn ich jetzt einen Rückzieher mache …«

»… ist das allein dein Problem«, unterbrach Sempa ihn. »Du hättest dich nie mit diesen Ausbeutern einlassen dürfen. Stattdessen hast du dich mittlerweile so sehr mit ihnen verstrickt, dass sie dir sogar bei einfachen Entscheidungen wie dieser die Luft zum Atmen rauben. Ich kann es in deiner Stimme hören. Du bist nicht frei – auch wenn du das vielleicht glaubst.«

Anis hatte keine Lust, das Gespräch fortzuführen. Sempa würde auf seiner Meinung beharren und er würde sich nicht von ihm überzeugen lassen, weshalb dieses ständige Hin und Her nichts weiter als Zeitverschwendung war.

»Ich werde sehen, was ich machen kann …«

»Das solltest du«, drohte Sempa erneut. »Ansonsten werde ich diese Entscheidung für dich übernehmen und damit auch die Seite für dich wählen.« Er machte eine kurze Pause, um seine Worte wirken zu lassen. »Halte mich auf dem Laufenden, was Roak angeht.«

Der Lord des Nordens kappte die Verbindung und überließ Anis wieder sich selbst. Und während er noch über dessen Worte nachdachte, wurde er informiert, dass es mit Caya langsam zu Ende ging. Wenn sie starb, bevor Olyn hier eintraf, würde er ihm einen angemessenen Empfang bereiten, der die politische Landschaft Crestins erschüttern würde. Ob er die Spannungen zwischen der Union und Callen Sempa dadurch verschlimmerte, war ihm egal. Olyn hatte es mehr als verdient, zugrunde zu gehen – genau wie die verdammten Besatzer, die den Planeten bis auf den letzten Tropfen Toradium auspressen und ihn anschließend hinter sich lassen würden, um wie Heuschrecken über den nächsten herzufallen.

Mel lag auf der Pritsche und genoss die Stille, die nur vom monotonen Brummen der Antriebsaggregate durchbrochen wurde. Die Maschinen verrichteten ihre Arbeit zuverlässig im Hintergrund, während die Sudden Death sich der Schmugglerbasis näherte. Mittlerweile waren zwei Stunden vergangen. Zwei Stunden, in denen er mit Lin ungestört hatte reden können. Zwei Stunden, in denen sie die Lücken der letzten Monate mit Geschichten, Anekdoten und anderen unbedeutenden Ereignissen gefüllt und sich gegenseitig auf den neuesten Stand gebracht hatten. Mel konnte sich nicht daran erinnern, wann er das letzte Mal so unbeschwert mit jemandem Zeit verbracht hatte. Auch wenn sie bisher hauptsächlich über unbedeutende alltägliche Dinge gesprochen hatten. Er genoss jede Minute mit Lin und musste sich eingestehen, dass er sie wirklich vermisst hatte.

»Bist du nervös?«, wollte sie wissen und nippte erneut an ihrem Glas. Anschließend stand sie auf und setzte sich neben ihn auf die Pritsche.

»Was meinst du?«

»Deine Rehabilitation. Was wirst du machen, wenn du deine Erinnerungen zurückbekommen hast?«

»Ich weiß nicht …«, begann er zögerlich. »Ich muss erst

wissen, wer ich bin, bevor ich eine Entscheidung treffen kann.«

»Kann ich verstehen.«

»Kannst du?«

»Natürlich.« Sie rückte zu ihm, bis er ihren Körper neben sich spüren konnte. »Ich hab mich erst für die Sandwölfe entschieden, nachdem Anis mir geholfen hat, aus dem Zwangsdienst der Union zu entkommen und ich wieder *vollständig* war.« Sie begann zu schmunzeln. »Allerdings haben meine Erinnerungen keine außergewöhnlichen Dinge zutage gebracht. Ich bin nur eine unbedeutende Thrill.«

»Mach dich nicht kleiner als du bist«, entgegnete er. »Es gibt Menschen, die sehr viel von dir halten.«

»Einen vielleicht«, erwiderte sie lächelnd. »Aber der ist mir genug.« Sie sah ihn verstohlen an und wechselte das Thema. »Wenn du rehabilitiert bist, steht dir die ganze Welt offen. Was wirst du mit deiner Freiheit anfangen?«

»Wie gesagt …«

»… das kommt darauf an, ich weiß«, fiel sie ihm ins Wort. »Aber wenn alles gutgeht, nur hypothetisch, was wirst du mit dir anfangen?«

»Ganz ehrlich? Ich hab keine Ahnung«, antwortete er und verzog kurz den Mund. »Ich könnte im Dienst der Union bleiben. Hab mich in den letzten Monaten an die Crew gewöhnt.« Ihr Blick verdunkelte sich. »Ich könnte aber auch das Leben eines Piraten führen«, fuhr er schnell fort. »Wild, ungezämt und frei.« Sie verdrehte demonstrativ die Augen und begann zu lachen, bis er eine weitere Option ansprach. »Olyn Spectra hat mir einen Job angeboten …«

Lin verstummte schlagartig und sah ihn skeptisch an. »Und du ziehst diese Möglichkeit in Erwägung?«

Er hob entschuldigend die Schultern. »Ich denke über alle Möglichkeiten nach. Aber ohne meine Erinnerungen kann ich keine Entscheidung treffen.«

»Überleg dir gut, wem du dich in Zukunft anschließt«, erwiderte sie vorsichtig. »Im Sog eines Olyn Spectra kann man leichter untergehen als wenn man irgendwo in der Wüste auf einem Gleiter dient.«

»Natürlich«, gab er zu. »Aber in der Nähe eines Magistrats dieses Kalibers kann man wenigstens nicht an Langeweile sterben.«

Lin setzte ein gezwungenes Lächeln auf und sah ihn mit glänzenden Augen an. »Ich hoffe nur, dass du dir diese Möglichkeit wirklich gut überlegst.« Danach wechselte sie erneut das Thema. »Aber ein Schritt nach dem anderen. Zuerst musst du deine Erinnerungen zurückbekommen. Ich werde dir während des Entschlüsselungsprozesses beistehen und auf dich aufpassen, bis du wieder aufwachst. Das verspreche ich.«

»Ich weiß das ohne Zweifel zu schätzen. Aber denkst du, das wird nötig sein?«

»Das hängt davon ab, wie du mit deiner Vergangenheit klarkommst.«

Er nickte und strich mit der Hand über ihren Arm. »Wird schon gutgehen. Danke für dein Angebot.«

»Das war kein Angebot«, erwiderte sie entschlossen. »Das war eine Feststellung.«

Mel schmunzelte und wollte etwas erwidern, als die Stimme von Lins Stellvertreter aus den Lautsprechern dröhnte.

»Wir haben den Zielsektor erreicht. Die Basis liegt nur noch wenige Kilometer vor uns.«

»Bin unterwegs«, stellte Lin knapp fest und deaktivierte ihre Komm-Einheit. Als sie aufstand, stützte sie sich wie selbstverständlich auf Mels Oberschenkel ab, lächelte ihn dabei verstohlen an und richtete sich auf. Sie straffte ihre Schultern und legte ihren Waffengürtel an, während er sich ebenfalls erhob und erleichtert feststellte, dass die Wirkung des starken Weins größtenteils verflogen war.

Ein paar Minuten später betraten sie die Brücke. Die anwesenden Thrill starrten ihn misstrauisch an. Aber er ließ sich nichts anmerken, ignorierte sie und folgte Lin zum Pult des Commanders – ihrem Platz. Mel postierte sich neben ihr und drängte Malus etwas zur Seite, was ihm einen vernichtenden Blick einbrachte.

Auf den vergrößerten Bildern der Außenkameras war die Basis bereits zu erkennen. Sie befand sich auf dem Plateau eines breiten Riffs, das vielleicht fünf Kilometer vor ihnen einsam in der Wüste aufragte.

Lin befahl dem Navigator, hinter einer Felsformation in Deckung zu gehen und wies die Commander der anderen Gleiter über eine gesicherte Verbindung an, es ihr gleichzutun. Einer davon schien Xhex zu sein. Mel erinnerte sich an den bulligen Thrill, der die Haare im Gegensatz zu den meisten anderen Vertretern seiner Spezies kurzgeschoren trug.

»Hier spricht Captain Roony. Ich würde gerne mit meinem Sergeant sprechen.«

»Nicht jetzt«, würgte Lin ihn ab. »Ich werde drei Scanbees starten und die Basis auskundschaften lassen. Dann sehen wir weiter. Bis dahin ist jedweder Kontakt zu vermeiden, verstanden? Je öfter wir über belanglose Dinge reden, desto größer wird die Wahrscheinlichkeit, dass sie unseren Code dechiffrieren.«

»Sind *Sie* das etwa?« Roonys Stimme klang, als ob er sich an Lin erinnerte. Er hatte ihr damals die Navigation der Barracuda überlassen müssen, um den feindlichen

Gleitern entkommen zu können. Und das hatte ihm nicht wirklich gefallen, soweit Mel sich erinnern konnte.

»Das ist korrekt«, knurrte Lin ins Komm-Gerät. »Und jetzt halt endlich Funkstille!« Sie deaktivierte die Verbindung und befahl einem ihrer Piraten, die Scanbees zu starten. Kurz darauf wurden die Bilder der faustgroßen Aufklärungsdrohnen auf die Innenseiten der Plastscheiben projiziert.

Leeland Mars' Basis umfasste ungefähr zwei Quadratkilometer. Zwischen den Behausungen befanden sich Raketenwerfer und weitere militärische Abwehrsysteme, die unwillkommene Besucher auf Distanz halten sollten. Einige Dächer der überwiegend kleinen Gebäude reflektierten die Strahlen der Nachmittagssonne und zauberten weiße Flecken auf Mels Augen, bis er blinzelnd seinen Blick abwenden musste. Im Hafen, zwölf Meter über dem Boden, ankerten mehrere Frachter, drei Tanker und ein Kampfgleiter der Predator-Klasse. Mel hatte von dem Gleiter der Entführer in der Dunkelheit nicht viel gesehen, aber die Länge und die Form konnten hinkommen.

»Erkennst du einen davon?« Lin sah ihn fragend an.

»Wenn, dann den Kampfgleiter …«

»Ist er es oder ist er es nicht?«, mischte sich Malus ein. »Eine Vermutung reicht nicht aus, um ihn aufbringen zu können. Wir müssen uns sicher sein oder Leeland Mars wird uns erledigt haben, bevor wir auch nur in die Nähe des Gleiters kommen.«

»Leeland wird sich Anis Thorva nicht widersetzen«, entgegnete Lin scharf. »Trotzdem sollten wir vermeiden, seine Geschäfte zu stören. Das gebührt der gegenseitige Respekt.«

Der Thrill schnaubte verächtlich.

»Hast du ein Problem?«

»Du redest von gegenseitigem Respekt während ein Unionsoffizier anwesend ist.« Er deutete angewidert auf Mel. »Wir sollten ihn aufs Deck nageln und warten, bis die Sonne ihn gerichtet hat.«

Zustimmendes Gemurmel.

»Sergeant Rokka ist bei uns, weil Anis Thorva das so will!«, fauchte Lin den Thrill an. »Abgesehen davon steht die Sudden Death derzeit unter *meinem* Kommando! Wenn du ein Problem damit hast, sollten wir das hier und jetzt klären!« Sie trat einen Schritt zurück, ließ die Hand zum Griff ihrer Klinge gleiten und funkelte Malus herausfordernd an.

Der Thrill sah unsicher zu seinen Kameraden, die seinem fragenden Blick auswichen, bis er den Kopf hängen ließ und sich wortlos dem Terminal zuwandte.

Lin schien keinen Gedanken mehr an den Vorfall zu verschwenden und konzentrierte sich wieder auf ihr Problem.

»Wenn wir diesen Gleiter im Hafen aufbringen, wird die Mannschaft sich unter die Bewohner mischen. Wenn sie den Botschafter bei sich haben, müssten wir die ganze Basis abriegeln, was in Anbetracht der angespannten Lage zwischen Anis und Leeland unmöglich ist. Wir müssen sie aufbringen, wenn sich alle auf dem Gleiter befinden.«

»Dann müssen wir sie in die Wüste zwingen und dort in die Zange nehmen«, stellte Mel beiläufig fest. »Wenn das der Gleiter ist, den wir suchen, werden sie auch reagieren.«

»Auf was reagieren?«

»Wir werden ihnen etwas vorspielen.« Er ging zu Lins Terminal und projizierte eine virtuelle Karte auf eine der Scheiben. »Nachdem wir sie aufgeschreckt haben, werden sie nach Norden ausweichen.« Er vergrößerte die Karte und hob drei Bereiche hervor. »Wir teilen unsere Gleiter auf und blockieren diese Korridore, während die Hawk den Jagdgleiter in die Ebene dahinter treibt …«, er deutete mit dem Finger auf eine Stelle der virtuellen Repräsentation, »… wo wir schon auf sie warten werden. Dann nehmen wir sie in die Zange.«

Lin sah ihn skeptisch an.

»Das funktioniert natürlich nur …«, fügte er schnell hinzu, »… wenn das der Gleiter ist, den wir suchen. Wenn sie nichts zu verbergen haben, werden sie auch nicht flüchten.«

»Und wie willst du das anstellen?«

Mel erklärte ihr seinen Plan und bekam aus Mangel an Alternativen ihre Zustimmung. Er instruierte Roony über die sichere Verbindung, während Lin die Piratengleiter zu den Positionen schickte, die Mel vorgeschlagen hatte. Die Sudden Death schloss sich als letzte an und erreichte die Ebene nach einer Stunde. Mel richtete eine Verbindung zur Hawk ein, die mit einem alten Unionscode gesichert wurde, der in diesem Sektor mit Sicherheit schon vor einigen Wochen die Runde gemacht hatte. Die Piraten waren schnell, was das Knacken von Sicherheitscodes anging. Immerhin hingen ihre Leben und der Erfolg ihrer Unternehmungen davon ab, dem Gegner möglichst immer einen Schritt voraus zu sein.

»Hier spricht Captain Mel Rokka vom Unionsgleiter Sudden Death. Ich rufe die Hawk.«

Roony antwortete auf Anhieb. »Hier spricht Captain Carl Roony vom Unionsgleiter Hawk. Wie ist Ihre derzeitige Position, Captain?«

»Wir nähern uns Leeland Mars' Basis aus südöstlicher Richtung und werden sie in einer Stunde erreicht haben.«

»Gut«, erwiderte Roony ruhig. »Wir schließen aus südwestlicher Richtung auf.«

»Wir, Sir?«

»Ich habe fünf schwere Jagdgleiter unter meinem Kommando, Captain. Wir werden die Söldner im Hafen der Basis überrumpeln und den Botschafter extrahieren. Lassen Sie keine Gnade walten. Beim geringsten Widerstand reißen Sie sie alle in Stücke!«

»Ist der feindliche Gleiter identifiziert worden?«

»Eindeutig«, erwiderte Roony. »Unsere Agenten vor Ort haben ihn anhand des Videomaterials, das während der Entführung angelegt wurde, erkannt. Alle Zweifel sind ausgeräumt. Und Captain Rokka …«

»Sir?«

»… sollte Leeland Mars den Söldnern Unterschlupf gewährt haben, werden wir seine Basis auseinandernehmen, bis nichts mehr davon übrig ist. Stein für Stein für Stein. Und wenn es einen ganzen Monat dauert. Haben Sie mich verstanden!«

»Aye, Sir! Marines und Sturmtruppen sind einsatzbereit! Sobald Sie das Kommando geben, werden sie über die Basis herfallen wie ausgehungerte Hyänen!«

Roony lachte kurz auf. »Also gut, Captain. Wir sehen uns in einer Stunde im Hafen. Ich wünsche Ihnen eine gute Jagd!«

»Die wünsche ich Ihnen auch, Sir! Sudden Death, Ende.«

Mel kappte die Verbindung und bemerkte die wütenden Blicke der Thrill, die ihn am liebsten noch an Ort und Stelle gelyncht hätten. Er ignorierte die Piraten und wandte sich an Lin, die ihn skeptisch musterte.

»Was ist, wenn es nicht funktioniert?«

»Abwarten«, beruhigte er sie. »Ich bin mir sicher, dass es sich um den Gleiter handelt, den wir suchen.«

»Das hoffe ich«, erwiderte sie leise und ließ ihren Blick über die wütenden Piraten auf der Brücke schweifen. »Das hoffe ich wirklich.«

Mel erinnerte sich daran, dass bei den Thrill jedes Besatzungsmitglied jederzeit Commander eines Gleiters werden konnte, solange es die anderen mit überragenden Fähigkeiten und Erfolgen überzeugte. Aber das konnte sich buchstäblich von Tag zu Tag ändern. Mel gefährdete Lins Position mit seinem Plan, der im Grunde nur auf einer Vermutung basierte. Und ihm wurde erst jetzt klar, wie viel Vertrauen sie ihm entgegengebracht hatte, indem sie seinem Manöver zustimmte. Der Gedanke, ihr zu schaden, wollte ihm nicht gefallen. Aber jetzt war es zu spät und er hoffte, dass ihn sein Bauchgefühl auch dieses Mal nicht im Stich lassen würde.

Mit den verstreichenden Minuten wurde Lin immer nervöser. Mel konnte es ihr deutlich ansehen und bereute schon, sie in diese Situation gebracht zu haben, als Malus seinen ganzen Mut zusammennahm und sich erneut vor ihr aufbaute. Doch bevor er loslegen konnte, erklang Roonys Stimme aus den Lautsprechern. Dieses Mal kommunizierte er wieder über die gesicherte Leitung mit ihnen.

»Sieht so aus, als ob Ihr Plan aufgegangen ist, Sergeant«, stellte er anerkennend fest. »Der Gleiter läuft aus. Wir überwachen ihn mit unseren Scanbees, bis er genug Distanz zu Leelands Basis hat. Dann treiben wir ihn zu Ihnen in die Ebene.«

»Danke, Captain. Wir warten auf Sie.«

Roony kappte die Verbindung, während Lin erleichtert aufatmete und Malus sich zähneknirschend seinem

Terminal zuwandte. Lin sah Mel an und hob kurz ihre Augenbrauen, bevor sie auf dem Weg zum Pult des Commanders beiläufig mit ihrer Hand über die seine strich.

Danach begann das große Warten. Mel hoffte inständig, dass der Botschafter sich auf dem Gleiter befand und sie die Sache zügig beenden konnten. Allerdings hatten sich ihre Gegner schon mehrfach als clever und entschlossen genug gezeigt, weshalb er nicht wirklich damit rechnete, dass es einfach werden würde.

TÄUSCHUNG

Jed starrte nachdenklich aufs Bild einer Außenkamera, an dessen Rand eine Silhouette zu sehen war, die der Tornado seit einiger Zeit folgte. Der fremde Gleiter war aufgetaucht, nachdem sie die Piratenbasis verlassen hatten und die Entfernung zu groß geworden war, um umkehren zu können. Die abgefangenen Funksprüche mehrerer Unionsgleiter hatten Leeland Mars nervös gemacht. Mit der Konsequenz, dass Jed samt seiner Söldner plötzlich unerwünscht waren. Sie hatten zwar die Standorte der Gleiter nicht erfassen können, aber Mars hatte sie trotzdem gedrängt, die Basis sofort zu verlassen und seinem Wunsch mit einem Trupp schwer bewaffneter Thrill Nachdruck verliehen. Jed hatte die Situation zähneknirschend hingenommen und seinen Plan angepasst. Noch war nichts verloren. Allerdings hatte sich das Risiko für ihn und die Crew hatte erheblich erhöht.

Die Sicherheitscodes der ominösen Gleiter waren bereits veraltet gewesen und kein Captain der Union würde riskieren, eine Operation wegen obsoleter Codes gegen die Wand zu fahren. Aber Leeland Mars war in eine

Art Panik verfallen, die ihn diesen Fakt hatte übersehen lassen. Außerdem war er schwer damit beschäftigt gewesen, Jed und seine Söldner von der Basis zu bekommen, weshalb ihm anscheinend nicht der leiseste Gedanke gekommen war, einer Finte erlegen zu sein. Jed dagegen hatte diese Möglichkeit durchaus in Erwägung gezogen und war am Ende zur Einsicht gelangt, dass ihm die Crew der Hawk irgendwie auf die Schliche gekommen sein musste. Vermutlich war die Signatur des Tankers, den seine Söldner per Fernsteuerung als Barrikadenbrecher benutzt hatten, aufgetaucht. Wodurch seine Gegner die Verbindung zu Leeland Mars erst hatten herstellen können. Es hätte sehr viel Zeit gekostet, diese Spuren zu verwischen. Deshalb hatte er darauf verzichtet und gehofft, dass die Thymid-Minen alle Beweise vernichten würden. Aber das war anscheinend nicht geschehen. Das Risiko, dass dies Wirklichkeit werden würde, war gering gewesen, weshalb Jed es ohne lange darüber nachzudenken eingegangen war – und jetzt hatte er den Salat.

Er öffnete eine virtuelle Karte der näheren Umgebung und sah sich alle möglichen Routen genau an. Es gab mehrere Einfahrten, durch die er nach Osten oder Westen ausweichen konnte. Allerdings ging er davon aus, dass seine Verfolger diese in Betracht gezogen hatten. Denn es würde keinen Sinn machen, sie aus der Basis zu vertreiben, ohne einen Plan zu haben, sie aufzubringen.

»Captain Tremaine!«

»Sir?«

»Schicken Sie jeweils eine Scanbee an die von mir markierten Punkte.«

»Verstanden, Sir!«

Der Captain gab die Befehle an seinen XO weiter und begann ebenfalls, die Karte zu studieren. »Wenn, dann werden sie es hier versuchen.« Er markierte eine kleine Ebene auf der virtuellen Repräsentation der Umgebung, die sich nur wenige Kilometer von ihrer aktuellen Position entfernt befand.

Jed nickte zustimmend. »Anhand des gewählten Ortes gehe ich davon aus, dass unsere Gegner mehrere Gleiter zur Verfügung haben. Die Angaben in den falschen Funksprüchen halte ich für übertrieben. Diese dienten eher dazu, Leeland Mars nervös zu machen …«

»Was offensichtlich funktioniert hat.«

»Unsere Verfolger wollen uns in der Ebene stellen und zur Aufgabe zwingen, ohne den Botschafter zu gefährden.«

»Das sehe ich auch so«, stimmte Tremaine zu. »Aber ich gehe davon aus, dass Sie noch das ein oder andere Ass im Ärmel haben, Sir?«

Jed verzog den Mund zu einem unmerklichen Schmunzeln. »Ihre Annahme ist richtig, Captain. Allerdings müssen wir dieses Mal trotzdem improvisieren.«

»Captain!«, meldete sich der XO aufgeregt. »Die Scanbees haben die Koordinaten erreicht. Die Korridore werden von Gleitern blockiert!«

»Klasse?«, mischte sich Jed ein.

»Predator, Sir.«

Jed ging mehrere Szenarien auf der Suche nach einem Ausweg durch, der ihnen die geringsten Verluste bescheren würde. Gleiter der Predator-Klasse entsprachen dem Design und der Konstruktion der Tornado. Ihr Verfolger schien der Raptor-Klasse anzugehören. Er war größer, schwerer und damit gefährlicher – aber auch langsamer.

»Die Ebene befindet sich noch fünf Kilometer von

unserer aktuellen Position entfernt«, stellte Tremaine fest. »Wie lauten Ihre Befehle, Sir?«

»Rufen Sie DEFCON-5 aus! Alle Kampfstationen besetzen! Die Entermannschaften sollen sich bereitmachen!«

»Aye, Sir!«

»Lassen Sie den Botschafter in einen sicheren Raum bringen und sorgen Sie dafür, dass er diese Auseinandersetzung möglichst unbeschadet übersteht!«

Tremaine zuckte beiläufig mit den Achseln. »Ich werde mein Möglichstes tun, Sir. Aber …«

»Kein ›Aber‹!«, knurrte Jed. »Roak muss überleben, haben Sie verstanden?«

»Aye, Sir!«

Er wartete, bis der Captain begann die Befehle an die entsprechenden Stationen weiterzugeben. Danach wandte er sich einer Komm-Einheit zu und etablierte mehrere sichere Verbindungen, um auch die übrigen Gäste zur bevorstehenden Auseinandersetzung einzuladen.

Mel starrte angespannt auf den rot blinkenden Quader, der sich ihrer Position langsam näherte. Ihr Ablenkungsmanöver war aufgegangen. Allerdings war er sich sicher, dass die Söldner mittlerweile bemerkt haben mussten, dass etwas nicht stimmte. Nichtsdestotrotz hielt der Gleiter den Kurs.

»Was ist?« Lin sah ihn skeptisch an.

»Ich weiß nicht. Das läuft alles zu glatt.« Er erwiderte ihren Blick und biss auf seine Unterlippe. »Der Kerl ist kein Idiot.«

Sie zuckte nur mit den Achseln, als der rote Quader plötzlich nach Nordwesten ausbrach. Kurz darauf erklangen die dumpf klingenden Schläge mehrerer Geschütze.

»Wir werden angegriffen!«, meldete sich eine elektronisch verzerrte Stimme. »Sie wollen an uns vorbei!«

»Dann haltet sie auf!«, brüllte Lin ins Komm-Gerät. »Wir kommen zu euch!«

»Das können Sie sich sparen!«, erklang Roonys Stimme aus den Lautsprechern. »Sie haben den engsten Korridor gewählt und einen Minenteppich gelegt. Sie müssen einen anderen Weg finden!«

Lin fluchte und starrte auf die virtuelle Karte, während Malus hämisch zu grinsen begann und der rote Quader langsam verblasste, nachdem der grüne, der einen Piratengleiter repräsentiert hatte, verschwunden war. Lin vergrößerte einige Bereiche, wechselte von Sektor zu Sektor und versuchte krampfhaft, einen Weg zu finden, den feindlichen Gleiter aufzuhalten, als Malus erneut einen Versuch startete und sich vor ihr aufbaute.

»Nicht jetzt«, warnte Mel den Kerl und stellte sich ihm mit lauerndem Blick in den Weg. Aber der Thrill dachte gar nicht daran, zog ein Messer und hielt es halb hinter seinem Rücken. Gleichzeitig flackerte ein Bild in Mels Kopf auf: Ein Mann umklammerte einen anderen von hinten, während ein zweiter ihm von vorne eine Klinge in den Leib trieb.

Er machte einen schnellen Schritt zur Seite und nahm den Schwung des Angreifers auf, um diesen mit einem perfekt ausgeführten Schulterwurf auf den harten Boden der Brücke zu schmettern. Das Knacken der brechenden Schulter war deutlich zu hören. Aber Mel vergeudete keine Zeit und parierte Malus' Stich, um dessen Arm zu sichern und mit einer schnell geschlagenen Hammerfaust sein Nasenbein zu zertrümmern. Danach schob er die rechte Hand unter dem Arm des Thrill durch, presste sie auf dessen Gesicht und schmetterte seinen Hinterkopf gegen ein Terminal, worauf er leblos zusammenbrach.

Die Auseinandersetzung hatte keine drei Sekunden gedauert. Mel sah warnend in die Runde und vergewisserte sich, dass niemand sonst Lins Position als Commander in Frage stellen wollte. Aber es gab keine weiteren Aufrührer mehr. Stattdessen wichen alle seinem Blick aus und konzentrierten sich wieder auf die Terminals und Konsolen. Lin warf einen beiläufigen Blick auf die bewusstlosen Piraten und beauftragte einen jungen Thrill, sie in die Brigg werfen zu lassen. Anschließend ließ sie einen neuen Kurs setzen, der die Sudden Death in ein Labyrinth aus engen, natürlich gewachsenen Korridoren führen würde.

»Was hast du vor?«

»Wir wenden«, erwiderte sie fluchend und ließ zwei Scanbees und eine Drohne starten. »Wir wenden und werden sie nicht entkommen lassen.«

Mel nickte und projizierte die Bilder der Flugkörper auf die Plastscheiben. Lin rief die höchste Alarmstufe aus, verschloss die Fenster mit den dafür vorgesehenen Trivistahlplatten und befahl allen Kampfstationen, sich bereitzumachen.

Der Navigator steuerte eine enge Durchfahrt an, die sich hinter ihnen befand und sich durch eine Felsformation schlängelte, die in westlicher Richtung verlief.

»Sie haben den Piratengleiter zerstört!«, meldete sich Roony erneut. »Wir verstärken das Signal unserer Scanbees und laden es in euer System.« Einen Moment später erschien der rote Quader wieder auf der Karte. »Wir bleiben dran!«

»Wir auch!«, fauchte Lin und befahl dem Navigator, die Geschwindigkeit zu erhöhen.

»Hier spricht Xhex! Wir haben Sichtkontakt! Thano?«

»Wir schneiden ihnen den Weg ab …«, erklang eine andere Stimme, an die Mel sich nur vage erinnerte. Es handelte sich um einen der Thrill, der ihn vor einem Jahr mit Lin durch die Gassen Bas Aires' gejagt hatte.

»Wartet auf uns!«, befahl Lin. »Wir müssen zusammen losschlagen!«

»Wir sind gleich da!«, entgegnete Thano ungeduldig. »Wenn wir auf dich warten, entkommen sie uns vielleicht!« Er schien sich vom Komm-Gerät abzuwenden, um die Piraten auf seiner Brücke anzusprechen. »Macht euch bereit!«

»Wartet auf uns, verdammt noch mal!«, wandte Lin ein letztes Mal ein. Aber Thano reagierte nicht. Stattdessen waren dumpfe Einschläge im Hintergrund zu hören, als ob sein Gleiter angegriffen würde.

»Was zur Hölle ist passiert?« Seine Stimme klang überrascht. »Status? Wie ist unser Status, vefl… «Danach riss die Verbindung ab.

»Roony?« Lin starrte fassungslos auf die Karte. Ein weiterer grüner Quader war verschwunden. »Was ist passiert? Hast du Sichtkontakt?«

»Negativ!«, antwortete er gestresst. »Alles, was ich sehen kann, ist eine gewaltige Explosion hinter einer der Felsformationen!«

»Aber wie …«

»Ich weiß es nicht!«, unterbrach Roony sie. »Der Gleiter baut seinen Vorsprung aus! Er ist schneller als die Hawk! Sie müssen sich verdammt noch mal beeilen!«

»Wir sind auf dem Weg!«, erwiderte Lin. »Laut unserer Prognose werden wir seinen Kurs in einer kleinen Ebene südwestlich unserer aktuellen Position in genau zehn Minuten kreuzen! Ich habe den Punkt auf der Karte markiert!«

»Ich kann die Markierung auf unseren Karten sehen! Es ist ziemlich eng dort!«

»Ich weiß! Wir müssen sie entern, bevor sie tiefer in das Labyrinth vordringen können. Xhex!«

»Commander?«

»Status!«

»Wir hängen an ihnen dran! Bis jetzt gab es keine Gegenwehr!«

Mel starrte angestrengt auf die virtuelle Karte, während seine Nanobiten verrückt spielten. Irgendetwas stimmte nicht. Der Anführer der Söldner hatte den Spieß einfach umgedreht: Er war vom Gejagten zum Jäger geworden. Nur schien dies von den anderen niemandem aufzufallen. Zugegeben, im Moment erweckte der Söldner den Eindruck, vor ihnen zu flüchten. Aber Mel wurde das Gefühl nicht los, dass der Mann ein konkretes Ziel verfolgte und sie alle genau da haben wollte, wo sie waren.

Er vergrößerte einen Teil der Karte, bis er fand, wonach er gesucht hatte. Allerdings lief ihm die Zeit davon. Er setzte seinen Helm auf, aktivierte die sichere Verbindung zu den Scouts und kontaktierte Hollister.

»Sir?«

»Wo sind Sie, Specialist?«

»Nicht weit von Ihnen entfernt, wie wir es abgemacht hatten.«

»Ich habe eine Aufgabe für Sie.«

Mel erklärte Hollister die Situation so schnell er konnte. Danach kappte er die Verbindung und nahm den Helm ab.

»Captain Roony? Sie müssen Ihren Kurs ändern!«

»Wie kommen Sie darauf? Wir haben sie fast in der Falle!«

Lin sah ihn verwirrt an. »Was soll das?«, zischte sie leise. »Das war dein verdammter Plan und jetzt …«

»Müssen wir ihn ändern«, fiel er ihr ins Wort. »Ich habe keine Zeit, um es dir zu erklären. Du musst mir vertrauen.«

Lin fluchte, vergrub ihr Gesicht in den Händen und nickte schließlich. Sie schien nicht hundertprozentig überzeugt zu sein, aber daran konnte Mel im Moment nichts ändern.

Er aktualisierte die Karte und gab die neuen Koordinaten und Teilziele ein, um den anderen seinen Plan verständlich zu machen.

»Wir schnappen sie uns vorher. Hollister wird einen der engen Durchgänge ihres Kurses sprengen und die Söldner in einen Korridor zwingen, der zu einer anderen Ebene führt. Wir werden dort sein und den feindlichen Gleiter aufhalten bis die Hawk aufgeschlossen hat. Danach nehmen wir ihn in die Zange und entern ihn. Xhex muss seinen Kurs halten und unseren Gegner weiter vorantreiben. Die Söldner dürfen nicht mitbekommen, dass wir unsere Taktik geändert haben, bis es für sie zu spät ist, verstanden?«

»Ich hoffe, Sie wissen, was Sie tun«, brummte Roony und erteilte seinen Offizieren die entsprechenden Befehle. Xhex schloss sich an, während Lin Mel weiterhin mit einem äußerst skeptischen Blick bedachte.

»Mach dir keine Sorgen«, versuchte er, sie zu beruhigen. »Ich weiß, was ich mache.«

»Das hoffe ich«, flüsterte sie. »Denn wenn dieser Einsatz in die Hose geht, wird die Sudden Death in

Zukunft von einem anderem Commander befehligt – und ich habe lange gebraucht, um mir diese Position zu erarbeiten.«

»Ich weiß«, erwiderte er leise. »Und du wirst sie auch behalten.« Danach konzentrierte er sich wieder auf die Quader auf den Karten und die Bilder der Außenkameras. Das Gelände zog rasend schnell an ihnen vorbei. Der natürliche Korridor aus Felsformationen und Riffen war eng, aber der Navigator reagierte souverän auf die unzähligen Hindernisse und steuerte den Kampfgleiter sicher durchs Terrain. Der Wind brach sich an den Deckaufbauten und erzeugte einen gespenstischen Ton, der Mel bis ins Mark fuhr. Kurz darauf roch er verbranntes Fleisch und hörte die Frau aus seinen Wahnvorstellungen wimmern. Er sah sich verstohlen um, konnte aber nichts Verdächtiges entdecken. Die Thrill gingen ihrer Arbeit nach, Lin starrte gebannt auf die Bilder der Kameras, die Umgebung war noch immer dieselbe – worauf Mel fluchte. Das Letzte, was er jetzt brauchen konnte, war eine verdammte Halluzination. Und er bereute langsam, sich von Laura den Einleitungsprozess aufgedrängt haben zu lassen. Er hätte genauso gut noch einige Tage warten können – dann hätte er diese verdammte Mission wenigstens nicht durch seine bloße Anwesenheit gefährdet. Dreck! Er versuchte, die nicht realen Eindrücke zu ignorieren und aktivierte die Verbindung erneut.

»Wir sind fast da … Captain Roony?«

»Der Gleiter wird die Durchfahrt bald erreichen! Wenn Hollister ihn nicht unter den Riffen begraben will, sollte er demnächst sprengen!«

»Ich bin sicher, der Specialist weiß, wann der richtige Zeitpunkt ist, Captain«, erwiderte Mel und stellte erleichtert fest, dass sie die Ebene erreicht hatten. »Wir sind in Position.«

Eine Sekunde später war ein gewaltiger dumpfer Knall zu hören. Kurz darauf wurde eine Wand aus Dreck und Staub in den Himmel geschleudert, um wie schwelender Schnee zurück zur Erde zu fallen.

»Unser Ziel hat den Kurs geändert!« Roony klang aufgeregt. »Wir sind gleich bei Ihnen! Dann sind die verdammten Söldner fällig!«

»Xhex! Status?«, wollte Lin ein letztes Mal wissen.

»Wir sind auf dem Weg zu dir, aber es wird ein paar Minuten dauern!«

»An alle!«, warnte Roony die Beteiligten ein letztes Mal. »Gehen Sie vorsichtig und behutsam vor! Wir brauchen den Botschafter lebend! Falls die Söldner ihn als Schutzschild benutzen, werden Sie sich verdammt noch mal zurückhalten! Roony Ende!«

Mel sah Lin entschlossen an. »Jetzt gilt es. Pass auf dich auf.«

»Du auch«, erwiderte sie schmunzelnd. »Wir sehen uns später. *Shasheigh!*«

»Möge das Glück auch mit dir sein.« Er setzte den Helm auf, wandte sich um und verließ die Brücke. Die Entermannschaft hatte sich hinter speziellen Schutzwällen aus Trivistahl verschanzt, die sie wie die Bunker auf den Decks der Hawk vor automatischen Kanonen und Drohnenangriffen schützen sollten. Sie waren wie kurze überdachte Gänge entlang der Reling angeordnet worden, um die Entermannschaft flexibel zu halten. Mel suchte sich einen freien Platz und befestigte ein kurzes Kabel mit einem Trivistahlkarabiner an seiner Koppel. Die Piraten starrten ihn skeptisch an, verzichteten aber auf unnötige Kommentare. Hinter seinem Bunker befanden sich ungefähr zwanzig Mann. Es gab vier Schutzgänge, verteilt über zwei Decks. Die beiden Zwillingsgeschütze waren bereits auf die Einfahrt ausgerichtet, aus der der feindliche Gleiter in die Ebene einfahren würde. Die Läufe der automatischen Minikanonen begannen sich surrend zu drehen, als die Piraten ein letztes Mal vor der Schlacht in sich gingen, Stoßgebete an ihre Götter schickten und allerlei alte Thrill-Sprüche zitierten. Danach war es still. Mel ging ebenfalls ein letztes Mal in sich, aber er konnte nichts Verdächtiges feststellen und hoffte, dass er keine verdammten Wahnvorstellungen bekommen würde. Denn er hatte noch eine Rechnung mit dem Anführer der Söldner offen und wenn er die Chance bekam, würde er sie begleichen.

In die Stahlwände waren in Kopfhöhe schmale Schlitze eingelassen. Als Mel sich vor die handbreitgroße Öffnung stellte, schoss der feindliche Gleiter fast ungebremst in die Ebene und eröffnete noch im selben Moment das Feuer. An den Läufen der Geschütze blitzten gleißende Lichter auf, die Raketenwerfer verschwanden im Dunst der gestarteten Gefechtskörper und Drohnen stiegen auf, die direkt auf sie zuhielten. Die Söldner hatten vor, mit purer Gewalt durch die Sudden Death zu brechen. Aber Lin machte nicht den Eindruck, klein beigeben zu wollen. Stattdessen ließ sie Dutzende Ablenkungskörper starten, die den Großteil der Raketen in der Luft abfingen, was eine Hitzewelle nach der anderen zur Folge hatte, die fauchend übers Deck fegten. Die Splitter der zerstörten Gefechtskörper prasselten auf die Schutzwälle der Piraten herab, als die Sudden Death sich in Bewegung setzte und die Schützen unter Deck das Feuer erwiderten. Granaten rissen riesige Löcher in den trockenen Boden. Die Staubfontänen stiegen hoch auf und regneten kurz darauf auf das Deck herab. Es roch nach verbrannter Erde und

Chemikalien. Eine Granate schlug nahe der Brücke ein. Die Trivistahlsplitter wurden über die Decks geschleudert und zerfetzten zwei Piraten, die das Pech hatten, im Weg zu stehen.

»Alles in Ordnung?«, wollte Mel wissen.

»Ja«, erklang Lins Stimme in seinem Helm. »Wir hatten Glück. Das verdammte Ding hat uns knapp verfehlt. Wir beschäftigen sie, bis die Hawk zu uns stößt. Dann werden wir sie festnageln!«

»Verstanden …« Mel wechselte den Kanal. »Hollister! Wir könnten Unterstützung brauchen!«

»Aye, Sir!«, erwiderte der Specialist, der bereits auf seinem Speeder unterwegs zu sein schien. »Sind auf dem Weg!«

Die Sudden Death flog ein gewagtes Manöver, um die Tornado davon abzuhalten, die Ebene durch einen der unzähligen Korridore zu verlassen. Mel und die Piraten wurden gegen den Schutzwall gepresst, hoben kurz vom Deck ab und landeten einen Augenblick später wieder ächzend auf den Stahlplatten. Die Granaten rissen nach wie vor große Krater in den Boden der Wüste. Die dumpfen Schläge waren ohrenbetäubend und Mel war froh, den Helm zu tragen, dessen Audiosystem den Lärm etwas milderte. Hin und wieder gab es Streifschüsse und Treffer auf den Decks, die aber keine großen Schäden anrichteten. Der Navigator hielt den Abstand zur Tornado, die ebenfalls keine Anstalten machte, sich zu nähern. Die Söldner wollten verschwinden, aber Lin zwang sie durch ihre Manöver, im Zentrum der Ebene zu bleiben.

Eine feindliche Drohne schaltete durch mehrere Glückstreffer einige Piraten in den Schutzwällen aus, deren Körper leblos zusammenbrachen und an den Kabeln hängen blieben, während ihre Kameraden vor Wut fluchten und die Söldner verdammten. Bis eine der automatischen Kanonen die Drohne vom Himmel holte, und deren Splitter sich übers Deck verteilten.

Kurz darauf brach die Tornado nach Steuerbord aus und zog an der Sudden Death vorbei, während sie Lins Kampfgleiter mit schwerem Feuer auf Abstand hielt. Die daraus resultierende Hitzewelle einer Explosion fuhr durch Mels Schutzwall und entzündete die Kampfanzüge zweier Piraten am äußeren Rand, die vor Schmerzen brüllend verglühten.

»Sie wollen verschwinden!«, dröhnte Lins Stimme aus den Lautsprechern. »Wo bleibt die verdammte Hawk!«

»Sie müssen gleich hier sein!«, erwiderte Mel, der sich nicht sicher war, ob der Gestank vom verbrannten Fleisch der Piraten oder seinem gestörten Unterbewusstsein herrührte.

»Das hoffe ich!«, brüllte sie wütend. »Andernfalls werden wir die Bastarde versenken!«

Die Sudden Death schnitt der Tornado im letzten Moment den Weg ab und versetzte ihr zwei schwere Treffer gegen den Bug, worauf der feindliche Gleiter abdrehte und sich einem anderen Korridor zuwandte. Eine Sekunde später ließ ein markerschütterndes Kriegshorn die Ebene erzittern. Die Hawk erschien wie aus dem Nichts und deckte die Tornado mit einer vollen Breitseite ein: Geschütze, Torpedos, Raketenwerfer und Minikanonen nahmen den feindlichen Gleiter fast gleichzeitig aufs Korn und zwangen ihn für einen kurzen Moment aus der Bahn. Er musste mehrere schwere Treffer hinnehmen. Glimmende Trümmer, Splitter und Teile der Deckaufbauten wurden meterhoch in den Himmel geschleudert. Explosionen fauchten über die Decks, verschlangen überraschte Crewmitglieder und entzündeten mehrere Brandherde, die schnell um sich griffen. Die Söldner waren schwer angeschlagen, aber sie gaben nicht auf. Wofür Mel ihnen Respekt zollte. Allerdings war er der Meinung, dass ein guter Offizier wissen musste, wann es an der Zeit war, aufzugeben. Immerhin trug er die Verantwortung für seine Soldaten.

Die Tornado startete einen letzten Versuch, die Ebene zu verlassen und wandte sich einem sehr schmalen Korridor zu, in den ihr die HAWK nicht würde folgen können.

»Sie müssen sie aufhalten!«, erklang Roonys befehlsgewohnte Stimme. »Setzen Sie sich vor die Drecksäcke! Dann nehmen wir sie in die Zange!«

Lin verzichtete auf eine Antwort, fluchte stattdessen und ließ den feindlichen Gleiter rammen. Der gewaltige Schlag schüttelte die Piraten in den Schutzwällen gehörig durch. Mel krachte mit dem Helm gegen die Wand aus Trivistahl, während die Sudden Death quietschend an der Außenwand des Gegners entlang schrammte und sich in dessen Weg schob.

Die ferngesteuerten Drohnen kreisten währenddessen wie Geier über der sterbenden Tornado und schalteten die automatischen Minikanonen, die das Deck der Sudden Death mit Sperrfeuer belegten, aus, um die Piraten davon abzuhalten, die Schutzanlagen zu verlassen. Danach war es für einen Moment still.

»Entern!« Lins Stimme hallte über die Decks und die Piraten machten sich bereit, ihren Befehl auszuführen. Mel löste das Kabel von der Koppel und zog den Blaster, der sich nur den Bruchteil einer Sekunde später mit dem System seines Helms verband und einen roten Punkt auf der Innenseite des Visiers erscheinen ließ, der dem Lauf seiner Waffe präzise folgte. Kurz darauf klappten die

Schutzwälle nach vorne weg und gruben ihre mit schweren Stahlhaken versehenen Enden ins Deck der Tornado, um als Brücken für den Angriff zu dienen.

Mel und die Piraten verloren keine Zeit und stürmten über die Rampen, während mehrere Rauchgranaten gezündet wurden, die sie vor feindlichem Sniperfeuer schützen sollten. Er lief geduckt über die Brücke, sprang aufs Deck und rollte hinter einem Entlüftungsschacht in Deckung. Nur einen Augenblick später schlugen erste Projektile in die Stahlkonstruktion, zerfetzten zwei Thrill, die ihm gefolgt waren und fraßen sich durchs Knie eines dritten, der zur rechten Flanke ausweichen wollte. Die Schützen hatten sich in mobilen Bunkern auf dem Deck verschanzt.

»Wir sind auf der Tornado!«, brüllte Mel gegen den Lärm an. »Aber wir werden ohne Drohnenunterstützung nicht an den Blasternestern vorbeikommen!«

»Verstanden!«, erwiderte Lin. »Gib mir eine Minute!«

»So lange haben wir nicht!« Mel presste sich mit dem Rücken gegen den Lüftungsschacht, der von unzähligen Treffern erschüttert wurde. »Captain Roony! Wo bleiben Sie?«

»Wir gehen längsseits! Schalten Sie die Nester aus, dann kommen wir an Bord!«

Kurz darauf stießen die jaulenden Drohnen im Sturzflug auf die Bunker herab und deckten diese mit tödlichem Sperrfeuer ein.

»Jetzt!« Mel sprang auf und lief im Zick-Zack zum ersten Nest. Die Stahlkonstruktion hatte acht Seiten, die mit kleinen Schlitzen für die Schützen ausgestattet waren. Er zog eine Splittergranate, aktivierte sie und warf sie durch eine der Öffnungen. Die Söldner im Inneren schrien panisch durcheinander, bis ein dumpfer Knall erklang und sie zum Schweigen brachte. Mel stürmte in den Bunker, erledigte zwei benommen wirkende, blutüberströmte Männer und stieg über die Toten zum gegenüberliegenden Eingang. Die Piraten hatten das Nest neben seinem gestürmt und wurden von Söldnern auf der anderen Seite des Decks unter Feuer genommen. Er nahm einem Toten eine Rauchgranate ab, zündete sie und warf sie zwischen sich und das feindliche Nest. Als die Thrill das Feuer eröffneten und ihm Deckung gaben, sprintete er los. Die überall einschlagenden Projektile schienen ihn buchstäblich zu verfolgen, während er sich dem Bunker schnell näherte.

»Scharfschütze auf der Brücke!«

Er warf sich gegen die Außenwand des Nests und schleuderte eine Splittergranate ins Innere. Noch während die Söldner zu brüllen begannen, hetzte er zum Eingang, aus dem eine Sekunde später die Granate geworfen wurde. Mel fluchte und wollte hinter einem Belüftungsschacht in Deckung gehen, als der Sprengkörper detonierte, ihn von den Beinen riss und gegen die Konstruktion schleuderte. Er spürte die Hitze im Rücken und die unzähligen Stiche der Splitter, die es durch den Kampfpanzer geschafft hatten. Gleichzeitig wurde ihm beim Aufprall die Luft aus den Lungen gepresst, sein Visier brach und er verlor den Blaster, der über den Boden mitten aufs Deck schlitterte.

»Der Scharfschütze wurde bereits ausgeschaltet!«, meldete Lin. »Wurden die Nester deaktiviert?«

»Nein … aber … aber wir sind dran«, röchelte Mel.

»Was ist passiert? Du hörst dich furchtbar an!«

»Keine … Zeit.«

»Mel!«

Ein Söldner rannte aus dem Bunker. Der Kerl begann

hämisch zu grinsen, als er Mel am Boden sah und legte auf ihn an, als hinter ihm mehrere Schüsse in die Wand des Nests fuhren. Mel nutzte die Ablenkung, zog ächzend den Stiefeldolch und schleuderte ihn in den ungeschützten Hals des Söldners. Das Blut wurde buchstäblich aus dem Mann gepumpt, während er fluchend eine Hand auf die Wunde presste und aus der Hüfte auf ihn schoss. Mel rollte zur Seite und kroch zum Blaster. Die unkontrollierten Schüsse seines Gegners schlugen rund um ihn ein und trieben ihn vorwärts. Kurz darauf umklammerte er den Griff der Waffe, fuhr herum und erwiderte das Feuer. Der erste Schuss traf den Söldner an der Schulter, der zweite riss ihn von den Beinen und schleuderte ihn gegen die Bunkerwand, wo er leblos zusammensackte. Einen Augenblick später stürmten zwei Thrill aus dem Nest und hielten inne, als sie Mel erkannten. Sie warfen ihm verächtliche Blicke zu, wandten sich um und liefen mit den anderen Piraten zur Brücke des Gleiters.

»Nester gesichert«, stellte er knurrend fest und rappelte sich auf, um sich den Helm vom Kopf zu reißen und die Komm-Einheit am Unterarm zu aktivieren. »Sie können entern, Captain.«

»Verstanden!«, erklang Roonys Stimme. »Wir treffen uns in der Mitte!«

»Verstanden …« Mel zog den Dolch aus dem Hals des Söldners und folgte den Thrill, die sich im Eifer des Gefechts schnell vorwärts arbeiteten. Allerdings war niemand zurückgeblieben, um die Luken im Auge zu behalten, die in die unteren Decks des Gleiters führten. Mel fluchte und wollte Lin darüber informieren, als sie aufflogen und an die zwanzig Söldner ausspuckten, die den Thrill in den Rücken fielen.

»Hinterhalt!«, versuchte Mel, die Piraten zu warnen.

Aber es war bereits zu spät. Die Thrill wurden in der Mitte des Decks im Kreuzfeuer zerrieben, bis keiner mehr aufrecht stand. Einige hatten den Angriff überlebt und sich hinter den Deckaufbauten in Sicherheit gebracht, aber der Sturm auf die Brücke war gescheitert.

Mel erledigte zwei Söldner mit dem Blaster und rettete sich anschließend in einen Bunker, als deren Kameraden sich seiner bewusst wurden und ihn aufs Korn nahmen. Vor dem Nest detonierten zwei Splittergranaten. Die Druckwelle fauchte durch den mobilen Bunker und riss ihn von den Beinen. Lange würde er gegen die Söldner nicht bestehen können. Vor allem nicht in diesem Sarg aus Stahl, der die Wirkung der Granaten noch verstärkte. Er holte die Sturmhaube aus einer Tasche und zog sie über den Kopf. Danach kroch er zwischen die Leichen und konzentrierte sich auf seine Nanokultur, die ihn optisch mit seiner unmittelbaren Umgebung verschwimmen ließ. Einen Moment später stürmten vier Söldner blind feuernd in den Bunker.

»Wo ist er?« Einer der Männer sah sich verwirrt um und ließ den Blaster sinken.

»Ich dachte, er ist hier reingelaufen«, erwiderte ein anderer. »Lass uns …«

Mels Schuss ließ seinen Kopf in einer blutigen Fontäne platzen, die sich über den neben ihm stehenden Söldner ergoss und diesem die Sicht raubte. Der Mann stolperte überrascht rückwärts und versuchte, sich das Blut aus den Augen zu wischen, während ein anderer die Waffe hochriss und wild um sich schoss. Kurz darauf brach sein Kamerad neben ihm zusammen, weil ein Querschläger ihn am Hals erwischt hatte. Mel nutzte den Moment und zerschoss dem noch stehenden Söldner das Knie. Der Mann brach brüllend zusammen. Mel schoss erneut. Er traf den Kerl in die Brust, was ihn nicht besonders zu stören schien. Anscheinend hatte auch dieser Mann einen subkutanen Körperpanzer implantiert bekommen.

Der Söldner biss die Zähne zusammen und erwiderte das Feuer. Er traf Mel an der Schulterklappe aus Panzerplast, woraufhin sich seine Tarnung auflöste. Sein Gegner riss erstaunt die Augen auf und starb einen Augenblick später an einem gezielten Kopfschuss. Mel zog sich an einem Haltegriff, der in die Stahlwand eingearbeitet worden war, nach oben und wankte zu dem Mann am Boden, der noch dabei war, sich das Blut seines Kameraden aus den Augen zu wischen. Als er blinzelnd den Kopf hob, blickte er entsetzt in den Lauf des Blasters und riss schützend die Hände vors Gesicht. Mel legte an, zögerte und schlug dem Kerl stattdessen den Kolben der Waffe gegen den Kopf. Danach vergewisserte er sich, dass sein Gegner bewusstlos war, und wandte sich um. Als er aus einem der Schlitze nach draußen sah, stürmten Stones Marines über die Reling und drängten die Söldner langsam zurück zur Brücke. Mel verließ den Bunker und wollte sich ihnen anschließen, als er einen dunklen Schatten aus den Augenwinkeln bemerkte. Bevor er sich auf den Gegner einstellen konnte, klatschte der Mann leblos vor ihm auf den Boden. Mel sah sich verwirrt um, konnte aber niemanden entdecken.

»Gern geschehen«, erklang Hollisters ruhige Stimme aus den Lautsprechern des Komm-Geräts.

»Danke, Specialist«, erwiderte Mel und atmete auf.

»Wo sind Sie?«

»In der Nähe. Wie abgemacht.«

Mel nickte und trennte die Verbindung. Seine Nanobiten brauchten etwas Zeit, um sich nach der Aktion im Bunker zu erholen. Er starrte ein letztes Mal auf den Toten am Boden, der ihn kalt erwischt hätte, wenn Hollister nicht eingegriffen hätte, und konzentrierte sich wieder auf die Brücke.

Er hetzte von einer Deckung zur nächsten, bis er Stone entdeckte und sich neben ihn gegen die Reste eines Geschützturms zwängte.

»Sarge!«, begrüßte der Marine ihn grinsend. »Sie sehen mitgenommen aus.«

Mel zuckte nur mit den Achseln und wollte etwas erwidern, als das Fauchen zweier mobiler Minikanonen erklang, die auf der Brücke aufgestellt worden waren. Die Schützen streckten vier Marines nieder, die sich nicht schnell genug in Sicherheit bringen konnten.

Stone fluchte. »Ich hasse diese Dinger. Specialist Sykes!«

»Sir?«

»Vernebeln Sie das Deck!«

»Aye, Sir!«

Kurz darauf zündeten mehrere Marines Rauchgranaten und schleuderten sie, so weit sie konnten, nach vorne Richtung Brücke. Die Granaten tauchten das vor ihnen liegende Areal in eine dichte Wolke aus Dunst. Mel konnte keine zwei Meter weit sehen. Das Feuer der Brücke ließ nicht nach. Zusätzlich schossen die überlebenden Piraten blind in den künstlichen Nebel, während sie sich zurückzogen.

»Wir rücken vor!«, befahl Stone den Marines, stieß sich von der Stahlwand ab und verschwand im Dunst. Mel folgte ihm. Er war nicht begeistert, in den künstlichen Nebel zu stürmen, aber es gab im Moment keine Alternative. Sie mussten den Gleiter einnehmen – andernfalls würden sie nach und nach von den Söldnern aufgerieben werden.

Mel lief geduckt in den Nebel, stolperte über Leichen und eckte an allen möglichen Aufbauten an, während das Sperrfeuer unnachgiebig übers Deck fauchte. Hin und wieder schrien Marines vor Schmerzen auf, als ihre Körper durchsiebt oder ihre Gliedmaßen abgetrennt wurden. Allerdings konnte Mel kaum seine eigene Hand vor Augen sehen, geschweige denn die anderen Männer. Die Aktion entwickelte sich zu einem Glücksspiel: Manche Marines erlagen einem Zufallstreffer, andere nicht. Mel bekam nur einige Streifschüsse ab, während er sich Meter für Meter nach vorne kämpfte. Irgendwann stieß er gegen eine Stahltreppe, die zur Brücke führte. Er verlor keine Zeit, schlich hinauf und stürmte mit vorgehaltener Waffe durch eine Luke in den Kommandoleitstand. Niemand war hier. Vor den zerstörten Fenstern waren am linken und rechten Rand jeweils eine mobile Minikanone aufgestellt worden, die anscheinend per Fernsteuerung bedient wurden. Er zerstörte die Kanonen mit zwei gezielten Schüssen und schlich an der Wand entlang zu den Rahmen der Plastfenster.

»Brücke gesichert. Hier ist niemand. Sieht nach einem Ablenkungsmanöver …«

Plötzlich erklangen laute Detonationen in seiner Nähe. Fontänen aus Feuer fauchten über die Hawk, die unter den schweren Treffern ein Stück von der Tornado weggetrieben wurde.

»Wir werden angegriffen!«, brüllte Roony in die Komm-Einheit. »Vier Kampfgleiter, Predator-Klasse!«

»Minen!«, mischte sich Stone ein. »Die Tornado hat Minen abgesetzt! Sie müssen hier weg, Captain! Und zwar schnell!«

»Wo bleibt Xhex?« Roony klang mittlerweile mehr als gestresst.

»Die Bastarde haben unseren Korridor mit Minen gesperrt!«, erwiderte der bullige Thrill, der ebenfalls unter einer Menge Druck zu stehen schien. »Wir werden nicht rechtzeitig da sein!«

Roony fluchte und traf eine Entscheidung, während mehrere Granaten auf seinem Gleiter einschlugen. »Alle Einheiten zurück auf die Hawk!«

Mel starrte wütend durch die zerstörten Fenster, als sich der künstliche Nebel langsam verzog. Kurz darauf stockte ihm der Atem. Am Bug setzten ungefähr dreißig Söldner auf die Sudden Death über. Die Minikanonen waren tatsächlich ein weiteres Ablenkungsmanöver gewesen. Die Drecksäcke hatten nie vor, bis zum Ende zu kämpfen – sie wollten die Sudden Death kapern!

»Lin! Verschwinde! Sie wollen euch entern!«

»Ich sehe sie!«, erwiderte die Thrill. »Es sind zu viele!«

»Verschanz dich auf der Brücke! Ich bin gleich da!« Er wechselte fluchend den Kanal. »Stone, ich brauche Sie und Ihre Marines!«

»Sergeant Stone wird sich mit seiner Einheit auf die Hawk zurückziehen!«, griff Roony mit scharfer Stimme ein. »Wir müssen von hier verschwinden!«

»Aber …«

»Nichts, ›Aber‹!«, fuhr der Captain dazwischen. »Bewegen Sie Ihren verdammten Hintern zurück auf die Hawk, Sergeant! Denken Sie an Ihre Rehabilitation, verstanden?«

Mel fluchte. Er konnte und wollte Lin nicht im Stich lassen. Nicht jetzt, nicht so.

»Aye, Sir!«

Er trennte die Verbindung und wollte die Brücke verlassen, als eine Granate in seiner Nähe einschlug und eine gewaltige Druckwelle durch den Kommandoleitstand fauchte. Die Hitze brannte auf seiner Haut, während er von den Beinen gerissen und gegen eine Konsole geschleudert wurde.

Als er taumelnd aufstand, befand er sich in einer anderen Welt. Es war düster. Eine kalte Brise strich über sein zitterndes Gesicht. Er fühlte Angst, Panik und suchte verzweifelt nach einem Ausweg. Aber er war zu jung, um sich gegen die Männer durchsetzen zu können, die seinen Nacken fixierten. Es roch nach verbranntem Fleisch. Eine Frau wimmerte. Als er den Kopf hob, stand er vor einer Art Kreuz, das hoch in den dunklen Himmel aufragte. Darüber kreisten ein Dutzend Aasfresser. An der Konstruktion, deren Konturen wie schwarzer Nebel verschwammen, hing eine Gestalt. Mel konnte kein Gesicht oder andere Merkmale erkennen, die ihm einen Hinweis auf die Identität gegeben hätten, aber er fühlte Schmerz und Wut, woraus er schloss, dass er die Person kennen musste. Dahinter standen weitere Gestalten, deren schwarze Konturen ineinanderflossen. Sie schienen ihn auszulachen und bedeuteten ihm mit Fingerzeigen, dass seine Existenz ebenfalls verwirkt war.

Kurz darauf konnte er dumpfe Granateinschläge hören, die ihn langsam zurück in die Realität zogen. Das Bild der Brücke schob sich in den Vordergrund und verdrängte die Wahrnehmungsstörung. Mel spürte echte Panik in sich aufsteigen. Für einen Moment befand er sich gleichzeitig in beiden Welten. Die Bilder überlagerten sich, raubten ihm jede Art von Orientierung und ließen ihn durch den Fensterrahmen nach unten stürzen. Der Aufprall war hart, aber er holte ihn mit einem Schlag zurück ins Jetzt. Sein Kampfpanzer hatte ihn vor größeren Schäden bewahrt. Nichtsdestotrotz schien sein Körper nur noch aus Schmerzen zu bestehen. Er rappelte sich stöhnend auf und schleppte sich zur Reling. Die Sudden Death löste sich langsam von der Tornado und trieb in den Korridor, in den die Hawk ihr nicht würde folgen können. Lin war verloren.

Auf der anderen Seite nahm Roonys Jagdgleiter Fahrt auf und verfolgte die feindlichen Einheiten, die in den nächstbesten Korridoren verschwanden. Mel sah, dass eine der Thymid-Minen sich der Außenwand der Tornado gefährlich genähert hatte. Bald würde sich ihr Kern öffnen und eine gewaltige Detonation auslösen, die dem Gleiter den Rest geben würde.

Mel stand niedergeschlagen an der Reling und sah zu, wie die Sudden Death immer tiefer in den Korridor trieb – und damit weg von ihm. Er hatte Lin den Söldnern auf dem silbernen Tablett serviert. Natürlich, ohne das jemals gewollt zu haben, aber das Ergebnis war dasselbe. Er hatte sie nach fast einem Jahr wiedergetroffen und nun vielleicht für immer verloren – weil er sich von einem Söldner an der Nase hatte herumführen lassen und dank der verdammten Wahrnehmungsstörungen nicht hatte reagieren können. Seine verfluchte Vergangenheit hatte ihm erneut einen Strich durch die Rechnung gemacht und ihm die einzige Person genommen, an der ihm wirklich etwas lag – wofür er sich am liebsten über die Reling gestürzt hätte. Diesen Part würde nun die Thymid-Mine übernehmen, deren Sensoren die Masse der Tornado bereits als potentielles Ziel erkannt hatten und die diskusähnliche Waffe auf die Außenwand zutreiben ließen. Die Söldner hatten die Signatur des eigenen Gleiters aus den Datenspeichern der Minen gelöscht, die sich nun auf alles stürzten, das massig genug war, um als Ziel in Frage zu kommen.

Mel blieb wie paralysiert stehen und wartete auf sein

Ende, als hinter ihm ein Speeder landete. Einen Augenblick später wurde er zu dem Flitzer gezerrt. Hollister zwang ihn auf die Sitzbank, stieg auf und zog den Speeder steil nach oben. Sie hatten vielleicht zehn Meter zurückgelegt, als die Mine unter ihnen ihren bläulich schimmernden Kern preisgab und kurz darauf in einer gleißend hellen Explosion detonierte. Trümmer und Splitter wurden an ihnen vorbei in den Himmel geschleudert, die Druckwelle schloss sie fauchend ein und warf sie für einen Moment aus der Bahn, aber Hollister konnte die Kontrolle über den Speeder behalten und brachte sie sicher aus der Gefahrenzone. Die Detonation löste eine Kettenreaktion aus. Die anderen Thymid-Minen explodierten ebenfalls in einer gigantischen Wand aus freigesetzter Energie, die die Tornado fauchend verschlang und nur einen Haufen glühender Trümmer übrig ließ, die den Korridor für die Gleiter versperrten.

CAYA

Laura wartete ungeduldig vor Spectras Quartier darauf, endlich eintreten zu dürfen. Sie wollte wissen, warum, und vor allem, wozu der Magistrat sie angefordert hatte. Immerhin durchkreuzte dieser Ausflug ihre Pläne, die sie nicht aufschieben konnte.

Nachdem der Transporter sie vor einer Stunde abgesetzt hatte, war sie von zwei Ligaoffizieren zu ihrem Quartier begleitet worden. Einer hatte ihr den weißen Koffer abnehmen wollen, aber ein warnender Blick von ihr hatte gereicht, um ihn davon abzubringen. Auf den Decks waren erstaunlich viele Mitglieder der Crew zu sehen, deren Schicht vor kurzem geendet haben musste. Sie genossen die Strahlen der Nachmittagssonne, führten Gespräche oder hingen einfach ihren Gedanken nach.

Die Ruthless war ein schwerer Kommandogleiter. Zweihundert Meter lang, dreißig Meter breit und zwanzigtausend Tonnen schwer. Sie bestand aus vier Decks, die jeweils auf Backbord- und Steuerbordseite mit einem Zwillingsgeschütz ausgestattet waren. Abgesehen davon konnte Laura Raketenwerfer, Lafetten und mehrere

Schächte für Drohnen entdecken, die an den Rändern neben den mobilen Bunkern eingelassen waren. Der Kommandogleiter war ein waffenstarrender Kampfkoloss, der, ähnlich Lord Bandas Carnage, seinem aktuellen Oberbefehlshaber mehr als angemessen war. Jeder Pirat auf diesem Planeten würde es sich zweimal überlegen, ob er sich mit der Ruthless anlegen würde.

Auf dem Weg zum Quartier hing Laura ihren Gedanken nach, die sich fast ausschließlich darum drehten, wie sie von hier verschwinden konnte, ohne dass es jemandem auffiel. Wenigstens schien der Kurs des Kommandogleiters sie tiefer in den Norden zu bringen – das war aber auch schon alles.

Hin und wieder dachte sie an Mel, der sich auf sie verlassen hatte, nachdem sie ihm den Einleitungsprozess aufgedrängt hatte. Dabei hatte sie ihm wirklich nicht schaden, sondern ihm seine Entscheidung diesbezüglich etwas erleichtern wollen. Sie hätte ihm nur noch eine Injektion verabreichen müssen, das wäre alles gewesen. Natürlich konnte Ivy diese Aufgabe für Laura übernehmen und sie war sicher, dass ihre neue Assistentin dies auch gewissenhaft erledigen würde. Aber sie fühlte sich, als ob sie ihn im Stich gelassen hatte. Und das gefiel ihr nicht – genauso wenig wie der Kontrollverlust über ihre Pläne. Sie wartete seit fast einem Jahr darauf, die Übergabe der Vergleichsprobe abzuwickeln, um die Blutproben miteinander vergleichen zu können. Während dieser Zeit war nichts Außergewöhnliches passiert. Sie hätte sich jederzeit mit einer plausiblen Begründung für ein paar Tage absetzen können, aber jetzt? Der verdammte Ausnahmezustand verkomplizierte ihre Mission. Sie konnte nicht einfach verschwinden, ohne dass jemand misstrauisch werden würde.

Eine Sekunde später glitt das Schott zu Spectras Empfangsraum auf. Der Raum war mit einem weichen hellen Teppich ausgelegt worden, die Einrichtungsgegenstände entsprechend dunkel gehalten. Viele der dekorativen Skulpturen schienen aus der Kultur der Thrill zu stammen. Laura hob überrascht eine Augenbraue. Damit hatte sie wirklich nicht gerechnet. Spectra galt als überzeugter Förderer der Liga und damit indirekt der Union, der sich rücksichtslos hochgearbeitet und als jüngster Magistrat das Kommando über Mog Anwar übernommen hatte. Der zweitgrößte Raumhafen Crestins besaß eine aktive Lizenz für intergalaktischen Handel und war einer der zentralen Orte, an denen sich Macht und Einfluss konzentrierten. Im Laufe der Jahre hatte sich die Liga aus Mog Anun zurückgezogen und war unter der schützenden Hand Spectras in Mog Anwar zu einer Handelsorganisation herangewachsen, die heute mehr Macht besaß, als die Union ihr jemals freiwillig zugestanden hätte. Deren Anhänger fürchteten, dass sich der Einfluss der Liga auch auf den anderen Rohstoffplaneten vergrößern könnte, was eine Verschiebung des Machtgefüges im ganzen System nach sich ziehen würde. Olyn Spectra wurde deshalb mittlerweile hinter vorgehaltener Hand als größter Feind der Union gehandelt. Dass er noch nicht an einem Galgen vor dem offiziellen Gebäude der Administration baumelte, war nur seiner Macht zuzuschreiben, die er sich über die Jahre aufgebaut hatte. Was Laura betraf, stand sie Spectra neutral gegenüber. Er war nur eine weitere Figur auf dem Spielbrett der Macht, die sie nichts anging.

»Doktor Bricks«, begrüßte er sie freundlich, stand auf und ging zu ihr, um ihr die Hand schütteln zu können. Laura ließ es erstaunt geschehen und setzte sich auf den

Sessel vor dem handgearbeiteten Schreibtisch, den er ihr angeboten hatte.

»Sie müssen mein Verhalten entschuldigen«, sagte er, nachdem er ihren Blick bemerkt hatte. »Ich bin kein Militär und ich möchte auf gewisse Höflichkeitsformen nicht verzichten.«

Laura nickte und erwiderte sein Lächeln – zumindest versuchte sie es.

Spectra trug einen dunklen Geschäftsanzug, der nicht zum Rest des Interieurs passen wollte. Olyn durchschaute auch diesen Blick und die dahinter stehende Frage sofort.

»Da viele meiner Entscheidungen mit den Thrill und dem Erhalt ihrer Spezies zusammenhängen, muss ich mich sehr oft in ihre Lage versetzen, um diese Entscheidungen auch angemessen treffen zu können, verstehen Sie?«

Sie nickte.

»Dieser Raum ist der einzige auf ganz Crestin, in dem ich mich ihnen nah genug fühle, um diese Entscheidungen treffen zu können.«

»Das geht mich nichts an, Sir«, bemerkte Laura ruhig. »Sie sind mächtig genug, um machen zu können, was Sie für richtig halten, nicht wahr?«

»Mitnichten, Doktor«, erwiderte er und verzog enttäuscht den Mund. »Selbst in *meinem* Habitat gibt es genug Akteure, deren Wünsche und Forderungen ich in meinen Entscheidungen berücksichtigen muss. Ich bin weder frei noch mächtig genug, zu tun oder zu lassen, was ich will.«

Laura dachte an ihr eigenes fremdbestimmtes Leben, das sie all die Jahre mehr oder weniger akzeptiert und sich damit abgefunden hatte. Mittlerweile fühlte sich ihr Dasein allerdings wie ein zu eng angelegter Plastpanzer an, der ihr jeden Tag mehr zu schaffen machte.

»Und wie gehen Sie damit um?«

Er zuckte nur mit den Achseln und hob demonstrativ eine Flasche teuren Weins hoch, aber Laura schüttelte verneinend den Kopf. Spectra schenkte sich ein Glas ein und nahm einen tiefen Schluck, bevor er auf ihre Frage antwortete.

»Meistens bin ich dazu verdammt, Kompromisse einzugehen oder nur zu reagieren«, gab er zu. »Aber hin und wieder gibt es Gelegenheiten, um meinen Willen durchzusetzen. Und wenn sich eine dieser seltenen Ausnahmen bietet, setze ich Himmel und Hölle in Bewegung, um sie für mich zu nutzen.«

»Ohne Rücksicht auf Verluste?«

»Ohne Rücksicht auf Verluste«, wiederholte er und gönnte sich einen weiteren Schluck. »Wie kommen Sie darauf?«

»Ich … fühle mich in letzter Zeit oft eingeengt, was meine Entscheidungen bezüglich der Möglichkeiten angeht, mein Leben zu gestalten, Sir.«

Laura wusste nicht, warum sie Spectra von sich und ihrer Situation erzählte. Sie verzichtete normalerweise darauf, andere mit ihren Problemen zu belasten, um ihre Tarnung nicht zu gefährden und vermutlich auch, um die rebellierenden Gedanken in ihr nicht überhandnehmen zu lassen. Aber Spectras stechender Blick animierte sie, über Dinge zu reden, die sie sonst für sich behielt. Außerdem passte der Moment irgendwie zum Thema, weshalb sie ihn nicht ungenutzt verstreichen lassen wollte.

»Nun, Doktor«, begann er lächelnd. »In Ihrer Position sollte es ein Leichtes sein, zu tun und zu lassen, was Sie wollen, nicht wahr?«

Laura sah ihn fragend an.

»Ich meine, Sie können jederzeit von der Bildfläche

verschwinden, ohne damit eine Supernova auszulösen.« Sein Blick wurde ernster. »Im Gegensatz zu mir. Und ich meine das nicht abwertend. Sie haben herausragende Fähigkeiten, die es Ihnen erlauben sollten, überall überleben zu können.« Er machte eine ausholende Bewegung mit dem Arm. »Nutzen Sie diese Möglichkeit.«

Spectras Argument war einfach und damit lächerlich naiv, aber es verfehlte seine Wirkung nicht und verstärkte den Zweifel, der sich die letzten Monate über in Laura festgesetzt hatte. Wenn sie von der Bildfläche verschwinden würde, würde sich niemand dafür interessieren. Die Organisation würde vielleicht einen Agenten nach ihr suchen lassen, um ihren Tod zu bestätigen. Aber abgesehen davon würde nichts passieren, womit die Welt nicht umgehen konnte. Sie wäre einfach nicht mehr da. Das war alles. Bei dem Gedanken spürte sie wieder, wie die verdammte Panik von ihr Besitz ergreifen wollte. Die Angst, von Secoma getrennt existieren zu müssen, machte sich in ihr breit und schnürte ihr den Hals zu. Es stieg ihr heiß auf und sie hatte große Mühe, sich nichts anmerken zu lassen. Irgendwann verwarf sie den Gedanken, sich abzusetzen, und gewann nach und nach die Kontrolle über ihre Gefühle zurück. Danach wechselte sie vorsichtshalber das Thema.

»Danke, Sir. Ich werde mir Ihren Vorschlag zu Herzen nehmen«, erwiderte sie. »Dürfte ich nun erfahren, warum ich hier bin?«

»Natürlich, Doktor«, antwortete der Magistrat. »Ich hatte angenommen, man hätte Sie bereits instruiert.«

»Leider nicht …«

»Ich verstehe. Nun«, begann er und schien zu überlegen, wie er seine Antwort am besten verpacken sollte. »Caya, eine von Anis Thorvas Ziehtöchtern, liegt im Sterben. Eine schwere Infektion führt dazu, dass ihr Körper die kybernetischen Implantate abstößt, die sie seit einem Unfall benötigt, um überleben zu können. Da wir den Anführer der Sandwölfe brauchen, um den Botschafter finden und befreien zu können, habe ich ihm angeboten, dass Sie einen Blick auf das Mädchen werfen. Sie sind doch eine Biotechnologiespezialistin, nicht wahr?«

»Das bin ich, Sir«, räumte sie ein. »Hat sich schon jemand den Fall angesehen?«

»Anis hat mehrere Spezialisten zu Rate gezogen, aber niemand konnte Caya helfen.«

»Und wie kommen Sie darauf, dass *ich* ihr helfen könnte? Wenn Implantate abgestoßen werden, liegt dies meist am Immunsystem des Empfängers. Falls Immunsuppressiva schon ausgeschlossen wurden, bleibt im Grunde nur noch eine Behandlung durch Nanokulturen, die ich nicht gewähren kann, weil ich keine habe.«

»Dies wurde bereits bedacht, Doktor«, entgegnete Spectra. »Entsprechende Kulturen wurden angelegt. Allerdings gibt es niemanden, der sie angemessen programmieren könnte, um die Infektion zu bekämpfen.«

»Ich bin keine Nanotechspezialistin, Sir …«

»Ich weiß, aber Sie haben laut Ihrem Lebenslauf Nanotechnologie in mehreren Nebenfächern studiert und sind damit die einzige qualifizierte Person, die im Moment greifbar ist. Caya hat nicht mehr viel Zeit, Doktor. Entweder Sie können ihr helfen oder sie wird sterben.« Sein Gesichtsausdruck verdunkelte sich, aber Laura konnte nicht deuten, warum. Danach zog sich ihr Magen zusammen. Sie war keine verdammte Nanotechspezialistin. Die Zusatzveranstaltungen waren von dem Probanden, dessen medizinische Erfahrungen die Organisation für ihren falschen Werdegang extrahiert hatte, nie besucht worden. Der Kerl war ein Nichtsnutz gewesen. Und selbst wenn: Nanokulturen zu programmieren war eine komplizierte Angelegenheit, für die man normalerweise jahrelange Erfahrung vorweisen musste. Deshalb war sie sich nicht sicher, ob sie dazu in der Lage war. Allerdings schien Spectra davon überzeugt zu sein und sie konnte seinen Wunsch nicht ablehnen, wenn sie ihre Tarnung nicht gefährden wollte.

»Wann werden wir Bas Tortua erreichen, Sir?«

»In wenigen Stunden …«

»Ich werde mich in mein Quartier zurückziehen und mein Wissen etwas auffrischen. Bitte informieren Sie mich rechtzeitig, bevor wir Anis Thorvas Basis erreichen. Ich will keine Zeit verlieren.«

»Natürlich, Doktor.«

Laura nickte, stand auf und verließ den Empfangsraum. Ihr Herz raste. Sie hetzte zu ihrem Quartier, loggte ihre mobile Komm-Einheit ins System der Ruthless und startete einen Bot, der nach allem in der Cloud der Union suchte, was es zu dem komplizierten Thema zu finden gab. Laura knackte die Subsysteme einiger hochangesehener Fakultäten und Forschungszentren, kopierte unzählige Akten und bereitete daraus einen Datenmenge auf, mit der sie umgehen konnte. Im Grunde war es zu viel, aber sie wollte kein Risiko eingehen und sich optimal auf die Aufgabe vorbereiten.

Anschließend legte sie sich aufs komfortable Bett, schloss ein dünnes Kabel ans Gerät an und steckte dessen Ende in eine hinter ihrem Ohr versteckte, winzige Buchse. Sie schloss die Augen und startete die Datenübertragung.

Nach zwei Stunden wurde sie von einem Signalton geweckt. Sie setzte sich benommen auf, unterbrach die Übertragung und nahm die Nachricht entgegen.

»Wir erreichen Bas Tortua in zwanzig Minuten, Doktor«, erklang Spectras Stimme aus den Lautsprechern des Quartiers. »Bitte machen Sie sich fertig. Wir werden bereits erwartet.«

Laura deaktivierte das Kommsystem, streckte ihren Rücken durch und zuckte zusammen, als ein stechender Schmerz, ausgehend von ihrem Schädel, über ihr Rückgrat nach unten fuhr. Mehrere Echos der Datenübertragung hallten durch ihren Kopf und erschwerten es ihr, sich auf die Realität konzentrieren zu können. Im Grunde war nach einer derart intensiven Übertragung von Wissen eine Pause von mehreren Stunden notwendig, um sich erholen und die Überreizung verarbeiten zu können, aber diesen Luxus konnte sie sich nicht leisten. Stattdessen setzte sie auf ein starkes Schmerzmittel und hoffte, dass sie genug Fachwissen absorbiert hatte, um dem Mädchen helfen zu können. Das Display auf ihrer mobilen Komm-Einheit zeigte an, dass sie fünfundneunzig Prozent aus dem Pool an Daten aufgenommen hatte. Das musste reichen.

Sie packte ihre Sachen zusammen, zog den Griff aus dem Koffer und verließ wankend das Quartier.

Draußen strich eine warme Brise über ihr Gesicht. Am Horizont war bereits die Silhouette Bas Tortuas zu sehen. Die Basis war auf zwei hohen Riffplateaus errichtet worden, die durch eine gewaltige Plattform miteinander verbunden waren. Das Zentrum befand sich in vielleicht fünfzig Metern Höhe, der Hafen lag achtunddreißig tiefer. Hin und wieder blitzten durch Sonnenstrahlen hervorgerufene Glanzlichter auf, die den Ruf von unbegrenztem Reichtum, der im Zentrum und im Süden Crestins gewöhnlich für Neid und Missgunst sorgte, unterstrichen. Im Hafen ankerten über hundert Piratengleiter, die alle unter derselben Signatur fuhren und zu den Sandwölfen gehörten, die Anis Thorvas Befehl unterstanden. Ein deutlicher Hinweis darauf, wer hier das Sagen hatte. Beim Anblick der offen zur Schau gestellten militärischen Stärke, hegte Laura keinen Zweifel daran, dass selbst die Union samt Liga hier nicht mehr allzu viel zu bestimmen hatten, wenn es hart auf hart kommen würde. Allerdings würden manche der anderen Thrill-Gruppen den Besatzern nicht viel entgegenzusetzen haben, weshalb sie verstehen konnte, dass deren Mitglieder den Status quo aufrechterhalten wollten.

Spectra stellte sich neben sie und rümpfte die Nase. Er schien nicht begeistert zu sein, Anis Thorvas Territorium betreten zu müssen und warf einem Wachturm, der auf einem Riff in der Nähe errichtet worden war, einen missmutigen Blick zu. Das ganze Gebiet war mit einem dichten Netz Wachposten überzogen, um Eindringlinge schon möglichst früh entdecken zu können.

»Beeindruckend, nicht wahr?«, provozierte Laura den Magistrat und nickte in Richtung Bas Tortuas, dessen Anlagen und Gebäude immer deutlicher zu erkennen waren.

»Beeindruckend inwiefern?« Spectra sah sie verwirrt an. »Nur, weil ein unbedeutender Thrill es geschafft hat, ein Sammelbecken für den Abschaum des Nordens zu schaffen, hat das nicht unbedingt etwas mit Größe zu tun.«

Laura hob nur entschuldigend die Schultern. Sie hatte ihre Antwort bezüglich des Verhältnisses zwischen Spectra und Thorva bekommen und legte zufrieden den Kopf in den Nacken, um die Luft tief einzuatmen. Kurz darauf sah sie den Magistrat wieder an und stellte eine weitere Frage.

»Darf die Ruthless in den Hafen einfahren?«

»Und selbst wenn, wäre ich mir nicht sicher, ob ich diesen Akt der *Gastfreundschaft* riskieren würde«, erwiderte er trocken. »Das sind Thrillpiraten, Doktor. Die würden Sie für wenige Kredite in der Wüste verschwinden lassen, vergessen Sie das nicht.«

»Das werde ich nicht, Sir. Ich will nur wissen, wie Sie zu Anis Thorva stehen, um mich entsprechend verhalten zu können und ...«

»Ich habe nichts mit ihm zu schaffen«, unterbrach Spectra sie, als ob sie ihn persönlich beleidigt hätte. »Machen Sie einfach Ihren Job und halten Sie sich aus allen anderen Dingen raus, verstanden?«

»Natürlich, Sir«, ruderte sie zurück. »Wie Sie wollen.«

Spectra schien sich mit ihrer Antwort zufriedenzugeben und konzentrierte sich wieder auf den Hafen, aus dem einige Gleiter ausliefen.

»Dort kommt unser Empfangskomitee.« Er aktivierte die Komm-Einheit am Arm. »Captain! Gehen Sie in der Nähe des Riffs nordöstlich von uns vor Anker. Errichten Sie einen angemessenen Sicherheitsbereich und stellen Sie Patrouillen zusammen, die unsere Umgebung im Auge behalten. Sorgen Sie außerdem dafür, dass unsere Scouts die Riffe besetzen.«

»Aye, Sir!«

Laura konnte einen größeren Jagdgleiter erkennen, der sie von der Form und der Bewaffnung her an die Hawk erinnerte, sowie sechs Kampfgleiter der Predator-Klasse.

»Das ist die Scorpion«, beantwortete Spectra ihren fragenden Blick. »Ein gekaperter Unionsgleiter, den Anis zu seinem persönlichen Affront gegen die Union gemacht hat.«

»Inwiefern?«

»Er hat ihn einem bekannten Unionscaptain abgenommen, auf den viele Politiker in Mog Anun während der Thrill-Kriege ihre Hoffnungen gesetzt hatten. Der Mann und sein Gleiter waren eine Legende bei den Soldaten der Union gewesen. Er hatte den Männern Hoffnung und Motivation gegeben, als sie diese am dringendsten gebraucht hatten. Es war eine sehr dunkle Zeit damals. Die Kriege gingen dem Ende zu. Beide Seiten waren geschwächt, aber die Union wollte unbedingt die moralische Oberhand behalten. Ihre Propagandaabteilung benutzte den Kriegshelden für ihre Zwecke und errichtete einen Mythos aus Halbwahrheiten und Heldentaten, um die Moral der Thrill niedrig zu halten. Der Mann hatte im Laufe seiner Dienstzeit einen Rekord an Abschüssen verzeichnen können und ließ keine Gelegenheit aus, sich damit vor den Abgesandten der Thrill zu brüsten. Seine Geschichten verbreiteten sich vor allem im Norden, in den sich die Vertriebenen zurückgezogen hatten, wie Legenden. Die Piraten wurden eingeschüchtert, ihr Selbstbewusstsein geschmälert – bis Anis den Helden der Union mit einem alten Kahn überlisten konnte. Er machte den Mann vor der gesamten Bevölkerung Crestins lächerlich und verkehrte den Mythos ins Gegenteil. Nun war er der Held und die Streitkräfte der Union die Eingeschüchterten. Kurz darauf wurde der Vertrag von Bas Aires geschlossen, da die Union weiteren militärischen Handlungen aus dem Weg gehen wollte. Ihre Ressourcen waren erschöpft, ihre Soldaten müde.« Er sah Laura mit funkelnden Augen an. »Aber das ist heute nicht mehr der Fall.« Er reichte ihr die Hand. »Kommen Sie. Wir sollten zur Rampe gehen.«

Einige Minuten später setzten sie auf die Scorpion über und wurden nach Bas Tortua gebracht. Eine kleine Delegation nahm sie in Empfang und führte sie durch die Hafenanlage, bis sie einen der Aufzüge erreichten, der sie nach oben zum Zentrum der Basis brachte. Von dort ging es mit einem geräumigen City-Speeder weiter durch die Straßen Bas Tortuas', in denen sich Händler, Schmuggler und Piraten dicht an dicht drängten. Es roch nach allen möglichen exotischen Gerichten, Gewürzen und Getränken, die in kleinen Läden angeboten wurden und sich bei den Kunden größter Beliebtheit erfreuten. Die Thrillpiraten waren an auffälligen hellen, mit einem roten Zeichen versehenen Armbinden zu erkennen. Sie waren überall anzutreffen und hielten die mehr als zweifelhaften Händler und Opportunisten unter Kontrolle, während diese ihren Geschäften nachgingen.

Auf einer Art Marktplatz im Zentrum der Basis waren mehrere verfaulende Leichen ausgestellt, um die Anwesenden zu erinnern, wer hier das Sagen hatte und welche Konsequenzen drohten, wenn man sich nicht an die Regeln hielt. Einige Übeltäter baumelten an Galgen aus Trivistahl, anderen waren die Köpfe abgeschlagen und an Positionen ausgestellt worden, wo sie nicht übersehen werden konnten. Die übelsten Verbrecher aber hatte man an Konstruktionen gekreuzigt, die die Form eines ›T‹ hatten. Man hatte ihnen schwere Wunden zugefügt und sie sterbend den Aasfressern Crestins zum Fraß vorgeworfen. Sobald die Sonne untergegangen war, zerhackten die gewaltigen Tiere die Delinquenten bei lebendigem Leib, fraßen deren Eingeweide und blendeten sie, indem sie ihre Augäpfel herauspickten. Tagsüber waren die Todgeweihten der Hitze und den Insekten ausgesetzt, die Eier in die offenen Wunden legten und sich von ihrem Blut ernährten. Ob sie nun von den Aasfressern oder der Sonne getötet wurden: der Weg bis zum letzten Atemzug war stets steinig und schmerzhaft.

»*Tresh da Tresh*«, erklärte Spectra, der Lauras Blick gefolgt war. »Aas zu Aas. Eine alte Tradition der Thrill, um

Kriminelle zu bestrafen. Barbarisch und überholt, aber der Klientel angemessen, fürchte ich.«

Laura musste den Blick abwenden und konzentrierte sich stattdessen auf das große Gebäude vor ihnen, das hinter dem Marktplatz in den Himmel ragte. Es bestand aus drei ineinander verlaufenden Kuppeln, die im Zentrum der Plattform errichtet worden waren, welche die Plateaus der Riffe miteinander verband. Eine Konstruktion aus Plast und Trivistahl, die den Reichtum Bas Tortuas in die ganze Welt hinausschrie und damit Glücksritter und Opportunisten anlockte, die ihr Leben finanziell verbessern wollten und bei der Wahl ihrer Mittel nicht allzu zimperlich waren. Die Basis wurde – je nachdem, in welchem Teil Crestins man sich aufhielt – bewundert, beneidet oder gefürchtet. Sie galt als Wall der Thrill gegen die Besatzer und damit als Zeichen der Hoffnung, und wurde im gleichen Atemzug als Höllenloch bezeichnet, das man besser heute als morgen ausräuchern sollte.

Das Areal wurde von Mitgliedern der Sandwölfe bewacht, die Laura und Spectra in den Empfangsbereich begleiteten. Von dort wurden sie nach oben in die privaten Gemächer Anis Thorvas geführt, der sich bis jetzt nicht hatte sehen lassen. Ob dies als unhöflich zu werten war, interessierte Laura nicht. Sie wollte so schnell wie möglich wieder weg, um ihre Mission abschließen zu können, auch wenn der Gedanke sie ängstigte, da ihr derzeitiges Leben dann ebenfalls ein Ende finden würde.

Laura wurde zu einem Quartier geführt, das sehr komfortabel eingerichtet war: ein Teppich, ein richtiges Bett, Schränke, ein Schreibtisch, ein geräumiges Bad. Da sie diese Annehmlichkeiten nicht gewohnt war, schenkte sie ihnen keine große Beachtung. Stattdessen legte sie ihren weißen Kittel an, schob ihren Koffer unters Bett und hoffte, dass sich niemand daran zu schaffen machen würde.

Zehn Minuten später wurde sie von zwei bewaffneten Thrill abgeholt, die sie durchs Anwesen führten, bis sie ein großes rundes Schott erreichten. Einer der Sandwölfe meldete Laura über das Display der Kontrolleinheit an und wartete, bis sich das Schott öffnete. Danach schoben sie Laura wortlos ins luxuriös ausgestattete Lazarett, wandten sich um und verschwanden in einem der Gänge.

In dem großen Raum war es düster. Die Stille wurde von unzähligen Signaltönen durchbrochen, die in regelmäßigen Abständen erklangen, um die Ärzte über den Zustand der Patientin zu informieren. Das Mädchen lag in einem Krankenbett, das an einer der Wände in Hüfthöhe schwebte. Die Liege wurde von mehreren Displays, Monitoren und Überwachungseinheiten umringt, deren Anzeigen im Zwielicht leuchteten und die Dunkelheit etwas verdrängten. Von den Geräten gingen unzählige Schläuche ab, die unter der leichten Decke verschwanden, welche die Patientin verhüllte. Auf einer Ablage an der Wand waren mehrere Becken aufgebaut, die anscheinend Nährlösungen enthielten, in denen verschiedene Nanokulturen für das Mädchen gezüchtet wurden. Daneben befanden sich die dazugehörigen Kontrollsysteme, mit denen die Nanobiten programmiert werden konnten. Laura atmete bei dem Anblick tief ein und konzentrierte sich wieder auf Thorvas Ziehtochter.

Sie war vielleicht sechzehn oder siebzehn Jahre alt. Auf ihrem hübschen Gesicht hatte sich ein dünner Schweißfilm gebildet. Ihre verschwitzten platinblonden Haare klebten in dicken Strähnen an ihrer Stirn. Sie hatte tiefe Augenringe und wirkte ausgezehrt. Das deutlichste Zeichen für ihren schlechten Zustand aber waren ihre Tätowierungen, die stumpf wirkten und kaum noch zu sehen waren. Ihre Brust hob und senkte sich nur unmerklich, ihre Atemgeräusche klangen rasselnd und nass.

Laura fand den Anblick des Mädchens niederschmetternd. Sie war jung und hübsch und hatte noch nicht mal angefangen, richtig zu leben und aufzublühen. Stattdessen lag sie in ihrem eigenen Schweiß und wurde durch medizinische Maßnahmen am Leben gehalten, die ihren Kampf gegen den Tod unterstützten und den finalen Moment hinauszogen, solange es eben möglich war.

Während ihr Blick wie paralysiert auf dem Mädchen lag, lief ihr ein kalter Schauer über den Rücken. Im Grunde war ihre eigene Situation nicht besser. Der einzige Unterschied war, dass sie nach ihrem *Tod* ein neues fremdbestimmtes Leben beginnen musste. Sie würde sich anpassen, einleben und Dinge erledigen, die Secoma von ihr verlangte, um letztendlich wieder alles aufgeben zu müssen und ins nächste Leben zu tauchen. Ein Kreislauf, in dem sie seit Jahren gefangen war. Aber im Gegensatz zu Thorvas Ziehtochter hatte sie wenigstens noch die Möglichkeit, etwas an ihrer Situation zu ändern. Denn die Kleine würde nach ihrem Tod einfach zu Staub zerfallen und für immer aus der Geschichte Crestins getilgt werden – als ob sie nie existiert hätte.

Während sie über diese Dinge nachdachte, fiel ihr der Name des Mädchens wieder ein. Spectra hatte ihn erst vor kurzem während eines Gesprächs erwähnt.

Laura schob behutsam die Decke ein Stück zur Seite und strich über die extrem kalte Hand der Patientin. Zuerst wollte sie ihre Finger erschrocken zurückziehen, aber sie widerstand dem Reflex, setzte sich an den Rand des Bettes und umklammerte die bläulich schimmernde Hand.

»Caya?« Lauras Stimme glich einem vorsichtigen Flüstern, als ob sie Angst hatte, das Mädchen aus einem süßen Traum zu wecken.

Nichts geschah.

»Caya ..?«

»Sie kann Sie nicht hören«, erklang eine lauernde Stimme. Laura zuckte zusammen und hob erschrocken den Kopf. In einer dunklen Ecke des Lazaretts regte sich etwas. Laura konnte eine männliche Silhouette erahnen, die in einem Sessel saß und sie anzustarren schien.

Die Tätowierungen im Gesicht des Thrill schimmerten unmerklich in der Dunkelheit, genau wie seine roten Augen, die sie unablässig musterten. Die platinblonden Haare schienen unter einer dunklen Kapuze versteckt zu liegen, weshalb er Laura nicht weiter aufgefallen war, als sie den Raum betreten hatte. Der Anblick Cayas hatte sie so in den Bann gezogen, dass sie ihre Umgebung ganz aus den Augen verloren hatte. Dieser Umstand bescherte ihr einen kalten Schauer, bewies er doch, dass sie in letzter Zeit nicht ganz bei der Sache war. Und eine Agentin, die sich nicht mehr auf ihre Fähigkeiten verlassen konnte, würde früher oder später ein unschöner Tod ereilen. Sie schüttelte den unwillkommenen Gedanken ab und konzentrierte sich wieder auf den Thrill.

»Anis Thorva?«

»Aye …«

»Warum haben Sie sich nicht zu erkennen gegeben?«

»Ob ich hier sitze oder nicht, macht keinen Unterschied, Doktor«, erwiderte er mürrisch. »Ich kann ihr ohnehin nicht helfen. Stattdessen bin ich dazu verdammt, ihr beim Sterben zuzusehen.«

»Aber Sie könnten ihr wenigstens beistehen«, entgegnete Laura. »Ihre Nähe wird ihr …«

»Das Sterben erleichtern?«, unterbrach er sie verächtlich. »Sie scheinen meine Intention nicht verstanden zu haben: Ich will nicht, dass sie stirbt.«

»Und deshalb meiden Sie den Kontakt zu ihr?« Sie sah ihn fassungslos an. »Wussten Sie, dass Patienten, die sich in einem komatösen Zustand befinden, durch die Nähe zu Vertrauenspersonen leichter zurück ins Leben geholt werden können? Abgesehen davon sollte niemand alleine sterben müssen.« Laura funkelte ihn herausfordernd an. »Sie sollten Ihre Einstellung noch mal überdenken, Sir.«

»Kümmern Sie sich einfach um sie.«

»Ich werde alles tun, was in meiner Macht steht«, versicherte Laura entschlossen. »Aber die Infektion ist bereits weit fortgeschritten.« Sie schob die Decke ein Stück zur Seite und deutete demonstrativ mit dem Finger auf die gelblich verfärbten, mit dunklen Pusteln übersäten Stellen an Cayas Seite, die nur durch ihre hervorstehenden Rippen unterbrochen wurden. »Ihre Chance zu überleben ist nicht groß …«

Thorva senkte den Blick und atmete scharf aus.

»… aber groß genug, um es zu versuchen«, fuhr Laura fort. »Nichtsdestotrotz braucht sie Ihren Beistand. Ihre Nähe würde sie beruhigen.«

»Ich kann nicht …«

»Sie müssen.«

»Ich ertrage ihren Anblick nicht.« entgegnete er stur. »Sie war ein lebhaftes Mädchen. Ihr ganzes kurzes Leben lang. Sie so zu sehen bricht mir das Herz.«

»Ihr Selbstmitleid hilft ihr aber nicht weiter«, wandte Laura ein. »Und sie lebt noch. Es ist zu früh, in der Vergangenheit von ihr zu sprechen.«

Anis senkte betreten den Kopf und legte sein Gesicht in

die Hände. Einen Augenblick später funkelte er Laura wieder an.

»Geben Sie einfach Ihr Bestes, Doktor.«

»Das werde ich«, erwiderte sie entschlossen. »Wo ist Magistrat Spectra? Ich brauche einige der medizinischen Geräte aus dem Lazarett der Ruthless.«

»Meine Sandwölfe werden Ihnen besorgen, was immer sie auch benötigen.«

»Das beantwortet nur einen Teil meiner Frage. Wo ist Spectra?«

»Er ist mein Gast«, erwiderte Thorva lauernd. »Das muss Ihnen vorerst als Antwort genügen. Solange Sie Caya am Leben halten, wird er es auch bleiben, verstanden?«

»Wie meinen Sie das?« Laura glaubte, sich verhört zu haben. Hatte Thorva tatsächlich Olyn Spectras Leben bedroht?

»Da der Bastard für ihren Zustand verantwortlich ist«, fauchte er, während er sich erhob und auf Caya zeigte, »wird er auch ihr Schicksal teilen. Vergessen Sie das nicht, wenn Sie *Ihr Bestes* geben.«

Anis Thorva wandte sich ab und ging entschlossen an Laura vorbei zum Schott. Sein schwarzer Umhang flatterte in der energischen Bewegung wie eine Kreatur aus einem Albtraum im Zwielicht, die sich an seinem Körper festklammerte, um sich an seiner Wut und dem Hass zu nähren.

Laura sah ihm nach, bis sich das Schott zischend hinter ihrem Gastgeber geschlossen hatte. Danach atmete sie scharf aus und konzentrierte sich wieder auf Caya, deren Lider unmerklich flatterten.

Laura hatte die gegenseitige Abneigung des Magistrats

und des Anführers der Sandwölfe unterschätzt. Dass diese auch das Ableben eines der beiden nach sich ziehen könnte, hätte sie niemals für möglich gehalten. Ihre eigene Aufgabe wurde dadurch nicht einfacher, aber sie verdrängte die alarmierenden Gedanken und konzentrierte sich wieder auf das Mädchen, das sie mit seinen großen glänzenden Augen hilfesuchend anstarrte.

»Schneller, verdammt!« Mel starrte fassungslos auf die fünf Quader, die ihren Abstand zur Hawk stetig vergrößerten. »Sie hängen uns ab!«

Roony sah ihn skeptisch an und hielt den Navigationsoffizier kopfschüttelnd davon ab, Mels Wunsch nachzukommen. Der Captain wirkte, als ob er ihm etwas befehlen wollte, aber wegen seines desolaten Zustands darauf verzichtete. Stattdessen ließ er vier Stealth-Torpedos abfeuern, die den Gleitern der Söldner fast lautlos in die Dunkelheit folgten.

Mels Körper zitterte vor Schmerzen und den Bemühungen seiner Nanobiten, die unzähligen Prellungen, Schnitte und angebrochenen Knochen zu reparieren. Er musste sich auf einer Konsole der Brücke abstützen, um den Bewegungen der Hawk nicht nachzugeben und sich einigermaßen aufrecht halten zu können. Hollister hatte ihn, nachdem er ihn im letzten Moment vom feindlichen Wrack geborgen hatte, direkt aufs Deck der Hawk gebracht. Danach hatte Roony die wie aus dem Nichts aufgetauchten Kampfgleiter verfolgt und unter Feuer genommen, bis sie den Wirkungskreis der Waffensysteme verlassen hatten. Während der Jagd hatten die Söldner mehrere Drohnen, unzählige Raketen und am Ende sogar die Scanbees vom Himmel geholt. Roony hatte sie mit allem eingedeckt, was der Jagdgleiter zur Verfügung hatte, aber sie hatten routiniert zusammengearbeitet und alle Attacken erfolgreich abgewehrt. Nach einer Stunde hatten sie sich mit der Sudden Death vereint, um Richtung Grenze zu flüchten. Die Kampfgleiter waren aufgrund ihres Designs und des geringeren Gewichts um ganze fünf Knoten schneller als die Hawk. Und dieser lächerlich kleine Unterschied würde dafür sorgen, dass die Bastarde entkommen würden. Zusammen mit Lin.

Einige Sekunden später waren vier gewaltige Lichtblitze am dunklen Horizont zu sehen. Die folgenden Detonationen hörten sich dumpf und weit entfernt an. Ob die Torpedos vernichtet wurden oder diese ihre Ziele getroffen hatten, war aus Mels Position nicht zu bestimmen. Allerdings verblassten die Quader kurz darauf.

»Haben sie es geschafft?«, wollte Roony vom Navigationsoffizier wissen.

Der Mann nickte niedergeschlagen.

»Dann ist es vorbei …«

»Aber wir müssen sie verfolgen, Captain!«, wandte Mel aufgebracht ein. »Sie haben Lin!«

»Und den Botschafter«, erwiderte Roony tadelnd. »Und trotzdem ist es uns nicht erlaubt, in Callen Sempas Territorium einzudringen.«

»Aber wir …«

»Es gibt kein ›Aber‹, Sergeant«, unterbrach Roony ihn. »Finden Sie sich damit ab. Ich werde versuchen, Lord Banda und Magistrat Spectra zu kontaktieren. Einer der beiden wird wissen, wie wir weiter vorgehen werden. Wir dürfen nicht vergessen, dass wir keinen Krieg anzetteln, sondern einen eventuellen verhindern sollen, verstanden?«

Aber Mel wollte nicht einsehen, dass er verloren hatte. Nicht jetzt. »Was ist mit den Scouts? Ich könnte mit Hollister und einem kleinen Team das Grenzgebiet infiltrieren. Als Ghost bin ich diese Situationen gewohnt. Ich könnte …«

»Vergessen Sie's, Sergeant«, unterbrach Roony ihn erneut. »Es tut mir wirklich leid, aber in diesem Fall sind mir die Hände gebunden. Ich kann nicht riskieren, Callen Sempa den Grund zu geben, auf den er seit Jahren wartet. Wir können uns der Grenze nähern, aber wir werden sie nicht übertreten.« Er sah ihn ernst an. »Denken Sie an Ihre Rehabilitation, Junge. Wenn Sie jetzt Mist bauen, wird sie Ihnen vielleicht verwehrt. Dann haben Sie zehn Jahre lang umsonst den Kopf für die Union hingehalten. Das ist es wirklich nicht wert.«

Mel schlug vor Wut gegen die Konsole. Das durfte einfach nicht wahr sein. Er hatte es nicht geschafft, den verdammten Söldner aufzuhalten, obwohl er die Chance dazu gehabt hatte. Der Drecksack war clever und äußerst risikobereit. Dinge, die Mel im Grunde an Soldaten schätzte. Allerdings hatten sich die Prioritäten innerhalb der letzten Stunden für ihn verschoben. Er wusste, dass es falsch war, die Handlungen des Söldners persönlich zu nehmen. Aber er konnte nichts gegen den aufsteigenden Hass machen, der sich langsam in ihm breitmachte. Wenn der Bastard Hand an Lin legen würde, würde er es den Rest seines Lebens bereuen und dann …

Mel schalt sich für die dummen Gedanken und versuchte, sie abzuschütteln, bevor sie endgültig Besitz von ihm ergreifen konnten. Vergeltungsfantasien würden niemandem weiterhelfen und die Sache am Ende nur verschlimmern. Er erinnerte sich an die Grundlagen seiner Ausbildung und kam langsam wieder zur Ruhe.

»Lassen Sie sich erst einmal verarzten, Sergeant«, befahl Roony, während er ihn skeptisch musterte. »Sie sehen aus, als ob sie einen medizinischen Scan brauchen könnten. Sobald ich etwas Neues erfahre, werde ich Sie es wissen lassen. Versprochen. Specialist Hollister?«

»Sir?« Der große, stämmige Mann trat vor und strich sich beiläufig über den rotbraunen Vollbart, der ihm bis auf die Brust reichte. Seine Glatze war unter einem olivfarbenen Barret verborgen.

»Bringen Sie den Sergeant zum Lazarett und sorgen Sie dafür, dass er dort auch ankommt, verstanden?«

»Natürlich, Sir!«

Hollister umklammerte Mels Oberarm und zog ihn mit sich, bis sie die Brücke verlassen und den Korridor erreicht hatten, der sie zum Lazarett bringen würde.

»Sie können mich jetzt loslassen, Specialist.«

»Kann ich das?«, entgegnete er lauernd. »Was ist, wenn Sie mir Schwierigkeiten machen?«

»Sehe ich so aus, als ob ich Ihnen Schwierigkeiten machen könnte?«

»Wollen Sie die Wahrheit hören?«

Mel nickte und hielt dem funkelnden Blick Hollisters stand.

»Sie könnten mir sogar Schwierigkeiten machen, wenn Sie blind und mit zwei gebrochenen Beinen auf einer verschissenen Trage festgeschnallt liegen würden.« Er sah ihn finster an und verzog den Mund anschließend zu einem breiten Grinsen. »Das ist wohl auch der Grund, warum ich Sie einigermaßen leiden kann, Sarge.«

Mel atmete erleichtert auf.

»Freuen Sie sich nicht zu früh, Kumpel«, dämpfte er Mels aufkommende Hoffnung. »Im Moment haben Sie keinen klaren Kopf, deshalb werde ich Roonys Befehl brav ausführen, verstanden? Wenn Sie wieder runtergekommen sind und sich unter Kontrolle haben, können wir darüber reden, einen spontanen Ausflug in Sempas Territorium zu unternehmen. Allerdings sicher nicht vorher.« Mel wollte etwas erwidern, aber Hollister redete einfach weiter. »Das ist mein letztes Wort. Sie können mich nicht davon abbringen, also versuchen Sie es erst gar nicht. Spart Ihnen und mir eine Menge Zeit und Nerven.«

»Wie Sie wollen«, erwiderte er zähneknirschend. »Dann bringen Sie mich endlich ins Lazarett. Ich hab nicht die ganze Nacht Zeit.«

Hollister grinste und schob Mel vor sich her, bis das Schott zum medizinischen Bereich auftauchte. Der Gang war mit Verwundeten der vorangegangenen Auseinandersetzung überfüllt. Die Marines lagen, je nach Grad der Verletzung, auf Schwebetragen und auf medizinischen Matten am Boden. Einige saßen an die blutverschmierten Wände gelehnt und warteten auf ihre Behandlung. Mel kam sich deplatziert unter den teilweise wirklich schwer verwundeten Männern vor, aber Hollister bestand darauf, ihn von einer medizinischen Assistentin untersuchen zu lassen. Während rundum die OP-Einheiten ohne Unterbrechung operierten, veranlasste die junge Frau einen mobilen Scan, verglich die Daten mit seiner elektronischen Akte und bestätigte, dass er keine lebensbedrohlichen Wunden davongetragen hatte. Auf die Frage, wo Doktor Bricks oder Ivy Pulsa sich aufhielten, konnte sie ihm allerdings keine Antwort geben. Mel fluchte, stand auf und suchte den medizinischen Bereich ab, aber er konnte weder die Ärztin noch deren Assistentin finden. Die Wahnvorstellung auf der Brücke des feindlichen Gleiters hatte sich so echt angefühlt, dass er seinen Zustand nicht mehr verleugnen konnte. Deshalb hatte er sich entschieden, Doktor Bricks reinen Wein einzuschenken. Sie hatte ihm angeboten, entsprechende Maßnahmen zu ergreifen, falls er von Halluzinationen heimgesucht werden würde, und er fand, dass es an der Zeit war, ihr Angebot anzunehmen. Allerdings ging es im medizinischen Bereich im Moment drunter und drüber und Mel beschloss, dass er sein Geständnis wohl oder übel auf später verschieben musste. Die Ärztin war im Moment sicher schwer beschäftigt, weshalb er sie nicht ausrufen lassen und auch noch mit seinen Problemen belasten wollte.

Hollister brachte ihn zu seinem Quartier und postierte sich vor dem Schott, worauf Mel die Augen verdrehte, sich in den Raum schleppte und ein paar Minuten später die Sanitärkabine aufsuchte. Das Duschen war eine Qual, die nur vom Anlegen des neuen Kampfanzuges übertrumpft wurde. Sein Körper brannte vor Schmerzen und verlangte protestierend nach Ruhe. Aber Mel hatte Angst vor den dunklen Gedanken, die ohne Zweifel auf ihn hereinbrechen würden, sobald er nichts mehr zu tun hatte und die Augen schloss. Deshalb war er froh, als Roony ihn einen Augenblick später auf die Brücke kommandierte. Hollister spielte erneut den Aufpasser und lieferte ihn fünf Minuten später beim Captain ab.

Roony nahm Mel in Empfang und sah ihn skeptisch an. »Haben die Scans etwas ergeben, Sergeant?«

»Nein, Sir. Ich wollte Doktor Bricks bitten, selber einen Blick darauf zu werfen, aber ich konnte sie nicht finden.«

»Doktor Bricks wurde vorübergehend auf die Ruthless abkommandiert. Ich dachte, Sie wüssten das.«

»Aber wer wird den Einleitungsprozess abschließen, Captain?«, fragte Mel verwirrt. Die Ärztin hatte ihm versprochen, den verdammten Prozess persönlich zu überwachen. Aber wenn sie sich gar nicht auf der Hawk aufhielt, konnte sie weder ihr Versprechen halten noch etwas gegen die verdammten Halluzinationen unternehmen.

»Sie hat Miss Pulsa instruiert, bevor sie auf Magistrat Spectras Gleiter übergesetzt ist. Alles wird wie geplant verlaufen.«

Mel akzeptierte Roonys Antwort fürs Erste und beschloss, die medizinische Assistentin so schnell es ging aufzusuchen. Vielleicht war sie clever genug, etwas gegen die Wahrnehmungsstörungen zu unternehmen. Immerhin schien die Ärztin viel von ihr zu halten und auch Mel hatte sie als sympathisch und aufgeweckt kennengelernt.

»Sergeant?«

»Sir?«

»Würden Sie sich das bitte ansehen?«

Mel ging zum Captain, der vor einem Terminal stand und die Benutzeroberfläche eines Programms auf die Innenseite einer Plastscheibe projizierte. Kurz darauf erschienen die Gesichter mehrerer Männer.

»Sehen Sie sich die Kerle genau an.«

»Sind das die Suchergebnisse des Abgleichs der Videodateien?«

»Das ist korrekt«, erwiderte Roony. »Unser System hat mehrere Ergebnisse ausgeworfen. Diese Männer wurden von den Kameras in Bas Aires und den Sicherheitssystemen der Hawk identifiziert, was bedeutet, dass es sich um die Söldner handeln muss, die uns infiltriert haben.«

»Wie sind sie unbemerkt an Bord gekommen?«

»Das wissen wir noch nicht.« Roony hob entschuldigend die Schultern. »Vermutlich haben sie unser System mit einem komplizierten Trojaner unterwandert.«

Mel nickte und wischte mit dem Finger ein Gesicht nach dem anderen zur Seite, bis er an einem Mann seines Alters hängenblieb: kurze schwarze Haare, geschorene Schläfen, bleiches Gesicht. Das Besondere aber waren die stumpfen, dunklen Augen, die ihn herausfordernd anstarrten.

»Das ist er …« Mel tippte mit dem Finger auf das flackernde Bild. »Das ist der Anführer der Söldner.«

»Sind Sie sicher?«

»Hundertprozentig.«

Roony nickte ihm anerkennend zu und wies einen Techniker an, das Bild des Mannes durch alle bekannten Datenbanken der Union zu jagen.

»Irgendwann muss er Sempas Territorium wieder verlassen. Bis es soweit ist, will ich so viel wie möglich über ihn wissen. Denn ich habe nicht vor, noch einmal gegen ihn zu verlieren, aye?«

»Aye«, stimmte Mel zu.

»Wenn wir den Mistkerl identifizieren könnten, könnten wir vielleicht auch etwas über seinen Auftraggeber herausfinden«, fuhr Roony fort.

»Wollen Sie das wirklich wissen?«

»Warum nicht?«

»Was, wenn Banda dahintersteckt? Was, wenn die Entführung ein Versuch der Union ist, den finalen Krieg gegen die Thrill anzuzetteln?«

»Das Risiko werde ich eingehen müssen, nicht wahr?«

»Das müssen Sie«, erwiderte Mel. »Aber was würden Sie machen, wenn es so wäre?«

»Darüber denke ich nach, wenn es so ist«, winkte er ab. »Im Moment ist mein Ziel, den Botschafter zurückzubekommen. Alles andere ist nur verschwendete Zeit. Machen Sie sich nicht so viele Gedanken über Dinge, die vielleicht eintreten können – oder eben auch nicht.«

»Captain!«, unterbrach der Navigationsoffizier das Gespräch. »Die Grenze ist nur noch vierhundert Meter von unserer aktuellen Position entfernt.«

»Dann stoppen Sie die Maschinen!«, erwiderte Roony ungehalten. »Oder wollen Sie, dass Callen Sempa auf uns aufmerksam wird?«

Der Mann zog den Kopf ein und führte Roonys Befehl aus, worauf die Hawk langsamer wurde und schließlich zum Stillstand kam. Auf den vergrößerten Bildern der Außenkameras waren die Silhouetten der Söldnergleiter deutlich zu sehen, die sich vielleicht fünfhundert Meter hinter der Grenze aufhielten. Die Drecksäcke machten sich über Mel und die anderen lustig. Sie versuchten nicht einmal, sich zu verstecken.

Er biss die Zähne zusammen und starrte wütend auf die schlanken Formen, die sich einigermaßen gegen den dunkelvioletten Horizont abzeichneten. In einer befand sich Lin. Der Gedanke ließ seinen Magen verkrampfen. Er ignorierte das nach oben drängende Gedankenkarussell, atmete fluchend aus und fokussierte die zwei Monde Crestins, die hoch am Himmel standen und wie bleiche Totenmasken auf die Oberfläche des Planeten herabblickten.

»Sie sollten sich noch etwas Ruhe gönnen, Sergeant«, sagte Roony, der Mels Blick gefolgt war. »Gehen Sie in Ihr Quartier. Ich werde Sie benachrichtigen, sobald sich etwas Neues ergibt.«

»Ich bin nicht müde.«

»Das war kein Vorschlag.« Roony sah ihn warnend an. »Gehen Sie einfach.«

Mel verzog den Mund und verzichtete auf einen Kommentar. »Sir …«

Er wandte sich um und machte sich auf den Weg zum Quartier, das sich nicht weit von der Brücke entfernt befand. Auf dem Weg entschloss er sich, ein Beruhigungsmittel im Lazarett zu besorgen, da er nicht wusste, wie er die Zwangspause überstehen sollte, ohne wahnsinnig zu werden.

Er passte den ersten medizinischen Assistenten ab, der ihm über den Weg lief. Der Mann verabreichte ihm einen Medi-Cocktail, dessen Wirkung bei Bedarf schnell neutralisiert werden konnte. Auf seine Frage, wo sich Ivy Pulsa aufhielt, zuckte er nur mit den Achseln und wandte sich wieder einem der Verwundeten zu, die das medizinische Team noch immer an die Belastungsgrenze brachten. Danach war Mel das Areal erneut abgegangen und hatte erfolglos nach der leitenden Assistentin Ausschau gehalten, um die Suche eine halbe Stunde später abzubrechen und in Gedanken versunken zurück zum Quartier zu gehen.

Nachdem er eine Stunde auf der Pritsche verbracht und die graue Decke angestarrt hatte, beschloss er, dass er jemandem von seinem Zustand erzählen musste, bevor er ernsten Schaden anrichtete. Er stand auf und ging zur Konsole seines Quartiers, die über das Subsystem der Unterkünfte mit dem System der Hawk verbunden war. Er öffnete eine Lokalisierungsmaske, gab Ivy Pulsas Namen ein und begründete seine Anfrage mit einer medizinischen Beratung, die er wegen eines akuten Problems in Anspruch nehmen wollte. Danach startete er die Suchroutine, die nur den Bruchteil einer Sekunde lief, bevor sie ein

Ergebnis ausspuckte, das seinen Magen verkrampfen ließ wie schon lange nicht mehr: Der Computer hatte die Assistentin nicht finden können. Ivy Pulsa befand sich nicht an Bord der Hawk.

Olyn saß auf einem handgearbeiteten luxuriösen Sessel, dessen Sitzfläche aus dem Leder eines vom Aussterben bedrohten Wüstenbüffels gefertigt war. Die Urtiere hatten sich, genau wie die Thrill, seit der Besatzung in den Norden zurückziehen müssen, wo sie jeden Tag aufs Neue ums Überleben kämpften und Stück für Stück dezimiert wurden.

Auf dem üppig gedeckten Tisch standen neben unzähligen exquisiten Gerichten eine edle Flasche Wein sowie mehrere exotische Getränke, von denen selbst Olyn noch nie etwas gehört hatte. Wenn Anis Thorva ihm nicht gegenüber gesessen hätte, hätte er das ausufernde Mahl genießen können. Stattdessen befürchtete er, dass jeder Bissen sein letzter sein könnte.

Sie befanden sich auf einer kleinen Terrasse des Anwesens, hoch oben zwischen den Kuppeln. Der Wind kühlte ihre aufgeheizten Gemüter, während tief unter ihnen das geschäftige Treiben ununterbrochen weiterging. Denn Bas Tortua schlief nie. Die Sonnensegel über ihren Köpfen flatterten unmerklich im Wind, während ein Bediensteter seinen Blick kurz über die Gerichte und Getränke schweifen ließ und wieder in einem Durchgang für das Personal verschwand.

Anis Haare waren zu dicken Zöpfen geflochten, die mit einer traditionellen Klammer aus dem Kiefer eines kleinen Raubtiers hinter dem Kopf zusammengehalten wurden.

Die ausgeprägten Wangenknochen verliehen seinem schmalen Gesicht ein bedrohliches Aussehen, das durch die Tätowierungen noch verstärkt wurde. Mehrere Narben durchtrennten die im Licht schimmernden Kunstwerke, die klar aufzeigten, dass sie unterschiedlich aufgewachsen waren und gelebt hatten. Die rötlichen Augen des Thrill fixierten jede Bewegung Olyns, während er sich einige der Köstlichkeiten auf den Teller lud. Das dunkle traditionelle Gewand seines Gastgebers ließ dessen bleiche Haut geradezu leuchten und unterstützte die allgegenwärtige Atmosphäre von Tradition, Kultur und altem Erbe.

Der Anführer der Sandwölfe saß vor einem einfachen Thrill-Gericht und funkelte Olyn hasserfüllt an. »Ich hoffe, die Muscheln sind in Ordnung?«

»Sie sind vorzüglich«, erwiderte er ruhig. »Du solltest eine probieren.«

»Vermutlich würde ich daran ersticken.«

»Wie kommst du darauf?« Olyn sah ihn fragend an, während er das zarte Fleisch eines Krebses genoss.

»Ich bin kein nobler *Herr* wie du«, Anis zeigte mit dem Messer auf ihn und entblößte seine Fänge. »Ich bin nur ein einfacher Thrill, der sich wie alle meine Brüder und Schwestern tagtäglich durchs Leben schlägt. Abgesehen davon kann ich diesem Fraß«, er deutete auf all die Köstlichkeiten, »nichts abgewinnen. Den überwiegenden Teil haben wir aus aufgebrachten Unions- und Ligafrachtern gestohlen. Dieser Dreck hat weder mit unserer Kultur noch mit unserer Geschichte etwas zu tun.« Er prostete Olyn mit einem dunklen zähen Getränk zu, dessen Existenz bereits in alten Sagen und Legenden der Thrill Erwähnung fand. »Aber schön zu sehen, dass es dir schmeckt.«

Olyn musste schmunzeln. »Warum hast du es dann anrichten lassen?«

»Ich wollte dir deinen Aufenthalt so angenehm wie möglich gestalten«, erwiderte er verächtlich. »Dazu gehört auch dieses *Festmahl.*«

»Ist es nicht eher eine Henkersmahlzeit?«

»Und wenn es so wäre«, Anis senkte den Kopf und sah ihn lauernd an, »wäre es die exquisiteste, die jemals ein zum Tode verurteilter Mann bekommen hat.«

Olyn nickte und schenkte sich vom Wein ein. »Warum bringst du es nicht einfach zu Ende?«

Anis schnaubte verächtlich und hob seinen schweren Krug erneut an, um mit ihm anzustoßen. »So einfach kommst du mir nicht davon. Aber ich denke, das weißt du auch. Warum wärst du sonst hier? Nach all den Jahren?«

Olyn genoss den Schaumwein, dessen sprudelnde Frische ihn an so manchen Empfang erinnerte, den er in diesem Anwesen hatte erleben dürfen. Aber das war bereits Jahre her. Seitdem war viel geschehen, von dem er einiges gerne rückgängig gemacht hätte. Vielleicht hatte Anis recht. Vielleicht hatte sein Unterbewusstsein sich entschlossen, die Sache endlich zu Ende zu bringen. All die verschwendeten Jahre des Streits und der schlechten Stimmung zwischen ihnen, die erst durch Caya vor Kurzem ihren Höhepunkt erreicht hatte.

»Das ist mir klar«, erwiderte er und gönnte sich einen weiteren Schluck. »Aber vielleicht bin ich des Streitens müde.«

»Du meinst, du bist des Weglaufens müde«, korrigierte Anis ihn. »Und des Wegsehens und des Weghörens!« Er trank aus und schmetterte den Krug auf den Tisch. »Da du dich aus deinem Elfenbeinturm in Mog Anwar hierher gewagt hast, steckst du in ernsten Schwierigkeiten, nicht wahr?«

»Ich bin hier, weil ich einen Krieg verhindern will, den die Thrill nicht gewinnen können.«

»Seit wann kümmert dich das?«, wandte Anis ein. »Du hast dein ganzes Leben gegen uns gearbeitet. Du hast uns im Namen der Liga immer höhere Zölle abgepresst, du hast uns enteignet, uns unser Land und unsere Minen genommen, uns entwaffnet und geholfen, den größten Teil von uns in das verdammte Reservat jenseits der Grenze zu deportieren!«

»Ich wollte euch beschützen …«

Anis begann laut zu lachen. *»Beschützen?* Indem du den kläglichen Rest unseres einst so stolzen Volkes auf den ressourcenreichsten Sektor im Norden verbannt hast?«

»Die Bodenschätze konnten damals nicht abgebaut werden. Erst mit der neuentwickelten Extraktionstechnik sind wir in der Lage, das Toradium auch aus den tieferen Schichten zu gewinnen. Das konnte damals niemand vorhersehen.«

»Eine Entwicklung, an der du maßgeblich beteiligt warst, nicht wahr?«

»Ich konnte nicht anders. Die Union hat mich unter Druck gesetzt.«

»Schön, dass du auch für diese Nachlässigkeit einen Schuldigen gefunden hast«, unterbrach Anis ihn. »Hauptsache, du stehst nie selber auf der Bühne, wenn das Licht angeht!«

»Das ist nicht fair«, konterte Olyn. »Wir haben alle ein Umfeld, in dem wir funktionieren müssen. Sonst werden wir ausgewechselt und durch andere ersetzt. Das weißt du genau.«

»Aber wir können uns dieses Umfeld aussuchen!«

»Nicht alle!« Olyn hatte langsam genug von all den Anschuldigungen. Ja, er hatte Fehler gemacht. Aber nichts würde durch das ständige Vorhalten derselben besser werden.

»Du hättest jederzeit gehen können!«, wandte Anis ein. »Aber du hast dich entschieden, zu bleiben. Du hast dich auf unsere Kosten nach oben gearbeitet. Du hast dein Wissen benutzt, um der zu werden, der du heute bist. Das Fundament deiner Position wurde mit unserem Blut gelegt!«

»Aber nur wegen meiner Position kann ich diesen Krieg vielleicht verhindern. Warum willst du das nicht einsehen!«

»Es wird keinen Krieg geben«, winkte Anis ab. »Niemand wird freiwillig auf all die Kredite verzichten, die dieser *Frieden* mit sich bringt. Die Unterzeichnung dieses lächerlichen Vertrags wird nur pro forma durchgeführt. Ob der miese Schauspieler Roak in der Wüste verfault oder nicht, macht keinen Unterschied.«

»Das ist *deine* Meinung. Aber es gibt mächtige Kriegstreiber auf beiden Seiten, die die Thrill in den Abgrund stürzen würden, um ihren Willen durchzusetzen.«

»Hörensagen, Gerüchte, Märchen«, entgegnete Anis. »Ob die Union genügend Streitkräfte mobilisieren kann, würde sich erst im Falle eines Konflikts beweisen. Die Thrill sind nicht wehrlos und jeder Aggressor sollte sich besser zweimal überlegen, ob er uns auf ein Schlachtfeld zwingen will.«

Olyn hatte Anis' Stolz auf seine Herkunft immer belächelt, weil er zeit seines Lebens damit beschäftigt war, seine eigene abzustreiten. Allerdings war er sich mittlerweile nicht mehr sicher, ob er damit all die Jahre lang richtig gelegen hatte.

»Mir wäre es lieber, dieses Risiko nicht eingehen zu müssen«, startete Olyn einen neuen Versuch. »Roak muss befreit und zum Treffpunkt gebracht werden. Sobald der Vertrag verlängert wird, ist den Kriegstreibern vorerst der Wind aus den Segeln genommen. Das ist alles, was ich will. Und nur deshalb bin ich hier!«

»Genug davon! Unsere Überzeugungen stehen wie immer gegeneinander.« Anis schenkte sich nach, nahm das Messer und stellte die Spitze der Klinge auf den Tisch neben den Teller. »Lass uns über Wichtigeres reden.«

Olyns Blick verfinsterte sich schlagartig. Er tupfte sich mit einer Serviette über die Lippen und legte sie zur Seite. »Wie geht es ihr?«

Anis schnaubte verächtlich. »Sie stirbt.«

»Kann ich zu ihr?«

Der Blick seines Gastgebers verdunkelte sich ebenfalls, worauf Olyn beschwichtigend die Handflächen hob.

»Warum?«, fauchte er. »Willst du dir ansehen, was du angerichtet hast?« Seine Stimme wurde schärfer und seine Augen funkelten vor Wut, während er mit der Spitze der Klinge auf Olyn zeigte. »Sie hat dich die letzten drei Monate nicht interessiert. Warum ausgerechnet jetzt? Weil du etwas von mir willst? Ist es das? Warum hast du nicht schon früher nach ihr gesehen?«

»Du weißt, warum.«

»Weil ich dich getötet hätte, sobald du auch nur einen Fuß in mein Territorium gesetzt hättest?« Er lachte spöttisch und nahm einen weiteren Schluck aus dem Krug. »Diese Möglichkeit scheint dich im Moment nicht davon abzuhalten, hier zu sitzen und dich mit den Abfällen der Union vollzustopfen.« Er zeigte angewidert auf die hervorragend zubereiteten Gerichte. »Warum sollte ich dich zu ihr lassen? Nach allem was du angerichtet hast?

Willst du um ihre Vergebung betteln?« Er lachte, während seine Augen zu glänzen begannen. »Sie kann dich nicht hören, Olyn! Sie verbringt ihre letzten Stunden in ihrer eigenen Welt – weit weg von uns!«

Olyn biss die Zähne zusammen und bemerkte, wie seine Augen ebenfalls feucht wurden.

»Ich hatte vor, dich hier festzuhalten, bis sie tot ist und dich danach an ein Kreuz zu nageln, um dir ein letztes Mal unsere Traditionen nahe zu bringen …«

Olyn sah erschrocken auf. Anis hatte tatsächlich mit dem Gedanken gespielt, ihn kreuzigen zu lassen. *Tresh da Tresh* war nur den übelsten Verrätern und Verbrechern vorbehalten. Er hätte niemals damit gerechnet, dass Anis' Hass auf ihn mittlerweile dermaßen angewachsen war. Auf der anderen Seite ging es um Caya. Er hätte sich denken können, dass es dieses Mal nicht mit einer einfachen Entschuldigung getan wäre.

»… ich wollte dir eine letzte Chance geben, aufzuwachen und die richtige Seite zu wählen. Wie du es schon vor Jahrzehnten hättest machen müssen. Aber ich habe eingesehen, dass das niemals geschehen wird.«

Olyn wollte etwas erwidern. Er wollte deutlich machen, dass er nur hier war, um das Volk der Thrill vor einem vernichtenden Schicksal zu retten, das zweifellos eintreten würde, wenn Roak nicht befreit werden konnte. Er war hier, um einige seiner Fehler wiedergutzumachen, die er im Laufe der Jahre begangen hatte und er war hier, weil er entsetzt festgestellt hatte, dass es außer dem Raum auf der Ruthless nichts mehr gab, das ihn noch mit den Thrill verband. Er *wollte* sich ändern, sonst wäre er doch nicht hier!

»Das stimmt nicht, ich …«

»Du bist kein Thrill und du wirst nie einer sein!«,

brüllte Anis ihn an. »Du hast uns dein ganzes Leben lang verraten und verkauft! Du hast dir die Fänge abschleifen lassen, deine Haare gefärbt und deine Augen behandelt. Du hast deine Herkunft verleugnet und tust es noch! Ich hatte immer gehofft, dass du dir wenigstens dein Herz bewahrt hast! Aber scheinbar hast du es herausgeschnitten und durch einen verdammten Stein ersetzt!« Er stand auf, schleuderte den Krug gegen die Wand und fegte die exquisiten Gerichte mit einer einzigen Bewegung fluchend vom Tisch. »Wenn ich du wäre, würde ich an dem verdammten Fraß ersticken!«

KREUZUNGEN

Laura saß müde am Krankenbett und hielt Cayas Hand, die nach wie vor kalt und feucht war. Ihre Atemgeräusche hatten sich etwas normalisiert. Sie klangen weniger nass und die Bewegungen ihres ausgezehrten Brustkorbs waren deutlicher zu sehen. Sogar ihr Gesicht schien sich etwas aufgehellt zu haben. Sie wirkte friedlicher als noch vor ein paar Stunden, als Laura sie das erste Mal gesehen hatte. Die Nanobiten schienen den Kampf gegen die Infektion aufgenommen zu haben und Laura hoffte inständig, dass sie ihn auch gewinnen würden. Nicht wegen Olyn, nicht wegen Anis und nicht wegen ihrer eigenen Mission, die durch den Tod des Mädchens vielleicht gefährdet würde. Laura hoffte es für Caya. Sie *wollte* ihr helfen. Die Ärztin in ihr hatte bei dem traurigen Anblick des Mädchens die Kontrolle übernommen und alle anderen Beweggründe zur Seite gewischt. Sie musste ihr helfen, weil es die einzige Möglichkeit für Laura auf dieser Welt war, so etwas wie Glück zu empfinden. Diese Glücksgefühle traten nur auf, wenn sie als Ärztin wirken und sich um andere kümmern konnte. Und obwohl sie wusste, dass das

Wissen und ihre Fähigkeiten diesbezüglich gestohlen waren, dass ihr Lebenslauf gefälscht und sie vermutlich mehr Leben genommen als gegeben hatte, machte sie nichts lieber als das, was sich eine gute Ärztin eben auf die Fahnen geschrieben hatte: Leben retten und erhalten, wo immer sie konnte. Es schien geradezu, als ob ihr geschundenes Unterbewusstsein nach einem Ausgleich für ihr schlechtes Gewissen suchen würde, das sie ohne Zweifel hätte, wenn sie sich an ihre Einsätze erinnern könnte.

Laura hatte die Nanokultur programmiert, deren Eigenschaften am erfolgversprechendsten mit Cayas Organismus in Einklang zu bringen waren. Das neu vermittelte Wissen hatte ihr dabei geholfen. Aber es hatte einen Nanotechspezialisten, der jahrelange Erfahrungen auf diesem Gebiet vorweisen konnte, nicht ersetzen können. Sie hatte ihr Bestes gegeben und ärgerte sich, dass sie nicht besser auf diesem Fachgebiet bewandert war und dass der Kerl, dessen Erinnerungen die Organisation ihr eingeflößt hatte, mit einem anderen Job sicher weitaus besser bedient gewesen wäre. Aber sie hatte dessen begrenztes Wissen innerhalb der letzten Monate erweitert und vertieft und war anhand vieler praktischer Erfahrungen besser geworden, als er es jemals war.

Laura hatte ihre Bemühungen minutiös in Cayas Patientenakte festgehalten, eine Monitoring-Liste erstellt, und anschließend eine medizinische Assistentin angefordert, die Caya im Auge behalten und sie kontaktieren sollte, wenn Komplikationen auftraten. Die Aktivitäten der Nanobiten mussten einige Stunden überwacht werden, bevor Laura weitere Schritte veranlassen konnte. Da sie in der nächsten Zeit also nicht viel zusätzliche Hilfe leisten konnte, hatte sie beschlossen, ihre Mission abzuschließen. Sie musste sich ohnehin von den rebellischen Gedanken ablenken, die in jeder stillen Phase ihres Lebens nach oben drängten und ihr die falsche Existenz immer schwerer machten. Da das Zeitfenster für das Treffen mit dem Agenten nicht groß war und sie im Grunde Glück im Unglück hatte, den Magistrat in den Norden begleiten zu müssen, wollte sie diese Chance nicht verstreichen lassen.

Die Assistentin betrat nach einigen Minuten leise das Zimmer. Laura instruierte sie und rang ihr das Versprechen ab, sie sofort zu kontaktieren, falls es Probleme mit Caya geben sollte. Danach ließ sie sich von zwei Sandwölfen zu ihrem Quartier bringen. Laura konnte hören, wie die schwere Türe verriegelt wurde, nachdem die Piraten sie in den Raum geschoben hatten. Sie wartete ein paar Minuten, öffnete den Koffer und legte einen schwarzen Einsatzanzug an, der durch eine Sturmhaube ohne Öffnungen für Augen oder Mund komplettiert wurde. Anschließend schob sie das Magazin in den Blaster, steckte die Waffe ins Holster und vergewisserte sich, dass das Kampfmesser in der Scheide an ihrem Oberarm steckte. Der Timer für das Treffen lief währenddessen unaufhaltsam weiter. Sie hatte noch drei Stunden, um an den vorgegebenen Koordinaten zu erscheinen.

Das Quartier zu verlassen stellte ein ernstzunehmendes Risiko dar, aber sie hatte keine andere Wahl. Wenn sie Pech hatte und jemand nach ihr verlangte oder zu ihr wollte, war ihre Tarnung dahin. Da sie nach erfolgreichem Abschluss ihrer Aufgabe allerdings mit Sicherheit von der Organisation abgezogen wurde, machte das keinen Unterschied. Bei dem Gedanken wollte ihr Magen rebellieren und sie hatte große Mühe, sich wieder auf die vor ihr liegende Aufgabe zu konzentrieren.

Laura setzte eine kleine Konstruktion aus Trivistahl an die Wand neben dem Fenster und aktivierte das Gerät, woraufhin ein Stahlhaken hineingetrieben wurde. Anschließend befestigte sie ein Seil an ihrem Gürtel, öffnete die Luke und kletterte ins Freie. Fünfzehn Meter unter ihr befand sich eine kleine Plattform, die zwei Gebäude des Anwesens miteinander verband. Laura seilte sich ab, sicherte das Ende des Seils in einer dunklen Ecke und lief eine Brüstung entlang, bis sie über eine Mauer in die parkähnliche Anlage vor dem Anwesen sprang, sich lautlos abrollte und in die Nacht verschwand.

In den abgelegeneren Bereichen der Basis waren nicht mehr viele Piraten zu sehen. In den Hauptstraßen und auf den Plätzen dagegen pulsierte das Leben genauso ausufernd wie tagsüber. Thrill und Menschen drängten dicht an dicht auf der Suche nach Reichtum durch die Adern Bas Tortuas, welche sich tief in die ausgehöhlten Riffe zogen. Das Glück konnte hinter jeder Ecke auf die unzähligen Opportunisten warten. Aber die Wahrscheinlichkeit, dass jede Nacht ihre letzte sein konnte, war mindestens genauso groß.

Laura lief am Platz mit den ausgestellten Leichen entlang, sprang aufs Dach eines nach unten fahrenden Aufzugs und setzte sich mehrere Ebenen tiefer ab, bevor die Passagiere sie entdecken konnten. Hin und wieder sah sie sich nervös um, weil sie das Gefühl hatte, verfolgt zu werden. Außer einigen betrunkenen Matrosen war jedoch nichts Verdächtiges zu sehen. Es gab viele dunkle Ecken, in Schatten getauchte Plätze und verwinkelte Gassen, in denen sich ein geschickter Verfolger durchaus hätte verstecken können. Laura ignorierte ihren kribbelnden Nacken, überquerte zügig eine gut besuchte Straße, um einen Moment später in einer der abzweigenden Gassen zu verschwinden. Sie hielt den Kopf gesenkt, wich einer Gruppe betrunkener Söldner aus und distanzierte sich von zwei Callboys, die sich ihr aufdrängen wollten. Anschließend kletterte sie aufs Dach einer Kneipe und arbeitete sich zügig in Richtung Hafen vor.

Sie sprang von einem Flachdach zum nächsten, bis sie über den hohen Zaun der Hafenanlage kletterte und sich auf den weichen Boden dahinter fallen ließ. Dort verharrte sie kurz und sah sich erneut um, aber niemand war zu sehen. Laura lief gebückt am Zaun entlang und hielt nach etwas Ausschau, das sie stehlen konnte, um von hier zu verschwinden. In dem Abschnitt der Anlage ankerten mehrere Frachter und einige Kampfgleiter der Sandwölfe, deren Aufmerksamkeit sie auf keinen Fall erregen wollte. Abgesehen davon waren die Gleiter zu groß, um ungesehen entkommen zu können. Laura überquerte das Dock im Schatten mehrerer Ladekräne und wollte das angrenzende Areal betreten, als sie die Stimmen zweier Männer vernahm. Die Kerle schienen angetrunken zu sein und rissen Witze. Laura ging in die Hocke und lugte vorsichtig um die Ecke eines kleinen Lagers. In einer zurückgesetzten Sackgasse standen zwei Thrill vor einem Speeder. Sie schienen ein erfolgreich abgeschlossenes Geschäft zu feiern und gaben stark übertriebene Geschichten zum Besten, während sie zwei Flaschen Wein leerten. Laura beobachtete die beiden, bis einer die schwach beleuchtete Sackgasse verließ und ein Gebüsch anvisierte, das sich nicht weit entfernt befand. Sie folgte dem Kerl, hob eine rostige Eisenstange vom Boden auf und wartete, bis das verräterische Plätschern zu hören war. Sie näherte sich dem wankenden Kerl, bis sie den Geruch seines Urins deutlich wahrnehmen konnte und zog ihm die Eisenstange mit einem gezielten Schlag über den Schädel. Der Thrill brach grunzend zusammen und blieb reglos in dem Gebüsch liegen. Sie wartete, bis der zweite Pirat auftauchte. Er rief nach seinem Geschäftspartner und trat torkelnd in die Schatten, wo sie ihn ebenfalls fast lautlos ausschaltete. Danach injizierte sie beiden ein Medikament, das sie mindestens bis zum nächsten Morgen außer Gefecht setzen würde.

Laura wollte zurück zum Speeder gehen, als sie das leise Knirschen von Kies unter einem Stiefel hörte. Sie hielt den Atem an und lauschte mit ihren augmentierten Ohren angestrengt in die Nacht, aber das verräterische Geräusch trat nicht wieder auf. Sie fluchte und bewegte sich so leise wie möglich in Richtung der Sackgasse, aber es war niemand zu sehen. Das Gefühl, verfolgt zu werden, drängte sich wieder in den Vordergrund. Laura ließ den Blick über die dunklen Silhouetten der Gebäude schweifen, konnte aber beim besten Willen nichts entdecken, was ihr gefährlich werden konnte. Sie überprüfte den Timer der Komm-Einheit und fluchte erneut. Sie hatte einfach nicht die Zeit, um auf Nummer sicher gehen zu können. Nach einer weiteren Minute biss sie die Zähne zusammen und verließ ihre Deckung, als sie erneut das Knirschen eines Fehltritts hören konnte. Dieses Mal schien das Geräusch aus der Sackgasse zu kommen, in der der Speeder stand. Laura überquerte die Strecke zum Gebäude so schnell und so leise sie konnte, presste sich mit dem Rücken gegen die Wand und schob sich Stück für Stück zum Rand des Lagers vor, hinter dem sich die Sackgasse befand. Sie brauchte diesen verdammten Speeder und wer sich auch immer in der Gasse aufhielt, stand ihr dabei im Weg. Nun übernahm die Agentin in ihr vollends die Kontrolle und drängte die Ärztin in den Hintergrund. Sie zog die Klinge aus der Scheide am Oberarm und fluchte, weil das Geräusch von reibendem Stahl auf Plast lauter als angenommen war. Jemand mit augmentierten Ohren hätte es auf jeden Fall gehört. Laura rechnete mit dem Schlimmsten, atmete ein letztes Mal scharf aus und stürmte entschlossen um die Ecke – aber es war niemand zu sehen.

Der Speeder stand verlassen vor ihr. Laura blieb an die Wand gepresst stehen und sah sich ein letztes Mal aufmerksam um. In der Sackgasse hatte sich niemand versteckt. Auch die Ränder der Dächer waren sauber, soweit sie das von hier unten beurteilen konnte. Irgendwann steckte sie die Klinge leise zurück in die Scheide und schlich zum Speeder, um dessen Sendeeinheiten und Signatur zu löschen. Danach stieg sie auf, startete die Antriebsaggregate und verschwand mit einem miesen Gefühl im Bauch in die Nacht.

Lin saß mit dem Rücken an die Wand gelehnt auf dem kalten Boden des Lazaretts der Sudden Death und beobachtete die Söldner, die ihren Arzt zwangen, die Verwundeten zu versorgen. Die meisten Männer ließen sich ihre Schmerzen nicht anmerken. Sie bissen die Zähne zusammen, pressten die Hände oder andere Gegenstände auf die Wunden und warteten geduldig, bis sie an der Reihe waren.

Die drei OP-Einheiten arbeiteten ununterbrochen. Sie entfernten Splitter, amputierten zerschmetterte Gliedmaßen und verschlossen stark blutende Wunden. Die Söldner schleiften die Toten in den Nebenraum, um Platz für die Lebenden zu machen. Sie wirkten weder wütend noch hasserfüllt. Die Männer agierten ausnahmslos professionell – und diese Nüchternheit machte sie besonders gefährlich. Söldner, die man reizen konnte, konnte man dazu drängen, Fehler zu begehen. Aber diesen Typ konnte man nicht so leicht aus der Fassung bringen. Die Kerle behandelten sogar die gefangenen Thrill relativ gut. Natürlich hatten die eigenen Kameraden Vorrang, aber sie ließen ihre aufgestauten Gefühle, sofern sie welche hatten, nicht an den wehrlosen Piraten aus.

Nachdem die Söldner den Gleiter geentert hatten, hatte es nicht lange gedauert, bis sich die Piraten sich ergeben hatten. Die Thrill erkannten schnell, dass sie gegen die Eindringlinge schlechte Karten besaßen und verhielten sich dementsprechend, wofür Lin ihnen keinen Vorwurf machen konnte. Niemand, der auf einem Piratengleiter anheuerte, war bereit, sich wofür auch immer zu opfern. Dazu ließen sich in der Regel nur stark indoktrinierte Unionsoffiziere oder extrem gut bezahlte Söldner hinreißen. Aber auf keinen Fall einfache Piraten.

Lin gegenüber saß Malus, der sie hasserfüllt anstarrte. Der Kerl schien der einzige im Raum zu sein, der seine Gefühle offen zur Schau stellte. Während das Geräusch einer Knochensäge Lin die Zähne zusammenbeißen ließ, öffnete sich zischend das Schott. Zwei Söldner brachten einen Mann ins Lazarett, der ein traditionelles Thrill-Gewand trug, das mehr als lächerlich an ihm wirkte. Seine platinblonden Haare waren offensichtlich gefärbt und seine Tätowierungen schlecht gemacht. Bei dem Kerl musste es sich um Kyle Roak handeln. Der Botschafter war für seinen miesen Stil bekannt, der über die Jahre zu seinem Markenzeichen geworden war. Der Clanoffizier, der ein Thrill sein wollte, aber keiner sein konnte, und von dem jeder wusste, dass er einer einflussreichen Familie der Union entsprungen war. Der Trottel soll sogar so weit gegangen sein, einen Thrill-Schamanen zu bestechen, um von diesem adoptiert zu werden – und das war mehr als erbärmlich, soweit es Lin anging. Sie hatte nie verstanden, warum Menschen mit ihrer Existenz nicht zufrieden sein konnten. Sie strebten immer nach mehr. Nach Dingen, die sie nicht besaßen und auch nie besitzen konnten. Sei es wegen ihres Standes, wegen ihres nicht vorhandenen Reichtums oder einfach nur, weil es eben nicht sein sollte. Das ganze Leben war ein Kampf um das, was man nicht haben oder sein konnte. Thrill waren unkomplizierter und zufriedener – allerdings standen sie kurz davor, ausgerottet zu werden. Weshalb Lin sich wünschte, dass sie mehr Ehrgeiz und Aufopferungsbereitschaft an den Tag legen würden.

Hinter dem Botschafter ging ein Söldner mit stumpfen, toten Augen, der unentwegt Befehle an die anderen Männer verteilte.

Roak bekam große Augen, als er den dunklen Fleck bemerkte, der sich unter seiner Kleidung schnell ausbreitete und brüllte den Anführer unverblümt an.

»Ich dachte, Sie hätten die Lage unter Kontrolle, verflucht noch mal!«

»Jede militärische Operation birgt Unwägbarkeiten, Sir«, entgegnete der Mann ruhig. »Man geht Risiken ein, wägt Entscheidungen ab und improvisiert, um die Mission erfolgreich abschließen zu können. Leeland Mars ist nervös geworden und hat gegen unsere Erwartungen gehandelt.«

»Gegen Ihre Erwartungen?«, brüllte Roak erneut, während ihm ein medizinischer Assistent das Gewand vom Leib schnitt. »Ist das alles, was Ihnen dazu einfällt? Ich werde erwartet, verflucht noch mal! Meine Mission ist wichtig! Ich muss nach … nach …« Plötzlich begannen seine Lider zu flattern und er brach leblos in den Armen eines Söldners zusammen. Aus der Seite des Botschafters ragten Splitter. Lin war keine Ärztin, aber sein Zustand schien mehr als kritisch zu sein.

Der Anführer unterbrach die Operation eines Mannes, dessen Zustand ebenso fatal zu sein schien und ließ ihn mit offenem Herzen von der Trage heben. Lin konnte ihren Blick nicht von dem sich rhythmisch zusammenziehenden Muskel lassen, der immer langsamer wurde, bis er schließlich aufhörte, zu arbeiten. Der Anführer beachtete den Toten nicht weiter und zwang den Arzt, sich ausschließlich um Roak zu kümmern. Der Söldner hatte Prioritäten gesetzt und diese eiskalt durchgedrückt. Was Lin dazu brachte, ihre Einschätzung der gut bezahlten Truppe noch einmal zu überdenken: Jeder, der diesem Mann und seinen Untergebenen im Weg stand, würde ohne großes Tamtam beseitigt werden. Sie speicherte diese Erkenntnis im Hinterkopf ab und sah zu, wie der Arzt mit Hilfe einer OP-Einheit versuchte, die geschmolzenen Trivistahlsplitter aus Roaks Körper zu entfernen. Nachdem er zwei größere erfolgreich extrahiert hatte, wollte er sich dem dritten zuwenden, als der Botschafter sich aufbäumte und auf der Trage fixiert werden musste. Der Arzt führte eine intensive Diskussion mit dem Anführer der Söldner, startete einen zweiten Versuch und gab schließlich auf. Jedes Mal, wenn er versuchte, den Splitter zu entfernen, wand sich Roaks Körper wie eine gewaltige Schlange auf dem OP-Tisch. Die Krämpfe drohten, seine Verletzungen zu verschlimmern, was den Arzt zwang, vorerst aufzugeben. Der Streit zwischen dem Thrill und dem Anführer der Söldner flammte erneut auf. Lin versuchte, etwas aufzuschnappen, als ihre Nanobiten sich plötzlich regten und ihre Aufmerksamkeit auf den Botschafter lenkten. Sie starrte den Mann an, dessen Körper noch immer bebte und einfach nicht zulassen wollte, dass der Arzt den Splitter entfernte.

»Das Trivitanium steckt in seiner Wirbelsäule«, klärte der alte Thrill den Anführer auf. »Es ist damit verschmolzen. Das Problem ist, dass der Splitter seine Leber und eine seiner Nieren beschädigt hat. Er müsste entfernt werden, um das Gewebe wiederherstellen zu können. Das ist hier aber nicht möglich.« Er machte eine ausholende Bewegung mit dem Arm. »Der Botschafter muss in eine der großen medizinischen Einrichtungen gebracht werden. *Marandar, Elium* oder vielleicht *Celesta*.«

»Das ist im Moment nicht möglich«, erwiderte der Anführer knapp. »Wie lange wird er durchhalten?«

»Ich werde ihn stabilisieren und am Leben halten, so gut ich kann. Wie lange das gutgeht, steht allerdings in den Sternen.«

»Darauf sollten Sie es lieber nicht ankommen lassen«, drohte der Söldner.

»Ich tue, was ich kann«, hielt der Thrill trotzig dagegen. »Aber ich kann nicht zaubern. Wir sind unterbesetzt. Drei Assistenten sind während der Auseinandersetzung getötet worden. Es gibt zu viele Verwundete …«

»Dann improvisieren Sie eben!«, fuhr der Mann ihn an. »Setzen Sie Prioritäten! Der Botschafter darf auf keinen Fall sterben, haben Sie verstanden?«

Der Arzt verzog den Mund und hielt dem Blick des Söldners stand.

»Suchen Sie sich Ersatz für die Assistenten und machen Sie Ihre verdammte Arbeit!«

Der Thrill sah sich unwillig um, bis sein Blick auf Lin fiel, die noch immer auf Roak fokussiert war. »Was ist mit ihr?«

Lin spürte den toten Blick des Söldners auf sich und wich ihm aus, als ob sie ihn nicht ertragen konnte. Sie presste sich ängstlich gegen die Wand und versuchte, sich möglichst klein zu machen. Als die Söldner die Brücke gestürmt hatten, hatte sie sich zusammen mit den anderen ohne Widerstand ergeben. Die Eindringlinge waren mit allen möglichen kybernetischen Verbesserungen ausgestattet und zahlenmäßig in der Überzahl gewesen. Es hätte keinen Sinn gemacht, dagegenhalten zu wollen. Da Thrill keine Uniformen trugen, wussten die Söldner nicht, wer anführte und wer folgte, wer stark und wer schwach war. Lin konnte in deren Augen durchaus auch eine niedere Position innerhalb der Crew einnehmen, weshalb sie beschlossen hatte, diesen Eindruck mit ihrem Verhalten zu festigen.

»Steh auf und komm her!«, befahl der Anführer und nahm, da sie ängstlich zusammengezuckt war, etwas Schärfe aus seiner Stimme. »Du musst keine Angst haben.«

Lin erhob sich langsam, hielt den Kopf gesenkt und näherte sich der Liege des Botschafters. Sie warf dem Arzt einen warnenden Blick zu und stellte sich neben ihn.

»Wen noch?« Der Anführer starrte den Thrill drängend an, der auf Malus und zwei Piraten deutete, die neben ihm saßen.

»Also gut«, stimmte der Söldner zu. »Alle anderen verlassen das Lazarett! Der Botschafter muss überleben! Und vergessen Sie nicht: Indem Sie ihn am Leben halten, halten Sie sich selbst am Leben!«

Er befahl seinen Männern, die anderen Gefangenen nach draußen zu bringen. Danach stellte er vier Söldner zur Überwachung ab und verließ das Lazarett. Alle im Raum waren abgelenkt und sahen ihm hinterher, weshalb Lin die Chance nutzte und dem Drängen ihrer Nanobiten nachgab. Sie ging schnell zum Botschafter und legte ihm beiläufig die Hand auf die Brust. Einen Augenblick später riss sie überrascht die Augen auf und zog sie schnell zurück – der Kerl war ein verdammter Scrambler!

»Warum zur Hölle sind Sie nicht in Ihrem Quartier?« Roony sah ihn genervt an. »Sie sollten sich erholen, schon vergessen?«

Auf der Brücke herrschte trotz der vorangeschrittenen Zeit reger Betrieb. Mehrere Techniker überwachten die Suchvorgänge nach dem Söldner, dessen Bild durch alle Datenbanken gejagt wurde, die die Union zu bieten hatte. Abgesehen davon hatte man Anfragen an die Liga und mehrere Thrill-Kontakte gestellt, die ebenfalls nach dem Mann suchten.

Die Konsolen des Kommandoleitstands waren von den Offizieren der Nachtschicht besetzt, die konzentriert die Gleiter der Söldner überwachten.

»Warum sind sie immer noch da?«, erwiderte Mel, dessen Blick zu einem Bild der Außenkameras abgeschweift war. »Sie könnten schon seit Stunden über alle Berge sein.«

»Vielleicht haben wir einen oder mehrere ihrer Gleiter beschädigt«, begann Roony genervt. »Vielleicht reparieren sie diese Schäden im Moment. Vielleicht werden sie von etwas aufgehalten, was wir nicht wissen. Vielleicht wollen sie nicht mit Roak in den Norden. Oder sie haben im Moment einfach nichts Besseres zu tun.« Er funkelte Mel verärgert an. »Sie haben meine Frage nicht beantwortet.«

»Bitte?«

»Warum sind Sie nicht in ihrem Quartier?«

»Ich konnte nicht schlafen«, begann er vorsichtig. »Wir müssen etwas unternehmen, solange wir sie noch auf den

Scannern haben, Captain. Wenn sie tiefer in den Norden eindringen, werden wir sie verlieren.«

»Das ist mir klar, Sergeant«, erwiderte Roony. »Aber wir haben ein striktes Einfahrverbot auferlegt bekommen. Ich konnte weder Magistrat Spectra noch Lord Banda erreichen. Wir können den Söldnern nicht folgen. Akzeptieren Sie das endlich.«

Mels Blick verdunkelte sich. Also sollte er Lin einfach aufgeben? Nur weil sie die Grenze nicht übertreten durften? Er war sich sicher, dass er sie mit Hilfe der Scouts extrahieren konnte. Sie würden schnell und effizient arbeiten und bevor die Söldner etwas bemerken würden, wieder auf dem Weg zurück sein.

»Ich könnte sie …«

»Nein!«, unterbrach Roony ihn. »Können Sie nicht! Ich werde nicht zulassen, dass Sie den Konflikt aus persönlichen Gründen befeuern.«

Mel verschränkte provokativ die Arme vor der Brust. »Aus persönlichen Gründen? Was wäre, wenn Doktor Bricks von den Söldnern entführt worden wäre? Würden Sie dann auch hierbleiben und nichts tun?«

»Laura, ich meine, Doktor Bricks«, korrigierte er sich, »steht hier nicht zur Debatte. Also halten Sie sie verdammt noch mal raus.« Roony sah ihn warnend an. »Und jetzt zum allerletzten Mal: Warum sind Sie nicht in Ihrem Quartier?«

»Ivy Pulsa ist verschwunden.«

»Was soll das heißen? Verschwunden?« Roony sah ihn verwirrt an.

»Sie befindet sich laut unserem System nicht an Bord der Hawk.«

»Aber wie … Ist sie über Bord gegangen?«

Mel hatte diese Möglichkeit noch gar nicht in Betracht

gezogen. Aber allein der Gedanke jagte ihm einen verdammt kalten Schauer über den Rücken.

»Theoretisch möglich«, antwortete er unsicher. »Aber nicht wahrscheinlich. Medizinische Offiziere, Assistenten und Pflegepersonal befinden sich während militärischer Auseinandersetzungen für gewöhnlich unter Deck.«

»Für gewöhnlich«, wiederholte Roony nachdenklich. »Vielleicht ist ihre Komm-Einheit defekt?«

»Ich habe das medizinische Areal schon zweimal abgesucht, Captain«, erwiderte Mel. »Und ich konnte sie nicht finden. Ihr Quartier ist leer. Es wurde laut des zuständigen Subsystems seit Beginn der Schlacht nicht benutzt. Niemand weiß, wo sie abgeblieben ist.«

»Denken Sie, die Söldner haben Miss Pulsa entführt?«

Mel hob nur entschuldigend die Schultern. »Vielleicht. Aber es gibt keine Beweise dafür.«

»Warum haben Sie überhaupt nach ihr gesucht? Stimmt etwas nicht?« Roony aktivierte das Display seiner Konsole und öffnete ein Datenpaket, dessen Inhalt ihn fluchen ließ. »An welchem akuten Problem leiden Sie, verdammt?«

»Wie kommen Sie darauf?«

»Das medizinische Subsystem hat Ihre Suchanfrage herausgefiltert. Sie haben diese Anfrage mit dem Status ›akut‹ versehen.«

Mel wich Roonys Blick aus, während er überlegte, welche plausible Geschichte er ihm auftischen konnte, um den Kopf aus der Schlinge zu bekommen. Er hatte nicht bedacht, dass seine Suche nach Ivy Pulsa als medizinische Anfrage in der Datenbank des Lazaretts landen würde, die regelmäßig nach Begriffen wie ›ernst‹, ›Problem‹ oder eben auch ›akut‹ durchsucht wurde. Da Soldaten dazu neigten, Verletzungen zu verharmlosen oder herunterzuspielen, waren vor vielen Jahren Suchalgorithmen installiert worden, um Ausfälle durch unterschätzte Beeinträchtigungen verhindern zu können. Sobald eines der festgelegten Schlüsselwörter gefunden wurde, wurde der wachhabende Offizier informiert, der sich die Akte des jeweiligen Mannschaftsmitglieds ansah und abwägte, ob er den XO damit belästigen sollte oder nicht. Da es im Moment keinen XO auf der Hawk gab, war der Bericht direkt zum Captain weitergeleitet worden.

»Aber um mich geht es doch nicht«, wandte Mel ein. »Ivy Pulsa ist verschwunden!«

»Mir ist klar, dass Sie das nervös macht, Sergeant«, begann Roony ruhig. »Aber bevor ich einen Finger rühre, um den Aufenthaltsort von Miss Pulsa herauszufinden, will ich wissen was Sie für ein Problem haben, verstanden?«

»Ich musste etwas angeben, um die Routine starten zu können«, erwiderte Mel beiläufig. »Andernfalls hätte ich kein Ergebnis bekommen.«

»Niemand denkt daran, dass diese Angaben nach Schlüsselwörtern durchsucht werden«, erinnerte Roony ihn. »Ist mir auch schon passiert. Danach musste ich zwei Wochen in Quarantäne verbringen, weil ich mich mit einem verdammten Virus infiziert hatte. Die Statistiken belegen eindeutig, dass über neunzig Prozent der Nutzer wahre Angaben machen, wenn sie diese Funktion in Anspruch nehmen.« Er sah Mel lauernd an. »Deshalb unterstelle ich Ihnen, dass Sie ein Problem haben könnten, das eventuell Ihre Einsatzbereitschaft auf diesem Gleiter beeinträchtigt. Vor allem, weil Sie sich im Moment inmitten des Prozesses zur Entschlüsselung Ihrer Erinnerungen befinden und dieser Prozess meines Wissens eine Menge ungewollter Nebenwirkungen mit sich bringen kann. Abgesehen davon machen Sie im Moment keinen guten Eindruck auf mich, Sergeant. Ich frage Sie also noch einmal: Welches Problem haben Sie, das groß genug ist, eine leitende medizinische Assistentin per Routine suchen zu lassen?« Sein stechender Blick nagelte Mel buchstäblich fest. »Und bevor Sie antworten, sollten Sie sich im Klaren darüber sein, dass ich Sie festsetzen kann, bis ich mir zu hundert Prozent sicher bin, dass Ihre Anwesenheit auf diesem Gleiter keine Gefahr für die Mannschaft oder unsere Einsatzbereitschaft darstellt.«

Mel wägte die Konsequenzen seiner Antwort vorsichtig ab. Wenn er dem Captain von seinen Wahrnehmungsstörungen erzählen würde, wäre er erledigt. Roony würde ihn, wenn nötig, in die Brigg werfen lassen, um Schaden von sich und seiner Mannschaft fernhalten zu können. Dort wäre er zum Nichtstun verdammt. Andere würden über sein Schicksal bestimmen. Wenn Doktor Bricks oder Ivy Pulsa nicht rechtzeitig auftauchen würden, um seine Behandlung abzuschließen, würde er vielleicht seinen Verstand verlieren. Auf der anderen Seite wollte er seine Kameraden nicht gefährden. Die letzte Wahrnehmungsstörung hatte ihn massiv beeinträchtigt. Sie hatte dazu beigetragen, dass Lin in die Hände der Söldner gefallen war. Mel war nicht mehr einsatzfähig gewesen und wenn sich diese Vorfälle häuften, könnte er noch viel größeren Schaden anrichten.

»Ich leide an Halluzinationen«, platzte er plötzlich mit der Wahrheit heraus. »Doktor Bricks hat mich darauf hingewiesen, dass diese bei einem äußerst geringen Prozentsatz der Patienten auftreten können.«

»Und Sie sind nicht auf die Idee gekommen, mich über Ihren Zustand zu informieren?«

»Zuerst war ich mir nicht sicher. Aber jetzt …«

»Damit bin ich gezwungen, Sie aus dem Dienst zu nehmen, Sergeant. So leid mir das auch tut.«

»Ich könnte zusammen mit den Scouts den Botschafter aus der Gewalt der Söldner befreien, Sir«, wagte Mel einen letzten Versuch. Er erwähnte Lin bewusst nicht, obwohl Roony mit Sicherheit wusste, um was es ihm tatsächlich ging. »Wenn wir noch länger warten, werden sie über kurz oder lang verschwinden. Dann ist es wirklich zu spät.« Roony wollte etwas erwidern, aber Mel war noch nicht fertig. »Ich bin für diese Art von Einsätzen ausgebildet worden. Ich habe als Ghost jahrelange Erfahrung, hinter feindlichen Linien zu operieren. In der Wüste kann ich keinen Schaden anrichten.« Er sah ihn entschlossen an. »Lassen Sie es mich wenigstens versuchen, Sir.«

»Das kann ich nicht«, erwiderte Roony und wich seinem Blick aus. »Sergeant Stone wird Sie zu Ihrem Quartier begleiten. Sie stehen ab sofort unter Quarantäne und sind bis auf Weiteres außer Dienst gestellt. Ich werde dafür sorgen, dass Doktor Bricks zurück auf die Hawk gebracht wird, um Ihre Wahrnehmungsstörungen zu behandeln und den Einleitungsprozess abzuschließen. Mehr kann ich im Moment nicht für Sie tun, tut mir leid.«

Mel biss die Zähne zusammen und versuchte, möglichst unbeeindruckt auszusehen. Aber nach Roonys Blick zu urteilen, gelang ihm dies nicht wirklich.

»Lassen Sie mich Ihnen noch eine Warnung mit auf den Weg geben, Sergeant«, begann er ruhig. »Falls Sie sich widersetzen sollten, wird Ihre Rehabilitation zurückgezogen. Mit der Folge, dass ein neues Verfahren gegen Sie wegen Befehlsverweigerung und Desertion eröffnet wird, an dessen Ende der Galgen in Mog Anun auf Sie warten wird. Damit helfen Sie weder Lin noch sich selbst, haben Sie verstanden?«

Mel nickte.

»Sergeant Stone! Melden Sie sich auf der Brücke!« Roony warf Mel einen letzten skeptischen Blick zu. »Und bringen Sie vier Ihrer Marines als Unterstützung mit!«

Nachdem der Captain Stone ins Bild gesetzt hatte, hatte der Marine Mel von seinen *Jungs* in die Zange nehmen und von der Brücke führen lassen.

Die Gänge und Korridore der Hawk waren wie leergefegt, weshalb die Echos ihrer Schritte unentwegt durch Mels Kopf hallten und es ihm erschwerten, sich auf seine Gedanken zu konzentrieren. Er hatte sich bereits mehrfach dabei erwischt, etwaige Fluchtpläne zu schmieden, die alle in einer großen Katastrophe endeten. Auf der anderen Seite würde ihm diese ohnehin blühen. Doktor Bricks hatte sich unmissverständlich ausgedrückt, als sie den etwaigen Verlust seines Verstandes mit dem negativen Abschluss des Einleitungsprozesses in Verbindung gebracht hatte. Aber bis es so weit war, konnte er wenigstens noch versuchen, Lin zu befreien, anstatt in seiner Unterkunft zu sitzen und auf ein kleines Wunder zu hoffen.

Stone bedachte ihn mit einem skeptischen Blick, während sie den Korridor entlanggingen.

»Sie sehen nicht besonders glücklich aus, Sarge.«

Mel ignorierte den stämmigen Mann, der aufmerksam neben ihm ging und starrte stattdessen unschlüssig auf das Ende des Korridors. Nur noch wenige Meter und es wäre vorbei. Wenn er sich absetzen wollte, musste er es jetzt tun.

»Ich hoffe, Sie nehmen mir das nicht übel. Aber Befehle sind Befehle. Das wissen Sie so gut wie ich.« Stone versuchte anscheinend, sich die Sache schönzureden. Aber seine Worte drangen kaum zu Mel durch. »Wenn Sie noch einen Wunsch haben, lassen Sie es mich wissen, in Ordnung? Ich werde dafür sorgen, dass er erfüllt wird.«

Mel nickte unmerklich. »Ich hoffe, Sie nehmen mir das auch nicht übel, Sergeant.«

Stone sah ihn verwirrt an. »Was meinen …«

Der Faustistoß traf den Marine völlig unvorbereitet am Kinn. Er klappte wie ein nasser Sack zusammen und blieb regungslos an der Wand liegen. Mel hatte keine Zeit, seinen Angriff zu bedauern. Vor seinem geistigen Auge flackerte ein Bild auf. Zwei Männer setzten einen anderen von hinten mit Schockstäben außer Gefecht.

Er machte einen kleinen Schritt zur Seite, parierte den Stich mit dem Stab und leitete dessen knisterndes Ende gegen den zweiten Angreifer weiter. Als die Spitze den Mann berührte, entlud sich eine Druckwelle, die ihn nach hinten gegen die Wand schleuderte, als ob er von einem Speeder angefahren worden war. Mel schlug dem überraschten Besitzer des Stabs den Ellbogen ins Gesicht und schob sich blitzschnell hinter ihn. Einen Augenblick später wurde der Kerl über ihn weggeschleudert, schlug hart auf dem Boden auf und schlitterte mehrere Meter zurück, bis er regungslos liegenblieb.

Die beiden noch stehenden Marines zogen die Stäbe zurück, fluchten und griffen an. Mel parierte einen Stich, verdrehte dem Angreifer das Handgelenk und rammte ihm die aufgeladene Spitze von unten in den Körper, worauf er nach oben gegen die Decke geschleudert wurde und einen Augenblick später den letzten noch stehenden Gegner unter sich begrub. Mel schlug dem Mann am Boden gegen die Schläfe und machte sich auf den Weg zu m Quartier, um seine Ausrüstung zu holen.

Er hoffte, dass Stone ihn verstehen würde. Auch wenn er sich dessen nicht sicher war. Aber er hatte seine

Entscheidung getroffen und würde sich von niemandem abbringen lassen.

Laura hielt neben einem Riff und ließ den Blick über die kleine Ebene vor sich schweifen. Es war 0200 Stunden. Das fahle Licht der Monde wurde in regelmäßigen Abständen von dichten Wolkenfetzen verdeckt, während eine dünne Schicht Dunst über den Wüstenboden glitt. Es hatte merklich abgekühlt und der Speeder schaukelte sanft in der Brise. Laura hatte den Treffpunkt wie vorgegeben erreicht. Das Zeitfenster ging bis 0230 Stunden. Sollte die Übergabe bis dahin nicht abgeschlossen sein, musste ein neuer Zeitpunkt festgelegt werden. Laura ertappte sich, dass sie hoffte, der Deal würde platzen, um ihr aktuelles Leben weiterführen zu dürfen. Denn sie wollte ihr Dasein als Ärztin nicht beenden und die Mannschaft der Hawk verlassen, um ein neues Leben zu beginnen und alles zu vergessen. Dieses Mal wollte sie bleiben, wer sie war. Auch wenn das der Organisation nicht gefallen würde. Denn Doktor Bricks führte ein Leben, mit dem sich Laura zu hundert Prozent identifizieren konnte. Es schien ihrer wahren Natur zu entsprechen und sie wollte es für nichts auf dieser Welt wieder aufgeben.

Ein leiser Signalton riss sie aus ihren Gedanken und die Agentin in ihr übernahm wieder die Kontrolle. Am äußersten Rand der Scanner des Speeders war ein Gleiter aufgetaucht. Er näherte sich langsam ihrer Position. Laura aktivierte die Steuerkonsole des Flitzers und startete eine Scanbee, die sich surrend aus der Halterung am Heck löste und in die Nacht davonflog. Die kleine Drohne verringerte die Distanz zum Ziel in Rekordzeit und schickte ein Livebild aufs Display des Speeders. Bei dem Gleiter handelte es sich um einen kleinen Frachter, wie ihn Schmuggler gerne nutzten, um illegale Waren zu transportieren: fünfundzwanzig Meter lang, vier breit, fünfundvierzig Knoten schnell. Er hatte ein Deck, das mit einem Geschütz bestückt war, vier Torpedoluken und zwei Drohnenschächte. Auf der Höhe der niedrig angelegten Brücke befanden sich entsprechende Raketenbatterien.

Im Vergleich zu einem Jagdgleiter oder einem Zerstörer war er leichte Beute. Aber für Lauras Speeder stellte er eine ernste Gefahr dar. Sie offenbarte ihre Anwesenheit über die Scanbee und sandte einen Erkennungscode an den Frachter. Kurz darauf bekam sie einen zurück, worauf sie einen zweiten schickte. Die Codes bauten aufeinander auf und schienen in Ordnung zu sein. Ob der Agent sich wirklich auf dem Frachter befand, würde sie allerdings erst herausfinden, wenn sie ihn betreten würde.

Laut der Signatur des Gleiters handelte es sich um die *Rocket,* einen wendigen und äußerst schnellen Frachter. Er fuhr ohne Positionslichter und hatte einen illegalen Zerhacker in Betrieb, der seine Signatur jederzeit verschleiern konnte – wie jeder professionelle Schmugglerfrachter. Piraten waren in der Regel zu stolz, um sich hinter einer falschen Identität zu verstecken. Schmuggler dagegen waren nur an Profit und ihrem Überleben interessiert, was durchaus nachvollziehbare Ziele waren.

Der Gleiter hielt mitten in der Ebene. Seine Silhouette zeichnete sich nur schwer gegen den dunklen Horizont ab, da die Monde im Moment von einer dichten Wolke verdeckt wurden. Laura überprüfte den Blaster ein letztes Mal, atmete tief ein und nutzte die gegenwärtige Dunkelheit, um die Distanz zügig zu überwinden. Sie umkreiste den Gleiter und landete auf dem Deck, wo sie von drei vermummten Gestalten empfangen wurde. Die Schmuggler waren bewaffnet. Sie sprachen kein Wort und bedeuteten ihr mit knappen Handzeichen, ihnen zu folgen. Laura stieg ab und warf einen Blick zur Brücke. Hinter den Plastscheiben konnte sie zwei verschwommene Silhouetten ausmachen, was die Mannschaftsstärke auf fünf erhöhte. Sie deaktivierte den Speeder und folgte den Schmugglern zu einer Luke, die ins Innere des Frachters führte. Der Gang war düster. Ihre Schritte hallten durch die Korridore, während sie sich einem großen Schott näherten. Einer der Männer aktivierte die Steuerkonsole des Durchgangs und flüsterte ins integrierte Mikrofon. Einen Augenblick später glitt das Schott zur Seite.

Dahinter befand sich ein geräumiges Quartier. Es roch nach exotischem Tabak, der schwer in der stickigen Luft hing. Es gab einen länglichen Tisch, mehrere Sessel und einige Displays, die im Moment deaktiviert waren. Auf der glattpolierten Fläche stand eine kleine Box aus stoßfestem Plast, die mit einem Codeschloss gesichert war.

Der Besprechungsraum schien von den Schmugglern regelmäßig benutzt zu werden. Heute hatte allerdings ein anderer Mann die Kontrolle darüber. Der Agent stand neben dem oval geschnittenen Tisch. Er trug einen schwarzen Kampfanzug und war wie Laura mit einem Blaster bewaffnet. Abgesehen davon trug er eine Klinge, die in einer Scheide am Rücken steckte. Sein Gesicht war hinter einer dunklen Sturmhaube aus synthetischem, nanobeschichtetem Material versteckt. Sie hatte keine Öffnungen für die Augen oder den Mund, was ihren Träger entmenschlichte und ihm mehr Ähnlichkeit mit einer Schaufensterpuppe als einer lebenden Kreatur verlieh.

»Haben Sie den Code?« Seine Stimme klang dumpf

hinter dem Stoff und wurde durch die Nanoschicht verfremdet.

Laura nickte und ging langsam zur Box. Sie gab eine lange Zahlenfolge ein und wartete, bis das System den Inhalt freigab und der Deckel sich mit einem unmerklichen Zischen öffnete. In dem gekühlten Behälter lag eine längliche Phiole, die eine schwarze, zähe Flüssigkeit enthielt.

»Ich hab die Probe selbst entnommen«, stellte der Agent beiläufig fest.

»Es gibt einen Körper?«

»Das ist korrekt.«

Laura schloss den Behälter und befestigte ihn an ihrer Koppel.

»Ich werde Alpha von der erfolgreichen Übergabe in Kenntnis setzen«, fuhr der Mann fort. »Passen Sie auf sich auf.«

Laura nickte und wollte den Raum verlassen, als dumpfe Blasterschüsse erklangen.

Der Agent aktivierte seine Komm-Einheit. »Status?«

»Wir werden angegriffen«, erklang eine elektronisch verzerrte Stimme.

»Verluste?«

»Zwei …«

»Wir müssen die Ebene verlassen. Der Captain soll …«

»Der Captain ist tot«, unterbrach die Stimme ihn. »Wir haben im Moment keine Kontrolle über die Brücke. Ich melde mich, sobald ich mehr weiß.«

Der Agent kappte die Verbindung, zog seinen Blaster und wandte sich an Laura. »Ich bringe Sie zu Ihrem Speeder. Sie müssen von hier verschwinden.«

Sie nickte, zog ihre Waffe und folgte dem Mann zum Schott, das zischend zur Seite glitt. Danach betraten sie vorsichtig den dunklen Korridor, während über ihnen dumpfe Schüsse die Stille zerrissen.

Mel schlich vorsichtig durch eine Luke aufs Deck. Bis auf einige Positionslichter war es dunkel. Vermutlich um es den Söldnern auf der anderen Seite der Grenze nicht zu leicht zu machen. Da niemand wusste, was sie vorhatten oder wo sie hinwollten, war jederzeit mit militärischen Aktionen zu rechnen, die gegen die Hawk oder deren Crew gerichtet sein konnten.

In vielleicht fünfzig Metern Abstand lag die Caiman vor Anker. Von dem Thrill-Gleiter war allerdings nur eine dunkle Silhouette zu sehen. Soweit Mel wusste, hatte es seit Stunden keinen Kontakt zwischen den Unionsoffizieren und den Piraten gegeben. Trotzdem waren die Sandwölfe noch hier. Genau wie die Söldner und Mel hoffte, dass Lin der Grund dafür war.

Er überquerte geduckt das mittlere Deck, ging zweimal hinter Aufbauten in Deckung, um patrouillierenden Soldaten auszuweichen, und arbeitete sich langsam zu den Speedern vor, die in kleinen überdachten Hangars zwischen den Zwillingsgeschützen standen. Es würde nicht lange dauern, bis die Marines Alarm schlagen würden. Mel fühlte sich schlecht wegen Stone und dessen Männern, aber ihm war keine andere Wahl geblieben. Abgesehen davon, dass Lin ihm nicht egal war, hatte er ein ernstes Problem: Die Halluzinationen schienen sich langsam in seiner Realität zu verankern. Mittlerweile konnte er den Geruch von verbranntem Fleisch nicht mehr abschütteln. Er schien allgegenwärtig zu sein. Auch andere Eindrücke der Wahrnehmungsstörungen traten häufiger auf, um ihn von den einfachsten Tätigkeiten abzulenken. Mel hatte bereits mehrfach versucht, Doktor Bricks zu kontaktieren. Aber er hatte sie bis jetzt nicht erreichen können, weshalb er gezwungen gewesen war, eine Entscheidung zu treffen – und das hatte er. Ob man ihm diese Aktion durchgehen lassen würde, hing davon ab, ob er seinen Plan erfolgreich zum Abschluss bringen konnte. Andernfalls war er gerade dabei, seine Rehabilitation zu verspielen. Aber was würde ihm diese bringen, wenn sein Gehirn bis morgen weichgekocht sein würde?

Er schaffte es in den Hangar und ging zu seinem Speeder, als ihn eine Stimme herumfahren ließ.

»Ich hoffe, Sie wissen, was Sie tun, Sarge.«

Hollister trat vorsichtig aus den Schatten und stellte sich mit verschränkten Armen vor Mel, der sich in eine bessere Position zum Anführer der Scouts brachte, um jederzeit reagieren zu können. Hollister war das nicht entgangen. Aber er blieb stehen und hielt seinen Blick auf Mel gerichtet, der sich vorsichtig umsah.

»Es ist sonst niemand hier«, erwiderte der Specialist und hob beschwichtigend die Hände. »Die Scouts sind im Feld und warten auf meine Befehle.«

Mel nickte und näherte sich langsam dem Speeder, während er Hollister keine Sekunde aus den Augen ließ. »Wollen Sie sich mir in den Weg stellen, Specialist?«

»Nicht unbedingt, Sarge. Ich bin über Ihren Zustand im Bilde und kann mir vorstellen, warum Sie sich absetzen wollen. Allerdings wüsste ich gerne Details über Ihr weiteres Vorgehen.«

»Warum?« Mel deaktivierte die Sendeeinheit des Speeders und kappte dessen Verbindung zum Subsystem der Hawk.

»Weil Sie einer von uns sind, Sir«, entgegnete Hollister

knapp. »Wir haben uns in den letzten Monaten an Sie gewöhnt und würden ungern auf Ihre Gesellschaft verzichten.«

»Ich will Sie und die anderen Scouts da nicht mit reinziehen«, entgegnete er. »Das ist allein mein Problem und so soll es auch bleiben.«

Hollister schnaubte verächtlich. »Ich will Ihnen nicht zu nahe treten, Sir, aber Sie sind nur ein Mann. Was denken Sie, was Sie groß ausrichten können?«

»Nicht viel«, gab er zu, während er die Antriebsaggregate startete. »Und was macht man in so einem Fall normalerweise, Specialist?«

Hollisters Augen verformten sich zu engen Schlitzen, bis sein Blick auf die Caiman fiel. »Man sucht sich Verbündete, mit denen man dasselbe Ziel teilt.«

Mel nickte.

»Sie wissen nicht, ob die Thrill bereit sind, ihre Köpfe für die Kleine oder den Botschafter hinzuhalten.«

»Deshalb werde ich sie bei nächstbester Gelegenheit danach fragen«, erwiderte er beiläufig. »Wenn alles gutgeht, dürfte das in wenigen Minuten der Fall sein.«

Hollister verzog den Mund zu einem Schmunzeln. »Was ist mit Ihren Halluzinationen?«

»Ich hatte gehofft, Sie wären eine«, erwiderte Mel grinsend und hob entschuldigend die Schultern. »Ich konnte die Injektion nicht finden, die Doktor Bricks für mich vorbereitet hat, sonst hätte ich sie mir bei Sonnenaufgang selbst injiziert. Also bleibt mir nichts anderes übrig, als durchzuhalten und darauf zu hoffen, dass die Ärztin demnächst zurückkommt, um den Prozess abzuschließen.«

»Sie scheinen ein optimistisch veranlagter Mensch zu sein, Sir«, stellte Hollister ebenfalls grinsend fest.

»Nicht wirklich«, entgegnete Mel. »Aber im Moment kann ich nicht mehr tun, als das Beste zu hoffen, nicht wahr?«

Hollister nickte. »Ich habe ein temporäres Netz für Sie eingerichtet, Sir«, sagte er und zeigte aufs Display des Speeders. »Damit können wir in Kontakt bleiben.«

»Aber wozu? Wenn Roony davon Wind bekommt …«

Der Specialist zuckte nur mit den Achseln und spuckte angewidert auf den Boden. »Wir fühlen uns Ihnen mehr verbunden als diesem lächerlichen Clan-Clown und sind der Meinung, dass Sie im Moment etwas Backup gut gebrauchen können.« Er sah ihn ernst an. »Also lassen Sie uns nicht darum betteln, Ihnen den Rücken freihalten zu dürfen, einverstanden?«

Mel verzog den Mund zu einem Schmunzeln und nickte. »Ich weiß Ihre Loyalität wirklich zu schätzen, Specialist, und ich …«

Hollister winkte verächtlich ab. »Wollen Sie jetzt auch noch sentimental werden? Meine Fresse. Machen Sie endlich, dass Sie von hier verschwinden, bevor das Clanbürschchen«, er deutete hinter sich Richtung Brücke, »eins und eins zusammenzählt.« Danach begann er breit zu grinsen und klopfte Mel aufmunternd gegen die Schulter. »Und passen Sie auf, dass die Piraten Sie nicht zur Begrüßung aufs Deck nageln, ja? Wir sehen uns später.«

Mel grinste, setzte den Helm auf und startete den Speeder, als der Alarm im Hintergrund zu jaulen begann.

Laura hetzte hinter dem Agenten über das Deck der Rocket. Der Nebel war stärker geworden und trieb bereits in dünnen Fetzen über den Frachter, der regungslos in zwölf Metern Höhe schwebte und seine Position dank der verlässlich arbeitenden Magnetabsorber souverän hielt.

Nachdem sie das Deck erreicht hatten, hatte sie einen Blick zur Brücke geworfen und dunkle Blutspritzer auf den Innenseiten der Plastscheiben erkennen können. Wer immer es auch auf sie abgesehen hatte, schien ein ernstzunehmender Gegner zu sein. Noch war nicht sicher, ob der Angreifer dem Agenten oder Laura zum Treffpunkt gefolgt war. Aber da sie seit geraumer Zeit das Gefühl beschlich, verfolgt zu werden, tippte sie auf sich. Sie war nachlässig geworden. All die rebellischen Gedanken, die sie in letzter Zeit heimsuchten, hatten sie unaufmerksam werden lassen und sie von ihrer tatsächlichen Aufgabe abgelenkt. Allein die Erkenntnis ließ sie innerlich lautstark fluchen, während sie dem Agenten übers Deck zum Speeder folgte. Hin und wieder erklangen vereinzelte Schüsse hinter ihr, aber der Angreifer schien die Besatzung der Rocket bereits zum größten Teil ausgeschaltet zu haben.

»Wir haben es gleich geschafft«, stellte der Agent mit verfremdeter Stimme fest und deutete mit dem Finger auf den Speeder, der dort stand, wo Laura ihn vor Kurzem gelandet hatte. Der Mann erhöhte das Tempo und ging hinter einem Belüftungsschacht in Deckung. »Wenn wir dort sind, verschwinden Sie von hier, verstanden? Ich werde Ihnen so viel Zeit wie möglich verschaffen.«

Laura nickte.

»Passen Sie auf sich auf.«

»Das werde ich«, erwiderte sie und atmete ein letztes Mal scharf aus. »Sie auch …«

Der Agent sah sie mit der gesichtslosen Sturmhaube an und nickte. Danach sprang er auf und machte sich auf den Weg zum Speeder. Laura folgte ihm. Kurz bevor er den

Flitzer erreichte, löste er eine sensorgesteuerte Tretmine aus, die brummend nach oben schwebte und auf Höhe seines Unterleibs detonierte.

Die Druckwelle war gewaltig. Der Agent wurde gegen Laura geschleudert. Sie spürte die Hitze der Energiewellen, die sich durch den Kampfanzug des Mannes gefressen und ihn wie eine Puppe mit sich gerissen hatten. Der Speeder explodierte in einem Feuerball, der sie mit einem glühenden Splitterregen überschüttete. Der Agent lag auf Laura und bekam den größten Teil davon ab. Anschließend wälzte er sich röchelnd von ihr herunter und zog sich am Belüftungsschacht nach oben. Sein Unterleib war aufgerissen. Laura konnte sehen, wie seine Eingeweide hervorquollen. Sie löste geistesgegenwärtig einen Gurt ihrer Koppel, presste die daran hängende Synthetiktasche über die Wunde und zurrte ihn fest, bis der Agent aufstöhnte. Anschließend lugte sie um die Ecke. Nur den Bruchteil einer Sekunde später schlug ein Blasterschuss fauchend neben ihrem Kopf ein. Sie konnte die Hitze der Energie durch ihre Sturmhaube spüren. Der Drecksack hielt sich irgendwo ein Level höher in der Nähe der Brücke auf.

»Wir müssen ihn erledigen«, bemerkte Laura knapp. »Können Sie Ihren Blaster bedienen?«

»Ja … Ich … ich denke schon.«

»Haben Sie eine Rauchgranate?«

Der Agent öffnete eine der Taschen an seiner Koppel und zog einen handgroßen Zylinder heraus.

»Wenn ich die Granate zünde, geben Sie mir Deckung. Ich werde versuchen, ihn auszuschalten.«

»Warten Sie … Mein Blaster ist hinüber.« Er deutete zitternd auf die Waffe, die auf dem Boden schwelte und in zwei Teile zerrissen worden war.

»Nehmen Sie meinen.« Sie drückte ihm ihre Waffe in die Hand und zog sein Schwert aus der Scheide am Rücken.

»Können Sie damit umgehen?« Er zeigte auf die Klinge.

»Ein wenig«, antwortete Laura schmunzelnd und befestigte sie an ihrer Koppel. »Machen Sie sich bereit. Wir sollten keine Zeit verlieren.«

Er nickte, wälzte sich stöhnend auf den Bauch und brachte die Waffe in Anschlag. Laura atmete tief ein, zündete die Rauchgranate und schleuderte sie in Richtung Brücke. Kurz darauf wurde das Areal eingenebelt – und Laura begann zu laufen.

Sie hörte, wie der Agent das Feuer eröffnete und der Angreifer zurückschoss, während sie an der Reling entlang geduckt zur Brücke hetzte. Nach ein paar Sekunden hatte sie die kleine Stahltreppe erreicht. Sie stürmte die acht Stufen hinauf und presste sich neben der Luke zum Kommandoleitstand mit dem Rücken gegen die Wand, um kurz darauf durch die Öffnung ins Innere zu schleichen.

Die rote Beleuchtung sorgte für mehrere in den Schatten liegende Verstecke und ihre augmentierten Augen hatten massive Schwierigkeiten, das spezielle gedämpfte Licht zu verstärken, das entwickelt wurde, um den Offizieren die Arbeit während etwaiger Gefechtssituationen zu erleichtern. Laura blinzelte und rieb sich mit dem Handrücken über die Augen, als sie an der Wand entlang schlich und schließlich in einer dunklen Ecke verharrte, um sich einen Überblick zu verschaffen.

Der Kommandoleitstand war, verglichen mit dem der Hawk, klein. Es gab keinen Technikgraben und die Anzahl der Geräte und Konsolen war aufs nötigste beschränkt. Im Hintergrund waren Gesprächsfetzen aus mehreren verschlüsselten Kommunikationen zu hören. Es klang, als ob sich Außerirdische miteinander unterhielten, da die Sicherheitscodes der Sende- und Empfangsanlagen der betreffenden Gleiter nicht geknackt worden waren und die Zerhacker nach wie vor ihren Dienst verrichteten.

Vor den Plastfenstern lagen zwei leblose Körper. Laura näherte sich ihnen vorsichtig. Beiden Männern war der Hals aufgeschlitzt worden. Sie nahm einem den Blaster ab und steckte ihn in ihr Holster, bevor sie sich weiter umsah. Sonst befand sich niemand auf der Brücke.

Sie ging vor den Plastfenstern in die Hocke und lugte aufs Deck hinab, das noch immer unter einer künstlichen Schicht Dunst begraben lag. Der Agent war von hier aus nicht zu sehen. Es gab keine verräterischen Bewegungen, alles lag ruhig und still vor ihr. Laura fluchte und schlich zur gegenüberliegenden Luke, die halb offenstand. Sie ging in die Hocke und stieß sie vorsichtig auf. Dahinter lag eine weitere Leiche. Der Brustkorb des Toten war offen und schwelte noch, während sich der Geruch nach verbranntem Fleisch in der unmittelbaren Umgebung ausbreitete. Jemand hatte ihn mit einem Blaster niedergestreckt.

Laura schob sich vorsichtig durch die Luke und suchte den Gang neben der Brücke ab. Dabei fiel ihr auf, dass nicht mehr geschossen wurde. Sie schlich zurück in den Kommandoleitstand und sah wieder aus den Plastfenstern. Der künstliche Nebel war dabei, sich aufzulösen. Niemand war zu sehen.

Plötzlich hörte sie ein Geräusch hinter sich. Sie fuhr herum und zog gleichzeitig das Messer aus der Scheide, um es wem auch immer entgegenzuschleudern. Sie holte aus, fokussierte eine dunkle Silhouette und hielt überrascht inne, als die Gestalt ins Licht trat.

»Bitte … bitte nicht …« Ivy stand zitternd vor ihr. Jemand hatte von hinten einen Arm um ihren Hals gelegt. »Hilf mir …«

Laura stand verblüfft auf und ließ reflexartig das Messer sinken, worauf ihre Assistentin den Arm losließ, einen Blaster hochriss und das Feuer eröffnete. Gleichzeitig brach der Körper des Agenten hinter ihr zusammen.

Der erste Schuss traf Laura an den Schulterpanzern aus Plast. Sie wurde herumgeschleudert, verlor das Messer und rettete sich hinter eine Konsole. Der zweite ließ eine der Plastscheiben zerspringen.

Was zur Hölle war hier los? War das wirklich Ivy Pulsa oder jemand mit einem Gesichtsverzerrer? Sogar die Stimme klang überzeugend. Was keine Zauberei war, wenn man in den richtigen Kreisen gute Kontakte hatte.

Laura zog den Blaster. Es war an der Zeit herauszufinden, was hier gespielt wurde. Sie zielte auf eine Trivistahlstrebe und provozierte einen Querschläger, der nach hinten in Richtung ihrer Gegnerin davon fauchte. Laura sprang umgehend auf und schoss in die Ecke, in der noch vor wenigen Sekunden Ivy gestanden hatte. Aus den Augenwinkeln sah sie eine Bewegung links von sich. Danach knisterte ein Schuss an ihrem Kopf vorbei, der in eine Wand hinter ihr schlug. Sie ging in die Knie und erwiderte das Feuer. Kurz darauf sprang sie über eine Konsole und verkürzte die Distanz zu der Frau. Ein weiterer Schuss zischte an ihrem Kopf vorbei, während sie zur Seite auswich und blind nach vorne feuerte. Einen Augenblick später sah sie im Zwielicht etwas vor sich aufblitzen, ließ den Blaster fallen und zog das Schwert aus ihrer Koppel. Sie parierte einen Schnitt zum Hals, konterte mit einem

Stich und versetzte Ivy einen Tritt vor die Brust, welcher sie rückwärts gegen die Wand schleuderte. Laura setzte nach und stach nach ihr, aber Ivy rollte sich zur Seite weg und griff Lauras Knie an. Die Spitze der Klinge schrammte über den Knieschützer und verfehlte die Sehnen an den Seiten nur knapp. Laura startete eine blitzschnelle Angriffsserie, die Ivy mühelos parierte. Das Miststück roch sogar wie ihre medizinische Assistentin, woraus Laura schloss, dass es sich tatsächlich um Ivy Pulsa handelte. Sie war zusammen mit den Söldnern an Bord der Hawk gekommen. Allein dieser Fakt hätte Laura stutzig machen müssen. Aber sie war zu sehr mit sich selbst beschäftigt gewesen, um etwas zu bemerken.

Ivy täuschte einen Angriff zu Lauras Bein an, riss die Klinge im letzten Moment hoch und zog sie über ihren Brustpanzer, auf dem ein tiefer Schnitt zurückblieb. Den nächsten würde das angeschlagene Material nicht mehr kompensieren können.

»Du bist langsam«, stellte Ivy schmunzelnd fest und holte erneut aus. Laura tauchte unter dem Hieb durch und griff gleichzeitig den Arm ihrer Gegnerin an. Die Klinge kratzte an deren Ellbogenschutz entlang und wurde von Laura mit einer eleganten Bewegung über ihren Kopf zurückgeschwungen, um blitzschnell erneut angreifen zu können. Dieses Mal durchtrennte sie den Stoff des Kampfanzugs ihrer Widersacherin und hinterließ einen Schnitt auf deren Oberarm.

Ivy fluchte und griff wütend an. Sie zwang Laura blitzschnelle Angriffsserien auf, die ihr keine Zeit für eigene Aktionen ließen. Sie hatte genug damit zu tun, Ivys Attacken zu parieren, zu blocken oder ihnen auszuweichen, während sie Meter für Meter an ihre Gegnerin verlor. Bis sich die körperliche Anstrengung bemerkbar machte.

Lauras Reaktionen wurden langsamer und ihre Präzision ließ nach. Ivy bemerkte die Schwäche sofort und erhöhte schmunzelnd das Tempo.

Laura rang mittlerweile nach Atem. Ein einziger Fehler würde dafür sorgen, dass sie nicht zur Hawk zurückkehren und stattdessen von dem Miststück in der Wüste verscharrt werden würde. Ivy war verdammt schnell, präzise und aggressiv – wie Laura zu ihren besten Zeiten. Aber die lagen zehn Jahre zurück. Sie würde auf Dauer nicht mit ihr mithalten können. Allerdings hatte sie mehr Erfahrung als die junge Frau vorzuweisen.

Laura beschloss deshalb, auf volles Risiko zu gehen. Nach drei weiteren Attacken sah sie eine Lücke, sprang vor und fing die Klinge mit ihrem Körper ab. Der Stahl schnitt in die Seite ihres Einsatzeinzugs, bis sie das Brennen ihrer Haut spürte. Laura biss die Zähne zusammen und ging in den Nahkampf über. Sie klemmte Ivys Waffenhand zwischen ihrem Körper und ihrem Arm ein und entwaffnete sie mit einem kurzen Ruck. Danach umklammerte sie Ivys Genick und rammte ihr mehrere Kniestöße in die Seite und den Unterleib, bis diese einen Stoß blockte, sich aus dem Griff wand und Laura mit einem gedrehten Tritt nach hinten schleuderte. Laura spürte die harte Wand im Rücken, stieß sich ab und wollte wieder angreifen, als Ivy ihr die Klinge aus der Hand trat und ihrerseits angriff. Laura blieb nichts anderes übrig, als ihren Kopf mit den Armen zu schützen und sich langsam zurücktreiben zu lassen. Ivys Fäuste, Ellbogen und Knie trafen ihre Arme, ihren Körper und ihre Beine, während sie Schritt für Schritt rückwärts stolperte. Irgendwann traf ein Kopfhaken ihre Schläfe. Der wuchtige Treffer brachte sie aus dem Rhythmus. Ivy nutzte die Lücke und durchbrach Lauras Deckung mit einem harten Tritt, der ihr die

Luft aus den Lungen presste. Sie krümmte sich zusammen, ließ die Deckung sinken und fing sich einen Schlag mit dem Ellbogen ein, der über ihr Jochbein schrammte und weiße Blitze vor ihren Augen zurückließ. Die Umgebung begann langsam zu verschwimmen, während ihre Kraft sie unaufhaltsam verließ. Ivy prügelte sie buchstäblich aus ihr hinaus, während sie Laura gnadenlos vor sich hertrieb.

Nach einem weiteren kurzen Schlagabtausch näherten sie sich den Plastfenstern. Laura konnte ihrer jüngeren Gegnerin nichts mehr entgegensetzen und versuchte, sie zu umklammern, um sie ihrer Primärwaffen zu berauben. Aber Ivy wich gekonnt aus, schlug eine Führhand, eine Gerade und einen Körperhaken und schubste Laura zurück gegen das zersprungene Plastfenster, das unter der Wucht des Aufpralls verdächtig knirschte.

Laura schlug mit dem Hinterkopf gegen die Scheibe, hielt sich nur noch mit Mühe auf den Beinen und gab auf. Das kleine Miststück hatte gewonnen.

Ivy riss ihr triumphierend die Sturmhaube vom Kopf, zog ein Messer aus der Scheide am Unterarm und stellte sich schwer atmend vor sie. Ihre Brust bebte aufgrund der Anstrengung. Aber sie hatte sich unter Kontrolle und schien fit genug zu sein, um die Auseinandersetzung jederzeit fortführen zu können. Laura dagegen war am Ende. Sie rang nach Atem, während ihr Körper vor Adrenalin zitterte und sie sich kaum auf den Beinen halten konnte. Sie wollte noch nicht sterben, aber es schien, als ob sie ihren finalen Tod nicht länger aufschieben konnte. Sie würde das Leben auf der Hawk und die damit verbundenen Menschen vermissen. Vor allem Roony, Rokka und all die anderen, die sie in den letzten Monaten hatte kennenlernen dürfen. Sie würde das Gefühl, als Ärztin wirken zu können, wie nichts anderes auf der Welt vermissen. Aber wenigstens würde sie endlich dem ewigen Kreislauf entkommen, ein fremdbestimmtes Leben nach dem anderen führen zu müssen, um Dinge zu tun, die sie im Grunde nicht tun wollte. Vielleicht war es besser so. Sie verabschiedete sich in Gedanken von Roony, als ihr Blick an einer Blendgranate hängenblieb, die an Ivys Koppel baumelte.

»Es ist Zeit für dich, zu gehen, Laura«, stellte diese kalt fest, holte mit dem Messer aus und stach zu.

Laura wich nur einen winzigen Schritt zur Seite aus. Sie spürte, wie die Klinge durch ihre Haut in ihren Körper fuhr und knurrte vor Schmerzen. Anschließend zog sie Ivy mit letzter Kraft zu sich, rammte ihr die Stirn ins Gesicht und drehte sich mit ihr um die eigene Achse, um die Plätze zu tauschen. Danach zog sie die Blendgranate von der Koppel, aktivierte sie und ließ sie fallen, um einen Moment später nach Luft japsend auf die Knie zu sinken, wo sie sich zusammenrollte und ihr Gesicht schützend in den Armen vergrub.

FEINDE & VERBÜNDETE

Mel näherte sich der Caiman vorsichtig über die Steuerbordseite an. Er hatte keine Ahnung, ob sich Xhex noch an den Gefallen erinnerte, den er Mel versprochen hatte, nachdem sie sich vor einem Jahr begegnet waren. Allerdings gab es für den Piraten keinen Grund, sich an eine beiläufig gemachte Zusicherung zu halten, die er im Angesicht Stokes' schwer bewaffneter Marines abgegeben hatte. Deshalb war es durchaus möglich, dass er die Dinge mittlerweile anders sah. Allerdings hatte Mel vor, das Risiko aus Mangel an Alternativen trotzdem einzugehen. Auch wenn der Thrill nichts mehr von seinem Versprechen wissen wollte. Denn Mel ging davon aus, dass Lin ihm nach wie vor wichtig war. Immerhin lag er mit seinem Gleiter noch vor Anker und hatte sich nicht aus dem Staub gemacht.

Mel flog einen Bogen, offenbarte seine Signatur und bat, bei Xhex vorsprechen zu dürfen, während er aus den Augenwinkeln sah, wie die Läufe der automatischen Minikanonen seiner Flugbahn folgten. Ein einziger Feuerstoß des zwanzig Millimeter Kalibers würde ausreichen, um ihn in einen Haufen aus Fleisch, Blut und Knochensplittern zu verwandeln.

Die Schmerzen hatten mittlerweile etwas nachgelassen. Aber er konnte das Kribbeln der arbeitenden Nanobiten nach wie vor spüren, was bewies, dass es noch genug für die winzigen Bioroboter zu tun gab. Mehr Sorgen bereiteten ihm allerdings die zunehmenden Wahrnehmungsstörungen, die Stück für Stück seine Realität in Beschlag nahmen. Hin und wieder hatte er das Gefühl, auf weichem Wüstenboden, anstatt harten Trivistahlplatten zu gehen. Manchmal roch es nach verbranntem Fleisch. Dann hörte er Geräusche, die eindeutig nicht in seine Welt gehörten. Die Schmerzen schienen die Halluzinationen niedrig zu halten. Aber mit fortschreitender Heilung drängten sich die Wahrnehmungsstörungen zunehmend in den Vordergrund. Allerdings war es zu spät, seine Meinung zu ändern. Er hatte sich entschieden und nun musste er es durchziehen. Die Zeit für Alternativen und Kompromisse war vorbei.

Nach einigen Sekunden wurde sein Wunsch erhört. Die Landeerlaubnis erschien auf dem Display seines Speeders. Gleichzeitig wurde ein unscheinbares Positionslicht auf einem der Decks aktiviert. Mel zog den Flitzer nach links und tauchte unter dem Kampfgleiter durch. Dessen bläulich glühende Magnetabsorber knisterten lautstark über ihm, als er sie passierte und einer Energieentladung ausweichen musste, die gefährlich nahe an ihm vorbei zuckte. Kurz darauf riss er den Speeder nach oben, bremste ab und landete im Schatten eines Raketenwerfers auf dem vorgegebenen Deck, wo er bereits von mehreren Piraten erwartet wurde. Die Thrill musterten ihn skeptisch. Es handelte sich um raue Männer, kampferprobt und gefährlich – selbst für einen Special Ops wie Mel.

Die Piraten eskortierten ihn wortlos unter Deck, bis sie vor dem Schott eines Quartiers stehenblieben. Die schwere Stahlplatte glitt zischend zur Seite. Mel spürte den Lauf eines Blasters im Rücken und betrat den Raum.

Xhex saß hinter einem einfachen Tisch, auf dem sich zwei Krüge und eine Flasche aus Riffstein befanden, deren Inhalt nicht zu sehen war. Der Thrill winkte ihn zu sich und bedeutete seinen Piraten, das spartanisch eingerichtete Quartier zu verlassen und das Schott zu schließen. Er beugte sich nach vorne und zeigte mit dem Finger auf einen Sessel, der ihm gegenüber vor dem Tisch stand.

»Ich hatte früher mit dir gerechnet«, eröffnete er das Gespräch. »Was hat dich aufgehalten?«

Mel hob entschuldigend die Schultern und ließ sich auf dem Sessel nieder. »Ich konnte Captain Roony nicht davon überzeugen, die Söldner zu stellen. Die Administration verbietet es ihm, die Grenze zu Callen Sempas Territorium zu übertreten. Vermutlich ein politisches Anliegen.« Mel sah den Thrill eindringlich an. »Was hat *dich* davon abgehalten, etwas wegen Lin zu unternehmen?«

Xhex verzog den Mund zu einem Schmunzeln. »Wir sind den feindlichen Kampfgleitern fünf zu eins unterlegen. Abgesehen davon gibt es nichts außer einer Menge Ärger zu holen. Unter diesen Voraussetzungen ist es schwer, meine Piraten zu überzeugen, sich mit den Söldnern anzulegen.« Er öffnete die Flasche und füllte die Krüge. Einen schob er zu Mel, der die dunkelbraune zähe Flüssigkeit, die von dickem Schaum gekrönt wurde, skeptisch begutachtete. Die Masse ähnelte gewöhnlichem Unionsbier, allerdings schien sie dicker und gehaltvoller zu sein.

»Das ist Cherum.« Xhex sah ihn herausfordernd an. »Ein altes sagenumwobenes Thrill-Getränk.«

Mel hob skeptisch eine Augenbraue. »Hilft es gegen Halluzinationen?«

»In ausreichender Menge hilft es gegen alles«, erwiderte Xhex grinsend und hob seinen Krug. »Savarie …«

»Savarie«, wiederholte Mel, stieß mit ihm an und nahm einen vorsichtigen Schluck des Gebräus. Es schmeckte nach Malz und war angenehm bitter. Er stellte den Krug auf den Tisch und widmete sich wieder seinem Gastgeber.

»Abgesehen von unserer zahlenmäßigen Unterlegenheit«, fuhr Xhex fort, »hat Anis Thorva uns verboten, uns einzumischen.«

Mel sah ihn erstaunt an. »Aber warum? Ich dachte, er steht auf unserer Seite?«

Jetzt war es Xhex, der entschuldigend mit den Achseln zuckte und zu grinsen begann. »Vermutlich ein politisches Anliegen.«

Mel nickte und rümpfte die Nase. »Weiß er, dass sie Lin in ihrer Gewalt haben?«

»Nein«, erwiderte Xhex finster. »Das Störsignal der Hawk blockiert unsere Kommunikationssysteme. Wir können ihn nicht kontaktieren.«

»Warum bist du dann noch hier?«

»Ich will sie nicht im Stich lassen.« Xhex sah ihn entschlossen an. »Genau wie du.« Er nahm einen weiteren Schluck und lehnte sich zurück in den Sessel, der unter seinem Gewicht ächzte.

»Werden deine Thrill uns folgen?«

»Sie werden mich nicht im Stich lassen, falls du das meinst«, antwortete Xhex. »Dazu schulden sie mir zu viele Gefallen.«

Mel hob interessiert eine Augenbraue. »Alle?«

»Die meisten«, erwiderte der Thrill beiläufig. »So, wie ich dir einen schulde.«

Mel sah ihn erstaunt an.

»Du dachtest doch nicht, dass ich es vergessen habe? Ein Gefallen für einen Gefallen. Wenn wir uns auch nicht an alle Regeln unserer Kultur halten, aber einige sind uns heilig.«

Das hätte Mel dem bulligen Kerl wirklich nicht zugetraut. Er atmete erleichtert aus und gönnte sich einen weiteren Schluck.

»Wie können wir also gegen fünf Kampfgleiter bestehen?« Xhex sah ihn fragend an.

»Wir müssen sie nicht alle vernichten«, stellte Mel fest. »Es reicht, wenn wir es schaffen, die Sudden Death auf diese Seite der Grenze zu bekommen.«

»Ich gehe davon aus, dass der Anführer der Söldner damit nicht einverstanden sein wird.«

»Vermutlich«, erwiderte Mel schmunzelnd. »Aber das kann uns egal sein, nicht wahr?«

Xhex nickte. »Wie gehen wir also vor?«

»Ich brauche alle Daten über die Sudden Death, die du mir beschaffen kannst.«

»Um was zu tun?«

Mel verzog den Mund zu einem breiten Grinsen. »Um ihnen eine böse Überraschung zu bereiten.«

»In diesem Fall werde ich meine Techniker sofort damit beauftragen«, sagte Xhex vergnügt und hob den Krug erneut. »Savarie!«

»Savarie!«, erwiderte Mel und stieß mit dem Thrill an, während er darüber nachdachte, ob es eine gute Idee war, Hollister und die Scouts in diese Sache hineinzuziehen. Allerdings war es mittlerweile zu spät für einen Rückzieher, weshalb er sein Komm-Gerät aktivierte und über das temporäre Netz eine Verbindung zum Specialist aufbaute. Xhex wurde währenddessen von der Brücke gerufen.

»Captain Roony von der Hawk will, dass wir Sergeant Rokka sofort ausliefern. Was soll ich ihm antworten?«

»Halt ihn so lange hin wie möglich und lass die Aggregate hochfahren«, antwortete Xhex grinsend. »Wir machen einen Ausflug!«

Lin stand neben der Liege des Botschafters und atmete kurz durch, während sie sich die blutigen Synthetikhandschuhe auszog und in den Abfall warf. Als Nächstes wischte sie sich übers Gesicht und lehnte sich gegen die Trage, um wieder zu Atem zu kommen. Der größte Teil der verwundeten Söldner war versorgt und in umfunktionierte Ruhequartiere verlegt worden, um im Lazarett mehr Platz zu haben. Doktor Thelia, von dem sie nicht einmal wusste, ob er überhaupt ein richtiger Arzt war, hatte es geschafft, den Botschafter zu stabilisieren. Auch wenn es Lin war, die dessen Nanobiten so weit beruhigt hatte, dass der Arzt ihn operieren konnte. Seine Bemühungen hatten fast zwei Stunden in Anspruch genommen, aber am Ende hatte er es geschafft. Der große Splitter befand sich zwar immer noch in Roaks Körper, aber sein Zustand hatte sich etwas gebessert und wurde vom System nicht mehr als lebensgefährlich eingestuft.

Roak lag regungslos auf der Liege. Sein Brustkorb hob und senkte sich in gleichbleibendem Rhythmus, der darauf schließen ließ, dass er dem Tod vorerst entkommen war. Wie lange das so bleiben würde, konnte Lin nicht abschätzen. Allerdings war sie sich sicher, dass es besser für sie und die anderen Thrill war, wenn er so lange wie möglich am Leben blieb.

Thelia warf einen verstohlenen Blick zu den Söldnern,

die sich im Raum verteilt hatten und sie keine Sekunde aus den Augen ließen. Danach wandte er sich flüsternd an Lin.

»Was hast du vor?«

»Vorerst nichts«, erwiderte sie beiläufig, während sie eine Injektionspistole reinigte, die der Arzt erst vor wenigen Minuten an Roaks Hals angesetzt hatte. »Ich warte auf die richtige Gelegenheit.«

»Sie werden uns töten, wenn wir Ärger machen«, erwiderte er ängstlich.

»Deshalb warte ich auf den richtigen Moment.«

Er atmete scharf aus. »Bitte überleg dir das gut. Du weißt, dass ich dich als Anführerin immer unterstützt habe.«

»Aber?« Sie sah ihn herausfordernd an, bis er den Blick abwandte.

»Nichts, ›aber‹. Denk bitte auch an uns. Viele unserer Brüder und Schwestern sind verwundet. Sie können sich nicht wehren und …«

»Thelia«, unterbrach Lin ihn grob. »Du wirst den Kerl«, sie tippte Roak auf die Brust, »nicht ewig am Leben halten können. Sobald er stirbt, sind wir erledigt. Er ist der einzige Grund, warum sie uns noch nicht hingerichtet haben, verstehst du?«

»Aber … Aber sie behandeln uns gut. Wir …«

»Sie werden uns nicht verschonen, denn wir sind Zeugen, die sie nicht brauchen können. Überleg doch mal.« Sie starrte ihn eindringlich an. »Diese Kerle haben den Botschafter der Union entführt. Ihre kybernetischen Implantate kosten so viel, wie keiner von uns jemals in seinem Leben besitzen wird. Denen geht es nur um Kredite und um sonst nichts. Ihr Auftraggeber wird nicht riskieren, dass sie von uns identifiziert und vielleicht mit ihm in Verbindung gebracht werden könnten.« Sie legte die Pistole zur Seite und stützte sich mit den Händen auf der Liege ab. »Wir können nicht bis in alle Ewigkeit warten. Sobald sich eine Gelegenheit ergibt, müssen wir handeln.« Sie bedachte ihn mit einem strengen Blick. »Jeder von uns.«

»Ich hoffe, du machst keinen Fehler …«

Lin rollte genervt mit den Augen. »Vielleicht. Vielleicht nicht. Als Commander dieses Gleiters maße ich mir an, diese Entscheidung zu treffen und das damit verbundene Risiko in Kauf zu nehmen, verstanden?«

Er senkte betreten den Kopf. »Natürlich … ich … ich muss mich um die anderen Patienten kümmern.« Er schlich zu Malus und half ihm, einem verletzten Thrill eine Bio-Schiene anzulegen.

Lin ließ ihn nicht aus den Augen. Eine Meuterei im Kleinen war das Letzte, was sie im Moment gebrauchen konnte. Wenn der Arzt Malus und die anderen auf seine Seite zog, konnte das zu einem Problem werden und sie hatte keine Lust, ihre eigenen Leute bekämpfen zu müssen.

»Gut gesprochen«, erklang plötzlich eine schwache Stimme. Der Botschafter hatte die Augen geöffnet und sah sie interessiert an. »Ich nehme an, Sie sind keine medizinische Assistentin?«

»Nicht wirklich«, antwortete sie leise. »Aber in Ihrem Zustand müssen Sie jede Hilfe nehmen, die Sie kriegen können, richtig?«

»Touché«, erwiderte er schmunzelnd. »Aber wenn ich die Wahl hätte, würde ich mich natürlich für Sie entscheiden.« Er zwinkerte ihr zu.

»Warum? Weil ich wie Sie ein Scrambler bin?«

Er riss entsetzt die Augen auf. »Weiß der Söldner davon? Ich meine, dass ich …«

»Nein.«

»Aber wie haben Sie es herausgefunden? Durch einen Scan? Hat der Arzt Ihnen davon erzählt?«

Lin warf erneut einen verstohlenen Blick zu den Söldnern, bevor sie sich Roak zuwandte. »Ich kann die Nanokultur in Ihrem Körper spüren und Ihre Nanobiten beeinflussen.«

Roak nickte anerkennend. »Mit dieser Fähigkeit wären Sie in Unionskreisen wirklich gefragt, nicht wahr?«

»Das wäre ich tatsächlich«, stimmte Lin zu, während sich aufgrund der dunklen Erinnerungen ihr Gesichtsausdruck verfinsterte. »Und das war ich auch. Bis Anis Thorva mich befreit hat.«

»Ich verstehe …«

»Tun Sie nicht. Aber das macht nichts.«

»Dann sind Sie nicht gut auf die Union und die Liga zu sprechen?«

»Man muss kein Genie sein, um zu diesem Schluss zu gelangen.«

Er lächelte. »Das ist gut …«

»Für wen?«

»Für mich«, erwiderte er und hustete kurz. »Ich gehe davon aus, dass Sie Ihrem Volk tief verbunden sind?«

»Worauf wollen Sie hinaus?«

»Sind Sie es?«

»Natürlich«, antwortete sie empört. »Ich bin eine Thrill. Was dachten Sie denn?«

»Es gibt auch Kollaborateure, nicht wahr?«

»Nicht viele. Thrill haben für Verräter nichts übrig und am Ende landen sie alle am Kreuz. *Tresh da Tresh*.«

Er nickte. »Und da gehören sie auch hin.«

»Warum setzen Sie sich so vehement für uns ein?«, wollte Lin wissen. »Viele Thrill fragen sich das. Niemand kann verstehen, warum ein Clanoffizier der Union seine Herkunft verleugnet, um zu sein wie wir.« Sie starrte ihn eine Zeitlang fragend an, bevor er antwortete.

»Ich hab in meinem Leben viel mit ansehen müssen. Dinge, die mich noch heute in meinen Träumen verfolgen und irgendwann habe ich beschlossen, dass der mir vorgegebene Weg nicht der richtige für mich sein kann. Ich habe versucht, den Thrill zu helfen, wo ich nur konnte. Auch, wenn ich mich dafür lächerlich machen musste.« Er deutete auf seine Tätowierungen, seine Haare und die Reste des Gewandes, die in Fetzen an seinem Körper hingen. »Aber Menschen, die sich lächerlich machen, nimmt die Union nicht ernst, verstehen Sie? Ich konnte mich frei bewegen, hatte Zugriff auf brisante Informationen und war immer auf dem Laufenden, was die politischen Entwicklungen anging.«

»Also ein Wolf im Schafspelz?«

Er lachte kurz auf. »Eher eine Laus. Aber eine große.«

Lin schmunzelte. »Wie sind Sie zu den Nanobiten gekommen?«

»Privilegien eines Clanoffiziers.«

»Aber wozu?«

»Nun«, begann er flüsternd. »So wie Sie in der Lage sind, andere Scrambler aufzuspüren, habe auch ich meine Nanokultur mit Bedacht und einem gewissen Ziel vor Augen gewählt.«

»Sie wurden mir aufgezwungen …«

»Dann betrachten Sie es als glückliche Fügung. Ich kenne sonst keinen Scrambler, der diese Fähigkeit besitzt.« Lin zuckte nur mit den Achseln, bevor er fortfuhr. »Mit

Hilfe meiner Parasiten kann ich fast alle bekannten Sicherheitssysteme überwinden.«

»Oh …«, bemerkte sie neidisch. »Das würde Sie zu einem hervorragenden Dieb machen.«

»Oder zu einem hervorragenden Agenten, nicht wahr?«, fügte er beiläufig hinzu und sah sie verstohlen an.

Ein Agent? Der lächerliche Abklatsch eines Pseudo-Thrill sollte ein *Agent* sein? Lin konnte es kaum fassen. Kyle Roak war als trotteliger Fürsprecher für ihr Volk bekannt. Er wurde von seinen Freunden belächelt und von seinen Feinden nicht ernstgenommen. Und genau dieser Clown sollte ein Spion sein?

»Für wen arbeiten Sie?«

»Für einen speziellen Freund aus Ihrem Kulturkreis.«

»Für wen?«, hakte Lin nach.

»Das sage ich erst, wenn Sie sich mir verpflichtet haben.«

»*Verpflichtet?* Wie zur Hölle meinen Sie das?«

»Nun«, begann er vorsichtig. »Jemand wird meine Mission beenden müssen, nicht wahr? Sie hatten recht. Meine Zeit wird bald ablaufen. Aber jemand muss meine Aufgabe zu Ende bringen.«

»Aber warum ich?« Sie sah sich unauffällig um und vergewisserte sich, dass sie nicht beobachtet wurden. »Warum sollte ausgerechnet ich Ihnen helfen?«

Er sah sie schmunzelnd an. *»Ma Sula me …«*

Lin schnaubte verächtlich. »So funktioniert das nicht. Wir haben nicht miteinander gekämpft. Sie haben nicht verloren. Ich hab Sie nicht verschont.«

»Sie haben mich gerettet und damit die Verantwortung für meine bescheidene Existenz übernommen, nicht wahr?«

»Wie kommen Sie darauf?«

»Sie haben meine Nanokultur beeinflusst. Die kleinen Biester hätten mich sonst mit in den Abgrund gerissen, soweit ich mich erinnern kann. Der Arzt hatte mehrere Versuche unternommen, die Splitter zu entfernen, bevor ich ohnmächtig wurde. Aber meine Nanobiten haben ihn nicht gelassen. Stattdessen hat meine Nanokultur die Bemühungen des Arztes als zu risikoreich für meine, und damit auch für ihre eigene Existenz eingeschätzt. Aber Sie haben die kleinen Biester beeinflusst und damit dem Arzt ermöglicht, mich zu stabilisieren, nicht wahr? «

»Aber …«

»Nichts, ›aber‹«, unterbrach Roak sie entschlossen. »Ich habe meine Seite schon vor Jahrzehnten gewählt und bin seitdem meinem Kurs treu geblieben. Viele Menschen und Thrill haben nicht das Glück, ihr Leben lang einem roten Faden folgen zu können. Stattdessen ist es von einem Auf und Ab, von Sackgassen, Umleitungen und Entscheidungen geprägt, die nicht zurückgenommen werden können. Aber irgendwann kommt für jeden Mann und jede Frau der Tag, an dem sie eine Seite wählen müssen.« Er sah sie ernst an. »Und heute ist Ihr Tag gekommen.«

»Aber welche Seite denn?«

»Wenn Sie wirklich eine Thrill sind, müssen Sie nur auf Ihr Herz hören.« Er strich mit der zitternden Hand über seine Brust. »Ich hab wichtige Informationen bei mir, die nur in den richtigen Händen eine Menge für Ihr Volk bewirken können. Diese Chance ist einmalig. Aber ich kann sie nicht mehr nutzen – deshalb müssen *Sie* für mich einspringen.« Seine stechenden Augen fixierten Lin wie die Spitzen zweier scharfer Klingen. »Also, auf welcher Seite stehen Sie?«

Lin hatte keine Ahnung, wo der Botschafter sie hineinziehen würde, aber er hatte recht: Sie war eine Thrill, sie hasste die Union und sie würde nicht untätig danebenstehen und zusehen, wie ihr Volk zugrunde ging.

»Ma Sula me …«, begann er erneut und starrte sie fordernd an, bis sie sich nach vorne beugte und seine Frage beantwortete.

»Ma tua te.«

Laura lag gekrümmt auf einer Pritsche. Die Schmerzen brachten ihre Synapsen zum Singen. Dort, wo sie den Wundschaum angewendet hatte, brannten ihre Eingeweide wie Feuer. Sie hoffte, dass Ivy keine inneren Organe verletzt hatte und versuchte, sich stöhnend aufzurichten. Aber es gelang ihr nicht. Die Erinnerungen ans Ende der Auseinandersetzung waren nur bruchstückhaft vorhanden. Die Druckwelle hatte Ivy mit sich durch die Plastscheibe gerissen. Laura war gegen eine Konsole geschleudert worden. Der Aufprall hatte sie einige Rippen gekostet und danach war es Schwarz um sie geworden. Sie erinnerte sich, dass der Agent sie gestützt hatte, während sie über eine Stahltreppe unter Deck gestolpert waren, um sich im Maschinenraum zu verstecken. Sie hatte ihre Wunden mit dem Schaum des Agenten behandelt und war wegen der Schmerzen wieder weggetreten, bis sie vor einigen Minuten auf der Pritsche erwacht war. Sie wusste weder, ob der Agent noch lebte oder wo Ivy sich aufhielt – vorausgesetzt, sie hatte die Detonation und den Sturz überlebt. Allerdings hatte sich das kleine Miststück als äußerst zäh erwiesen, weshalb Laura vorsichtshalber davon ausging.

Der synthetische Bezug der Pritsche fühlte sich rau an und roch trotz seines Alters immer noch künstlich. Ihre

Hand glitt über mehrere Stellen, die sich im Laufe der Jahre abgenutzt hatten, aber im Großen und Ganzen war sie verdammt froh über die relativ weiche Unterlage. Sie konnte nach wie vor nicht glauben, dass ihre Assistentin ihr all die Wunden zugefügt hatte. Wer zur Hölle war diese Frau? Laura musste aufgeflogen sein! Es gab gar keinen Zweifel daran, dass Ivy Pulsa auf sie angesetzt worden war. Sie war im richtigen Moment auf der Hawk erschienen und hatte Laura seitdem nicht aus den Augen gelassen. Sie hatte sie verfolgt und darauf gewartet, im richtigen Augenblick zuzuschlagen – und genau das hatte sie getan.

Das Brummen der Aggregate hatte Laura eingelullt, weshalb sie ein paar Minuten brauchte, um sich von der einschläfernden Geräuschkulisse befreien zu können. Sie lag vor einer abgenutzten Wand, auf der einige der diensthabenden Techniker über die Jahre unbedeutende Nachrichten für die Nachwelt hinterlassen hatten. Die eingekratzten Sprüche waren noch zu verschwommen für Laura, um sie entziffern zu können. Ihre Augen brauchten etwas, bevor sie den Fokus wiederfanden. Als sie den ersten Spruch lesen konnte, fluchte sie und nahm den rasselnden Atem des Agenten zum Anlass, sich langsam umzudrehen.

Er saß neben der Pritsche auf dem Boden. Lauras Notverband an seinem Unterleib war leicht verrutscht. Er hatte einiges an Blut verloren und presste seine Hände krampfhaft auf den synthetischen Stoff, der seine Gedärme zurück in die Bauchhöhle zwang. Laura konnte wegen der Sturmhaube nicht beurteilen, ob er schlief oder wach war. Aufgrund seiner schweren Verletzung ging sie allerdings nicht davon aus, dass er es bis zum Morgengrauen schaffen würde.

»Sie … Sie sind hübsch«, stellte er mit schwacher Stimme fest.

Laura ignorierte das Kompliment. »Wo ist sie? Wo ist Ivy?«

»Sie kennen sie?«

Laura nickte und berichtete dem Agenten, woher sie Ivy Pulsa kannte. Sie erzählte ihm von der Mission der Hawk, dem Verschwinden eines Teils der Mannschaft und der Verstärkung, mit der die Söldner und Ivy an Bord des Unionsgleiters gekommen waren.

»Dann wurden Sie enttarnt«, stellte er nüchtern fest. »Sie sollten verschwinden.«

»Wie meinen Sie das?«, wollte Laura wissen und hob verwirrt eine Augenbraue, während sich ihr Magen verkrampfte. »Ich kann nicht verschwinden. Sollte ich die Mission abschließen, werde ich einen neuen Lebenslauf und ein neues Gesicht bekommen. So wie immer.«

»Wollen Sie das denn?«, wandte er ein. »Sie sollten nicht wie ein Klon, je nach Laune seines Besitzers, ständig verändert werden. Ihr Leben ist zu kurz, um es dieser verdammten Organisation zu überlassen.«

Beim Gedanken an Flucht zog sich ihr Magen wieder zusammen und ein Gefühl von Panik machte sich in ihr breit, aufgrund dessen sie sich am liebsten im nächstbesten Loch verkrochen hätte. Der Panik folgte eine Gewissheit, nicht ohne die Organisation im Hintergrund überleben zu können, die ihr den Atem raubte.

»Aber sie würden mich finden. Ich kann Secoma nicht verlassen …«

»Das bilden Sie sich ein«, entgegnete er. »Das, was sie glauben zu fühlen, ist nur eine in Sie gepflanzte Absicherung der Organisation, die Sie am Weglaufen hindern soll.«

»Aber das kann nicht sein. Es fühlt sich so echt an.«

»Das ist es auch«, bestätigte er. »Die Bastarde haben jungen Müttern nach der Geburt die Babys weggenommen. Danach haben sie die entsprechenden Gefühle aus deren Gehirnen extrahiert und daraus eine Art Basisgefühl von Verlust und damit Angst entwickelt, das tief in jedem Agenten verankert wird. Genau wie das Basistraining. Es ist ein tiefer Bestandteil Ihrer Psyche, der die Gedächtnislöschungen ohne Schaden übersteht und Sie immer daran erinnert, wem Sie gehören. Wie das Brandzeichen eines Thrill-Ponys.« Er hustete und presste sich stöhnend das synthetische Material auf die Wunde, bevor er fortfuhr. »Dieses Gefühl wird ausgelöst, sobald ein Agent mit dem Gedanken spielt, sich von der Organisation zu trennen, verstehen Sie? Wenn einem Baby die Mutter weggenommen wird, ist es nicht lebensfähig. Es bekommt Panik und würde alles dafür tun, um zu ihr zurückzudürfen. Es geht davon aus, dass es ohne sie nicht überleben kann.«

Laura sah ihn verstört an.

»Sie werden seit Jahren manipuliert …«

Je länger Laura über die Worte des Mannes nachdachte, desto plausibler erschienen sie ihr. Es war immer der gleiche Prozess. Sobald sie an Flucht dachte, bekam sie Panik, die ihr die Luft abschnürte. Ein lähmendes Gefühl existenzbedrohender Unsicherheit, das nur verschwand, wenn sie den Gedanken wieder verwarf.

»Woher wissen Sie das alles?«

»Ich bin schon sehr lange ein Teil dieses Apparates«, stellte er fest. »Secoma kann nicht riskieren, Agenten an den Gedanken der Freiheit zu verlieren. Und die wenigen, die es geschafft und sich abgesetzt haben, wurden mit allen Mitteln gejagt und zur Strecke gebracht.«

»Wie kommen Sie dann darauf, dass *ich* es schaffen könnte?«

»Warum nicht?«, erwiderte er hustend. »Sie haben nichts zu verlieren. Für mich ist es zu spät. Aber Sie können noch über den Rest Ihres Lebens bestimmen.« Er schien sie anzusehen. »Und das sollten Sie auch.«

Aber konnte sie das wirklich? Was würde sie denn mit ihrer Freiheit schon groß anfangen? Bis zum Ende ihres Lebens auf der Flucht sein? Der Gedanke, sich von der Organisation abzuwenden, setzte erneut den Prozess in Gang, der Laura bereits über viele Jahre gequält hatte. Allerdings erschien ihr die Wirkung nun, da sie über den Grund der schlechten Gefühle Bescheid wusste, nicht mehr ganz so beängstigend wie bisher.

Bevor sie etwas erwidern konnte, begann das Audiosystem zu knacken.

»… wo hast du dich versteckt, Laura?« Ivys Stimme kroch wie eine giftige Schlange durch den Maschinenraum. »Komm raus und lass es uns zu Ende bringen …«

Laura wollte ihre Komm-Einheit aktivieren, aber der Agent schüttelte verneinend den Kopf.

»… du kommst hier nicht mehr weg. Niemand weiß, wo du bist und niemand wird kommen, um dich zu retten.« Sie kicherte. »Nicht mal dein kaputter Scrambler …«

Laura horchte überrascht auf.

»… er hat mittlerweile Halluzinationen, weißt du? Vermutlich liegt er in irgendeiner Ecke und verliert gerade seinen Verstand. Wie lange wird es wohl dauern, bis er seinen Namen nicht mehr aussprechen kann?« Sie begann zu lachen. »Ich hab dafür gesorgt, dass er die letzte Injektion nicht bekommen wird.«

Laura biss fluchend die Zähne zusammen. Dieses

verdammte Miststück. Laura hatte Roony und Mel ursprünglich als nützliche Handlanger ausgewählt, mit deren Hilfe sie den erfolgreichen Abschluss ihrer Mission hatte sichern wollen, falls unerwartete Schwierigkeiten auftreten sollten. Aber mittlerweile war das nicht mehr so. Sie mochte die beiden und sie hasste den Gedanken, dass sie wegen ihr verletzt werden könnten.

»… allerdings bin ich nicht so kaltherzig wie du, Laura«, fuhr Ivy fort. »Du kannst deinen weißen Ritter noch retten – aber dazu musst du dein Versteck verlassen und zu mir kommen. Ich habe die Injektion bei mir. Du musst sie dir nur holen.« Sie hustete. »Ich warte auf der Brücke auf dich. Aber lass dir nicht zu viel Zeit. Mein Bruder ist auf dem Weg hierher und Jed ist nicht dafür bekannt, allzu nachsichtig zu sein.« Kurz darauf brach die Verbindung ab.

Laura starrte nachdenklich auf einen der Lautsprecher des Audiosystems, der wie die anderen in die Decke integriert war. Danach strich sie mit der Hand über all die brennenden Wunden, die Ivy ihr während ihrer ersten Auseinandersetzung zugefügt hatte und musste sich eingestehen, dass sie sich nicht sicher war, ob sie das Miststück würde bezwingen können. Auf der anderen Seite durfte sie Mel nicht im Stich lassen. Er zählte auf sie und sie war sich sicher, dass er ihr auch nicht den Rücken kehren würde, wenn es darauf ankam.

Während sie darüber nachdachte, ob sie sich Ivy stellen oder besser nach einer anderen Möglichkeit suchen sollte, um Mel zu helfen, fiel ihr Blick erneut auf den dummen Spruch an der Wand, der sie erst vor Kurzem dazu gebracht hatte, sich abzuwenden und zu fluchen: *Lebe dein Leben.*

Wenn es doch nur so einfach wäre.

»Wie heißen Sie?« Die Stimme des Agenten klang schwächer, seine Atemgeräusche nasser. Er würde nicht mehr lange durchhalten. Im Lazarett der Hawk hätte er eine Chance gehabt, aber hier blieb ihm nur der Tod.

»Laura«, antwortete sie, ohne zu zögern. »Und Sie?«

»Ich … ich weiß es nicht mehr«, gab er niedergeschlagen zu. »Nach all den Gedächtnislöschungen kann ich mich nicht mehr daran erinnern.« Er musste husten. »Würden Sie mir bitte die Sturmhaube abnehmen?«

Laura nickte, ging zu ihm und zog die Haube vorsichtig über seinen Kopf. Der Mann sah alt aus, obwohl sein Körper wie der eines guttrainierten Vierzigjährigen wirkte. Auf seinem Gesicht waren unzählige Narben zu sehen, die von all den Gesichtsoperationen herrührten, die die Organisation während seines Lebens an ihm durchgeführt und die ihn am Ende entstellt hatten. Irgendwann hatten sich seine Haut und die darunter liegenden Muskeln anscheinend nicht mehr angemessen regenerieren können und ihn in ein abschreckendes Etwas verwandelt.

Er schloss die trüben Augen und atmete tief ein, während das Blut in seinen Lungen dem Ganzen einen nassen Unterton verlieh.

»Es tut gut, das Ding endlich loszusein«, bemerkte er zufrieden. »Und zu wissen, dass ich sie nie mehr werde tragen müssen, macht es noch besser.«

Laura wusste nicht, was sie darauf antworten sollte. Denn ihre Gedanken überschlugen sich gerade. Der elende Anblick des Agenten, der ein Ausblick auf ihr eigenes Leben war, wenn sie es nicht radikal verändern würde, setzte ihr mehr zu, als sie sich hatte eingestehen wollen. Gleichzeitig kroch wieder das Gefühl der Panik über ihren Rücken nach oben. Allerdings war sie sich nicht sicher, ob es sich um das falsche, von der Organisation eingepflanzte handelte oder ob es einfach nur den schlechten Umständen geschuldet war: Ivy wartete auf sie, um sie zu töten, Mel war den Halluzinationen ausgeliefert und würde seinen Verstand verlieren, und der Mann vor ihr würde sterben – und sie konnte nichts dagegen tun. Sie fühlte sich wie eine willenlose Puppe, die über das Spielfeld ihres Lebens geschoben wurde. Und sie hasste sich dafür.

»Laura ..? Sind Sie noch da?«

»Das bin ich …« Sie streckte die Hand aus und bewegte sie vor seinen Augen, aber er schien nichts mehr wahrnehmen zu können.

»Ich … ich habe Ihnen noch etwas mitzuteilen.« Er musste erneut husten. »Ich hab Dinge gesehen … im Norden. Dinge, die uns alle betreffen werden. Dinge, über die die Öffentlichkeit Bescheid wissen muss, verstehen Sie?«

Laura nickte, obwohl er sie nicht mehr sehen konnte, und ließ sich neben seinem zitternden Körper auf die Knie sinken. Danach brachte sie ihr Ohr an seine bebenden Lippen und lauschte seinem immer leiser werdenden Flüstern. Seine Worte gruben sich tief in ihr Gedächtnis. Sie beunruhigten sie zutiefst, auch wenn sie weniger als die Hälfte davon verstehen konnte. Irgendwann begann sein Körper zu krampfen, sein Flüstern verstummte und seine Hände gaben dem Druck seiner Eingeweide nach.

Laura wischte sich mit dem Handrücken über die Augen, stand auf und warf einen letzten Blick auf den dummen Spruch an der Wand. Danach nahm sie die Klinge und öffnete entschlossen das Schott.

Olyn saß auf einer steinernen Bank in einem versteckt angelegten kleinen Park in der Nähe des Anwesens, der seiner Meinung nach einer der schönsten Plätze Bas Tortuas war. Die aus Anis' Vorräten gestohlene Flasche Wein war halb leer. Aber er vermisste die Wirkung des Alkohols, die in letzter Zeit immer öfter einen besänftigenden Schleier über sein Gemüt hatte legen müssen, wenn er sich anders nicht mehr zu helfen wusste. Er starrte auf die Inschrift der Gruft und fragte sich, ob es die Brise war, die ihn frieren ließ oder sein kaltes Herz. Anis hätte sicher auf Letzteres getippt. Es war 0300 Stunden.

Vor einer war er vom Captain der Ruthless über eine weitere unangenehme Entwicklung benachrichtigt worden: Lin Thorva war in die Hände der Entführer gefallen. Olyn hatte geflucht, die Flasche Wein genommen und war in den Park gegangen, um seine Ruhe zu haben. Aber die bohrenden Gedanken wollten ihn einfach nicht in Ruhe lassen.

Die Gruft vor ihm war leer. Sein Onkel lag irgendwo in der Wüste begraben, wo ihn niemals jemand finden würde. Er hatte vor fünfzehn Jahren darauf bestanden, Wüstenbüffel jagen zu müssen, und war nie zurückgekehrt. Stattdessen schien er selbst von jemandem erlegt worden zu sein, der für ein damals verfeindetes Piratenrudel gearbeitet hatte. Ein Schuldiger war nie gefunden worden. Im Grunde ein unwürdiger Tod für einen Thrill seines Kalibers, aber Olyns Mitleid für den alten Bastard hielt sich in Grenzen. Die Inschrift mit dessen Namen war der einzige Makel an diesem friedlichen Ort, weshalb Olyn sie am liebsten heruntergerissen und in tausend Stücke zerbrochen hätte. Dank der Gier seines Onkels nach Macht und Reichtum war Olyn als kleiner Junge von Anis getrennt und als Pfand zu einem ebenso machtbesessenen

Clanoffizier gebracht worden, der ihm jahrelang seinen Hass auf die Thrill mit einem harten Stock aus Riffholz nahezubringen versucht hatte. Olyn verdrängte die nach oben steigenden Erinnerungen, atmete tief ein und schloss die Augen. Was hätte aus ihm werden können, wenn seine Eltern nicht von der Union enteignet und hingerichtet worden wären. Wenn er zusammen mit Anis unter der Fürsorge seiner gütigen Mutter und seines klugen Vaters hätte aufwachsen dürfen. Stattdessen war er unter dem Einfluss des Clanoffiziers zu einem Monster geworden, während Anis, genau wie ihr Onkel, sich auf das Anhäufen von Macht und Reichtum beschränkte. Zwei verschwendete Existenzen, die so viel mit ihrem Einfluss hätten bewegen können, und nun langsam von der schweren Last von Macht, falschem Ehrgeiz und Uneinsichtigkeit erdrückt wurden, ohne auch nur das Geringste für ihr Volk erreicht zu haben.

Olyn hatte beschlossen, Anis vorerst nichts von Lins Schicksal zu erzählen. Er war schon wütend genug wegen Caya. Die Aussicht, eine weitere Tochter zu verlieren, würde die Situation nicht besser machen. Olyn brauchte seinen Bruder nach wie vor, um den Botschafter befreien zu können. Vor allem jetzt, da sich die Söldner mit Roak in Callen Sempas Gebiet zurückgezogen hatten. Allerdings würde er das erst einsehen, wenn Olyn vor ihm zu Kreuze gekrochen war. Und je länger er darüber nachdachte, desto überzeugter war er, dass dieser Akt der Reue nicht nur Anis helfen würde.

Plötzlich näherten sich Schritte. Schwere Stiefel kratzten über alte Steinplatten. Einen Augenblick später erschien sein Bruder neben der Bank. Er schob Olyns Wein achtlos zur Seite und stellte stattdessen zwei Krüge und eine Flasche aus Riffstein an dessen Stelle.

»Warum willst du ausgerechnet *ihm*«, er zeigte auf die Grabplatte, »Gesellschaft leisten? Ich dachte, du konntest ihn nicht ausstehen.«

»Er ist tot«, bemerkte Olyn knapp. »Deshalb ist er der einzige in Bas Tortua, der nicht vor mir weglaufen kann.«

Anis verzog den Mund zu einem Schmunzeln und setzte sich neben ihn. Seine Augen waren gerötet, aber er schien sich wieder unter Kontrolle zu haben.

»Er hat es immer bereut, dass die Bastarde dich ihm weggenommen haben.«

Olyn schnaubte verächtlich und spuckte auf den Boden. »Warum hat er dann nie versucht, es rückgängig zu machen?«

»Die Union hat ihm damals Bas Tortua zugesprochen, um ihn und seine Anhänger zum Schweigen zu bringen.« Anis sah ihn ernst an. »Ohne diese Basis hätten wir unsere Macht niemals so weit ausbauen können. Unser Onkel hat das Potential erkannt, das die zwei Riffe demjenigen bieten würden, der die Umgebung und die Mentalität der Einwohner zu nutzen wusste. Es musste ein Thrill sein, der sich hier niederlassen und Bas Tortua zu einer Festung ausbauen würde, die selbst der Union gefährlich werden konnte.« Er öffnete die Flasche und goss etwas von der zähen Flüssigkeit in die Krüge, bis der Schaum knapp über die Kante ragte. »Ohne dein Opfer wäre all das hier nicht möglich gewesen«, er machte eine ausholende Bewegung mit dem Arm, »das muss ich dir zugestehen. Aber es ändert nichts daran, dass du seitdem jeden Tag deines Lebens gegen uns gearbeitet hast.«

Olyn nahm einen Krug und stieß mit Anis an. Das Cherum schmeckte bitter. »Dann steht mir die Kreuzigung noch bevor?«

Anis verdrehte die Augen und trank von seinem Krug.

»Ich war außer mir und hatte mich nicht mehr unter Kontrolle.«

»Aber du hattest recht …«

Anis hob überrascht eine Augenbraue.

»… der Fraß war übel.«

Er lachte. »Wenigstens etwas.«

Olyn schmunzelte und gönnte sich einen weiteren Schluck. Es war an der Zeit, das unangenehme Thema anzusprechen. Er hoffte nur, dass Anis die Kontrolle dieses Mal nicht verlieren würde.

»Ich wollte Caya nie etwas Böses, Anis, das musst du mir glauben.« Sein Gastgeber war im Begriff, Einspruch einzulegen, aber Olyn ignorierte ihn. »Sie war aufgeweckt und clever. Ich mochte sie wirklich. Sie erinnerte mich daran, was ich vielleicht hätte werden können, wenn ich ein normales Leben hätte führen dürfen.«

»Du hast ihr in den Kopf gesetzt, dass sie zu etwas Höherem, etwas Besserem bestimmt war«, knurrte Anis und funkelte ihn wütend an. »Nur wegen dir ist sie weggelaufen.«

»Das war mir nicht bewusst«, verteidigte sich Olyn. »Ich hätte sie mir gut in einer der großen Akademien vorstellen können. Sie war talentiert, aufgeweckt, strebsam …«

»Und jetzt liegt sie im Sterben«, bemerkte sein Bruder kalt.

»Das kannst du mir nicht vorwerfen und es belastet mich genauso sehr wie dich. Ich wusste nicht, was sie vorhatte. Hätte sie mir etwas darüber erzählt, hätte ich sie in einem Zerstörer zu mir bringen lassen.« Er hob beschwichtigend die Handfläche, bevor Anis aufbrausen konnte. »Und ich hätte sie zu dir zurückgeschickt, wenn es nicht mit uns funktioniert hätte.«

»Du wolltest sie indoktrinieren, so wie dein Vormund *dich* gegen uns indoktriniert hat.«

»Das ist nicht wahr«, entgegnete Olyn. »Ich hätte ihr die Chance gegeben, sich selbst ein Bild von der Union und Crestin zu machen. Eine freie Thrill zwischen den Welten. Stell dir nur vor, was aus ihr hätte werden können.« Er sah Anis mit funkelnden Augen an, während er erst auf sich selbst und dann auf ihn zeigte. »Bei uns beiden ist es zu spät. Aber sie war jung und idealistisch genug, um etwas verändern zu können.«

»In einem Jahr hätte sie sich vielleicht auch die Fänge gefeilt und das Haar gefärbt ...«

Olyn schluckte den aufkommenden Ärger hinunter. »Denkst du, das hab ich freiwillig gemacht? Mein verfluchter Vormund hat mich monatelang verprügelt, bis ich aufgegeben habe. Ich durfte in seiner Gegenwart nie über unsere Eltern, über unseren Onkel oder über dich sprechen. Für ihn war ich ein wildes Tier, das gezähmt werden musste und er hat den Rest seines verfluchten Lebens darauf verschwendet, dies auch durchzusetzen.« Sein Blick verfinsterte sich. »Ihr habt mich im Stich gelassen. Ich habe fast fünfzehn Jahre nichts von euch gehört. Erst als ich meinen eigenen Weg gegangen bin, seid ihr aus euren Löchern gekrochen und habt euch sehen lassen. Ich werde den verächtlichen Blick dieses Drecksacks«, er nahm die Flasche Wein und schleuderte sie gegen die Grabplatte, wo sie in tausend Splitter zersprang, »nie vergessen, als er mich das erste Mal so gesehen hat!«

»Er hat bedauert und bereut, was sie aus dir gemacht haben«, wandte Anis ein.

»Natürlich ...« Olyn spuckte verächtlich auf den Boden. »Ich bin heute, was ich bin, weil ich mich – im

Gegensatz zu euch – nie aufgegeben habe. Ich brauche dein Mitleid nicht, denn es kommt vierzig Jahre zu spät.«

Anis verzog den Mund, wich Olyns Blick aus und trank aus seinem Krug.

»Trotzdem … ch hätte Caya niemals gefährdet. Sie war wie eine Tochter für mich.« Er sah Anis traurig an. »Wusstest du, dass sie mir seit fünf Jahren Nachrichten über ein selbst entworfenes Komm-System geschickt hat? Sie war zwölf Jahre alt, als sie den Prototyp entworfen hat.« Anis Augen begannen zu glänzen. »Sie hat mir von ihren Wünschen und von ihren Plänen erzählt. Pläne eines Kindes, ja, aber sie war ambitioniert, ehrgeizig und entschlossen. Sie hätte alles werden können. Ich wollte ihr nur ermöglichen, ihre Ziele auch umsetzen zu können – unter meinem Schutz. Sie wäre immer sicher gewesen, das musst du mir glauben. Ich hätte sie nie aus den Augen gelassen und ich hätte sie zu nichts gedrängt, denn niemand weiß die Freiheit, seinen eigenen Weg zu gehen, so zu schätzen wie ich.«

Anis brachte kein Wort heraus. Stattdessen schenkte er sich und Olyn nach und stieß erneut mit ihm an.

»Ich würde alles dafür geben, wenn ich den Vorfall rückgängig machen könnte«, fuhr Olyn aufgebracht fort. »Diese Unionsbastarde hätten das Feuer nicht eröffnen dürfen. Der Frachter, auf dem sich Caya versteckt hatte, war weder zur Fahndung ausgeschrieben noch anderweitig auffällig. Sie hätten ihn nicht behelligen dürfen.«

»Aber das haben sie«, presste Anis hervor. »Sie haben den Vorfall behandelt, wie sie uns hier draußen immer behandeln, Olyn. Für die sind wir nach wie vor wilde Tiere, die ihnen im Weg stehen.« Er fluchte und trank vom Cherum. »Vielleicht haben sie sich auch nur einen Spaß daraus gemacht, den Frachter zu versenken.« Er zuckte mit den Achseln. »So etwas kommt hier draußen öfter vor, als du denkst.«

»Davon weiß ich nichts«, winkte er ab. »Ich wollte nicht, dass sie verletzt wird. Das ist alles.«

»Ich weiß …«, erwiderte Anis geknickt und legte ihm kurz die Hand auf die Schulter. »Aber jetzt ist es zu spät.«

Olyn spürte, wie sich sein Hals zuschnürte. Der Gedanke, er könnte für Cayas Zustand verantwortlich sein, ließ seine Hände zittern. Anis hatte Jahre mit der Kleinen verbracht und Olyn konnte nur erahnen, wie es in ihm aussehen mochte. Er hatte mit ihm über den Botschafter reden wollen, darüber, wie sie ihn befreien und zum Treffpunkt bringen konnten. Er hatte mit ihm über geostrategische Entscheidungen reden wollen, um etwas Spannung aus dem Verhältnis zwischen der Union und den Thrill zu nehmen. Aber all das erschien ihm im Moment nicht wichtig. Olyn war Anis so nahe, wie seit vierzig Jahren nicht mehr. Sie hatten ihre Differenzen für einen kurzen Moment, der sie wieder zu den Kindern gemacht hatte, die sie waren, bevor sie wegen eines Handels auseinandergerissen wurden, vergessen, und Olyn wollte diesen Augenblick nicht zerstören. Denn er konnte es nicht abstreiten, auch wenn er tausend fadenscheinige Erklärungen finden würde: Im Grunde hatte er die Nähe zu seinem Bruder und seinem Volk immer vermisst. Abgesehen davon kam er sich im Moment wie ein egoistischer Verräter vor, weil er Anis bis jetzt nichts über Lins Schicksal erzählt hatte. Am Anfang ihres Gesprächs hatte er darauf verzichtet, um die Situation nicht zu früh eskalieren zu lassen. Aber mittlerweile ging es ihm nur noch darum, den Anflug einer aufkeimenden Beziehung zwischen ihm und seinem Bruder nicht schon im Ansatz zu ersticken. Aber war das richtig? Vielleicht sollte er ihm doch von Lin erzählen? Olyn wusste nicht, wie Anis zu ihr stand. Aber sie war ebenfalls eine seiner Ziehtöchter, auch wenn er sie erst vor wenigen Jahren bei sich aufgenommen hatte. Hatte er es nicht verdient, über ihr Schicksal Bescheid zu wissen? Olyn wollte die Situation nicht verschärfen. Er wog für und wider gegeneinander ab, bis er sich vor sich selbst ekelte: Er handelte wie ein verfluchter Politiker, der etwas von jemandem haben wollte. Aber ihm gegenüber saß nicht irgendwer, sondern sein verdammter Bruder. Olyn atmete scharf aus, richtete sich auf und war kurz davor, Anis von Lin zu erzählen, als dieser über sein Komm-Gerät gerufen wurde und die Verbindung aktivierte.

»Ja?« Einen Augenblick später fluchte er und stand auf. »Komm mit. Cayas Zustand hat sich verschlechtert …«

DER KLEINE TOD

Jed stand vor einer Konsole der Brücke und starrte unentschlossen aufs Display des Kommunikationssystems, dessen Antennen sich gegen die Störsender des Unionsgleiters auf der anderen Seite der Grenze kaum durchsetzen konnten. Er wartete seit Stunden auf eine Nachricht von Ivy. Aber seine Schwester ließ ihn im allerschlechtesten Moment im Stich. Im Grunde waren sie keine biologischen Geschwister, allerdings war diese Tatsache nie bestimmend für sein intensives Verhältnis zu ihr gewesen. Sie waren zusammen aufgewachsen und hatten sich gemeinsam nach oben gekämpft: von den Straßen der Slums Mog Anuns zu den reich gedeckten Tischen ihrer Auftraggeber. Sie hatten sich gegenseitig beschützt und aufeinander aufgepasst, während sie sich einen Namen innerhalb der Söldnergilde gemacht hatten. Die Pulsas waren gefürchtet und dafür bekannt, ihre Aufträge immer zum Abschluss zu bringen. Jed liebte Ivy und er hatte nicht vor, ohne sie von diesem verfluchten Planeten zu verschwinden.

»Sir?« Tremaine stellte sich neben ihn und begann zu

flüstern. »Sie müssen eine Entscheidung treffen. Roak wird nicht ewig durchhalten. Der Arzt hat ihn stabilisiert, aber er besteht darauf, dass der Mann in einem medizinischen Zentrum weiterbehandelt wird.«

»Ich werde nicht ohne meine Schwester aufbrechen, Captain«, stellte Jed fest. »Wir warten.« Er starrte Tremaine an, bis der alte Haudegen seinem Blick auswich und nickte. »Haben Sie die Ursache für das Störsignal gefunden?«

»Wir vermuten feindliche Scouts in unserer Nähe. Sie verstärken das Signal der Hawk. Unsere Männer suchen bereits nach ihnen, waren aber bisher erfolglos, Sir.«

Jed fluchte und starrte wieder aufs Display. Die Union verstärkte im Moment sicher die Bemühungen, Callen Sempa dazu zu bringen, der Hawk freie Fahrt über die Grenze zu ermöglichen. Ein Jagdgleiter und ein Kampfgleiter stellten selbst für Jeds Söldner eine ernste Bedrohung dar und er wusste, dass es besser für ihn und seine Männer wäre, wenn er weiterziehen würde. Aber Ivy rechnete mit ihm. Sie hatten sich bisher immer aufeinander verlassen können und er würde einen Teufel tun und sie jetzt im Stich lassen.

»Wie geht es mit den Reparaturen voran?«

»Die Torpedotreffer waren nicht so gravierend, wie anfänglich vermutet, Sir«, erwiderte Tremaine. »Sie sind vollständig behoben. Wir warten nur auf Ihre Befehle.«

Jed funkelte ihn verärgert an. »Wir werden aufbrechen, sobald meine Schwester an Bord ist. Akzeptieren Sie das endlich!«

»Wie Sie wollen, Sir.«

Kurz darauf ging ein Raunen durch die Söldner auf der Brücke. Einige zeigten mit den Fingern auf eine virtuelle Repräsentation der unmittelbaren Umgebung, auf der sich ein roter Quader in Bewegung setzte. Tremaine ging zu einer der Konsolen und erstattete eine Minute später Bericht.

»Der Piratengleiter kommt auf uns zu«, stellte er knapp fest. »Der Jagdgleiter scheint ihm zu folgen. Unsere Techniker haben es bisher nicht geschafft, alle Systeme der Sudden Death zu übernehmen, Sir. Die Reparaturen der anderen Gleiter haben uns aufgehalten und unsere Ressourcen gebunden. Einige Waffensysteme sind nicht einsatzbereit. Wir sollten einer möglichen Auseinandersetzung deshalb besser aus dem Weg gehen.« Er sah Jed fragend an. »Wie lauten Ihre Befehle?«

Jed biss die Zähne zusammen, während er krampfhaft nach einem Ausweg suchte. Seine Gegner setzten ihn unter Druck. Aber damit konnte er umgehen. Womit er nichts anfangen konnte, war die Tatsache nicht zu wissen, warum Ivy so lange auf sich warten ließ.

»Wir lassen uns zurückfallen. Die anderen Kampfgleiter sollen eine Verteidigungsformation vor der Sudden Death bilden.«

»Aber Sir! Der Botschafter wird eine Auseinandersetzung vielleicht nicht überleben. Sein Zustand ist nicht stabil genug für einen Kampf«, startete Tremaine einen weiteren Versuch. »Ist es das wirklich wert?«

Jed war kurz davor, die Geduld mit dem Captain zu verlieren. Er atmete scharf aus und schluckte den aufkommenden Ärger ein letztes Mal hinunter, bevor er ihm antwortete.

»Ja, *sie* ist es wert! Und jetzt will ich nichts mehr davon hören! Wir werden den Botschafter bei unserem Auftraggeber abliefern, sobald meine Schwester an Bord dieses verfluchten Gleiters ist. Lassen Sie unsere Position um tausend Meter nach hinten verlegen. Die anderen Gleiterführer sollen die Stellung halten und das Feuer eröffnen, sobald unsere Feinde die Grenze durchbrechen. Wir warten ab und beobachten, bis wir entscheiden, wie wir weiter verfahren werden.«

»Aye, Sir«, erwiderte Tremaine. »Ich lasse die Sudden Death einen Kilometer nach hinten versetzen.« Er gab den Befehl direkt und unmissverständlich an die Söldner weiter. Gleichzeitig instruierte er die anderen Kampfgleiter, die Stellung zu halten und gegebenenfalls das Feuer auf ihre Gegner zu eröffnen.

Einen Augenblick später begann die Sudden Death sich zügig von den anderen abzusetzen. Jed behielt die Bilder der Außenkameras und die taktischen Karten im Auge, während sie sich von den Kampfgleitern entfernten. Die Piraten befanden sich nur noch hundert Meter vor der Grenze. Es würde nicht mehr lange dauern, bis das Gefecht beginnen würde. Jed zählte auf der taktischen Karte jeden verbleibenden Meter, als der feindliche Gleiter plötzlich hart nach Steuerbord auswich und einen Bogen vor der Grenze flog.

Jed roch den Braten sofort. »Captain! Irgendetwas Verdächtiges auf den Scannern zu sehen?«

»Nein, Sir, es … warten Sie. Etwas stimmt nicht!«

Die Bilder der Außenkameras begannen plötzlich, sich aufzulösen und die Quader auf den taktischen Karten bewegten sich nicht mehr.

»Unsere Überwachungssysteme werden massiv gestört. Es scheint, als ob das Störsignal weiter verstärkt wird oder …«

»Wir bewegen uns darauf zu!«, unterbrach Jed den Captain. »Alle Maschinen stopp! Sofort!«

Als Tremaine den Befehl weitergeben wollte, erschütterte eine gewaltige Detonation die Sudden Death. Jed prallte gegen die Wand, während der Captain fast über eine der Konsolen geschleudert wurde.

»Status?«

»Vermutlich eine Thymid-Mine!«, antwortete Tremaine, während er aufs Display vor sich starrte. »Es gibt schwere Schäden am Heck! Wir haben zwei Antriebsaggregate und einen Magnetabsorber verloren!«

»Eine Mine? Wie zur Hölle ist die so nah an uns rangekommen? Scannen Sie unsere unmittelbare Umgebung!«

Tremaine zuckte nur mit den Achseln und führte Jeds Befehl aus. »Unsere Scanner liefern nur bruchstückhafte Ergebnisse! Kleine Objekte, schnelle Bewegungsmuster!«

»Speeder oder Drohnen!«, bemerkte Jed. »Unsere Söldner sollen die Decks im Auge behalten!«

»Aye, Sir! Wir …«

»Rauchgranaten auf beiden Decks!«, meldete einer der Söldner. »Wir werden geentert!«

Jed fluchte. »Alle verfügbaren Männer an Deck! Captain! Sie haben die Brücke! Sichern Sie die Luken, sobald ich draußen bin und schicken Sie Verstärkung ins Lazarett!«

»Aber Sir!« Tremaine starrte ihn ungläubig an. »Sie werden hier gebraucht!«

Jed verzichtete auf eine weitere sinnlose Diskussion, zog den Blaster aus dem Holster und stürmte durch eine Luke nach draußen. Er würde nicht zulassen, dass jemand seine Mission sabotierte. Es konnte sich nur um eine Handvoll Angreifer handeln und er würde dafür sorgen, dass jeder einzelne bereute, dass er sich an Bord dieses Gleiters gewagt hatte.

Jed hatte den Mann nicht vergessen, der ihm fast den Hals aufgeschlitzt hatte, als sie Roak entführt hatten. Eine weitere Niederlage würde er nicht wegstecken.

Deshalb hatte er vor, die Sache dieses Mal endgültig zu regeln.

Draußen war es dunkel. Ein penetranter chemischer Geruch lag in der Luft. Der künstliche Nebel hatte die Decks unter sich begraben. Am Heck waren mehrere Brandherde und ein bläulicher Schimmer zu sehen, der auf auslaufendes Toradium schließen ließ. Wenn sich die Spur entzündete, würden sie auch noch das letzte Aggregat verlieren und steuerlos über die Wüste treiben.

»Tremaine!«

»Sir?«

»Wir haben ein Treibstoffleck! Lassen Sie es versiegeln und die Brandherde am Heck löschen!«

»Aye, Sir!«

Jed presste sich gegen eine Wand und versuchte angestrengt, Bewegungen seiner Gegner in dem Nebel auszumachen. Aber er konnte nichts Verdächtiges erkennen. Die automatischen Minikanonen waren von seinen Technikern deaktiviert worden und bewegten sich keinen Millimeter. Mit ihrer Hilfe wären die Eindringlinge schnell eliminiert worden, aber seine Männer hatten die Steuersysteme wegen zu vieler gleichzeitig auftretender Probleme bis jetzt nicht übernehmen können. Deshalb mussten die Söldner sich selbst um die Angreifer kümmern. Jed hoffte insgeheim, dass sich der Mann mit der Sturmhaube darunter befand. Seine Fast-Niederlage hatte ihn nicht mehr losgelassen und saß wie ein verdammter Stachel in seinem Fleisch. Der Gedanke, dem Kerl vielleicht unterlegen gewesen zu sein, nagte nach wie vor an seinem Selbstbewusstsein und er würde es begrüßen, wenn er diesen Makel endlich aus der Welt schaffen könnte, bevor er ihm noch mehr schlaflose Nächte bereitete.

Jed schlich an der Reling entlang, als erste Blasterschüsse die Stille zerrissen. Anschließend detonierten mehrere Blendgranaten in seiner Nähe.

»Wo sind die Bastarde, Captain?«

»Es gibt mehr als eine Sichtung!«, erwiderte Tremaine. »Vorderes Deck, Drohnenschacht, Backbordseite. Hinteres Deck, Zwillingsgeschütz, Steuerbordseite. Speeder-Hangar und …« Plötzlich erklang ein lauter Knall im Hintergrund. »… sie versuchen, auf die Brücke zu gelangen! Wir brauchen Verstärkung!«

»Dann besorgen Sie sich welche! Ich mach mich auf den Weg ins Lazarett!«

Jed kappte die Verbindung und schlich über eine Stahltreppe hinunter aufs zweite Deck. Der Angriff auf den Kommandoleitstand war sicher nur ein Ablenkungsmanöver, um seine Truppen aufzuteilen. Allerdings konnte er das Risiko nicht eingehen, dass die Brücke in die Hände der Angreifer fiel.

Er ging in einer geschützten Ecke in die Hocke und öffnete den virtuellen Plan der Sudden Death auf seiner Komm-Einheit. Danach vergrößerte er das Areal ums Lazarett und versuchte, den effizientesten Weg zu finden, der sich potentiellen Angreifern bieten würde, um hinein – und vor allem wieder hinaus zu gelangen. Er lokalisierte mehrere Möglichkeiten und ließ diese bis auf die wahrscheinlichste von seinen Söldnern abriegeln. Danach machte er sich auf den Weg, um die Drecksäcke in Empfang zu nehmen.

Lauras Schritte hallten gespenstisch durch die Korridore des Gleiters, während sie sich vorsichtig der Brücke näherte. Das Bild des entstellten Agenten wollte sie nicht mehr loslassen. Die Organisation hatte ihm sein Leben gestohlen. Genauso wie sie gerade das ihre stahl. Sie hatten ihn jahrelang wie eine Puppe ihren Bedürfnissen angepasst und ihn springen lassen, wann immer es ihren Plänen entsprochen hatte. Bis er nicht mehr springen konnte und für immer liegengeblieben war. Laura wollte nicht so enden. Sie hatte genug davon, fremdbestimmt durchs Leben gehen zu müssen. Beim Gedanken, sich abzusetzen, wollte die Panik wieder aus ihrem Unterbewusstsein nach oben steigen. Aber ihr Wissen um deren Ursprung und der durch den Agenten manifestierte Ausblick auf ihre mögliche Zukunft, hielten sie vorerst unten. Laura hatte Angst, eine finale Entscheidung zu treffen, da dies bedeuten würde, ihr liebgewonnenes Leben zu verlieren. Wenn sie sich von der Organisation abwandte, würde sie nicht mehr als Doktor Bricks auf der Hawk arbeiten können, sondern ein rastloses Leben als flüchtige Agentin führen müssen. Auf der anderen Seite wäre das weit besser, als in naher Zukunft vielleicht nichts mehr darüber zu wissen und wieder als Marionette der Organisation Menschen jagen und töten zu müssen. Allein der Gedanke war ihr zuwider und sie hatte Probleme, ihn wieder loszuwerden, während sie den Gang betrat, der sie zu ihrem Ziel führen würde.

Im Grunde wollte sie Ivy nicht töten. Da das Miststück Mels Injektion bei sich hatte, blieb Laura allerdings nichts anderes übrig. Ihre *Assistentin* würde die Lösung sicher nicht freiwillig herausgeben und eine neue heranzuziehen würde zu viel Zeit in Anspruch nehmen. Töten, um Leben zu retten. Laura hasste es, immer wieder bei dieser einfachen Schlussfolgerung anzukommen, die sie zwang, Dinge zu tun, die sie nicht tun wollte. Aber wenn sie sich einfach umdrehen und gehen würde, würde vielleicht jemand sterben, den sie mochte – und das konnte sie nicht akzeptieren. Man konnte seine Hände nicht immer von jedem Dreck fernhalten und heute war so ein Moment, in dem sie ein Leben über ein anderes stellen musste. Allerdings würde Ivy sich nicht freiwillig von ihr töten lassen.

Laura strich über die brennenden Stellen an ihrem Körper, die sie bei jeder Bewegung daran erinnerten, dass die junge Frau auf der Brücke eine ernstzunehmende Gegnerin darstellte. Laura trug das Kurzschwert des toten Agenten in einer Scheide auf dem Rücken. Sie hatte weder einen Blaster noch Splittergranaten oder andere Waffen, die die kommende Auseinandersetzung schnell beendet hätten. Und einen weiteren Nahkampf würde sie vielleicht nicht überstehen. Aber ihr blieb nichts anderes übrig, als es zu versuchen. Solange die Möglichkeit bestand, Mel retten zu können, würde sie diese auch verfolgen. Immerhin war sie es, die ihm den Einleitungsprozess buchstäblich aufgedrängt hatte. Und sie hatte nicht vor, noch mehr Schuld auf ihre ächzenden Schultern laden.

Der Kommandoleitstand der Rocket war nur durch zwei Luken zu betreten, die jeweils seitlich an der flachen Konstruktion ins Innere führten. Zusätzlich war eine der Plastscheiben durch die Detonation der Blendgranate zerstört worden. Drei Möglichkeiten, ins Innere zu gelangen. Die Frage war nur, auf welche Ivy sich konzentrieren würde.

Am Ende des Korridors stieg Laura eine kleine Treppe hinauf und betrat das Deck. Niemand war zu sehen. Sie schlich zur Stahltreppe auf der Backbordseite, die sie nach oben zur Brücke führte. Kurz vor der Luke entschloss sie sich, den Weg über das zerstörte Plastfenster zu nehmen. Manchmal waren die offensichtlichen die besten Lösungen.

Sie balancierte auf einem kleinen Vorsprung bis zur Ecke und stieg aufs Dach der Brücke. Die Distanz zu den Fenstern betrug lediglich drei Meter. Laura versuchte, so leise wie möglich zu sein. Den letzten legte sie auf dem Bauch kriechend zurück, um ihren Kopf nach kurzer Zeit vorsichtig über den Rand zu schieben. Im Inneren der Brücke war es dunkel. Die Leichen lagen noch vor den Fenstern. Ansonsten gab es zu viele dunkle Ecken und Bereiche, in die sich Ivy zurückgezogen haben könnte. Laura würde niemals alle möglichen Verstecke überprüfen können, da die Zeit drängte und sie endlich von hier verschwinden wollte.

Sie glitt langsam nach vorne, schob die Hände durch das zerstörte Fenster und fand Halt an einer Stahlleiste. Anschließend ließ sie sich kopfüber nach unten sinken, drehte sich dabei und landete fast lautlos im Inneren, wo sie sofort in die Hocke ging und vor Schmerzen die Zähne zusammenbiss. Die körperliche Anstrengung hatte sie daran erinnert, wie angeschlagen sie war. Sie atmete leise aus, verdrängte den Schmerz und sah sich aufmerksam um. Nichts war zu hören oder zu sehen. Der Sessel des Captains war zur Seite gedreht. Auf ihm schien sich jemand niedergelassen zu haben. Laura konnte dunkle Haare und die Silhouette eines Mannes erkennen, der wohl als Ablenkung dienen sollte. Dahinter kniete in den Schatten der schlanke Körper einer Frau. Laura ließ die Gestalt keine Sekunde aus den Augen, während sie sich ihr lautlos von hinten näherte. Ivy war gefährlich und Laura wollte ihr keine Möglichkeit geben, Oberhand zu gewinnen. Deshalb hatte sie sich entschlossen, sich mit einem feigen Mord aus der Affäre zu ziehen – so angewidert sie von diesem Entschluss auch war.

Laura schlich um die Position Ivys herum, zog

vorsichtig die Klinge aus der Scheide und näherte sich ihrem Opfer wie ein Raubtier, das seinen Fokus wie einen Tunnel auf die Beute gelegt hatte. Ihre Augen suchten die Stelle, an der sie Ivy die Spitze der Klinge von hinten durchs Herz rammen wollte. Der visualisierte Mord hinterließ einen bitteren Nachgeschmack, der sie nach der tatsächlichen Umsetzung noch lange verfolgen würde. Aber darauf konnte sie im Moment keine Rücksicht nehmen. Ihre Hände steckten schon zu tief im Dreck, um sie wieder herausziehen zu können, ohne ihr Gewissen zu belasten. Mel und die anderen hatten Vorrang. Ivy stand nur im Weg, weshalb Laura sie beseitigen musste. Auch wenn ihr das nicht gefiel.

Sie überwand einen weiteren Meter, hörte ihr Herz pochen und konzentrierte sich auf die Stelle neben Ivys Wirbelsäule, die durch den Einsatzanzug unmerklich zu erahnen war. Sie hob die Klinge mit beiden Händen an, biss die Zähne zusammen und machte einen Satz nach vorne, um ihr Werk zu vollenden. Während des Bruchteils einer Sekunde rangen die Ärztin und die Agentin in ihr wie schon lange nicht mehr um die Kontrolle. Laura wollte im Grunde niemanden töten und vor allem nicht so. Sie wollte kein Attentäter sein und obwohl sie sich manchmal an Fragmente grausamer Taten erinnerte, die sie in ihren früheren Leben für die Organisation begangen hatte, betrachtete sie ihr Dasein als Ärztin bislang als unbefleckt. Und sie wollte, dass das auch so blieb. Obwohl die Agentin ihr Vorhaben anscheinend als alternativlos einschätzte. Laura musste eine Entscheidung treffen. Eine von vielen, die über ihre Zukunft bestimmen würden und darüber, ob diese erträglich oder von Schuld geprägt sein würde.

Die Spitze der Klinge stoppte nur einen Fingerbreit vor

der synthetischen Oberfläche des Anzugs, dessen Struktur sich buchstäblich in Lauras Augen gebrannt hatte. Sie brach ab und stand zitternd auf, als in einer Ecke links von ihr ein Blaster entsichert wurde.

»Du bist spät dran«, erklang Ivys Stimme aus der Dunkelheit, die Laura verdeutlichte, dass sie verloren hatte. Aber wenigstens würde sie dieses Mal nicht als Mörder sterben.

Mel schlich mit vorgehaltenem Blaster den Korridor entlang. Der rote Punkt auf der Innenseite seines Visiers folgte zuverlässig dem Lauf seiner Waffe, den er von einem verschlossenen Schott zum nächsten führte, während er die Quartiere passierte. Das Lazarett lag nur wenige Meter vor ihm.

Nachdem er seinen Plan mit Xhex und Hollister abgesprochen hatte, war er mit seinem Speeder aufgebrochen und hatte die Scouts in der Wüste hinter der Grenze getroffen. Kurze Zeit später waren der Specialist und drei seiner Männer eingetroffen, die eine Thymid-Mine von der Hawk entwendet und mit einem Störsignal versehen hatten. Das fünf Meter Durchmesser fassende Ungetüm war mit vier Speedern in die Wüste geschleppt worden, um erkennbare Energiesignaturen schon im Vorfeld zu verhindern. Abgesehen davon hatte der Specialist den Trojaner kopiert, mit dem der gestohlene Tanker von den Söldnern in die Barrikade gesteuert worden war. Einer seiner Techniker hatte ihn an ihre Bedürfnisse angepasst und mit Xhex' Daten über die Sudden Death gefüttert. Der Plan war im Grunde einfach, was später bei der Durchführung eine Menge Improvisation nach sich ziehen würde.

Aber mehr Zeit, um die Details besser ausarbeiten zu können, hatte einfach nicht zur Verfügung gestanden: Xhex sollte die Kampfgleiter zur Grenze locken, während Mel und die Scouts die Sudden Death mit Hilfe des Trojaners über diese zwingen wollten. Mel ging davon aus, dass sich Lin, Roak und der Anführer noch auf der Sudden Death befanden, weil der Gleiter von den anderen abgeschirmt wurde. Wenn sie eine Bedrohung aufbauen konnten, die groß genug erschien, würde der Anführer sich zurückziehen und seine Begleiter vorschicken. Dass die Hawk der Caiman gefolgt war, hatte die Illusion glaubhaft gemacht. Dass Mels Desertion der Grund dafür war, war weniger erfreulich. Aber es hatte funktioniert.

Die Sudden Death hatte sich zurückgezogen und war mit der Mine kollidiert, die die Scouts in Position gebracht hatten. Danach hatten sie Rauchgranaten gezündet und den Gleiter geentert. Sie wollten Verwirrung stiften und kein Muster hinterlassen, das auf ihre Absichten hätte schließen lassen, weshalb sie mit den Speedern verschiedenste Punkte der Sudden Death anvisiert hatten.

Mel landete seinen Speeder auf dem vorderen Deck, legte eine taktische Karte mit den Plänen des Kampfgleiters über sein Visier und machte sich auf den Weg ins Lazarett. Xhex hatte die Pläne zuvor aus der Datenbank der Tornado ins temporäre gesicherte Netz der Scouts übertragen und für den Zugriff freigegeben. Außerdem hatten sie mehrere Scanbees in Betrieb, die den Piratengleiter nach Lebensformen scannten und diese als orangefarbene Punkte auf den virtuellen Karten der Komm-Geräte darstellten.

Mel horchte während der Operation ständig angestrengt in sich, aber die Halluzinationen hatten sich bisher nicht blicken lassen und er hoffte, dass das auch so bleiben würde. Denn das Letzte, was er gebrauchen konnte, war eine Realitätsverschiebung während des Kampfes mit den Söldnern.

»Wo sind Sie, Sarge?«

»Fünf Meter bis zum Ziel, Specialist. Haben Sie den Trojaner ins System geschleust?«

»Wir sind dabei, Sir. Die Söldner haben ein Sicherheitssystem über das Kernsystem gelegt. Der Code ist komplizierter als erwartet.«

»Feindkontakte?«

»Bis jetzt verhalten. Allerdings rechnen wir demnächst mit massivem Widerstand. Bei Ihnen?«

»Kein Kontakt«, erwiderte Mel. »Es gibt viele Lebensformen in den verschlossenen Quartieren. Ich nehme an, dass diese als Zellen für die gefangenen Thrill zweckentfremdet wurden. Allerdings hab ich keine Zeit, sie zu befreien. Ich nähere mich dem Lazarett.«

»Viel Glück, Sarge!«

Mel kappte die Verbindung und konzentrierte sich auf das große Schott vor sich. Laut den Scanbees hielten sich mehrere Personen dahinter auf. Aber Mel hatte keine Zeit, besonders vorsichtig vorzugehen. Stattdessen setzte er ein kleines Gerät über das Codeschloss und kontaktierte Xhex.

»Kann losgehen.«

»Verstanden.« Die Stimme des bulligen Thrill klang ruhig und ausgeglichen. »Mein Techniker ist dran …«

Wenig später glitt das Schott zischend zur Seite. Mel riss den Blaster hoch und stürmte ins Lazarett. Er wurde von den Signaltönen mehrerer Überwachungsdisplays empfangen, die die Vitalwerte der unzähligen Verwundeten auf den Schwebeliegen in Echtzeit wiedergaben. Auf dem Boden lagen sechs Tote: zwei Söldner und vier Thrill. Mel erkannte Malus sofort. Der andere tote Thrill schien der Arzt der Sudden Death zu sein. Lin hatte anscheinend die Gelegenheit beim Schopf gepackt und eigene Fluchtpläne improvisiert, denn von ihr oder Roak war weit und breit nichts zu sehen. Mel fluchte und starrte aufs Display seiner Komm-Einheit. Mehrere orangefarbene Punkte näherten sich ihm aus allen möglichen Richtungen. Sie sicherten die zum Lazarett führenden Korridore und ließen nur einen unbewacht. Der Gang führte direkt auf eines der Decks und bot sich als Fluchtweg geradezu an. Der Anführer der Söldner hatte sich wieder als clever erwiesen. Aber er hatte die Möglichkeit der Scanbees nicht in seine Überlegungen mit einbezogen.

»Der Botschafter ist nicht hier«, stellte Mel für alle im Netz fest. »Er scheint mit den Thrill auf der Flucht zu sein und muss sich irgendwo auf dem Gleiter aufhalten.«

»Verstanden, Sarge«, erwiderte Hollister. »Wir halten unsere Augen offen.«

»Ich bekomme Besuch …«

»Brauchen Sie Unterstützung?«

»Ich denke nicht. Wir sehen uns oben, Specialist.«

Mel spürte, wie sich Adrenalin in ihm ausbreitete und seinen Puls zum Pochen brachte. Er sah noch einmal auf das Display und entschied sich für einen Korridor, der von drei Söldnern gesichert wurde. Von dort würde er am schnellsten zurück zum Speeder kommen. Er hoffte, dass Lin und Roak bis dahin ausfindig gemacht werden konnten. Ansonsten würde es eng werden. Und wenn er ohne die beiden auf die Hawk zurückkehrte, würde Roony ihn in die Brigg werfen und ihm später den Prozess machen lassen. Keine schönen Aussichten.

Mel verdrängte den Gedanken, ging durch einen Nebenraum in die kleine Leichenhalle und betrat den Korridor über einen Seiteneingang. Er wusste, dass die

Söldner sich direkt hinter der Abzweigung auf die Lauer gelegt hatten, aktivierte eine Splittergranate und schleuderte sie gegen eine Wand des Ganges, wovon sie abprallte und hinter der gegenüberliegenden Ecke verschwand. Einen Augenblick später erschütterte ein gewaltiger Knall den Korridor. Mel verlor keine Zeit und stürmte nach vorne. Ein Söldner kam ihm schwankend entgegen. Sein Körper war blutbesudelt. Unzählige Splitter steckten in ihm, aber er stand noch und wollte seinen Blaster hochreißen, als Mel ihm in den Kopf schoss. Der Kerl brach zusammen und gab den Blick auf seine Kameraden frei. Einer hatte einen Arm verloren. Mehrere Kabel hingen aus der Wunde an der Schulter. Der andere hatte weniger Glück gehabt und hielt seinen Unterleib, der vollständig zerfetzt war. Mel ignorierte den Sterbenden und konzentrierte sich auf den Einarmigen, der ein Messer zog und auf ihn losstürmte. Mel tauchte unter dessen Stich durch und rammte ihm den Kolben des Blasters ins Gesicht. Die Wucht des Treffers war gewaltig, aber der Kerl schien nicht sonderlich beeindruckt zu sein. Die Haut hing in Fetzen von seiner Wange, die anscheinend mit Bioplast verstärkt war. Mel fluchte, parierte einen Schnitt mit dem Lauf seiner Waffe und schoss dem Söldner zuerst in die Brust und anschließend in den Kopf, nur um sicherzugehen.

»Wir haben Feindkontakt!«, brüllte Hollister plötzlich. »Mehrere Söldner, kybernetisch modifiziert!«

»Was ist mit dem Trojaner?«

»Wir haben es fast geschafft, Sir! Sobald er das System infiltriert hat, kann ihn jeder von uns aktivieren! Der Codeblock sollte bereits angezeigt werden!«

Mel sah aufs Display seiner Komm-Einheit und wechselte die Datei, bis er vier nebeneinanderstehende Kästen sah, in die per Holotastatur etwas eingegeben werden konnte.

»Bestätige. Der Block ist zu sehen. Wie lautet der Code?«

»Viermal die Null!«, erwiderte Hollister lachend, während im Hintergrund schweres Blasterfeuer zu hören war. »Wir hatten keine Zeit, das Ding umzuprogrammieren!«

»Verstanden, Specialist. Wurde der Botschafter gesichtet?«

»Bis jetzt keine positive Identifikation, Sir! Alles ist voller Rauch!«

»Verstanden. Ich bin gleich oben .«

»Rokka!«, mischte sich Xhex ein. »Die Kampfgleiter wenden! Sie werden bald bei euch sein! Ihr müsst euch beeilen!«

Mel verzichtete auf eine Antwort und hetzte los. Er lief geduckt durch zwei Gänge, stürmte eine Treppe nach oben und betrat das vordere Deck. Der dichte Rauch lag wie ein riesiger weißer Teppich über den Deckaufbauten. Nur die zwei Zwillingsgeschütztürme ragten aus der Nebelwand heraus. Bevor er sich orientieren konnte, flackerte ein Bild vor seinem geistigen Auge auf: Ein Mann wollte einen anderen von hinten angreifen und brach währenddessen zusammen. Mel ignorierte den Söldner und wartete, bis sein toter Körper neben ihm auf dem Boden aufgeschlagen war. Sein Kopf war von einem Scharfschützen zerfetzt worden, der irgendwo in den umliegenden Riffen lauerte.

»Danke ...«

»Gern geschehen«, erklang eine verfremdete Stimme, die Mel keinem Gesicht zuordnen konnte. »Das Paket befindet sich von Ihrer Position aus gesehen auf Zwölf

Uhr: Zwillingsgeschütz, Steuerbordseite. Es bekommt gerade Gesellschaft!«

Mel fluchte und hetzte los.

»Sarge!« Hollister hörte sich gestresst an. »Es werden immer mehr! Wir verschwinden von hier und treffen Sie beim Geschütz!«

»Verstanden, Specialist!«

Mel rempelte einen Entlüftungsschacht an und stolperte über mehrere Leichen, während er sich wie ein Blinder durch den verdammten Rauch kämpfte. Er hörte die Kämpfenden bereits, bevor er ihre dunklen Schemen ausmachen konnte. Blasterfeuer fegte übers Deck, Klingen trafen aufeinander und Granaten wurden gezündet, deren dumpfe Schläge noch in einigen Kilometern Entfernung zu hören sein würden. Als Mel durch den Rauch brach, konnte er Lin sehen, die gegen zwei Söldner kämpfte. Hinter ihr saß Roak an die Reling gekauert auf dem Boden und hielt sich die Seite. Er schien schwer verletzt zu sein. Die Scouts leisteten zusammen mit den befreiten Thrill heftigen Widerstand gegen die Söldner, die dabei waren, sie einzukreisen. Einen Augenblick später fauchten mehrere Schüsse durch die Entführer und streckten zwei davon nieder. Hollister war hinter ihnen aufgetaucht und deckte sie mit Sperrfeuer ein, das Mel nutzte, um die Fläche zu überqueren. Er steckte den Blaster ins Holster und zog die Klinge, während er zu Lin hetzte, die das Gleichgewicht verlor und den Söldnern schutzlos ausgeliefert war. Mel rammte den ersten mit voller Wucht von der Seite. Der Aufprall schleuderte ihn über die Reling, wo er brüllend in der Dunkelheit verschwand. Der zweite Söldner wollte Mel mit einem Hieb seiner Klinge niederstrecken, aber Lin sprang blitzschnell auf und trieb ihm ihre eigene von hinten durch den Körper, bis sie seine

Brust mit einem Schwall Blut durchbrach und er röchelnd in die Knie ging. Danach starrte sie Mel fragend an, bis ihm einfiel, dass er den Helm aufhatte.

»Ich bin's! Wir müssen hier so schnell wie möglich weg!«

Lin atmete erleichtert auf und verzog den Mund zu einem Lächeln. »Ich bin wirklich froh, dich zu sehen.«

»Und ich bin froh, das sie dich am Leben gelassen haben. Wie geht es ihm?« Er zeigte mit der Spitze seiner Klinge auf den Botschafter. »Wird er es schaffen?«

Sie hob nur entschuldigend die Schultern. »Er muss sofort in ein medizinisches Zentrum gebracht werden!«

Mel nickte. »Mein Speeder steht nicht weit von hier entfernt. Wir müssen ...«

Plötzlich traf ihn ein schwerer Schlag am Helm. Er taumelte einen Schritt zurück und sah wie paralysiert auf Lin, die ihn entsetzt anstarrte. Er tastete mit der Hand über den Krater an der Seite seines Kopfes, der noch vor einigen Sekunden sein Helm gewesen war. Schwelende Splitter lösten sich aus dem zerstörten Plastgewebe und fielen rauchend auf den Boden, der mittlerweile blutgetränkt war. Mel wollte schon aufatmen, als sich wie aus dem Nichts die Welt seiner Wahrnehmungsstörungen über die Realität schob und drohte, seine Sinne zu überfordern. Er sah alles gleichzeitig: Tag, Nacht, eine Sonne, zwei Monde, das Deck der Sudden Death, den aufgerissenen Sandboden und mehrere Behausungen, die Kämpfenden vor sich und die verschwommenen Schemen hinter dem Gekreuzigten. Er roch verbranntes Fleisch, hörte die Frau wimmern und das Reißen von Haut, während Blastertreffer um ihn einschlugen und Klingen auf Klingen trafen. Das Gefühl, geliebte Menschen zu verlieren und dabei Lin und den Gekreuzigten gleichzeitig zu sehen, warf ihn völlig aus der Bahn. Lin sah ihn entsetzt an und schob sich vor ihn, um den Angriff des Mannes abzuwehren, der ihm den Helm zerschossen hatte. Der Anführer der Söldner attackierte sie mit einer blitzschnellen Serie, trat ihr die Klinge aus der Hand und streckte sie mit einem Ellbogenschlag nieder. Danach zog er Mel das Schwert über die Reste des Helms, der daraufhin auseinanderbrach und auf den Boden fiel.

Mel trug die Sturmhaube, die ihn vor den Splittern schützte. Trotzdem spürte er warmes Blut, das unter dem Stoff seine Schläfe entlang lief. Er war paralysiert und hatte Mühe, sich zurechtzufinden. Seine Nanobiten rotierten im Körper und zeigten ihm Bilder von möglichen Attacken, die zum Glück von seinen Mitstreitern verhindert wurden. Mel musste aufwachen – und zwar sofort! Aber die Bilder der anderen Welt wollten nicht verschwinden. Aus den Augenwinkeln registrierte er verschwommen, wie der Anführer zum finalen Stich ausholte. Mel wich unbeholfen zur Seite aus und parierte den Angriff. Danach detonierte eine Blendgranate hinter dem Kerl, deren Druckwelle ihn gegen die Reling schleuderte. Mel nutzte die Chance und stolperte benommen zwischen die Kämpfenden. Er hatte Lin und den Botschafter aus den Augen verloren. Dafür sah er Söldner, Piraten, Scouts und verschwommene, dunkle Schemen, deren Konturen wie schwarzes Feuer ineinander übergingen, während sie wie Geister durch die Kämpfenden glitten. Mel stach ins Leere, verfehlte seine Ziele und fiel über die Toten am Boden, rappelte sich wieder auf und fing sich mehrere Schnittwunden ein, während er sich Meter für Meter zum Speeder kämpfte.

»Wir müssen verschwinden!«, hallte plötzlich Hollisters Stimme aus den Resten der Audioeinheit des Helms, die noch an Mels Hals hingen. »Es sind zu viele! Rückzug!«

Danach folgte Xhex, dessen Stimme sich nicht mehr ruhig und gelassen anhörte. »Macht, dass ihr da wegkommt! Die Kampfgleiter aktivieren die Minikanonen! Sie werden euch zerfetzen!«

Anschließend brüllten mehrere Stimmen durcheinander, die zu einem Kanon anschwollen, der Mels Kopf zerspringen lassen wollte. Als er wieder klarer sehen konnte, registrierte er aus den Augenwinkeln, wie mehrere Söldner Lin und den Botschafter unter Deck schleiften. Er wollte ihr helfen, aber er konnte nicht. Die geisterhaften Wesen aus seinen Halluzinationen machten ihm schwer zu schaffen. Er konnte sich kaum koordiniert bewegen, geschweige denn kämpfen. Was ihm nur eine Option ließ: Um sich selbst zu retten, musste er von hier verschwinden.

Mel taumelte durch die Kämpfenden in die Richtung, wo er seinen Speeder vermutete. Er blockte Hiebe und Stiche, hörte Blasterfeuer, das ihn knapp verfehlte und spürte das fauchende Feuer einer Granate, die irgendwo in seiner Nähe detoniert sein musste. Männer stießen gegen ihn und brachten ihn zum Stolpern, bis er hinter eine Raketenbatterie stürzte und schwer atmend liegenblieb. Er rollte sich auf den Bauch und zog sich an der Konstruktion nach oben, während sie von Blastertreffern erschüttert wurde. Mel ignorierte den Schützen und rettete sich hinter den Turm des Zwillingsgeschützes, wo er erst vor Kurzem mit seinem Speeder gelandet war. Er steckte sein Schwert in die Scheide und zog sich benommen auf den Flitzer.

Mel konnte nicht erkennen, ob der Speeder beschädigt war oder nicht. Da ihm keine andere Wahl blieb, aktivierte er die Aggregate und hob ab. Er drohte, gegen den Geschützturm zu krachen, riss den Lenker im letzten

Moment herum und flog in die Nacht davon. Aus den Augenwinkeln sah er, wie die Scouts den Gleiter verließen. Sie retteten sich in alle möglichen Richtungen und verschwanden wie Motten in der Nacht. Mel konzentrierte sich währenddessen auf die Sonne aus seiner Halluzination, die den hellsten Punkt darstellte, den er fokussieren konnte. Er spürte den Wind im Gesicht, das von unzähligen Splittern wie Feuer brannte und musste sich an den Griffen des Lenkers festhalten, um nicht vom Speeder zu fallen.

Er passierte eine Riffformation, flog um das raue Gestein und wollte erleichtert aufatmen, als ein dumpfer Schlag an der Seite den Speeder erschütterte. Anscheinend hatten sich nicht nur seine Scouts in den Riffen eingegraben. Kurz darauf fing der Flitzer Feuer und flog noch hundert Meter tiefer in die Wüste, bevor Mel von etwas Hartem im Rücken getroffen wurde. Er kippte nach hinten, fiel vom Speeder und verlor den letzten Rest Orientierung, während er sich überschlug und dem Boden entgegenstürzte. Einen Augenblick später spürte er den harten Aufprall, der ihn wie ein schnell geführter Schlag in die Bewusstlosigkeit katapultierte.

Laura atmete scharf aus und ließ die Klinge sinken. Sie war wie eine Anfängerin in Ivys Falle getappt. Ihre Gegnerin hatte zwei der toten Crewmitglieder benutzt, um sie lange genug von sich abzulenken und Laura war darauf hereingefallen.

Ivy saß in einem Sessel in der Ecke und hielt einen Blaster auf sie gerichtet. Ihre Hand zitterte. Die andere hielt sie krampfhaft an ihre Seite gepresst. Laura konnte

Blut auf Ivys Einsatzanzug erkennen und ihr Gesicht war kreidebleich.

Ihre Widersacherin sagte kein Wort. Sie schien genug damit zu tun zu haben, den Blaster auf Laura gerichtet zu halten.

»Bring es endlich zu Ende.«

Ivys Augen blitzten auf, aber sie zögerte. Bis ihre Waffenhand heftig zu zittern begann und sie den Blaster sinken lassen musste. Sie legte ihn auf ihrem Oberschenkel ab und starrte Laura unentschlossen an.

»Worauf wartest du? Bring es endlich zu Ende!«

»Ich … ich will nicht sterben«, stellte Ivy kleinlaut fest und sah demonstrativ zur Wunde, die von ihrer Hand bedeckt wurde. Als sie den Druck verringerte, quoll das Blut ungebremst heraus. Sie riss ängstlich die Augen auf und presste die Hand wieder zitternd auf ihren Körper.

Laura atmete erleichtert auf. Ivy schien schwer verletzt zu sein. Es war nur eine Frage der Zeit, bis der Blutverlust hoch genug war, um sie auszuschalten. Unklar war nur, ob sie Laura vorher erledigen würde.

Aber war das wirklich alles? Die Agentin in ihr hatte die Lage nüchtern bewertet. In ihrer Welt gab es keine Gnade, schlechtes Gewissen oder Mitleid. Allerdings würde sich die Ärztin nicht mit dieser einfachen Lösung zufriedengeben.

»Du bist verletzt.«

Ivy versuchte, mit den Achseln zu zucken, aber die Schmerzen ließen es nicht zu.

»Wo ist die Injektion für Sergeant Rokka?«

Ivy schien ihre Möglichkeiten gegeneinander abzuwägen, obwohl sie im Grunde nur eine hatte, um ihre Situation zu verbessern: Wenn sie Laura tötete, würde sie kurz darauf sterben. Falls sie es nicht tat, war sie ihr ausgeliefert.

»Ma … ma Sula me?«

Laura kniff skeptisch die Augen zusammen. »Wir sind keine Thrill.«

Ivy versuchte zu schmunzeln. »Einen Versuch war es wert.« Sie schien immer noch zu überlegen, wie sie dem Tod von der Schippe springen konnte. »Wie wäre es mit *Ein Gefallen für einen Gefallen?*«

»Du hast nichts anzubieten«, stellte Laura trocken fest. »Die Injektion …«

»Die Pistole ist im Behälter meines Speeders«, kam ihr Ivy schnell zuvor. »Er steht auf der Plattform hinter der Brücke. Bitte lass mich nicht sterben.«

»In diesem Fall hätte ich sie auch ohne dich gefunden«, entgegnete Laura kalt.

Ivy fluchte und wollte den Blaster anheben, aber es gelang ihr nicht. »Ich könnte dich töten.«

»Dann wirst du sterben.«

Ivy biss wütend die Zähne zusammen und ließ die Waffe sinken, bis sie ihr schließlich aus der Hand fiel. Als Laura sich ihr vorsichtig näherte, presste sie sich ängstlich zurück in den Sessel. Laura setzte die Spitze ihrer Klinge knapp unter dem Brustbein auf Ivys Einsatzanzug. Ein kleiner Stoß würde genügen, um den scharfen Trivistahl durch den Körper ihrer Widersacherin zu treiben. Ivy würde ohnehin sterben. Was machte es da für einen Unterschied, ob dies durch Lauras Klinge oder den Blutverlust geschah? Sie konnte das Miststück doch nicht am Leben lassen. Sobald Ivy wieder in der Lage wäre, würde sie ihre Mission abschließen und Laura bei der erstbesten Gelegenheit töten. Das war sonnenklar und nur ein sehr dummer Mensch würde dies nicht so sehen. Die Agentin in ihr drängte sie, die glücklichen Umstände zu akzeptieren und endlich Schluss zu machen.

»Ich will nicht sterben«, flüsterte Ivy erneut, während ihr eine Träne über die Wange lief. »Bitte … ich …«

Laura biss die Zähne zusammen und legte die zweite Hand unterstützend auf den Knauf des Kurzschwertes. Nur ein winziger Ruck war alles, was nötig war, um Ivy für immer zum Schweigen zu bringen.

Besser jetzt als später wieder gegen sie antreten zu müssen, meldete sich eine Stimme in ihrem Kopf. *»Sei nicht dumm und bring es endlich hinter dich!«*

Ivy starrte sie hilfesuchend an, bis sie sich etwas entspannte und ihre glänzenden Augen schloss. Anscheinend hatte sie sich damit abgefunden, durch Lauras Klinge sterben zu müssen.

Jetzt mach schon!, drängte die Stimme. *Es gibt keinen einzigen Grund, das Miststück zu verschonen. Sie hat den Agenten auf dem Gewissen und sie hätte dich getötet, wenn sie die Chance dazu bekommen hätte. Sei – nicht – dumm!*

Natürlich hatte die Stimme recht. Niemand wäre so töricht, einen Killer wie Ivy zu retten und anschließend gehen zu lassen, um sich ihr vielleicht erneut stellen zu müssen. Und trotzdem drängte die Stimme der Ärztin in ihr, genau das zu tun und traf einen Nerv in Laura, dem sie schon wenige Minuten vorher nachgegeben hatte, als sie darauf verzichtete, ihre Klinge in die von Ivy platzierte Tote zu rammen. Wenn sie Ivy kaltblütig tötete, würde das zum wiederholten Mal einen Mörder aus ihr machen und ihr bisher unbeflecktes Leben wäre wie gehabt dem Untergang geweiht. Sie hatte bereits die Chancen zu vieler Neuanfänge verstreichen lassen, aber damit war jetzt Schluss. Sie wollte dieses Leben behalten. Auch gegen den Willen der Organisation und sie wollte es auf keinen Fall als Attentäterin verschwenden wie all die Existenzen davor.

Als sie die Klinge zurückzog und langsam sinken ließ, riss Ivy verwirrt die Augen auf. Gleichzeitig erklang eine aufgeregt klingende Stimme, die aus ihrem Komm-Gerät am Unterarm dröhnte.

»Ivy! Wo zur Hölle bist du? Wir hatten eine Auseinandersetzung mit den verdammten Unionssoldaten! Roak ist schwer verletzt! Ich kann nicht mehr lange auf dich warten, hörst du? Beweg endlich deinen Hintern hierher!«

Olyn saß Anis gegenüber. Sie waren beide über das Bett gebeugt und hielten jeder eine von Cayas kalten Händen. Ihre Augen waren geschlossen, ihr Brustkorb bewegte sich nicht mehr.

Olyn hatte Laura rufen lassen wollen, als es mit ihr zu Ende ging, aber sie hatte nicht auf seine Kontaktversuche reagiert. Irgendwann hatte er es aufgegeben und seine ganze Aufmerksamkeit dem sterbenden Mädchen gewidmet – genau wie Anis. Olyn, dessen Leben von Einsamkeit geprägt war, hatte nicht gewollt, dass Caya mit dem Gefühl, verlassen worden zu sein, gehen musste. Weshalb er Anis gezwungen hatte, ihr mit ihm zusammen beizustehen. Sie hatten ihre letzten Atemzüge begleitet, hatten sie mit leisen Worten beruhigt und ihre Hände gehalten, bis die rasselnden Züge nicht mehr zu hören gewesen waren.

Anis saß wie ein Häufchen Elend auf seinem Platz und wollte Cayas Hand nicht mehr loslassen. Er hatte sein Gesicht an ihrer Hüfte vergraben und zwang sich, sich nicht allzu sehr gehen zu lassen. Olyn schickte die medizinische Assistentin hinaus und verbot den draußen wartenden Sandwölfen, das düstere Lazarett zu betreten. Anschließend ging er zurück ans Bett, nahm seinen Sessel und schob ihn neben Anis'. Er setzte sich und legte seinem Bruder tröstend die Hand auf die Schulter.

»Das tut mir wirklich leid.«

»Das ist meine Schuld«, knurrte er. »Sie ist nur wegen mir gestorben.«

»Das ist Unsinn«, entgegnete Olyn. »Es handelte sich um eine wirklich seltene und aggressive Infektion. Niemand hätte ihren Tod verhindern können. Du hast alles versucht, was in deiner Macht stand.«

Anis richtete sich schwer atmend auf. Seine Augen waren gerötet, seine Wangen feucht. »Du verstehst nicht. Ich bin der Grund, warum sie weggelaufen ist.«

Olyn sah ihn verwirrt an und ließ ihn weiterreden.

»Ich wusste, dass sie zu dir gehen wollte. Ich hab eure Kommunikation überwacht und jedes einzelne Gespräch aufzeichnen lassen. Sie hatte sich glücklich angehört, wenn ihr über ihre Zukunft und ihre Möglichkeiten gesprochen habt. Viel glücklicher als sie hier jemals hätte werden können. Und das hab ich nicht ertragen. Sie wollte zu dir und ich habe es ihr verboten. Sie hat mehrfach versucht, wegzulaufen, aber ich habe sie jedes Mal von meinen Sandwölfen einfangen lassen. Ich wollte nicht, dass sie ausgerechnet zu dir geht. Du hast uns mehr Schaden zugefügt als ein Unionsoffizier es jemals gekonnt hätte, und ich wollte nicht, dass sie so wird wie du.« Er musste den Blick abwenden, bevor er fortfahren konnte. »Ihre Fluchtversuche sind immer waghalsiger und risikoreicher geworden. Aber ich hab nicht nachgegeben und es ihr immer schwerer gemacht, bis sie so weit gegangen ist, als versteckter Passagier auf einem Thrill-Frachter zu verschwinden. Sie hatte meine

Sicherheitssysteme und meine Piraten überlistet, um zu dir zu gelangen. Ich war so verdammt stolz auf sie. Ich wollte ihr das sagen, sobald sie wieder nach Bas Tortua gebracht worden war, aber sie hat mich nicht mehr erkannt. Sie hat nur im Bett gelegen und an die Decke gestarrt. All das Leben, das sie einst besessen hatte, hatte sie verlassen. Sie sah aus, als ob sie aufgegeben hatte – und das wegen mir!« Er beugte sich zu Caya, küsste ihre Hand und presste sie gegen seine Stirn. »Ich hätte sie schon vor drei Monaten gehen lassen sollen, aber ich wollte sie nicht aufgeben. Nicht wegen ihr, sondern wegen mir! Ich bin ein egoistischer Drecksack, genau wie unser Onkel.«

Olyn presste die Lippen aufeinander und atmete tief durch. »Du hast sie retten wollen. Das würde jeder anständige Vater machen, hast du gehört? Es war eine Verkettung unglücklicher Umstände. Du musst dir diese Last nicht alleine auf die Schultern laden. Ich hab ebenso einen Teil davon zu tragen. Niemand hat sie gezwungen ...«

»Sie war noch ein Kind!«, unterbrach er Olyn. »Sie wusste es nicht besser – im Gegensatz zu uns!«

Olyn verzog den Mund und wandte den Blick ab. Er fühlte sich mehr als schlecht und wünschte, er könnte mit Anis angemessen um Caya trauern, die es erst im Tod geschafft hatte, dass sie sich einander näherten. Aber es gab Dinge, die entschieden werden mussten.

»Ich weiß, dass der Zeitpunkt mehr als schlecht ist, Anis, aber wir müssen über etwas Dringendes reden.«

»Der verfluchte Botschafter interessiert mich nicht!«, fuhr er Olyn an. »Von mir aus können sie sich alle gegenseitig die Schädel einschlagen!«

»Es geht nicht um Roak ...«

»Soll er doch irgendwo in der Wüste verrotten, wie all

die anderen Besserwisser, die die Union im Lauf der Jahre ausgespuckt hat.«

»... es geht um Lin.«

»Ich würde ihm selber eine Ladung in den Schädel jagen, wenn ich ...«

»Es geht um eine deiner Töchter!«, brüllte Olyn ihn an.

»Was?« Anis sah verdutzt auf. »Was ist mit ihr?«

Olyn hob vorsichtshalber beschwichtigend die Handflächen, bevor er antwortete. »Reg dich nicht auf, hörst du? Wir werden sicher ein Lösung finden.«

Und dann erzählte er Anis, was mit Lin geschehen war, während dessen Gesicht vor Wut Rot anlief.

RACHE & EHRE

Mel lag benommen im Sand. Sein Körper brannte vor Schmerzen und sein angeschlagener Verstand zog ihn immer tiefer in die unscharfe Welt seiner Vergangenheit. Er hatte gehofft, dass die vorübergehende Bewusstlosigkeit die Wahrnehmungsstörungen beenden würde. Stattdessen traten die Halluzinationen stärker auf als bisher und Mel stand kurz davor, nicht mehr zwischen der Realität und den fragmenthaften Erinnerungsfetzen unterscheiden zu können.

Es war heiß. Die Sonne stand hoch am Himmel und brannte erbarmungslos auf die zum Tode Verurteilten herab. Deren Henker befanden sich unter einem Sonnensegel hinter dem T-förmigen Kreuz. Er spürte starke Hände im Nacken, die ihn auf die Knie zwangen. Aber Mel war zu schwach, um sich befreien zu können. Vor ihm befand sich das Podest mit dem Gekreuzigten. Eine der dunklen Silhouetten trat unter dem Sonnensegel hervor und stellte sich neben die stöhnende Gestalt, deren Konturen in einem schwarzen Feuer mit denen ihres Peinigers verschwammen. Kurz darauf hörte Mel das widerliche Reißen von Haut und eine Frau neben ihm begann bitterlich zu wimmern. Als er den Kopf zur Seite wandte, konnte er eine kniende Gestalt erkennen, deren Umrisse, genau wie die der anderen Anwesenden, kaum zu deuten waren. Es schien sich um eine Frau zu handeln, die ihm wie der Gekreuzigte nahestand. Einer der schwarzen Dämonen trat hinter sie und schüttete eine Wolke aus dunklem Rauch über ihr aus. Sie wand sich und schien zu schreien, aber Mel konnte nichts hören. Kurz darauf begann es nach verbranntem Fleisch zu riechen und die Linien der Frau lösten sich im Wind auf. Der Mann am Kreuz verfluchte die Henker, worauf sein Peiniger erneut zu ihm ging und ihm einen dunklen verschwommenen Gegenstand in den Körper trieb.

Mel wollte nur noch weg. Er hatte Angst. Unbeschreibliche Angst. Aber die Hände im Nacken waren zu stark. Sie hielten ihn unten und zwangen ihn, Zeuge des Verbrechens zu werden. Er konnte keine Gesichter erkennen, da die handelnden Gestalten nur aus schwarzem Feuer bestanden. Aber er konnte Gefühle erahnen, die ihn mit den Verurteilten in Verbindung brachten und mitleiden ließen. Sein Herz verkrampfte und gab ihm einen Vorgeschmack auf den Schmerz, dem er vielleicht ausgesetzt sein würde, wenn er seine Vergangenheit zurückbekam.

Die Gestalt am Kreuz wand sich noch immer und brüllte ihren Hass und ihren Schmerz in die Traumwelt hinaus. Mel schien ums Leben des Gekreuzigten zu flehen, worauf der Peiniger vom Podest stieg, zu ihm ging und eine flammende Klinge an seinen Hals setzte. Mel konnte deren innere Kälte deutlich spüren. Seine Stunden schienen gezählt zu sein, als sich eine weitere Gestalt näherte. Sie griff seine Peiniger an, nahm ihn bei der Hand und zog ihn mit sich. Sie war älter und stärker als er und stellte sich schützend vor ihn. Die anderen wollten sie überwältigen, aber sie hielt sie auf Distanz und befahl ihm, zu verschwinden. Doch er konnte sich nicht bewegen. Die Angst hatte ihn fest im Griff, ließ seinen Magen verkrampfen und schnürte ihm die Luft ab. Er hatte das Gefühl zu ersticken, ging in die Knie und sank röchelnd nach vorne. Er schmeckte Sand, der in seinen vor Schmerzen verzerrten Mund gelangt war, und spürte die Kälte des Wüstenbodens. Die Realität schob sich langsam wieder in den Vordergrund. Allerdings schienen ihn die Erinnerungen aus der Schattenwelt ersticken zu wollen. Sie zerquetschten sein Herz und legten sich wie Ketten um seine Lungenflügel. Die Gestalt vor ihm wandte sich um und schrie ihn entsetzt an. Er konnte das Gesicht einer jungen Frau erkennen. Sie wollte, dass er aufstand und weglief, aber er konnte nicht. Stattdessen begann seine Umgebung zu verschwimmen. Sein Herzschlag wurde langsamer, das Pochen im Kopf stärker. Plötzlich löste sich die Frau vor ihm auf. Aus den verpuffenden Resten ihrer Gestalt formte sich eine weitere Silhouette, die entschlossen in seine Richtung lief. Er konnte hören, wie sich das Profil ihrer Stiefel durch den Sand grub, während sie nach ihm Ausschau hielt. Dann erklang ihre aufgeregte Stimme. Sie schien nach ihm zu suchen. Mel kannte sie. Er mobilisierte seine letzten Kräfte, rollte sich auf die Seite und spuckte den Sand aus, der in seinen Mund gekrochen war und seine Atemwege verstopft hatte. Danach holte er tief Luft und brüllte ihren Namen, so laut er konnte: »Laura!«

Anis saß geknickt vor dem Fenster seines Arbeitszimmers und starrte verloren in die Nacht. Das Gespräch mit dem Lord des Nordens war mehr als anstrengend gewesen. Callen Sempa hatte ihn in einem seiner schwächsten Momente abgepasst, um seinen Willen durchzusetzen. Anscheinend hatte er seine Spione sogar unter Anis' engsten Beratern in Stellung gebracht, da er bereits kurz nach Cayas Tod nach ihm verlangt hatte. Sempa war wie eine verdammte Schlange, die stundenlang bewegungslos im Sand ausharren konnte, um im richtigen Moment zuzuschlagen und ihr Gift in die völlig überraschte Beute zu jagen.

Anis hatte noch lange bei Cayas leblosem Körper gesessen, bis Olyn ihn zusammen mit der medizinischen Assistentin in seinen persönlichen Bereich gebracht hatte. Sein Bruder wollte sich um alles Weitere kümmern, während Anis sich hatte erholen sollen. Aber so weit war es nicht gekommen. Nur fünf Minuten, nachdem er den Raum betreten hatte, war er von Callen Sempa kontaktiert worden.

»Ich bedauere den Tod deiner Tochter, Anis«, begann er vorsichtig. »Und ich …«

»Was willst du?« Er hatte keine Lust auf ein Gespräch, bei dem er Haus und Hof verlieren konnte, wenn er nicht permanent auf der Hut war. In seinem Zustand hätte er die Verbindung unterbrechen und sich stattdessen besser um sich selbst kümmern sollen. Er wusste, was kommen würde. Olyn hatte ihm von Lins Gefangennahme durch die Entführer Roaks erzählt. Sie war in Gefahr, weil Anis sich der Liga verpflichtet gefühlt und ihr das Kommando über drei Gleiter gegeben hatte, um die Befreiung des Botschafters zu unterstützen. Jetzt musste er mit den Konsequenzen klarkommen, zu denen auch dieses

Gespräch gehörte. Callen Sempa war dabei, den finalen Köder auszulegen – und Anis würde ihn schlucken.

»Ich wollte dir mein Beileid bekunden, das ist alles.«

Anis schnaubte verächtlich. »Um vier Uhr morgens? Was hat dich wachgehalten?«

»Ich habe viele Operationen, die ich koordinieren muss«, antwortete Sempa. »Und manche davon auch nachts. Das solltest du als Anführer der Sandwölfe nachvollziehen können.«

»Welcher von deinen Spionen hat dich von Cayas Tod in Kenntnis gesetzt?«

Sempa lachte. »Das musst du schon selbst herausfinden, mein Freund. Wir arbeiten alle mit den gleichen Mitteln und wenn wir ausspioniert werden, ist das unsere eigene Schuld und hat nichts mit unseren Gegnern zu tun, die nur ihre Möglichkeiten ausschöpfen, und unsere Nachlässigkeit gegen uns einsetzen.« Er lachte erneut. »Wobei ich dich nie als meinen Gegner angesehen habe. Wir sind Thrill. Wir sollten uns nicht bekämpfen, nicht wahr?«

Anis Eindrücke überschlugen sich. Der Schmerz wegen Cayas Verlusts überlagerte sein Bewusstsein, was es ihm sehr schwer machte, auch nur einen klaren Gedanken fassen zu können. »Wie du meinst. Ich habe deine Beileidsbekundung zur Kenntnis genommen. Sind wir fertig?«

»Noch nicht ganz«, erwiderte Sempa lauernd. »Mir ist zu Ohren gekommen, dass eine deiner Töchter sich in der Gewalt der Entführer befindet.« Er wartete kurz, um Anis die Chance zu geben, diese Information verarbeiten zu können. »Ihr Name ist Lin, nicht wahr?«

»Ja«, knurrte er. »Was geht dich das an?«

»Ich sehe dir deine Unhöflichkeit wegen des kürzlichen Schicksalsschlags nach, aber übertreib es nicht«, warnte Sempa ihn. »Ich hätte Caya vielleicht retten können, aber du hast mich nicht gelassen. Deshalb bitte ich dich, meine Hilfe jetzt anzunehmen. Erlaube mir, Lin zu befreien.«

»Wenn ich mich für deine Seite entscheide«, wandte Anis zerknirscht ein.

»Das ist nur ein kleiner Preis für das Leben einer Tochter, findest du nicht? Du hast heute schon ein Kind verloren. Willst du es wirklich darauf anlegen, ein weiteres zu verlieren?« Er schnaubte verächtlich. »Abgesehen davon habe ich dich gewarnt: Du musst eine Seite wählen und ich rate dir, dich für dein Volk zu entscheiden. Was kannst du dabei schon groß verlieren? Du bist doch ein Thrill oder nicht?« Anis wollte etwas erwidern, aber Sempa überging ihn einfach. »Oder willst du dir, wie dein verlorener Bruder, die Fänge schleifen und die Haare färben …«

»Lass Olyn da raus.«

»… und das Haustier eines Unionisten werden? Bist du schon so satt und faul, dass du dich nicht mehr für dein Volk erheben willst? Hast du schon vergessen, was sie uns angetan haben?«

»Nein, verdammt«, knurrte Anis, dessen Trauer sich langsam mit einer unbändigen Wut vermischte, die von seinem Gesprächspartner nur noch in die richtige Richtung gelenkt werden musste.

»Im Grunde hat die Union Caya auf dem Gewissen. Denn es war ein Unionsgleiter, der den Frachter versenkt hat, nicht wahr?«

»Ja.«

»Dann schließ dich mir endlich an! Zusammen können wir der Union und der verdammten Liga ernsthaften Schaden zufügen, mein Freund.« Sempa klang richtig enthusiastisch. »Aber vorher kümmern wir uns um Lin. Ein Wort von dir und ich werde sie befreien, hast du gehört? Ich werde meine besten Krieger schicken, um sie sicher zu dir zurückzubringen. Gib sie nicht auf.«

»Wie du willst …«

»Das ist mir nicht eindeutig genug, Anis«, entgegnete Sempa knurrend. »Ich will eine Entscheidung von dir und ich will sie jetzt!«

Anis vergrub sein Gesicht in den Händen, atmete scharf aus und versuchte, das Gedankenkarussell in seinem Kopf zu stoppen. Ihm war klar, dass er sich nicht länger aus Sempas Plänen heraushalten konnte. Der Lord des Nordens wollte eine Antwort von ihm. Er hatte ihn in eine Ecke gedrängt, den richtigen Köder ausgelegt und Anis war kurz davor, diesen zu schlucken.

Irgendwann hob er den Kopf, rieb sich die Augen und teilte Sempa zähneknirschend seine Antwort mit.

Mel lag auf einer Pritsche, als er die Augen aufschlug und sich erschrocken aufrichtete. Die Konturen seiner Umgebung verschmolzen zu einem undefinierbaren Brei, dessen helle Stellen ihn so stark blendeten, dass er sein Gesicht in den Händen vergraben musste. Von den Halluzinationen war nicht viel übriggeblieben. Seine Gedanken waren scharf und klar. Was bedeutete, dass er die letzte Injektion verabreicht bekommen haben musste. Er konnte sich allerdings nicht mehr daran erinnern, von wem. Er fluchte und versuchte, sich auf seine Umgebung zu konzentrieren. Das monotone Brummen der Antriebsaggregate im Hintergrund wies darauf hin, dass er sich auf einem Gleiter befand. Aber er konnte sich nicht ins Bewusstsein bringen, wie oder wann er hierher gekommen war. Sein Gedächtnis schien die Wahrnehmungsstörungen nicht allzu gut weggesteckt zu haben, aber das war sein geringstes Problem. Er wusste, dass der Angriff auf die Söldner gescheitert war. Roak und Lin befanden sich nach wie vor in der Gewalt der Entführer. Mel hatte versagt und die beiden würden dafür büßen müssen. Er fluchte und biss die Zähne zusammen, als eine vertraute Stimme erklang.

»Wie geht es Ihnen?«

»Doktor Bricks?« Mel hob erstaunt den Kopf. Vor ihm saß eine Silhouette, deren Konturen langsam schärfer wurden, bis er die Ärztin klar erkennen konnte. Sie trug einen schwarzen Einsatzanzug und schien mehrere Schnittverletzungen davongetragen zu haben. Die Reste des elastischen Wundschaums waren noch deutlich an den betroffenen Stellen zu sehen. In einer Scheide auf ihrem Rücken steckte eine Klinge, in ihrem Holster ein Blaster. Sie sah aus wie eine verdammte Agentin. Aber für wen arbeitete sie? Die Union? Oder die Liga? Bevor er etwas sagen konnte, legte sie ihm bestimmend einen Finger auf die Lippen und bedeutete ihm, still zu sein.

»Ich nehme an, Sie erinnern sich an Ihr Versprechen, das Sie mir vor fast einem Jahr auf der Barracuda gegeben haben?«

Natürlich erinnerte er sich: Mel hatte damals unter Drogen gestanden, um seinen Tremor unterdrücken zu können, und Doktor Bricks hatte seinen Zustand vor dem Captain des Jagdgleiters verheimlicht. Im Gegenzug hatte sie ihm ein Versprechen abgerungen.

Er nickte. »Ein Gefallen für einen Gefallen.«

»Sie haben bestimmt eine Menge Fragen, die Sie mir gerne stellen würden, aber ich muss Sie diesbezüglich enttäuschen. Ich kann Sie Ihnen nicht beantworten und ich hoffe, dass Sie sich im Moment mit meiner Entscheidung zufriedengeben.« Sie sah ihn ernst an. »Außerdem würde ich den Gefallen heute gerne in Anspruch nehmen. Ich möchte, dass Sie mein Geheimnis niemandem erzählen. Wirklich niemandem, verstehen Sie?«

Er nickte erneut.

»Meine Auftraggeber sind selbst für einen Mann mit Ihren Fähigkeiten gefährlich und ich möchte nicht, dass Sie wegen mir unter die Räder kommen.« Sie verzog den Mund, bevor sie fortfuhr. »Ich wollte Ihnen und der Crew der Hawk nie schaden. Deshalb müssen Sie mir versprechen, kein Wort über die heutigen Ereignisse zu verlieren. Sie würden mich und sich selbst gefährden und ich denke, das können wir beide nicht gebrauchen.«

Mel ertappte sich dabei, wie er nach seiner Klinge Ausschau hielt, und schalt sich im gleichen Moment dafür. Doktor Bricks hatte ihn mit seinen Problemen bisher nie im Stich gelassen und nun war es an ihm, ihr zu helfen. Vermutlich war sie tatsächlich eine Agentin – und zwar eine verdammt gute. Er hatte nie an ihrer Tarnung gezweifelt und wie es aussah, hatte sie diese nur wegen ihm aufs Spiel gesetzt. Sie hätte ihn nicht suchen müssen, um ihm die letzte Injektion zu verpassen. Aber sie hatte es trotzdem riskiert, und das rechnete er ihr hoch an. Was immer Doktor Bricks auch im Schilde führte, es ging ihn verdammt noch mal nichts an. Abgesehen davon hatte er genug eigene Probleme, die er demnächst lösen musste.

»Sie können sich auf mich verlassen, Doc«, bemerkte er und wurde sich erst jetzt seiner Umgebung bewusst. Sie befanden sich in einem kleinen Raum, der provisorisch zu einem Lazarett umfunktioniert worden war. Es gab zwei Pritschen, eine Trage und eine OP-Einheit, einige Schränke und einen mobilen Scanner. Mel schloss von der Größe des Lazaretts, dass der Gleiter einer der kleineren Klassen angehören musste.

»Wie haben Sie mich gefunden?«

Die Ärztin hob demonstrativ ihren Unterarm und zeigte auf das daran festgeschnallte Komm-Gerät. »Als Stabsärztin kann ich auf die Koordinaten aller Mannschaftsmitglieder der Hawk zugreifen. Abgesehen davon befand sich Ihr Standort nicht weit von meinem entfernt.« Sie wandte sich kurz um und breitete ein flexibles Display vor sich aus, auf dem die Daten von Mels Scan dargestellt wurden. »Bis auf ein paar angebrochene Knochen und mehr oder weniger schwere Prellungen scheinen Sie in Ordnung zu sein. Ihr Handgelenk ist wieder zu Hundert Prozent hergestellt, weshalb ich Ihnen die Schiene abgenommen habe. Ein Treffer hat Ihre Panzerung am Rücken zerstört. Aufgrund der Stärke des Einschlags tippe ich auf eine Waffe für Scharfschützen: vielleicht eine *Dreadnought* oder eine *Valkyr*. Ihre Nanobiten arbeiten einwandfrei, womit der Einleitungsprozess für Ihre Rehabilitation erfolgreich abgeschlossen wäre.« Sie hielt demonstrativ eine leere Injektionspistole hoch. »Jetzt können Sie endlich Ihre Erinnerungen zurückbekommen.«

Er senkte betreten den Blick. »Wenn es dafür nicht zu spät ist.«

»Wie meinen Sie das?«

Mel atmete tief ein und erzählte Doktor Bricks, was seit ihrer Abreise geschehen war. Sie hörte ihm aufmerksam zu und schien ihre eigenen Schlüsse zu ziehen, bis er zum Ende kam und sie niedergeschlagen ansah.

»Ich hab verloren und Lin wird dafür bezahlen.«

»Nicht unbedingt«, wandte die Ärztin ein und setzte einen geheimnisvollen Blick auf. »Ich habe etwas, das Ihnen helfen könnte.«

Mel hob überrascht eine Augenbraue, während sie aufstand und ihm mit der Hand bedeutete, ihr zu folgen.

Sie öffnete das Schott und betrat einen dunklen Korridor. Anschließend führte sie Mel durch einige Gänge, bis sie vor einem kleinen Quartier stehenblieb. Sie öffnete die massive Luke mit einem vierstelligen Code und ließ Mel vorgehen. Im Inneren war es düster. Es gab einen kleinen Tisch, eine Sanitärkabine und eine Pritsche, auf der jemand lag. Als Mel sich näherte, wandte sich die Frau zu ihm um und starrte ihn mit schimmernden Augen ängstlich an. Mel blieb überrascht stehen. Er hatte mit vielem gerechnet. Aber bestimmt nicht damit, Ivy Pulsa gefesselt auf einer Pritsche vorzufinden.

Lin saß zitternd neben Roak auf dem Boden. Ihr Körper bebte vor Adrenalin. Sie stand noch immer unter Strom und hatte große Mühe, sich still und unscheinbar zu verhalten. Mels Befreiungsaktion war gescheitert, Roak erneut angeschossen worden. Der Botschafter lag im Sterben und niemand würde dieses Mal seinen Tod verhindern können.

Das Lazarett war wieder mit Verwundeten überfüllt, aber es gab keinen Arzt mehr, der sich um sie hätte kümmern können. Eine medizinische Assistentin verabreichte den vor Schmerzen brüllenden Männern Beruhigungsmittel, die sie in einen Zustand zwischen Leben und Tod versetzten und für Ruhe sorgten. Der Boden und die Wände waren blutverschmiert, die Tragen hingen teilweise schief in den Schienen. Es gab nur noch Chaos und Tod und Lin musste sich eingestehen, dass sie für einen Teil davon verantwortlich war.

Nachdem die erste Detonation die Sudden Death erschüttert hatte, war die Hälfte ihrer Bewacher aus dem

Lazarett abgezogen worden. Lin hatte ihre Chance gesehen und die verbleibenden Söldner mit Hilfe der Thrill überwältigt. Malus und der Arzt waren dabei gestorben, aber sie hatten sich vor ihrem Tod für Lins Seite und damit für ihr Volk entschieden. Sie hatte es mit dem Botschafter und den Überlebenden über einen abgelegenen Versorgungstunnel aufs Deck geschafft, wo sie den Söldnern in die Arme gelaufen waren und ein heftiger Kampf entbrannt war. Dort war sie auch auf Mel gestoßen. Aber er schien nicht er selbst gewesen zu sein und irgendwann hatte sie ihn im Getümmel aus den Augen verloren. Sie hatte Roak von Bord bringen wollen. Aber kurz bevor sie mit ihm hatte verschwinden können, hatte ihn jemand mit einem Blaster getroffen und ihm die Schulter zerfetzt. Nach der Auseinandersetzung hatten die Söldner die überlebenden Thrill wortlos zurück ins Lazarett gebracht und an einer Wand aufgereiht.

Lin presste ihre Hand neben Roaks Wunde. Seine Nanobiten versuchten alles, um die Blutung zu stoppen, während Lin sie mit ihrer Nanokultur unterstützte. Aber es war nur eine Frage der Zeit, bis sein Organismus aufgeben würde. Ihre Hand kribbelte. Sie spürte, wie ihre Nanobiten mit Roaks Kulturen kommunizierten und einen Teil ihrer Energie auf diese übertrugen.

Er umklammerte dabei ihre Hand und starrte sie mit trüben Augen an. »Es geht zu Ende.«

»Ich weiß.« Sie erwiderte seinen Blick. »Wir hätten es fast geschafft.«

Er zuckte nur mit den Achseln und verzog anschließend vor Schmerzen das Gesicht. »Das macht nichts. Wichtig ist, dass Sie Ihr Versprechen nicht vergessen. Mein Tod ändert nichts und ich werde erst Frieden finden, wenn die Sache erledigt ist.«

Sie nickte.

»Gut. Wenn es so weit ist, will ich, dass Sie Folgendes machen ...« Er zog sie zu sich und begann mit zitternder Stimme in ihr Ohr zu flüstern, bis das Schott des Lazaretts zischend zur Seite glitt und der Anführer der Söldner den Raum betrat. Der Kerl sah zwar nicht wütend aus, aber das Aggressionspotential, das von ihm ausging, war für jeden Anwesenden deutlich zu spüren. Selbst die Söldner wichen seinem toten Blick aus, als er an ihnen vorbeiging und entschlossen auf Lin zuhielt.

Der Kampfanzug des Mannes sah mitgenommen aus. Er war mit Kratzern, Schnitten und den Spuren von Streifschüssen übersät. Schwelende Splitter steckten überall in dem widerstandsfähigen Synthetikmaterial, dessen Plastverstärkungen massiv beansprucht worden waren. Er stellte sich vor sie und starrte sie mit seinen stumpfen Augen an.

»Lin Thorva?«

Sie hielt seinem Blick stand und nickte unmerklich.

Er verzog den Mund und wandte sich den Thrill zu, die neben ihr in einer Reihe an der Wand knieten. Ihre Hände waren mit Stahlkabeln gefesselt. Er ging zum Piraten am äußersten Rand und zog seinen Blaster.

»Da aufgrund des Ausbruchsversuchs Ihrer Anführerin die Kapazitäten dieses Lazaretts stark eingeschränkt wurden, sehe ich mich gezwungen, die Anzahl der zu Versorgenden ebenfalls zu reduzieren.« Er hob den Blaster und schoss dem Thrill in den Kopf. Ein Schwall Blut, Hautfetzen und Knochensplitter spritzte gegen die Wand hinter dem Mann, während die Piraten erschrocken zusammenzuckten. Danach ging er zum Nächsten. »Sie alleine«, er zeigte mit dem Finger auf Lin, »sind für diese Maßnahme verantwortlich.« Er setzte dem Thrill, der ihn wütend anstarrte und keinerlei Angst zeigte, den Lauf auf die Stirn und drückte ab. Er ging zum nächsten Gefangenen, der ihm angewidert gegen die Brust spuckte und seinem Blick entschlossen standhielt. »Das Problem von euch war schon immer, dass ihr zu stolz seid, um erkennen zu können, wann ihr verloren habt.« Er trat dem Piraten vor die Brust, schleuderte ihn damit gegen die Wand hinter ihm und ließ seinen Kopf in einer Wolke aus Blut und Knochenteilchen zerplatzen. »Deshalb muss man euch immer wieder daran erinnern«, er tötete den letzten Thrill im Vorbeigehen mit einem gezielten Schuss ins Herz und presste Lin einen Augenblick später den Lauf des Blasters gegen die Schläfe, »wann ihr euch zu beugen habt.«

Lin schloss die Augen und ergab sich in ihr Schicksal. Sie akzeptierte, dass sie dem Söldner ausgeliefert war und nichts daran ändern konnte. Er würde wie ein selbsternannter Gott über ihr Leben bestimmen. Ein Gedanke, den sie hasste, wie keinen anderen. Dieses verdammte Unionsgesindel terrorisierte ihr Volk, seit sie denken konnte und sie beschloss, falls sie überlebte, jeden weiteren Tag ihres Lebens damit zu verbringen diesen Bastarden die Hölle heiß zu machen.

»Ich würde deinen sturen Thrillschädel am liebsten mit dem Absatz meines Stiefels zertreten«, flüsterte der Anführer hasserfüllt. »Aber es gibt jemandem, dem du anscheinend wichtig genug bist, um es zu wagen, meine Schwester zu bedrohen. Ich will, dass du dir keinerlei Hoffnungen machst. Du wirst dem Bastard schon bald in den Tod folgen – und wenn es das Letzte ist, was ich in diesem Leben erledigen werde, hast du gehört?« Er erhöhte den Druck der Waffe, bis sie nickte. »Gut, denn für gewöhnlich halte ich meine Versprechen.« Er richtete sich auf und wandte sich ein letztes Mal an sie. »Und bis es so weit ist, hältst du diesen lächerlichen Trottel am Leben!« Er zeigte mit dem Lauf der Waffe auf Roak und verließ das Lazarett. Lins Körper bebte unter all der Anspannung, während sie knurrend die Zähne zusammenbiss und dem Söldner einen langsamen Tod wünschte.

Mel näherte sich langsam der Sudden Death. Es war 0400 Stunden. Der Horizont wurde heller und kündigte die Sonne an, die schon bald ihre Strahlen über die Ebenen schicken und einen neuen Tag einleiten würde. Ivy saß hinter ihm. Ihre Verletzung hatte sie geschwächt, weshalb er sie mit Gurten gesichert hatte. Ihr Kopf ruhte an seinem Rücken. Sie sahen aus wie ein Pärchen, das in den Sonnenuntergang fliegen wollte. Stattdessen ging es zu einem Treffen mit ungewissem Ausgang. Jed, der Anführer der Söldner, war Ivys Bruder. Sie waren laut Ivy nicht biologisch verwandt, aber ihre Beziehung schien tief genug zu sein, um ihn seine Mission für sie aufs Spiel setzen zu lassen. Zumindest war er auf Mels Forderung eingegangen, ohne lange zu zögern. Ein deutliches Zeichen. Außerdem schien er bereit zu sein, ein hohes Risiko für sie einzugehen. Denn kein erfahrener Soldat würde jemals in Erwägung ziehen, Gefangene auf gegnerischem Territorium auszutauschen – außer man hatte noch den ein oder anderen Trumpf im Ärmel.

Bevor Mel aufgebrochen war, hatte er Hollister kontaktiert, der sich mit seinen Scouts in der Nähe aufhielt. Der Specialist war auf der Flucht, nachdem Jeds Söldner die Störsender lokalisiert und zerstört hatten. Im Grunde hatte er den Befehl, zur Hawk zurückzukehren. Aber das schien ihm egal zu sein. Scouts waren dafür bekannt, eine eher unorthodoxe Vorstellung des Begriffs ›Befehlskette‹ zu haben, auch wenn sie das in ernste Schwierigkeiten bringen konnte. Außerdem war ihre Loyalität nicht einfach zu bekommen. Mel hatte fast ein Jahr Zeit gehabt, um sich mit den schwer integrierbaren Männern anzufreunden, deren Motto ›Gleiches zu Gleichem‹ ihm sehr entgegengekommen war.

Danach hatte Mel Xhex kontaktiert, der sich mit seinem Gleiter hinter die Grenze zurückgezogen hatte. Anis Thorva hatte ihm verboten, erneut ins Geschehen einzugreifen und Mel fragte sich langsam, ob der Anführer der Sandwölfe überhaupt Interesse hatte, Lin aus der Gefahrenzone zu bringen. Mel hatte den bulligen Thrill um einen Gefallen gebeten, den er nun, da die Störsender der Scouts vernichtet waren, auch von seiner derzeitigen Position aus erledigen konnte.

Das Risiko, den Austausch in einer Katastrophe enden zu lassen, war hoch, aber aus Mangel an Alternativen nicht zu umgehen. Mel musste die Höhle des Löwen betreten, denn es gab keinen anderen Weg, um Lin retten zu können. Die Konsequenzen seiner Handlungen waren ihm im Moment egal. Er hatte den Bogen ohnehin weit überspannt, deshalb galt seine einzige Sorge Lin. Falls er den Botschafter ebenfalls befreien konnte, würde er es machen. Wenn nicht, würde seine Lage sich deshalb sicher nicht verschlechtern. Er hoffte zwar, dass Roony von entsprechenden Strafmaßnahmen absah, falls er Roak wohlbehalten zu ihm bringen und damit die ursprüngliche Mission erfüllen würde. Sicher war er sich dessen allerdings nicht.

Mel trug die Sturmhaube, die ihm Stone vor fast einem Jahr gegeben hatte. Die aufgedruckte, sich je nach seiner Laune durch die Nanobiten verändernde Geisterfratze war mittlerweile zu seinem Markenzeichen geworden. Er hatte sich daran gewöhnt und wollte, dass Jed wusste, wer ihm gegenübertrat. Vielleicht würde das Wissen, wer der Stachel in seinem Fleisch war, ihn aus der Fassung bringen und Mel einen kleinen Vorteil verschaffen.

Er flog durch die Kampfgleiter, die die Sudden Death wie Aasgeier umkreisten, während ihre Minikanonen seiner Flugbahn folgten.

»Ich werd gleich landen. Status?«

»Sind in Position und warten auf Ihren Befehl, Sir.« Hollisters knurrige Stimme war an den Innenseiten der Sturmhaube zu hören, deren Nanobeschichtung die Audiosignale der Komm-Einheit aufgriff und entsprechend umwandelte.

»Verstanden, Specialist«, antwortete Mel und flog eine letzte Kurve. »Xhex?«

»Meine Techniker sind so weit«, stellte der Thrill fest. »Wann sollen wir loslegen?«

»Jetzt!«, erwiderte er entschlossen, während er sich der Sudden Death näherte. Nun gab es kein Zurück mehr. Die nächsten Minuten würden darüber entscheiden, wer weiterleben durfte und wer nicht.

Mel war ruhig und fühlte sich ausgeglichen. Lauras Injektion hatte ihm sein Gleichgewicht und damit die Kontrolle über sein Leben zurückgegeben und er hatte vor, sich so teuer wie möglich zu verkaufen.

Einige Sekunden später reduzierte er die Geschwindigkeit und landete auf dem Deck vor der Brücke, wo sich vielleicht dreißig Söldner eingefunden und einen Halbkreis um ihren Anführer gebildet hatten. Lin kniete neben ihm. Er hatte ihr wie einem Haustier ein Kabel um den

Hals gelegt, an dem er sie buchstäblich vorführte. Ihr Jochbein war geschwollen und die Lippen aufgeplatzt.

Mel ballte die Hände zu Fäusten und ignorierte die aufsteigende Wut in sich, so gut es ging. Anscheinend wollte der Anführer der Söldner sich ebenfalls einen Vorteil verschaffen, indem er ihn aus der Fassung zu bringen versuchte.

Er stieg ab, löste die Gurte und riss Ivy grob vom Speeder herunter. Sie stolperte und drohte wegen ihrer gefesselten Handgelenke zusammenzubrechen, aber Mel packte sie am Kragen ihres Anzugs und schleifte sie mit sich, während Jeds Blick sich schlagartig verfinsterte. Mel blieb in einigem Abstand vor ihm stehen und zwang Ivy neben sich auf die Knie.

Plötzlich ging ein sanfter Ruck durch den Gleiter. Er war nur unmerklich zu spüren. Wie ein Windhauch, der schnell wieder verflogen war. Aber Jed schien so auf Ivy fixiert zu sein, dass er nichts bemerkt hatte. Die Söldner hinter ihm sahen sich dagegen überrascht an. Kurz darauf setzte sich die Sudden Death extrem langsam in Bewegung. Es handelte sich mehr um ein Treiben, das sie Zentimeter für Zentimeter der Grenze näherbrachte.

»Wir haben das Navigationssystem übernommen«, meldete sich Xhex. »Sie versuchen, unseren Trojaner zu isolieren. Aber wir halten dagegen, so lange wir können.«

Mel atmete erleichtert auf. Die erste Hürde war genommen. Einer von Xhex Technikern hatte den Trojaner, den sie bei ihrem letzten Befreiungsversuch benutzen wollten, reaktiviert und ihn anscheinend erfolgreich eingesetzt. Jetzt kam der schwierige Teil.

»Specialist?«

»Wir sind in Stellung und können jederzeit loslegen, Sir.«

»Gut«, erwiderte Mel entschlossen. »Dann bringen wir es hinter uns.«

»Aye, Sir.«

Mel wandte sich an Ivy, die ihn skeptisch beobachtete. »Wenn du dich benimmst, kommst du vielleicht lebend hier raus, verstanden?«

Sie nickte widerwillig. Er kontrollierte ihre improvisierten Fesseln ein letztes Mal und konzentrierte sich auf Jed, der ihn mit funkelnden Augen anstarrte. Lin kniete neben ihm und suchte verzweifelt Mels Blick, aber er ignorierte sie, um seinem Gegner keinen Anhaltspunkt zu geben, wie wichtig sie für ihn war. Es brach ihm das Herz, aber im Moment blieb ihm nichts anderes übrig. Ausschlaggebend war nur, dass er sie lebend aus diesem Schlamassel herausbekam.

»Ich hatte gehofft, dass du es bist«, begann Jed lauernd, während er das Kabel um Lins Hals zuzog, bis sie sich knurrend aufbäumte.

»Du solltest lieber etwas vorsichtiger mit ihr umgehen«, warnte Mel ihn und stellte sich hinter Ivy. Er legte eine Hand auf ihre Stirn, die andere um ihr Kinn und deutete an, ihr Genick brechen zu wollen.

»Wag es ja nicht!« Jed riss die Augen auf und lockerte das Kabel, bis Lin verzweifelt nach Luft japste.

»Das hängt davon ab, wie du dich in den nächsten Minuten verhältst«, stellte Mel fest und verbog Ivys Kopf, bis sie vor Schmerzen aufstöhnte.

Jed biss die Zähne zusammen, ließ das Kabel fallen und hob beschwichtigend die Handflächen.

Mel ließ im Gegenzug Ivys Kopf los und trat einen Schritt zurück. »Schick sie zu mir rüber!«

»Nur, wenn du Ivy gehenlässt!«

Mel nickte und riss sie grob auf die Beine. Danach

presste er sein Ohr gegen das ihre, sodass sie mithören konnte. »Wenn sie Ärger macht, erledigen Sie das Miststück, Specialist, verstanden?«

»Aye, Sir!«

»Und danach ihren Bruder.«

Ivy zuckte zusammen.

»Kein Problem. Wir haben beide im Visier.«

Mel richtete sich auf und legte ihr eine Hand auf die Schulter. »Vergiss das nicht.« Anschließend schob er sie vorwärts.

Lin wollte sich nicht von Jed helfen lassen, rappelte sich selber auf und ging langsam los. Die beiden Frauen trafen sich ungefähr in der Mitte. Lin präsentierte ihre Fänge und knurrte Ivy feindselig an, bis sie Jeds Schwester passiert hatte und die Distanz zu Mel schnell überwand. Er nahm sie in die Arme und strich erleichtert über ihren Rücken.

»Wie geht es dir? Bist du verletzt?« Er sah sie besorgt an und tastete ihren Körper nach größeren Wunden ab.

»Ich bin okay. Aber der Kerl wird uns nicht entkommen lassen.«

»Ich weiß«, erwiderte er. »Davon bin ich nie ausgegangen. Aber ich hatte gehofft, wenigstens dich aus der Schusslinie bringen zu können. Wo ist Roak?«

»Im Lazarett …«

»Wie geht es ihm?«

»Er ist tot.«

»Verflucht! Dann müssen wir machen, dass wir hier wegkommen.«

»Dazu ist es zu spät.« Sie deutete auf Jed, der Ivys Fesseln löste und seinen Söldnern etwas zuflüsterte.

»Specialist?«

»Es sind zu viele. Wir können sie nicht alle auf einmal erledigen.«

Verdammt! Mel musste irgendwie Zeit schinden und ihm fiel nur eine Möglichkeit ein, auf die sich Jed vielleicht einlassen würde. Einige der Männer rissen derweilen die Blaster hoch und legten auf Mel und Lin an.

»Es ist an der Zeit, unsere kleine Scharade zu beenden«, begann Jed und deutete auf die Söldner.

»Ich dachte mir schon, dass du die Drecksarbeit deinen Marionetten überlassen wirst«, erwiderte Mel und stellte sich schützend vor Lin.

»Was hast du gesagt?« Jed starrte ihn lauernd an.

»Du hast mich schon verstanden.« Er spuckte verächtlich auf den Boden. »Dein Verhalten ist feige, aber nachvollziehbar. Ich würde auch nicht gegen mich antreten wollen.«

Jeds Kiefer klappte herab. Sein Mund stand offen, aber er schien keine Worte zu finden, die angemessen waren, um Mel kontra geben zu können.

»Hör nicht auf ihn«, mischte sich Ivy ein. »Leg die beiden um und lass uns wie geplant verschwinden.«

Aber Jed schien sie gar nicht wahrzunehmen.

»Bei unserer letzten Auseinandersetzung hattest du Glück«, fuhr Mel fort. »Aber hey, auch Anfänger dürfen hin und wieder Glück haben, nicht wahr?«

Jed schien rot anzulaufen. Ivy wollte ihn am Arm zurückhalten, aber er riss sich los und machte wütend einen Schritt auf Mel zu, als ein dürrer, drahtiger Mann erschien. Er bahnte sich entschlossen einen Weg durch die gaffenden Söldner und wollte mit Jed reden, aber der winkte sofort ab.

»Nicht jetzt, Tremaine.«

»Aber Sir, wir werden …«

»Ich sagte, nicht jetzt!«, brüllte Jed und wandte sich wieder zu Mel um. »Du nimmst deinen Mund ganz schön voll.«

»Aber wenigstens bin ich kein Feigling«, erwiderte er grinsend und zog langsam die Klinge aus der Scheide am Rücken.

»Lass dich nicht darauf ein«, startete Ivy einen neuen Versuch. »Der Kerl hat etwas vor. Er ist nicht alleine, verstehst du? Dort draußen …«

»Ich bin kein Feigling, Ivy!«

»Das weiß ich doch. Aber …«

»Er hat mich beleidigt und dafür wird er bezahlen!« Jed zog das Schwert und trat nach vorne, während der dünne Mann mit Ivy und einigen der Söldner aufgeregt diskutierte.

»Specialist?«

»Sir?«

»Der dünne Kerl …«

»Ja?«

»Erledigen Sie ihn, sobald der Kampf beginnt.«

»Aye, Sir!«

»Lin?« Mel wandte sich um. »Du verschwindest mit dem Speeder.«

»Ich lass dich nicht im Stich.«

»Lin!«

»Auf keinen Fall!« Sie verschränkte die Arme vor der Brust und starrte ihn herausfordernd an.

Er fluchte, wandte sich kopfschüttelnd um und ging Jed entgegen. Hinter dem Kerl sah er, wie Ivy sich bewaffnete und der dünne Mann wieder Richtung Brücke verschwinden wollte.

»Jetzt, Specialist!« Mel machte einen Satz nach vorne

und griff Jed mit einem Streich zum Hals an, der diesen nur knapp verfehlte, worauf ein aufgeregtes Raunen durch die Söldner ging, die nur noch Augen für Mel und ihren Anführer hatten – als der dünne Mann im Hintergrund zusammenbrach.

Jeds Hand glitt wie von selbst an seinen Hals, um sich davon zu überzeugen, dass Mel ihn nicht aufgeschlitzt hatte. Als er sich dessen bewusst wurde, verwandelte sich sein Gesicht in eine hasserfüllte Fratze. Danach griff er an.

Die Serie kam blitzschnell. Mel hatte Mühe, die Attacken zu blocken, rettete sich vor dem letzten Streich mit einem Sprung zurück, um sofort wieder nach vorne zu gleiten und seinerseits anzugreifen. Er täuschte rechts oben an, tauchte links unten weg und hieb mit der Klinge nach Jeds Kopf. Der Kerl parierte den Angriff und griff Mels Hals mit einem schnell geführten Stich an. Er brachte die plastverstärkte Schulter im letzten Moment nach oben und sah zu, wie die Spitze von Jeds Klinge funkensprühend darüber schrammte. Der Drecksack war schnell und Mel froh, dass sein rechtes Handgelenk wieder vollständig hergestellt war. Aus den Augenwinkeln sah er, wie Ivy sich eine bessere Position zu Lin suchte, die in der Nähe des Speeders geblieben war.

»Behalten Sie Ivy Pulsa im Auge, Specialist.«

»Kein Problem, Sir …«

Mel biss die Zähne zusammen und blockierte einen wuchtigen, beidhändig geführten Hieb zum Schlüsselbein. Er nutzte die Energie seines Gegners und ließ seine Klinge zu dessen Hals schnellen, aber Jed durchschaute die Attacke rechtzeitig und glitt einen halben Schritt zurück, sodass Mels Streich ins Leere ging. Er biss fluchend die Zähne zusammen. Der Kerl war wirklich gut. Er sah Mels

Attacken voraus und improvisierte passende Konter, während er seine Deckung gleichzeitig überwiegend geschlossen hielt. Am einfachsten wäre es, Hollister würde ihm ein Loch in den Schädel pusten. Aber das wollte Mel nicht. Er wollte den Kerl eigenhändig besiegen. Mann gegen Mann.

Aus den Augenwinkeln nahm er wahr, dass die Söldner bemerkt hatten, dass sich die Sudden Death der Grenze näherte. Sie begannen miteinander zu flüstern und schienen immer nervöser zu werden, denn auf der anderen Seite lauerten die Hawk und die Caiman, die nur darauf warteten, endlich losschlagen zu können. Mel musste Jed nur noch etwas hinhalten. Deshalb startete er einen weiteren Angriff, den sein Gegner mühelos parierte und anschließend zur Seite auswich.

»Du scheinst nicht ganz bei der Sache zu sein«, stellte er grinsend fest und zeigte mit der Spitze seiner Klinge auf Mel. »Sobald ich mit dir fertig bin, werde ich mir deine Kleine vornehmen«, er schwenkte auf Lin, »und sie zähmen. Bis sie mir aus der Hand frisst.«

Mel versuchte, die aufsteigende Wut unter Kontrolle zu halten. Aber das Verlangen, seinen Widersacher in tausend Stücke zu reißen, wurde mit jedem seiner Worte größer. Als er seinen Blick über die Söldner hinter Jed schweifen ließ, stellte er fest, dass Ivy verschwunden war.

»Wo ist Ivy Pulsa?«

»Tut mir leid, Sir«, erklang Hollisters Stimme. »Sie hat sich zur Brücke abgesetzt.«

Mel fluchte, hob das Schwert und griff Jed erneut an. Er stach zu dessen Kopf, zog die Klinge daraufhin diagonal nach unten und wollte sein Sprunggelenk zerstören, aber der Söldner zog es im letzten Augenblick zurück, worauf Mels Klinge funkensprühend über den Boden kratzte.

Kurz darauf startete er seinen Gegenangriff, der Mel zurücktrieb, bis er eine Lücke fand, die Attacke unterbrach und zur Seite auswich. Die Sudden Death hatte die Grenze derweilen fast erreicht. Der Gleiter musste nur noch wenige Meter überbrücken, bis er Callen Sempas Territorium verlassen würde.

»Rokka, ihr solltet langsam verschwinden!«, meldete sich Xhex. »Unsere Scanner haben zehn Gleiter entdeckt, die sich aus nördlicher Richtung nähern. Es wird gleich ungemütlich werden!«

»Wir haben es fast geschafft! Die Hawk soll sich bereithalten!«

Als er Jed weiterbeschäftigen wollte, dröhnte Ivys aufgeregt klingende Stimme aus den Lautsprechern des Decks. »Sie haben unser Navigationssystem übernommen und wollen uns über die verdammte Grenze zwingen!«

Jed sah überrascht auf. Nachdem er einen Blick auf die Hawk geworfen hatte, biss er fluchend die Zähne zusammen: »Legt die Thrill um! Der Kerl gehört mir!«

Lin sprang hinter den Speeder, der den Bruchteil einer Sekunde später von unzähligen Einschlägen erschüttert wurde.

»Hollister! Feuer frei! Ich übernehme Jed Pulsa!«

»Aye, Sir!«

Kurz darauf brach der erste Söldner zusammen. Seine Kameraden stoben wie ein Schwarm Fliegen auseinander und gingen hinter allen möglichen Aufbauten in Deckung.

Jed baute sich vor Mel auf, während seine Söldner die Jagd auf Lin eröffneten. Die Zeit der Zurückhaltung war vorbei. Mel hob die Klinge und stürzte sich knurrend auf seinen Gegner, der es ihm gleich tat. Kurz vor ihrem Zusammentreffen ließ sich Mel auf die Knie fallen, rutschte unter Jeds Hieb durch und zog seine Klinge über dessen Oberschenkel. Der Trivistahl schnitt durch Synthetikmaterial, Haut sowie Fleisch, und ließ ihn mit einer klaffenden Wunde zurück.

Er ignorierte die Verletzung, setzte nach und wollte Mels Kopf von den Schultern trennen. Aber dessen Nanokultur hatte ihn bereits vor dem Angriff gewarnt, weshalb er auswich und Jed ins Leere stolpern ließ. Der Kerl hatte Mühe, das Gleichgewicht zu halten. Mel sprang derweilen auf, wich zur Seite aus und rammte seine Klinge durch Jeds Bizeps am linken Arm. Er knurrte vor Schmerzen, funkelte Mel wütend an und riss ihm mit einer ruckartigen Bewegung seines Körpers das Schwert aus der Hand. Anschließend zog er die Klinge mit schmerzverzerrtem Gesicht aus seinem Arm und warf sie achtlos hinter sich.

»Deine Zeit ist gekommen«, bemerkte er grinsend und hob sein Schwert. »Wenn ich mit dir fertig bin, hol ich mir deine Kleine!«

Er griff Mel mit einer komplizierten Kombination an. Ihm blieb nichts anderes übrig, als auszuweichen und sich langsam zurückfallen zu lassen, während er nach einer Lücke in Jeds Verteidigung Ausschau hielt, einen seiner Angriffe unterbrechen und ihn in den Nahkampf zwingen zu können. Aber der Söldner war zu gut, als dass er ihm diese Chance gegeben hätte. Weshalb Mel dazu verdammt war, dessen Hieben auszuweichen und sich von ihm übers Deck treiben zu lassen, während seine Söldner Lin mit Blasterschüssen eindeckten und hinter dem Speeder festnagelten.

»Soll ich ihn erledigen?«, wollte Hollister wissen, der das Trauerspiel anscheinend beobachtete.

»Nein, verflucht …«

»Stolz und Ehre sind während militärischer Auseinandersetzungen meist fehl am Platz, Sir«, erinnerte ihn der Specialist. »Das sollten vor allem *Sie* am Besten wissen, nicht wahr? Der Speeder wird bald hochgehen, dann ist die Thrill geliefert. Warten Sie einem Moment.« Kurz darauf brach ein Söldner links von Mel zusammen, der hinter einem Belüftungsschacht aufgetaucht war. »Da der Botschafter nicht mehr zu retten ist, gibt es keinen Grund für Sie, noch länger auf dem verfluchten Gleiter zu bleiben. Lassen Sie mich den Bastard töten.«

Mel wusste, dass Hollister recht hatte. In all den Jahren als Soldat hatte er sich noch nie so irrational verhalten. Er wollte Jed persönlich besiegen, weil er Lin verletzt hatte. Aber Rache und Ehre waren grundsätzlich schlechte Verbündete.

»Wie Sie wollen …«

»Gute Entscheidung.«

Einen Augenblick später wurde Jed von den Beinen gerissen und mehrere Meter nach hinten geschleudert, bis er hart auf den Boden schlug und regungslos liegenblieb. Mel lief an ihm vorbei, hob das Schwert auf und hetzte zum Wrack des Speeders, hinter dem Lin in Deckung lag.

»Sie müssen uns am Bug auflesen, Specialist!«

»Kein Problem, Sir. Einer meiner Scouts ist schon unterwegs. Beeilen Sie sich. Die fremden Gleiter sind fast da.«

Plötzlich stoppte die Seitwärtsbewegung der Sudden Death.

Mel sah gewarnt auf. »Xhex?«

»Sie haben den Trojaner deaktiviert!«

Mel fluchte. Der Botschafter war tot und sein Plan, die Sudden Death auf die andere Seite der Grenze zu zwingen, gescheitert. Er hatte auf ganzer Linie verloren und je eher er das einsah, desto besser.

»Wir machen uns auf den Weg zum Bug. Ziehen Sie Ihre Scouts ab, Specialist, es ist vorbei.«

»Aye, Sir!«

Nachdem die Scharfschützen das Feuer eingestellt hatten, krochen vielleicht zwanzig Söldner aus ihren Verstecken. Mel half Lin auf die Beine und hetzte mit ihr übers Deck in Richtung Bug, als die ersten Treffer um sie einschlugen.

»Schneller!«

Sie nickte und lief vor. Mel folgte ihr. Nachdem sie das erste Deck hinter sich gelassen hatten, warf er einen kurzen Blick zurück. Die Söldner holten schnell auf. Es würde nicht lange dauern, bis sie Lin und ihn erreicht hatten. Er ließ seinen Blick über die Aufbauten gleiten, bis er an einer Minikanone hängenblieb, deren Silhouette sich deutlich gegen den Horizont abzeichnete.

»Xhex! Könnt ihr auf die Waffensysteme zugreifen?«

»Nicht auf alle!«

»Was ist mit den Minikanonen?«

»Warte …« Der Thrill schien mit einem seiner Techniker im Hintergrund zu diskutieren. »Sollte möglich sein!«

»Dann beeilt euch! Wir können sie nicht alle aufhalten!«

»Verstanden!« Xhex gab dem Techniker im Hintergrund einen Befehl. »Wir sind dran!«

Mel presste sich mit dem Rücken an eine Lafette, die Ablenkungskörper gegen Raketen enthielt. Lin kauerte ihm gegenüber hinter einem Belüftungsschacht. Sie war unbewaffnet. Er wartete, bis sich der erste Söldner in seine Nähe wagte und griff an. Er schlug dem Kerl die Waffenhand samt Blaster ab, kickte die Waffe zu Lin und nutzte den Körper des Mannes als Schutzschild gegen die folgenden Söldner, die diesen mit unzähligen Treffern durchsiebten. Lin fing den Blaster ab, sprang auf und schoss einen Angreifer in den Kopf, der sich Mel von der Flanke her nähern wollte. Mel steckte die Klinge in die Scheide und hob dessen Waffe auf. Außerdem nahm er ihm zwei Blendgranaten ab, die er blind nach vorne schleuderte. Sie detonierten nicht weit von ihm entfernt, schienen aber keine besondere Wirkung entfaltet zu haben. Die Söldner näherten sich schnell und deckten Mel und Lin mit schwerem Blasterfeuer ein. Hin und wieder schossen sie blind zurück, um das Vorankommen ihrer Gegner etwas zu verlangsamen, aber im Großen und Ganzen würden sie die Söldner nicht lange aufhalten können.

Einen Augenblick später konnte er in seiner Nähe den Aufschlag von mehreren Granaten hören.

»In Deckung!«

Eine der Blendgranaten detonierte in Lins Nähe, riss sie von den Beinen und schleuderte sie gegen ein Geländer, über das sie in einen offenstehenden Drohnenschacht stürzte. Mel wollte hinter ihr her, als eine Splittergranate explodierte, deren Druckwelle ihn mehrere Meter über den Boden rutschen ließ. Seine Beine und sein Rücken brannten von den schwelenden Schrapnellen, die seinen Anzug durchdrungen hatten und dank der Lafette, die sich zwischen ihm und der Granate befunden hatte, nicht mehr Schaden anrichten konnten. Er rappelte sich benommen auf und starrte fluchend in die Läufe mehrerer Blaster, als die Minikanonen in seiner Nähe zum Leben erwachten. Sie wurden surrend auf die Söldner ausgerichtet und eröffneten das Feuer. Die 20-Millimeter-

Geschosse ließen die Männer wie reife Melonen platzen, rissen Gliedmaßen ab, zerfetzten Brustkörbe und ließen Köpfe explodieren, während die Körper im Kugelhagel tanzten und gnadenlos niedergemäht wurden. Mel wandte den Blick ab, nutzte die Chance und taumelte zum Geländer, über das Lin gestürzt war.

Er schlich mit vorgehaltener Waffe an dem Hindernis vorbei und sah in den leeren Drohnenschacht dahinter. Auf dem Boden des drei Meter tiefen Lochs lag Lins Blaster. Mel ließ seinen Blick über das Deck schweifen, aber er konnte nichts Verdächtiges erkennen. Er sah sich ein weiteres Mal aufmerksam um und ging geduckt zum Bug. Aus den Augenwinkeln sah er, wie mehrere Positionslichter am Horizont auftauchten. Die fremden Gleiter hatten die Position der Sudden Death fast erreicht. Aber die Kampfgleiter der Söldner machten keine Anstalten, eine angemessene Gefechtsformation einzunehmen, was nur bedeuten konnte, das Jed für Callen Sempa arbeitete. Mel hatte keine Zeit, sich Gedanken darüber zu machen. Der Lord des Nordens war dafür bekannt, weder Unionsgleiter noch deren Soldaten auf seinem Territorium zu dulden. Und Mel hatte keine Lust herauszufinden, was dies im Detail bedeuten mochte. Deshalb wollte er schnell von hier verschwinden – aber nicht ohne Lin.

Er erhöhte das Tempo und arbeitete sich weiter vor, konnte aber nichts entdecken, das auf ihren Verbleib hindeutete. Kurz vor dem Ziel schlich er an einem Bordgeschütz entlang, als ein Bild vor seinem geistigen Auge aufflackerte: Ein Mann erschoss einen anderen aus dem Hinterhalt. Mel duckte sich weg und hörte, wie der Schuss über seinen Kopf hinweg fauchte und in eine Optikeinheit neben ihm schlug. Der zweite traf ihn an der Schulter und wirbelte ihn herum, der dritte zerstörte seinen Brustpanzer und schleuderte ihn gegen die Wand eines mobilen Bunkers.

Als er sich ächzend aufrappelte, schälte sich eine Gestalt aus der Dunkelheit vor ihm. Ihr Brustkorb war aufgerissen. Haut, Fleisch und Muskelstränge hingen in Fetzen herunter und offenbarten einen Blick auf das widerstandsfähige Geflecht des subkutanen Körperpanzers, der Jed gerettet hatte. Splitter hatten seine linke Gesichtshälfte aufgerissen und eines seiner Augen zerfetzt. Sein linker Arm hing kraftlos am Körper herab.

»Zeit zu sterben, *Feigling* …« Er hob den Blaster an und zielte grinsend auf Mels Gesicht, als Lin aus den Schatten sprang und ihm knurrend die Waffe aus der Hand trat. Er fluchte, packte sie an den Haaren und schleuderte sie gegen eine Raketenbatterie. Mel ging zeitgleich in die Hocke und zog den Dolch aus seinem Stiefel, aber Jed war schneller, packte Lin am Hals und hielt sie wie einen Schutzschild vor sich, während er ihr mit seinen kybernetischen Händen die Luft abdrückte.

»Du bist wirklich eine lästige Made«, knurrte er grinsend. »Aber jetzt ist deine Zeit abgelaufen. Genauso wie für die Feiglinge in den Riffen.« Er deutete auf die Positionslichter, die mittlerweile ein gutes Stück nähergekommen waren. »Mein Auftraggeber ist hier und er wird keinen von den Drecksäcken am Leben lassen.«

»Du arbeitest für Callen Sempa?« Mel wollte seine Vermutung von Jed bestätigt haben.

»Wir sollten den Botschafter zu ihm bringen, aber dank dir und deiner Thrill-Schlampe liegt Roak nun tot im Lazarett dieses miesen Kahns.«

Mel sah ihn skeptisch an. Lin sollte den Botschafter getötet haben? Aber warum? Das ergab einfach keinen Sinn.

»Ich hab auf den Überwachungskameras mit eigenen Augen gesehen, wie sie ihn erledigt hat. Ist es nicht so?« Jed starrte Lin wütend an, die ihre Hände um sein Handgelenk gelegt hatte und verzweifelt nach Luft röchelte. »Das macht das Ganze zu einem Totalausfall für mich und meine Schwester. Ihr habt uns viele Kredite und unseren Ruf gekostet und dafür müsst ihr büßen. Ich werde …«

Plötzlich donnerte ein gewaltiges Kriegshorn über die Ebene. Die Lautstärke trieb Mel die Tränen in die Augen. Er kannte dieses Horn und den dazu gehörenden Zerstörer, der damit einen Sturm aus Feuer und Tod ankündigte. Der elektronisch verfremdete Klang fuhr ihm ins Mark und jagte ihm einen kalten Schauer über den Rücken. Genau wie vor einem Jahr, als er das aggressive Horn das erste Mal gehört hatte. Seine Instinkte schrien buchstäblich danach, sofort von hier zu verschwinden, denn die Ripper stand kurz davor, die Hölle losbrechen zu lassen.

Selbst Jed schien für einen Moment abgelenkt zu sein. Mel schleuderte ihm den Dolch ins gesunde Auge, hetzte zu ihm und trennte ihm mit seiner Klinge das Handgelenk ab. Lin sackte nach Luft japsend auf den Boden, während er zwei von Jeds Splittergranaten in dessen Koppel aktivierte, ihn mit einem Tritt vor die Brust in den Drohnenschacht schleuderte und die Luke manuell verschloss. Einen Augenblick später detonierten die Granaten. Der Knall war dumpf, die Druckwelle ließ die Klappen für einen Moment erzittern. Mel verzichtete auf einen Blick in den Schacht, half Lin auf die Beine und zog sie mit sich zum Bug, während die Ripper und ihre Begleiter das Feuer auf die Söldner eröffneten.

Der erste Gleiter brach in der Mitte auseinander. Die gewaltige Explosion stieg in den grauen Himmel, riss unzählige Trümmerteile mit sich und ließ diese auf die

Wüste hinabregnen. Der zweite Kampfgleiter wurde von mehreren Torpedos versenkt. Die bläulich schimmernden Sprengköpfe rissen seine gesamte Steuerbordseite auf. Er kippte nach rechts weg und flog gegen ein Riff, das ihn in mehrere Teile zerbrechen ließ, die unmittelbar in gleißenden Flammen aufgingen. Der dritte Gleiter schaffte es noch, Raketen abzufeuern. Aber gegen die mächtigen Zwillingsgeschütze der Ripper hatte er keine Chance. Die Granaten schlugen überall um ihn ein, bis er von einigen getroffen wurde und in einer Wolke aus Staub, Dreck und Feuer verging. Der Captain des Gleiters neben ihm wollte wenden und flüchten, aber die Ripper hielt voll auf ihn zu und brach mitten durch ihn. Die beiden Teile gingen sofort in Flammen auf, während sie durch die Wucht des Aufpralls zu beiden Seiten weggedrückt wurden und wenig später auf dem Wüstenboden aufschlugen. Die Schlacht hatte nicht länger als eine Minute gedauert. Der Zerstörer hielt kurz darauf demonstrativ auf die Hawk zu, drehte knapp vor der Grenze ab und ließ sein Kriegshorn ein weiteres Mal über die Ebenen donnern, um alle zu warnen, die auf Callen Sempas Territorium nichts zu suchen hatten. Danach flog er durch die brennenden Wracks zurück und setzte Kurs auf die Sudden Death.

Mel hatte genug gesehen. Er lehnte sich über den Bug und hielt nach dem Scout Ausschau, den Hollister ihm versprochen hatte. Der Mann schwebte unter dem Jagdgleiter und hatte einen zweiten Speeder im Schlepptau. Er wartete, bis Mel und Lin auf diesen geklettert waren und gab ihn frei. Mel spürte Lins Kopf an seinem Rücken und ihre Arme, die sie um seinen Körper geschlungen hatte. Er atmete erleichtert auf und warf einen letzten Blick zurück zum Inferno, das sich nicht weit von seiner Position entfernt ereignet hatte, und ihn an all die Kriege erinnerte, an denen er im Namen der Union hatte teilnehmen müssen. Aber damit war jetzt Schluss. Sein Zwangsdienst würde in wenigen Minuten enden und ein neues Leben für ihn beginnen – egal ob mit oder ohne seinen Erinnerungen.

ENTSCHEIDUNGEN

Der Wind strich durch den kleinen versteckten Park und brachte die Blätter der Bäume zum Flüstern. Die Sonne stand bereits hoch am Himmel und zauberte mit ihren Strahlen geheimnisvolle Muster auf den Boden, die von den dabei entstandenen Schatten stetig zurückgedrängt wurden, nur um einen Augenblick später wieder die Oberhand zu gewinnen und das Spiel von Neuem beginnen zu lassen. Dies war der schönste und friedlichste Ort Bas Tortuas und Olyn war froh, dass er zu Cayas letzter Ruhestätte werden würde. Er saß müde vor der Gruft, die eine Platte mit neuer Inschrift bekommen hatte: für immer unvergessen und geliebt – Caya Thorva – Tochter von Anis … und Olyn.

Er verzog den Mund zu einem Schmunzeln, denn er hatte nicht damit gerechnet, sich in der Widmung zu finden. Aber sein Bruder hatte darauf bestanden, was sie noch ein Stück näher zusammengebracht hatte. Auch wenn Caya nicht mehr bei ihnen war, hatte sie doch Großes vollbracht. Denn ohne sie hätte Olyn Bas Tortua vielleicht nie wieder betreten und damit keine Chance gehabt, sich Anis und seinem Volk zu nähern – und allein dafür würde er ihr sie niemals vergessen.

Die Situation war mit Kyle Roaks Tod nicht einfacher geworden. Lord Ion Banda tobte und hatte vor, einen Krieg gegen die Sandwölfe anzuzetteln, dessen Unterstützung die Liga im Moment noch verweigerte. Wie lange dieser Status quo aufrechterhalten werden konnte, stand in den Sternen. Sobald die Union zusammen mit der Liga gegen die Sandwölfe ins Feld ziehen würde, stand ein Vernichtungskrieg ins Haus, der sich schnell tief in den Norden ausweiten würde – und das durfte Olyn nicht zulassen. Er würde mit aller Macht versuchen, diesen Krieg zu verhindern, auch wenn mehrere Gruppen auf beiden Seiten jeden Tag daran arbeiteten, die Lunte zum Brennen zu bringen.

Irgendwann stand er auf, ging zur Inschrift und strich mit dem Finger über die in der Sonne funkelnde Platte. Anschließend wandte er sich um und machte sich auf den Weg zu Anis' Anwesen, vor dem bereits zwei City-Speeder warteten. Laura stand neben einer der Schwebemaschinen. Sie sah müde zu, wie der Fahrer ihren weißen Koffer in den Laderaum hob. Olyn überquerte den Platz und hielt direkt auf sie zu.

»Doktor Bricks …«

»Magistrat.« Sie versuchte, ihn anzulächeln, aber es wollte ihr nicht gelingen. Abgesehen davon sah sie aus, als ob sie Schmerzen hatte.

»Sie sehen bedrückt aus.«

»Wundert Sie das?«

»Machen Sie sich keine Gedanken, Laura. Sie haben Ihr Bestes gegeben und Sie hätten nichts daran ändern können. Für diese Infektion gibt es in der ganzen Galaxis keine Heilung. Sie tritt äußerst selten auf und auch nur bei

Organismen, die ihr durch eher unwahrscheiliche Genmutationen den nötigen Nährboden bereiten. Die Wahrscheinlichkeit, davon betroffen zu sein, ist fast nicht existent.«

»Aber warum haben Sie mich dann überhaupt hergebracht?« Sie sah ihn fragend an, während sie blinzelnd die Hand hob, um sich vor den Sonnenstrahlen zu schützen.

Olyn hob entschuldigend die Schultern. »Vermutlich, weil ich mich nach meiner Vergangenheit gesehnt habe. Ich hab eine Möglichkeit gesehen, mich meinem Bruder annähern zu können. Anfangs vielleicht unbewusst, aber jetzt bin ich mir dessen sicher.«

»Ich verstehe …«

Er lächelte.

»Dürfte ich Sie um etwas bitten, Sir?«

»Natürlich.«

»Würden Sie Captain Roony ausrichten, dass ich seine Gesellschaft immer genossen habe und dass er nicht nach mir suchen soll? Ich will nicht, dass er sich wegen mir in Schwierigkeiten bringt.«

Olyn sah sie skeptisch an. »Ich werde Sie wie abgemacht sicher zur Hawk zurückbringen, Doktor. Ich sehe also keinen Grund, Captain Roony diese *Nachricht* überbringen zu müssen.«

»Ich weiß.« Sie lächelte ihn traurig an. »Aber falls ich während der Rückfahrt abhanden kommen sollte, würde ich mich freuen, wenn Sie ihm das sagen würden.«

Olyn wollte etwas darauf erwidern, als Anis den Platz betrat und Doktor Bricks in den City-Speeder stieg, der einen Augenblick später abhob und Richtung Docks davonflog.

Anis sah ihm lange nach, bis er das Wort an Olyn richtete. »Die Schamanen sind fast fertig, die Bestattung und der Einzug ins Reich unserer Ahnen wird bald stattfinden.« Als sein Blick auf den Speeder fiel, verfinsterte sich sein Gesichtsausdruck. »Aber wie ich sehe, wirst du wohl nicht daran teilnehmen.«

»Und das tut mir außerordentlich leid, Anis. Aber Roaks Tod wird Wellen schlagen und ich muss verhindern, dass sich daraus eine Sturmflut entwickelt.«

»Niemand außer uns weiß, dass er tot ist. Ich werde Gerüchte verbreiten lassen, dass er wegen seines kritischen Zustands in Bas Tortua behandelt wird. Damit kannst du dir etwas Zeit erkaufen.«

»Und was ist mit dir? Brauchst du keine Zeit?«

Anis verzog den Mund zu einem traurigen Schmunzeln. »Ich hab meine Seite bereits gewählt, Bruder. Jetzt liegt es an dir, deine zu wählen.«

Olyn nickte und biss die Zähne zusammen. Er würde Zeit brauchen, um zu einer endgültigen Entscheidung kommen zu können und solange die Hoffnung bestand, den aufziehenden Sturm zu verhindern, würde er diese vermutlich weit nach hinten schieben.

»Wie geht es Lin?«

»Sie ist sicher auf der Ruthless angekommen – genau wie dein neuer Sergeant.«

Olyn hob überrascht eine Augenbraue. »Wie meinst du das?«

»Nun, die Union scheint im Moment nicht gut auf Mel Rokka zu sprechen zu sein.« Anis sah ihn ernst an. »Ich stehe tief in der Schuld dieses Scramblers. Ohne ihn wäre Lin vielleicht nicht mehr unter uns und du weißt ja, wie sehr mir meine Töchter am Herzen liegen. Du solltest dein Angebot also angemessen gestalten. Andernfalls werde *ich* ihm eines vorlegen, das er nicht abschlagen kann.«

Olyn nickte lächelnd. »Keine Sorge. Du wirst dir

deswegen keine Umstände machen müssen.« Er trat vor ihn und legte ihm freundschaftlich die Hand auf die Schulter. »Es hat mich gefreut, deine Gastfreundschaft in Anspruch nehmen zu dürfen, Bruder.«

»Und es hat mich gefreut, dir diese zukommen lassen zu dürfen … *Bruder«*, erwiderte Anis und umarmte ihn. »Ich hoffe, dass sich unsere Wege bald wieder kreuzen werden.«

»Das werden sie«, versicherte Olyn. »Die Umstände werden uns keine andere Wahl lassen. *Ay Sirdem.«*

»Ay Sirdem …«

Olyn warf Anis einen letzten Blick zu, wandte sich um und stieg in den Speeder, der ihn zurück zur Ruthless bringen würde.

Lin saß mit angezogenen Beinen auf der Pritsche des Quartiers und starrte nachdenklich auf ihre Hand, die noch immer kribbelte. Im Hintergrund waren die ständig arbeitenden Generatoren der Ruthless zu hören, die vor Bas Tortua vor Anker lag. Nachdem Lin mit Mel entkommen war, hatte Xhex sie davor gewarnt, die Hawk anzufliegen. Captain Roony hatte Mel im Namen der Union zur Fahndung ausgeschrieben und ein stattliches Kopfgeld auf ihn aussetzen lassen. Es gab einen entsprechenden Eintrag in der alles überspannenden Cloud Crestins, auf die jeder Glücksritter dieses Planeten Zugriff hatte. Es war also nur eine Frage der Zeit, bis sich alle möglichen Kopfgeldjäger an seine Fersen heften würden, um ihn zur Strecke zu bringen. Deshalb hatten sie sich entschieden, die Ruthless anzufliegen. Mel hatte während des Flugs nicht viel gesagt. Stattdessen hatte er schweigend einen Kurs verfolgt, der sie sicher im Schatten der Riffe zu Olyn Spectras Kommandogleiter geführt hatte. Dessen Söldner hatten sie in Empfang genommen und ihnen Quartiere zugeteilt, um sich frischmachen zu können. Mels Behandlung stand kurz bevor. Spectras Spezialist zur Entschlüsselung seiner Erinnerungen war schon seit Stunden an Bord und hatte das Lazarett bereits in Augenschein genommen, das für diesen speziellen Zweck entsprechend vorbereitet worden war.

Lin hatte kurz geduscht und sich anschließend von einer medizinischen Assistentin scannen lassen. Sie hatte mehrere Prellungen, zwei gebrochene Rippen und einen gequetschten Hals davongetragen. Keine ernsten Verletzungen, soweit es sie anging. Mel hatte sie vor Schlimmerem bewahrt und ihr damit erneut verdeutlicht, dass ihre Schicksale miteinander verbunden waren. Abgesehen davon mochte sie ihn und war gespannt, was die Zukunft für sie bereithalten würde. Vorerst hatte sie jedenfalls vor, nicht von seiner Seite zu weichen. Sie hatte ihm versprochen, bis zum Abschluss seiner Rehabilitation auf ihn aufzupassen – und genau das würde sie auch tun, egal, was er davon halten mochte.

Das Display ihrer Unterkunft zeigte 0555 Stunden an. Der Spezialist würde bald mit der Prozedur beginnen. Lin musste sich beeilen. Sie stand auf und ging zum Schott ihres Quartiers, das sie selbst vor einer halben Stunde verschlossen und mit einem Code gesichert hatte. Sie stellte sich vor die massive Konstruktion, führte ihre kribbelnde Hand nach oben und starrte sie abwesend an.

Sie erinnerte sich an ihre letzten Augenblicke mit dem Botschafter, der sterbend neben ihr auf dem Boden des Lazaretts gesessen hatte. Nachdem Jed gegangen war, hatte Roaks Körper zu krampfen begonnen. Ihm und Lin war bewusst gewesen, dass es sich nur noch um Minuten handeln konnte. Er hatte ihre Hand auf seine Wunde gepresst und sie währenddessen herausfordernd angestarrt, bis Lin ihre Augen geschlossen und sich konzentriert hatte. Zuerst auf ihre eigenen Nanobiten, dann auf die Kulturen des Botschafters. Sie stellte sich vor, wie sie diese aus seinem Körper zog und in ihre eigenen aufnahm. Zuerst spürte sie das Kribbeln nur unter ihrer Hand. Kurz darauf drang es in sie und breitete sich über ihren Arm in ihrem Körper aus. Sie spürte, wie Roaks Nanobiten sich mit ihrer Nanokultur vereinigten, bis sie einen Level an Energie und Effizienz erreichten, den Lin nie für möglich gehalten hätte. Mit den Fähigkeiten der Nanobiten hatte sie auch die in ihnen gespeicherten Informationen in sich aufgenommen, für die Roak am Ende gestorben war. Sie wusste, dass sie für Callen Sempa bestimmt waren und sie hatte vor, sie dem Lord des Nordens auch zukommen zu lassen – weil sie es Roak versprochen hatte.

Als sie die Augen wieder geöffnet hatte, war das Licht in Roak für immer erloschen gewesen. Trotzdem hatte er zufrieden ausgesehen, da er im Augenblick seines Todes wusste, dass er sich auf sie verlassen konnte.

Lin ließ ihren Blick zum Codeblock schweifen, der auf ihre Eingabe wartete, um das Schott zu öffnen. Es war Zeit für den finalen Test. Sie hielt kurz inne, konzentrierte sich auf die Nanobiten in ihrem Körper und presste die Handfläche auf die Anzeige des Blocks. Einen Augenblick später begannen Zahlen über das Display zu laufen. Lin spürte die Wärme unter ihrer Hand, als die winzigen Bioroboter den Code knackten und sich das Schott kurz darauf öffnete.

Laura saß vor dem Gerät für die Blutanalyse und wagte es nicht, das Ergebnis von dessen Display abzulesen. Nicht dass es einen großen Unterschied für sie gemacht hätte. Aber das Resultat dieser Analyse stand auch für das Ende ihrer Mission, die sie damit erfolgreich abgeschlossen hatte. Ein Erfolg, mit dem sie nichts anfangen konnte, weil er das Ende ihres aktuellen Lebensabschnitts bedeutete.

Sie hatte sich bereits im Hafen Bas Tortuas abgesetzt. Noch bevor Spectra die Möglichkeit hatte, sie aufzuhalten. Sie war an Bord der Rocket gegangen, für die sie unter falschem Namen eine Bucht angemietet hatte und war ziellos in die Wüste geflogen. Nach unzähligen Kilometern war sie im Schatten eines Riffs vor Anker gegangen und hatte den Abgleich vorbereitet. Das Gerät für die Analyse hatte sie aus Anis' Lazarett gestohlen und es, genau wie die Blutproben, in ihrem Koffer versteckt. Sie hatte es auf der Brücke aufgebaut, die zwei kleinen Behälter mit den Proben in die dafür vorgesehenen Halterungen gelegt und es anschließend aktiviert. Das Ergebnis stand nur einen Augenblick später fest.

Laura ertappte sich, wie sie an ihren Fingernägeln knabberte. Sie fluchte, suchte nach einem Stift und setzte ihr Werk an dessen Ende fort.

Beim Gedanken sich abzusetzen, fühlte sie, wie die Panik sie wieder in Besitz nehmen wollte. Aber seit sie den Grund dafür kannte, konnte sie das unwillkommene Gefühl einigermaßen unter Kontrolle halten. Es war nicht schön, aber erträglich. Und mehr brauchte Laura nicht, um den nächsten Schritt machen zu können. Irgendwann atmete sie aus, starrte aufs Display und verzog angewidert den Mund: positiv.

Sie fluchte und biss vor Wut das Ende des Stifts ab, um es angewidert auszuspucken. Auch das noch! Als ob sie nicht schon genug Probleme am Hals hatte. Sie lehnte sich im Sessel zurück und starrte aufs Display, ehe sie begann, die Behälter im Quartier nach etwas Trinkbarem zu durchsuchen. Sie fand eine Flasche angebrochenen Whiskys und ein verstaubtes Glas, das sie bis zum Rand mit der goldbraunen Flüssigkeit füllte. Danach brachte sie es zu ihren Lippen und nahm einen tiefen Schluck. Der Alkohol beruhigte ihre Nerven, während sie über ihre Möglichkeiten nachdachte. Die Agentin in ihr wollte Alpha das Ergebnis der Analyse mitteilen, um dessen Aufmerksamkeit auf Mel zu lenken, während sie ihre Spuren verwischen und danach verschwinden würde. Was auch Ivys Tod beinhalten musste. Außerdem würde die Taktik, Alphas Aufmerksamkeit auf Mel zu lenken, ihn einem großen Risiko aussetzen. Beide Möglichkeiten lehnte die Ärztin in ihr rigoros ab. Weshalb Laura nichts anderes übrigblieb, als zu verschwinden und damit leben zu müssen, dass Alpha Agenten auf sie hetzte, bis er das Ergebnis der Analyse, zusammen mit ihrem Kopf, in den Händen halten würde.

Der Agent hatte ihr die Koordinaten einer geheimen Basis im Norden gegeben und ihr einen Namen genannt, bevor er gestorben war: *Nekron*. Und Laura hatte vor, dieser Spur zu folgen. Sie würde erst von Alpha in Ruhe gelassen werden, wenn sie etwas gegen ihn in der Hand hatte, das wichtig genug war, um ihn und damit Secoma für immer auf Abstand zu halten. Und sie hoffte, dieses Etwas dort zu finden.

Das Summen ihrer mobilen Komm-Einheit riss sie grob aus ihren Gedanken. Alpha versuchte, sie zu kontaktieren. Die Signaltöne bohrten sich wie Nägel in ihren Kopf, bis sie die Verbindung kappte und das Gerät deaktivierte. Anschließend verstaute sie es zusammen mit den

Vergleichsproben im Koffer, aktivierte dessen Sicherheitssystem und machte sich auf den Weg zur Brücke, um endlich von hier zu verschwinden.

Mel lag auf der Pritsche, die vor einem breiten Ring schwebte, der mit unzähligen Geräten und Displays bestückt war. Er trug einen Patientenanzug und sah zu, wie zwei medizinische Assistentinnen mehrere Zugänge legten, um den Weg für die verschiedensten Lösungen vorzubereiten, die schon bald in seinen Körper gepumpt werden würden. Es roch nach allen möglichen Chemikalien, die vornehmlich verteilt worden waren, um etwaige Erreger schon im Vorfeld abzutöten. Die Signaltöne der Scanner und Monitore im Hintergrund verschmolzen zu einem beruhigenden Klangteppich, der ihn schläfrig machte.

Die Nacht war anstrengend gewesen und hatte viele Opfer gefordert. Als er sich von Laura verabschiedet hatte, hatte er gewusst, dass sie nie zur Hawk zurückkehren würde – und vermisste sie schon jetzt. Ohne Laura wäre er nicht hier, was er ihr nie vergessen würde. Außerdem belastete ihn der Gedanke, nicht mehr auf dem Jagdgleiter dienen zu dürfen. Er stimmte ihn traurig. Anscheinend war seine Freundschaft zu Roony nicht so tief gewesen, wie er angenommen hatte. Der Captain hatte nicht einmal versucht, ihn aus der Schusslinie zu nehmen. Stattdessen hatte er ihn zur Fahndung ausgeschrieben, das Kopfgeld auf ihn ausgesetzt und damit nur verdeutlicht, was ohnehin alle gewusst hatten: Privilegierte Clanoffiziere und verurteilte Scrambler passten nicht zusammen. Aber daran konnte Mel nichts ändern. Er wollte sich stattdessen lieber auf seine Zukunft konzentrieren, die sich endlich in greifbarer Nähe befand und nur darauf wartete, von ihm gestaltet zu werden.

Kurz darauf erschien das Gesicht des Spezialisten über ihm, der sich als Professor Ato Sirra vorgestellt hatte. Er war jung, dynamisch und stammte aus Mog Anwar. Mel hätte ihm niemals zugetraut, ein Spezialist für irgendetwas zu sein. Aber sein Lebenslauf sprach eindeutig für ihn und seine Auszeichnungen waren beeindruckend. Olyn Spectra hatte Wort gehalten.

»Wie fühlen Sie sich?«

»Müde …«

»Sehr gut«, erwiderte Sirra lächelnd. »Sie werden demnächst einschlafen und als neuer Mensch aufwachen.« Er zwinkerte ihm zu. »Machen Sie was draus.«

Mel nickte, während die Angst wieder an die Oberfläche seines Bewusstseins kroch. Er erinnerte sich an die Halluzinationen und hoffte, dass ihm keine böse Überraschung bevorstand, während die Pritsche langsam zurück in den Ring schwebte, bis sie an drei Magnethalterungen einrastete und sich ein kleiner Halbkreis auf seine Stirn herabsenkte, aus dem mehrere Nadeln ragten.

»Sie müssen keine Angst haben«, stellte Sirra beiläufig fest, nachdem er Mels skeptischen Blick bemerkt hatte. »Sie werden nichts mitbekommen.«

Mel atmete scharf aus und versuchte, sich zu beruhigen. Aber sein Gedankenkarussell überschlug sich buchstäblich, als das Aggregat des Rekonfigurators hochgefahren wurde. Er konnte die Schwingungen spüren, die von der Maschine ausgingen, welche ihm seine Vergangenheit zurückgeben würde. Und je mehr er diesen Gedanken verinnerlichte, desto nervöser wurde er. Am liebsten wäre er aufgestanden und davongelaufen, aber die Wirkung des Beruhigungsmittels war bereits zu stark, um dagegen ankämpfen zu können. Sein Puls beschleunigte und sein Herz begann zu rasen, als die Panik sich langsam einen Weg nach oben bahnte. Die Überwachungseinheit neben ihm machte sich bereits bemerkbar, als das Schott aufglitt und jemand das Lazarett betrat. Lin ging direkt zu ihm, setzte sich neben ihn und nahm seine Hand. Ihr Gesicht verschwamm bereits vor seinen Augen.

»Du musst nicht nervös sein.«

»Ich habe Angst«, gab er zu. »Was, wenn …«

Sie legte ihm sanft den Finger auf die Lippen. »Dazu gibt es keinen Grund. Ich werde auf dich aufpassen. Du musst keine Angst haben.«

Sie legte ihre Handfläche auf seine Brust. Mel spürte das beruhigende Kribbeln sofort. Es übertrug sich auf seine Nanobiten, die wiederum ihn zur Ruhe kommen ließen und seine Bedenken zurück auf den Grund seines Bewusstseins verbannten. Einen Augenblick später spürte er, wie die Narkose zu wirken begann. Sein verschwommenes Blickfeld verengte sich zu einem Tunnel, an dessen Ende Lins Gesicht immer kleiner wurde, als ob sie sich unaufhaltsam von ihm entfernte. Er wollte die Hände nach ihr ausstrecken, um sie festzuhalten, aber sein Körper war wie paralysiert und wollte seinem Willen nicht gehorchen. Das Letzte, was er wahrnehmen konnte, waren ihre Haarspitzen, die über sein Gesicht strichen und ihre Lippen auf seiner Stirn. Anschließend fiel er in eine wohlige kribbelnde Schwärze, die sein Bewusstsein buchstäblich verschlang. Aber bevor es darin aufging …

… begann es nach verbranntem Fleisch zu riechen.

Ende

KOSTENLOSES E-BOOK: GHOST - RANCOON

Falls dir die Geschichte gefallen hat, würde ich mich über eine **Rezension auf Amazon** sehr freuen. Nutze dazu bitte folgenden Link: https://thor-lothbrok.de/ghost-flash back-rezension

Hier geht's zum dritten Band: https://thor-lothbrok.de/ghost-jagdzeit-buch

Falls du an einem **Gratis-Ebook des Ghost Universums** interessiert bist, kannst du dir **Ghost: Rancoon** unter folgendem Link herunterladen: https://thor-lothbrok.de/ghost-rancoon-buch

PERSONENREGISTER

Unionsoffiziere

Bricks, Laura, Dr.: Stabsärztin

Frost, Damian: ehemaliger Schützling von Carl Roony

Hollister: Specialist, Leader der Scouts

Mars, Leeland: bekannter Schmuggler

Roak, Kyle: freier Botschafter der Union / Liga

Rokka, Mel: Sergeant, Black Berets Special Ops, Ghost, Scrambler

Roony, Carl: Captain der HAWK

Sirra, Ato: Professor, Spezialist für Nanotechnologie

Stone, Ian: Staff Sergeant, Leader der Marines

Sykes: Specialist , Marine

Magistrate

Banda, Ion, Lord: Unions-Magistrat

Spectra, Olyn: Liga-Magistrat

Piraten / Freibeuter / Söldner / Thrill

Brigante, Mordred: Captain auf der RIPPER

Caya: Ziehtochter Anis Thorvas

Malus: Stellvertreter von Lin

Pulsa, Ivy: Jeds Schwester, Söldner

Pulsa, Jed: Anführer der Söldner
Sempa, Callen: Lord des Nordens
Thelia: Arzt auf der SUDDEN DEATH
Thorva, Anis: Führer der Sandwölfe
Thorva, Lin: Kommandantin der SUDDEN DEATH, Scrambler, Ziehtochter Anis Thorvas
Tremaine: Captain der TORNADO, Söldner
Xhex: Kommandant der CAIMAN

GLOSSAR

Augmentationen: Verbesserungen menschlicher Körper durch Nanokulturen / Nanobiten (siehe **Seclife-Programm**) oder Cyberimplantate.
Ay Sirdem: Thrillsprache, Ich / Gehe in Frieden
Blaster: Gängige Standardwaffe, deren Munition aus Plasmaladungen besteht.
BARRACUDA: Jagdgleiter der Union
Bas Aires: Thrill-Stützpunkt im Norden. Die einstige Piratenbasis wird als Umschlagplatz für Waren aller Art genutzt.
Bas Tortua: Anis Thorvas Piratenbasis
Black Berets: geheim operierende Spezialeinheit der Union.
Brig: Bezeichnung für ein Gefängnis auf einem Gleiter
CARNAGE: Kommandogleiter von Lord Banda
CAIMAN: Xhex´ Kampfgleiter
Cherum: traditionelles Thrill-Getränk / Bier
Deadlands: Hoch im Norden befindet sich das Niemandsland, in dem sich von Union und Liga verfolgte Schmuggler, Piraten und Freibeuter regelmäßig vor den

Kampfgleitern verstecken. Das von Callen Sempa beherrschte Reservat der Thrill liegt an der Grenze zu den Deadlands.

Decoy: von Lafetten verschossene Ablenkungskörper für Lenkflugkörper

DEFCON: Defense Condition, Alarmstufen (1-5)

Extraktionsblase: von den Minengesellschaften eingesetzte, kuppelförmige Anlage zur Extraktion der Bodenschätze aus den tieferen Schichten

Frontschwein: Einfacher, unbedeutender Soldat oder Söldner, der in den Schützengräben der Union sein meist kurzes Dasein fristet.

Ghost: Angehöriger einer Spezialeinheit, der meistens hinter den feindlichen Linien operiert, und mit Nanokulturen oder Cyberimplantaten stärker, schneller und effektiver gemacht wurde.

Grunt: einfacher Soldat, Kanonenfutter

Hooyah: militärisch gängiger Ruf, Bezeugung von Anerkennung

Interferenzen der Silent Barriers: Durch starke, magnetische Wellen verursachte Interferenzen, die den Einsatz elektronischer Geräte fast unmöglich machen.

KIA: Killed in Action

Komm-Einheit: Kommunikationsgerät mit integriertem Sender, Empfänger und Lautsprecher.

Kopter: Fluggerät, das mit drei oder mehr Rotoren seine Flughöhe hält und damit auch gesteuert wird.

Liga: Intergalaktisches Handelskonglomerat, das für die Union gegen Lizenzgebühren rohstoffreiche Planeten ausplündert.

Mog Anun: Der größte intergalaktische Raumhafen auf Crestin wird von einem Magistrat der Union (Ion Banda) kontrolliert.

Mog Anwar: Der zweitgrößte intergalaktische Raumhafen wird von Olyn Spectra, einem Liga-Magistrat kontrolliert.
Mog Sol: Der drittgrößte Raumhafen wird von Callen Sempa kontrolliert. Er befindet sich an der Grenze zu den Deadlands. Die Union hat dem Raumhafen die Lizenz für intergalaktischen Handel entzogen.
Nanobiten: Selbständig agierende, winzige Mikro-Roboter, die im Rahmen des **Seclife-Programms** ausgesuchten Probanden injiziert werden, um deren Körper stärker und widerstandsfähiger zu machen. Diese technischen Mikro-Organismen verfügen über eine hochentwickelte künstliche Intelligenz, die es ihnen erlaubt, auf unterschiedliche Zustände ihres Wirtes reagieren und entsprechende Maßnahmen einleiten zu können.
Sie können sich vermehren, reparieren und modifizieren.
Nanokulturen: Eine Nanokultur umfasst eine bestimmte Anzahl von **Nanobiten**. Sie wird in einer Nährlösung gezüchtet, die zum Teil aus dem Blut des späteren Wirts hergestellt wird und deshalb auch nur mit diesem speziellen Probanden harmoniert.
RIPPER: Zerstörer unter dem Kommando von Captain Mordred Brigante
ROCKET: einer der schnellsten Schmugglerfrachter überhaupt.
RUTHLESS: Kommandogleiter der Liga unter dem Befehl von Olyn Spectra
Savarie: Thrill-Sprache, cheers
Scanbee: faustgroße, mobile Scaneinheit für die Aufklärung unbekannter Areale
SCORPION: Anis Thorvas Jagdgleiter
Scrambler: Teilnehmer des Seclife-Programms
Seclife-Programm: Das Programm wurde kreiert, um den Nachschub an Frontschweinen für die Unionsarmee zu

sichern. Schwerstkriminellen wird eine zweite Chance in Aussicht gestellt, wenn sie den zehnjährigen Zwangsdienst an der Front überleben. Vor Dienstantritt werden die Erinnerungen der Delinquenten verschlüsselt, um diese von den Lasten ihrer Vergangenheit zu befreien. Ausgewählten Verurteilten, die sich einige Zeit im Kampf bewährt oder spezielle Fähigkeiten schon vorher besessen hatten, wird Blut abgenommen, woraus eine Nährlösung entwickelt wird, in der biotechnologische Nanokulturen speziell für deren Organismen gezüchtet werden. Diese ›Parasiten‹ werden in ihre Körper eingesetzt.

Die **Nanokulturen** bestehen aus selbständig agierenden **Nanobiten**, winzigen Mikro-Robotern, die per künstlicher Intelligenz untereinander kommunizieren und auf verschiedene Zustände ihres Wirtes reagieren können. Außerdem können sie den Körper des Verurteilten stärken und verbessern, um während der Schlachten länger überleben zu können, während sie gleichzeitig durch ihn am Leben gehalten werden. Die Augmentationen können sich, je nach Wirt, unterschiedlich bemerkbar machen.

Silent Barriers: Eine gewaltige Riffformation, die das von der Union beherrschte Territorium im Norden vom Reservat der Thrill trennt.

Slavilla: Brauch der Thrill. *Tu etwas Gutes und erfahre dafür Gutes.* Der Besiegte legt sein Leben in die Hände des Siegers, der solange für ihn die Verantwortung übernimmt, bis dieser ihm etwas Gutes zurückgibt (Karma).

Ma sula me: Angebot des Besiegten, sein Leben in die Hände des Siegers zu legen.

Ma tua te: Der Sieger nimmt das Angebot des Besiegten an.

Special Ops: Angehöriger einer Spezialeinheit

Speeder: Kleine Flitzer, die von nur einem Piloten bedient werden und höher fliegen können als Gleiter.

Stoka: traditionelles Thrill-Gewand
Sudden Death: Kampfgleiter Lin Thorvas
Suka: Thrillsprache, danke
Thrill: Ureinwohner von Crestin. Sie werden seit Jahrzehnten von Union und Liga dezimiert. Mittlerweile konzentriert sich der größte Teil in einem Reservat im Norden, das von Callen Sempa regiert wird. Aufgrund der repressiven Politik der Union finanzieren sich die meisten Thrill als Schmuggler und Piraten, die es auf die Ladungen der Liga-Frachter abgesehen haben.
Tipolis: eine Ruinenstadt in den Deadlands
Tornado: Kampfgleiter von Jed Pulsa
Tresh da Tresh: Thrillsprache, Aas zu Aas
Union: Ein Zusammenschluss mehrerer einflussreicher und extrem mächtiger Familien, die die zwölf Ringe seit Jahrhunderten mit eiserner Hand regieren.

VERÖFFENTLICHUNGEN

Ghost
Im Kreuzfeuer (Band 1)
Flashback (Band 2)
Jagdzeit (Band 3)
Stahlregen (Band 4)
Darkest Days (Band 5)
Rokka (Band 6)
Armageddon (Band 7)

Skar
Daemon (Band 1)

Crown Of Shadows
Darkfire (Band 1)
Blutjagd (Band 2)

Ronin
Aschekrieger (Band 1)
Renegades (Band 2)

Printed in Poland
by Amazon Fulfillment
Poland Sp. z o.o., Wrocław

50976196R00201